A. L. JACKSON

BEIJE-ME SOB AS ESTRELAS

Traduzido por Ana Flávia L. de Almeida

1ª Edição

2023

Direção Editorial:
Anastacia Cabo
Tradução:
Ana Flávia L. de Almeida
Preparação de texto:
Samantha Silveira

Revisão Final:
Equipe The Gift Box
Arte de capa:
Gralancelotti
Diagramação:
Carol Dias

Copyright © A.L. Jackson Books Inc. 2020
Copyright © The Gift Box, 2023

Todos os direitos reservados.
Nenhuma parte do conteúdo desse livro poderá ser reproduzida em qualquer meio ou forma – impresso, digital, áudio ou visual – sem a expressa autorização da editora sob penas criminais e ações civis.
Esta é uma obra de ficção. Nomes, personagens, lugares e acontecimentos descritos são produtos da imaginação da autora. Qualquer semelhança com nomes, datas ou acontecimentos reais é mera coincidência.

Este livro segue as regras da Nova Ortografia da Língua Portuguesa.

CIP-BRASIL. CATALOGAÇÃO NA PUBLICAÇÃO
SINDICATO NACIONAL DOS EDITORES DE LIVROS, RJ
Gabriela Faray Ferreira Lopes - Bibliotecária - CRB-7/6643

J15b

Jackson, A.L.
    Beije-me sob as estrelas / A.L. Jackson ; tradução Ana Flávia L. de Almeida. - 1. ed. - Rio de Janeiro : The Gift Box, 2023.
    368 p. (Estrelas cadentes ; 1)

Tradução de: Kiss the stars
ISBN 978-65-5636-280-9

1. Romance americano. I. Almeida, Ana Flávia L. de. II. Título. III. Série.

23-84292   CDD: 813
                CDU: 82-31(73)

PRÓLOGO

Saí às pressas da suíte e segui para o corredor. A parede de janelas à minha esquerda tinha vista para a piscina e o jardim logo à frente.

Uma tempestade se iniciava. Rajadas de vento chicoteavam as árvores, fazendo-as balançarem e estremecerem, uivando abaixo da lua que brilhava através de uma pequena fresta entre as nuvens.

Meu coração disparou quando vi a sombra do homem abaixo do luar, os ombros erguidos enquanto atravessava o jardim na direção de sua pequena casa.

Se é que ele tinha uma.

O homem perdido.

Um andarilho que se enfurecia ao buscar seu lugar pela Terra.

Eu queria construir um lugar para ele. Mostrar como era pertencer a um lugar. Ser valorizado e amado, como ele me mostrara sem pedir nada em troca.

Irrompi pela porta, atingida por uma rajada de vento.

Uma fúria intensa que atravessava o ar.

— E se eu não quiser que você vá? — gritei sobre a ventania. — E se eu quiser que fique, bem aqui, comigo?

Ao longe, ele congelou, como se tivesse sido empalado pela súplica. Preso no lugar.

Lentamente, ele se virou. A chuva começou a cair.

— Continuo dizendo que não me quer. Que você não faz a menor ideia do que está pedindo.

Eu não fazia.

Não fazia a menor ideia do que ele faria comigo.

Se ele me amaria ou me destruiria.

Talvez eu devesse ter virado as costas naquele momento.

Prestado atenção ao aviso que refletiu em seu lindo rosto.

Mas eu corri para a chuva.

E assumi o risco...

UM

MIA

— Você está bem? — Lyrik perguntou alto o bastante para que eu escutasse sobre o barulho da música ao vivo que ecoava pelo ar. Um ruído de vozes e risadas se misturava, copos tilintando enquanto os sons da festa extravagante continuavam ao nosso redor.

Meu irmão mais velho me arrastou para um corredor deserto onde estávamos escondidos da vista do restante dos convidados que lotavam sua mansão, ele segurava meu cotovelo com força enquanto analisava meu rosto.

Tive a impressão de que ficar preocupado era a única maneira de ele me impedir de ir embora.

— Lyrik, eu estou bem. — O máximo que eu conseguia com meu coração martelando no peito.

Nervos em frangalhos.

A respiração irregular e superficial, expondo tudo o que eu queria manter escondido do meu irmão.

Sabe, a mentira enorme que eu estava declamando.

Porém, às vezes, fazer isso era a única forma de se safar.

Lyrik sacou. Eu esperava algo diferente? Ele sempre me compreendeu melhor do que qualquer outra pessoa.

Os olhos escuros alargavam-se enquanto me encarava.

— Mentira.

— Eu não sei o que você quer que eu diga. Que eu surtei? Que exagerei? Ou que eu estava realmente assustada?

Todas as opções anteriores.

Não sabia como consertar as coisas, a não ser me trancando em um quarto e nunca mais saindo.

É bem provável que Lyrik pensaria que essa é uma ótima ideia.

— Sinceramente, se dependesse de mim, eu não deixaria você longe da minha vista.

Um misto de afeição e descrença ressoou em meu peito.

Eu o conhecia, também. Eu o conhecia de trás para frente, e de frente para trás. E isso significava que sabia que estava quase tão magoado quanto eu.

Preocupado.

Ansiando por uma forma de resolver, de melhorar as coisas, e percebia que não importava quanta fama viera em seu caminho e quantos zeros existiam em suas contas bancárias, ele não tinha poder sobre isso.

O que foi feito já estava feito.

Enterrado a sete palmos do chão.

— Isso é ridículo e impossível, e você está sendo superprotetor de novo — tentei argumentar, acalmá-lo. Já bastava a ansiedade que eu sentia por nós dois.

— Vou te mostrar o que é ridículo — avisou, olhando em volta como se o monstro fosse aparecer de repente no meio de uma das maiores festas de gala do ano. — Eu te falei até onde iria, Mia. Não estava brincando.

— E você sabe que eu nunca te pediria isso. Essa responsabilidade não é sua. Você já fez o suficiente.

Lyrik fechou a cara.

Eu juro, o homem não parecia nada menos do que um demônio às sombras do corredor reservado, pairando sobre mim enquanto eu tentava permanecer de pé e não desmoronar por causa do roçar acidental da mão de um desconhecido.

Ultimamente, multidões e eu não estávamos nos dando muito bem.

O problema era que ficar sozinha era pior.

— Quem foi? É só apontar, e ele vai para a rua. Sem perguntas. Não vou tolerar esse tipo de merda acontecendo debaixo do meu teto. O idiota deveria ter juízo.

— Isso não é necessário, Lyrik. — Balancei a cabeça enquanto tentava me recompor. — Ele... me pegou de surpresa, só isso. Ele nem teve a intenção de me tocar. Desculpe por fazer você se preocupar.

É só que havia alguma coisa nos olhos obscuros do estranho que me fez relembrar do que aconteceu na minha galeria três semanas atrás. Algo que me fez sair em disparada do cômodo, perto de sofrer um completo ataque de pânico.

Um rolo de imagens sombrias e cruéis me atingindo.

BEIJE-ME SOB AS ESTRELAS

Uma atrás da outra.

Naquele segundo, a única coisa que minha cabeça conseguia processar era a lembrança do olhar maléfico me encarando por debaixo daquela máscara.

Lyrik me observou com a austera preocupação fraternal.

O cabelo todo preto e os olhos ainda mais escuros.

— Não ouse pedir desculpas, Mia. Não há uma maldita coisa pela qual você deva se desculpar. Nada disso é sua culpa. — Ele franziu as sobrancelhas para dar ênfase, como se tivesse, de alguma forma, assumido parte da culpa.

Um suspiro autoconsciente escapou dos meus lábios.

— Está brincando, Lyrik? Eu não me tornei nada além de um fardo para você e Tamar. Anda sempre à flor da pele, e sei que não tem dormido.

A expressão dele ficou ainda mais séria.

— É, bem, aquele desgraçado ainda está por aí. À solta. Não vou descansar até ele estar atrás das grades. Ou morto.

Tristeza me deu um nó na garganta.

Essa sensação pegajosa e pesada que a fechou quase tornando impossível respirar.

— E você sabe que o detetive concluiu o caso como sendo aleatório. Um roubo fracassado. Não estou correndo qualquer perigo — disse com a voz embargada pelo manto de devastação.

Queria que houvesse alguma forma de aceitar essa conclusão. De encontrar a paz que não parecia chegar. Não sabia se algum dia chegaria.

— Não é um risco que estou disposto a correr — resmungou, cerrando a mandíbula.

Meu irmão mais velho era alto e delgado. Magro, até. Ah, mas ele não dava qualquer ilusão de que era alguém com quem se brincar.

Ele não era nada além de um pacote de músculos delgados e fortes. Exalando uma energia que prometia que ele atacaria mais rápido do que qualquer intenção ruim que alguém poderia ter.

Vi isso várias vezes.

Lyrik West não era de papo. Ele era uma ação direta de eu-vou-acabar--com-você-e-não-pedirei-desculpas-depois.

Ele se livrou do paletó e dobrou as mangas da camisa. Cada centímetro de pele revelada era coberto por desenhos horripilantes que ele marcara permanentemente em seu corpo. Eu sabia que ele tinha feito isso porque pensou que precisava de um lembrete da maldade que vivia dentro de si.

Apenas eu sabia da verdade.

Ele tinha asas de anjo escondidas por baixo de todo aquele exterior insolente e grosseiro.

E não é como se eu pudesse usar sua aparência contra ele. Se não fosse pelo punhado de anos nos separando, nós provavelmente poderíamos nos passar por gêmeos fraternos.

— E vou ficar aqui com você. Exatamente como me pediu. — Para enfatizar, toquei seu braço. — Então precisa se acalmar. Esta noite é para ser divertida. Sua banda inteira está aqui. Seus *melhores* amigos. Seus *irmãos*. E a única coisa que está fazendo é se preocupar comigo.

— Você acha que eu me importo com festa? — disse, bravo, seu rosto se aproximando do meu. — Acha que ligo para qualquer um desses idiotas rondando por aqui como se fossem melhores do que o resto do mundo? A única coisa com a qual me importo é o meu pessoal. Minha família. Tamar, Brendon e Adia. Você, Penny e Greyson. O resto pode se explodir. Então não me venha com essa merda de que você é algum tipo de fardo, tá bom? Porque eu morreria de bom grado antes de deixar alguém chegar até você.

Lyrik se afastou, enfiou as mãos nos bolsos e deu um sorrisinho.

— Mas isso não será necessário. Vou destruir a porra da cidade inteira antes de qualquer um se meter entre mim e você ou com a minha família. Está entendendo o que estou falando?

Um pequeno sorriso surgiu no canto da minha boca.

— Sim, sim, sim. Você é fodão. Eu entendi — provoquei.

A única coisa que esse comentário fez foi aumentar seu sorriso arrogante.

— Ei. Todo mundo precisa de um fodão ao seu lado.

— Como eu disse: ridículo. — Tentei afastar a onda de emoções. Meu coração expandindo com o tanto de amor que sentia por ele.

Lyrik sempre garantiu para que eu soubesse que sou importante em meio ao seu grande mundo.

Forcei certa leveza no meu tom de voz:

— E outra coisa, Lyrik. Não preciso que fique pensando que tem que me proteger igual fazia antes. Não sou mais uma garotinha.

Pode ser que ele tenha tentado espantar cada namorado que já tive.

Ele tocou a minha bochecha.

— É, bem, você sempre será a minha irmãzinha. Pode ir se acostumando.

— Vou sobreviver a isso, você sabe. — As palavras saíram em um sussurro.

BEIJE-ME SOB AS ESTRELAS

Meu peito estremeceu com a tristeza e a esperança que eu recusava a largar.
Ele deu um sorriso gentil.
— Você é a pessoa mais forte que eu conheço. A maioria não estaria aqui agora. Você vai ficar bem, Mia. Eu te prometo.
— Tenho muitas coisas boas pelo que lutar e ficar bem. — Uma nova onda de emoção apertou minha garganta.
Eu a ignorei, me recusando a senti-la.
Senti-me desesperada por um alívio.
Para esquecer.
Apenas esta noite.
Forcei um sorriso radiante no rosto. Era incrível ser apenas meio falso.
— Vamos só esquecer tudo isso agora. Tudo bem? Você tem pessoas importantes aqui para entreter.
Minha atenção se desviou para a direita, no salão principal de sua linda casa em Hollywood Hills. O local estava repleto de convidados para a festa beneficente que ele e sua esposa, Tamar, organizavam todos os anos.
Em cada canto que você virasse, daria de cara com uma celebridade da alta elite.
Os músicos mais amados e os atores mais procurados.
Diretores, empresários e produtores.
Havia os que estavam em ascensão e outros que não podiam pisar na rua sem serem reconhecidos.
Claro que tinha alguns desconhecidos como eu, de olhos arregalados, inseguros e pairando à margem na esperança de continuar passando despercebidos, enquanto outros estavam claramente esperando por uma oportunidade de mostrar as garras, salivando por um gostinho da fama e fortuna que dava para sentir exalando dos corpos que lotavam o espaço.
— Eles que se fodam.
Tão Lyrik.
Revirei os olhos.
— Hum... sua esposa se esforçou muito nessa coisa toda, e você está angariando fundos por uma boa causa.
— Você é a minha boa causa.
— Lyrik. — Não havia nada além de irritação.
— Que foi? — retrucou.
Um suspiro pesado escapou dos meus lábios.
— Eu te amo. Adoro você. Tenho certeza de que é o homem mais maravilhoso do planeta.

A. L. JACKSON

Homens como ele eram raros.

Caramba, eu estava começando a pensar que eles tinham se tornado obsoletos.

Solidão me inundou.

Com tudo o que está acontecendo, isso não deveria sequer ser considerado ou pensado.

Mas não importava o meu conhecimento. Apenas existiam momentos... momentos em que eu desejava ter alguém a quem recorrer da mesma forma que poderiam recorrer a mim. Alguém que me envolveria em seus braços à noite e sussurraria que tudo ficaria bem.

— Vá. Fique com a sua esposa. Seus amigos. Aproveite esta noite. Só... me deixe tentar fazer o mesmo. Por favor.

Impossível.

Mas ao menos eu poderia dar uma saída a ele.

E eu estava tentando.

Tentando agir normalmente. Manter as aparências. Se o restante dos convidados que estava desfilando por aí com seus diamantes e sorrisos exagerados conseguia, sem qualquer preocupação, então eu conseguiria também, certo?

— Quero dizer, sério... isso é ridículo, Lyrik. Você tem *Dreams Don't Die* tocando no *seu maldito terraço*. — Diminuí a voz como se fosse algum tipo de segredo.

Acredite em mim, esse evento era muito importante. Tive que reprimir um gritinho quando fui à cozinha mais cedo e encontrei Sean Layne remexendo na geladeira.

Uma fã – quase – desmaiada.

Não teria sido nada bonito.

E sejamos claros, eu não era tão interessada em músicos. Desisti desse tipo de desilusão amorosa há muito tempo.

Já bastava o que presenciei através de Lyrik e seus amigos.

Eram passionais demais.

Volúveis demais.

Problemáticos demais.

Eu não tinha tempo ou coragem para esse tipo de estresse na minha vida.

Mas ainda assim... Sean Layne.

Lyrik ergueu o ombro, descontraído.

— Nós somos donos deles.

Certo.

É claro que eram.

Meu irmão mais velho era o guitarrista principal da Sunder, uma das bandas mais populares do mundo, uma que agora possuía sua própria gravadora, liderada por seu vocalista original, Sebastian Stone.

Lyrik? Ele era uma estrela do rock, e eu não estava falando do tipo *algum dia eu serei famoso*.

Ele era um cara que parava o trânsito quando caminhava pela rua. Alguém que não podia entrar em uma loja sem que pedissem uma foto e o autógrafo e, na metade das vezes, sua maldita camiseta.

Mas ele era muito mais do que isso.

Era um homem que cometeu erros horríveis e pagou caro por eles. Um homem que vi lutando contra o vício e sofrendo com os arrependimentos de sua escolha.

Um homem que fracassou repetidas vezes.

Ele também era alguém que se arrastou para longe da autodestruição para se tornar algo incrível. Alguém que encontrou a garota dos seus sonhos e criou a família que nunca acreditava que teria.

Mas a questão em se tornar incrível era que ele sempre foi incrível para mim. Não importava os pecados que acumulara ou os erros que cometera.

Ele sempre foi o meu herói, e a última coisa que eu queria era deprimi-lo esta noite.

— Então vá mostrar que eles foram uma aquisição digna. — Arqueei as sobrancelhas, sarcástica.

Ele hesitou.

— Tem certeza de que está bem? Eu vi o seu rosto, Mia. Não gostei. Vou cancelar toda esta maldita coisa se isso te deixar mais confortável. É só dizer, e a noite acabou.

— Não. Essa é a última coisa que eu quero.

Olhei de volta para o grande salão. Estava livre para os lofts que circundavam acima do segundo andar. Uma parede enorme de janelas no outro extremo que tinha vista para Los Angeles havia sido aberta, deixando o ar quente da Califórnia invadir o espaço.

Logo depois das portas e ao lado da piscina de borda infinita que dava para L.A., *Dreams Don't Die* tocava em um palco improvisado. A canção indie sedutora que eles cantavam vibrava pela casa e retumbava ao longo dos pisos de madeira.

A música inundava os cômodos, as paredes pulsando com uma intensa sensualidade.

O movimento dos corpos e o volume de vozes e risadas tentando superar o som passava a atmosfera de um caos quase descontrolado.

Como se estivéssemos escalando em direção ao cume de algo magnífico.

Ou talvez algo horrível.

Mas Lyrik não precisava se preocupar com isso.

— Vá ficar com a sua esposa. Ela está muito, mas muito sexy esta noite.

Pronto.

Tentação.

Uma que eu sabia que ele não conseguia resistir.

Nenhum cachorro conseguia resistir a um osso. E Tamar West pegou esse bad boy de jeito.

Lyrik lançou um olhar ávido na direção de onde ela estava em uma pequena roda. Estava rindo enquanto conversava com suas melhores amigas, Shea Stone e Willow Evans, ambas esposas dos membros da Sunder.

Minha cunhada, a quem eu adorava e amava como se fosse do meu próprio sangue, estava usando um vestido preto justo que abraçava cada centímetro de suas curvas abundantes, o vestido super longo que chegava ao chão com fendas na frente da saia, com decote profundo.

Tatuagem cobria a maior parte de sua pele também.

Ela usava saltos de doze centímetros e a felicidade reflete em seus olhos azuis.

Meu irmão era completamente apaixonado por ela. Aço derretido nas palmas de suas mãos.

Nunca pensei que ele amaria de novo até o dia em que apareceu na humilde casa dos nossos pais com ela a tiracolo.

Ficou claro que ele estava perdido há muito tempo antes mesmo de ele saber.

Mas, às vezes, o amor nos tornava reféns antes de sequer percebermos que fomos capturados.

Lyrik olhou de volta para mim, sua boca arqueando-se para o lado.

— Minha esposa é sempre sexy. Ela só caprichou um pouco... mais esta noite.

— Um capricho é sempre bom.

— Oh, não se preocupe, vou caprichar com ela — ele arrastou a fala.

Com as costas da minha mão, bati em seu peito. Pelo visto, eu dei autorização para ele ir longe demais. Com Lyrik, era tudo escancarado.

BEIJE-ME SOB AS ESTRELAS

— Eca. Posso ficar sem a insinuação, muito obrigada. Já basta eu ter que ficar vendo você babando em cima dela todo dia.

Ele deu uma gargalhada, satisfeito demais consigo mesmo.

— Ei, só estou te falando como é.

Rindo baixinho, gesticulei na direção da multidão delirante. Delicadeza infiltrou-se nas minhas palavras:

— Dá para você sair daqui e parar de se preocupar comigo? Eu vou ficar bem.

Ele hesitou.

— Tem certeza?

— Cem por cento.

Quer dizer, tipo… dois por cento.

— Além disso, tem mais segurança aqui do que Fort Knox.

Ainda me encarando, ele deu alguns passos para trás.

— Isso é porque o que eu estou protegendo é mais importante.

Ele girou e começou a seguir para a multidão espremida em sua casa. Logo antes de chegar ao final do corredor, ele se virou de volta para mim.

Algo intenso surgiu em sua expressão.

— Cada pessoa aqui é meu convidado, Mia.

Balancei a cabeça devagar, incerta, sem entender o que acabou de acontecer.

Sua expressão obscureceu.

— Mas isso não significa que sejam bons. Que possam ser confiáveis. Entende o que estou te dizendo?

Não havia gracinha no aviso.

Nenhuma provocação.

Apenas a verdade do que ele disse.

Engoli o nó que começou a morar na minha garganta três semanas atrás, e balancei a cabeça lenta e firmemente.

— Eu sei disso.

Como se eu não tivesse me deparado com meu quinhão de canalhas.

Ele assentiu.

— Ótimo. Então tome cuidado.

— Pode deixar. Eu prometo.

Fiquei pensando se eu já sabia que isso era uma mentira quando respondi.

DOIS

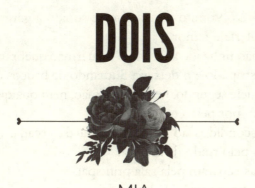

MIA

Lyrik estava certo.
Nem todos os seus convidados eram confiáveis.
Minha pulsação ficou fora de controle.
Uma batida frenética – tum-tum, tum-tum, tum-tum – que eu conseguia sentir retumbando no meio do peito.
O pânico aumentou, minha garganta fechou e minha visão desfocou.
Tentei me libertar do agarre de um homem que estava respirando toda sua maldade em cima de mim. Antes mesmo de eu perceber que estava esperando por mim quando saí do banheiro, ele me prensou numa parede na base da escada curvada.
Seu fedor atingiu minhas narinas. Suor ensopado de depravação.
Seu hálito era uma mistura tóxica de álcool, sexo e perversão.
Ele me empurrou ainda mais contra a parede, como se seu convite a essa festa tivesse apagado toda a sua maldade.
— Eu disse para sair da minha frente — falei entre dentes, esperando que isso pudesse impedir o pavor que estava correndo em minhas veias de exalar pelos poros.
A última coisa que eu queria era que esse idiota sentisse o meu medo.
Um monstro farejando sua presa.
— Ora, vamos. Não fique assim — respondeu, pressionando o nariz na minha garganta. — Eu só queria dizer oi. Me apresentar. Você parecia bonita demais vagando por aí completamente sozinha.
Encolhi-me.
— Eu não estou sozinha. Agora, me solte.
Ele estalou a língua, como se minha frase fosse um absurdo.
— Eu deveria saber que Lyrik West convidaria as garotas mais lindas para sua festa. Ele sempre tem o melhor *entretenimento*.

Eu teria rido se o vômito já não tivesse subido à garganta, as cordas vocais presas em alerta e temor.

Esse babaca não tinha ideia de que o meu irmão quebraria seu pescoço com prazer. Iria estripá-lo e o deixaria flutuando de bruços em um rio.

Mas bem naquele segundo, nem meu irmão, nem qualquer um de seus seguranças estavam por perto.

Estávamos escondidos ao lado da curva da escada, aninhados nas sombras e ocultos pelo ruído da música.

Vozes e risadas ecoaram pela sala principal.

Nada além de provocações e brincadeiras que retumbavam em meus ouvidos.

O aviso de Lyrik gritou, e o medo pesou em mim quando o desgraçado me cobriu com seu corpo suado e enorme.

Havia uma aura ao redor.

Uma neblina escura e densa.

Esforcei-me para respirar, enojada pelo mesmo homem que quase me fez cair de joelhos duas horas atrás.

Acontece que eu deveria ter confiado nos meus instintos, afinal.

— Seu coração está batendo tão rápido. Excitada, amor?

Amor?

Esse cara estava muito confuso. Confuso, perturbado e asqueroso, e tive a vontade avassaladora de cuspir em seu rosto.

Foi o que fiz.

Gritando um palavrão, ele agarrou minha mandíbula.

Forte.

— Sua vadia desgraçada — falou entre dentes com seu sotaque britânico, apertando-me com mais firmeza. — Você vai aprender que é melhor não me contrariar.

Algo falso e desesperado exalava de seu corpo. Fiquei pensando se estava tão desesperado quanto eu.

O impulso venceu, uma tempestade de pânico e sobrevivência.

Os instintos surgindo.

Lutar ou fugir.

Joguei-me para frente, pegando o idiota de surpresa.

Minha testa chocou-se com a dele.

Com força.

Uma dor aguda se espalhou pela minha cabeça com o impacto, mas ao menos, eu estava preparada. Consegui manter o equilíbrio após a colisão enquanto ele perdeu completamente o dele e tropeçou para trás.

Deixando-o atordoado por um breve momento.

Não lhe dei tempo para se recuperar.

Agarrei seus ombros, e ergui meu joelho com o máximo de força que consegui. O ruído vibrou pela minha perna quando o joelho entrou em contato com sua virilha.

A fenda do meu vestido rasgou ao mesmo tempo.

Seu grito de dor estava em sintonia com o caos, com as risadas vibrantes, a batida da bateria e a pulsação da música que faziam parecer que eu tinha entrado em uma casa dos horrores.

Aqueles espelhos malucos me rodeando. Distorcendo tudo. Meu cérebro agitado e meu espírito estremecendo.

Adrenalina enlouquecida pelas minhas veias, sangrando e escorrendo, fazendo-me arquejar.

Visões apressadas.

Levando-me para outro momento. Outro lugar.

Lampejos rápidos de um pesadelo que eu iria reviver para sempre.

Frenética, desesperada.

Lana ajoelhada.

Um brilho prateado.

Um ruído ensurdecedor.

Sangue.

Sangue.

Tanto sangue.

Arfei com a lembrança. O homem na minha galeria. Encurralando-nos contra a parede. Puxando o gatilho enquanto eu tinha que assistir sem poder fazer nada.

Cambaleei para trás quando o canalha se curvou, esforçando-se para respirar.

O modo de fuga se ativou.

A necessidade desesperada de escapar.

Esconder-me.

Sair daquela situação.

Corri para o andar de cima, a saia rasgada do vestido embolada nas minhas mãos trêmulas, segurando-a para que eu não tropeçasse no longo tecido branco. No instante em que cheguei lá, apressei-me para a direita, meus

BEIJE-ME SOB AS ESTRELAS

saltos batendo no piso de madeira à medida que disparava pelo corredor.

Ultrapassei o quarto no qual tenho ficado nas últimas três semanas e, em vez de entrar, corri até o final do corredor onde um segundo lance de escadas levava ao andar superior.

Ele me chamava como um farol. Como se *Segurança* estivesse escrito em luzes vermelhas e brilhantes.

Segurando o corrimão com força, subi os degraus até o terceiro andar, e um suspiro pesado de alívio escapou dos meus pulmões quando avistei as portas duplas fechadas à direita.

Corri até elas como se a minha vida dependesse disso.

Fechei as portas atrás de mim e virei para trancá-las.

Mãos trêmulas.

Espírito em frangalhos.

Nada funcionando direito.

Metal arranhou quando a trava finalmente se fechou, como se fosse um tiro, o som reverberando pelo cômodo escuro e vazio. Abaixei a cabeça contra a madeira ornamentada, ar quente saindo e entrando nos pulmões conforme tentava me recompor depois da discussão.

Eu nunca me considerei fraca antes.

E tudo o que precisou foi um idiota com a mão boba e eu estava desmoronando.

Eu deveria descer e contar ao meu irmão, me pronunciar. Fazê-lo pagar.

E a única coisa que eu queria fazer?

Era me esconder.

Permanecer oculta e protegida atrás das portas espessas e sólidas.

Aqui, onde a música era abafada, nada além de uma vibração leve abaixo dos meus pés.

Vozes distantes.

Passava a ilusão de que eu estava acima de tudo isso.

Além do mais, a última coisa que eu queria era que meu irmão fosse preso por assassinato esta noite.

Eu contaria a ele amanhã. Quando já tivesse passado tempo suficiente. Quando reações precipitadas e imprudentes fossem menos prováveis de acontecerem.

Esta noite, eu esperaria aqui.

Quando a minha respiração ofegante começou a desacelerar, eu finalmente desencostei da porta e me virei para encarar a escuridão do cômodo.

A biblioteca gigante que Lyrik tentou transformar em um estúdio de arte.

Era onde meu espírito tinha imediatamente entrado em crise, como se ouvisse a melodia desse lugar, embora já não soubesse mais como cantar.

Como se toda a beleza lhe tivesse sido arrancada naquela noite horrível.

Eu não tinha ideia se algum dia a teria de volta.

Meu olhar analisou as sombras inconstantes no espaço desconexo.

Um brilho silencioso da luz prateada do luar infiltrava-se pela enorme janela circular que era feita de vitrais translúcidos brancos e pretos. Era virada para a frente da casa luxuosa, distorcendo a vista em um lindo resplendor de cristais reluzentes e lançando sombras pelos móveis caros e suntuosas tapeçarias.

O piso era coberto por tapetes espessos e trançados.

Prateleiras de livros revestiam as paredes altas, seguindo todo o caminho até a enorme ponta do teto de catedral.

Meu olhar seguiu para o canto mais distante.

Atraído para onde cavaletes de pinturas incompletas se encontravam feito segredos mal escondidos.

Os rostos obscurecidos pintados nas telas cobertos pelo mistério.

Soltando um suspiro abatido, adentrei mais na sala, e deixei as pontas dos dedos roçarem gentilmente por uma pintura.

O rosto do homem disforme.

Olhos perturbados encarando o nada.

Segui para a próxima, situada onde havia uma garotinha agachada na beira de um riacho borbulhante, encarando seu reflexo na água reluzente, o rosto angelical contorcido.

Tristeza atingia o auge e aumentava, colidindo como um tsunami de sonhos frustrados.

A esperança despedaçada em um ato descuidado e sem sentido.

Tracei a imagem com as pontas dos dedos, desejando, de alguma forma, que pudesse infiltrar-se na minha alma, soprar vida outra vez dentro de mim.

Pensei ter sentido uma oscilação vinda dela.

Energia.

Uma profundeza ausente que subia e soprava. Um sussurro suave que percorria o cômodo.

Arrepios me envolveram, e os finos pelos dos meus braços e nuca se ergueram em uma onda de percepção.

Congelei no lugar, minha garganta se fechando enquanto essa sensação me atingia como uma pontada de medo. Conforme percebia que não estava sozinha.

Muito lentamente, eu me virei.

Em parte, temerosa.

Em parte, curiosa.

Entrecerrei o olhar ao mesmo tempo em que me esforçava para enxergar além das sombras silenciosas no canto mais distante da sala, de onde senti a onda de energia emanando.

Uma infusão de intensidade.

Meu coração estremeceu no peito quando uma figura escura sentada em uma grande poltrona surgiu à vista, devagar.

Ao vê-lo, um grito subiu à garganta, embora tenha ficado entalado.

Meu estômago revirou em milhares de nós.

Eu deveria correr. Sem dúvidas. Dar o fora daqui e fingir que nem notei o homem espreitando no canto.

Mas eu fiquei congelada.

Atingida por outro raio daquela intensidade.

Uma onda de choque atrás da outra me atingia e sacudia, colando meus pés ao chão.

Ele estava apenas sentado ali, sequer se movia, os olhos claramente me observando embora eu não conseguisse distingui-los em meio à escuridão.

— Meu Deus, você me assustou — finalmente consegui falar. Meu olhar disparou para a porta, à procura da saída de emergência mais próxima e sem saber se deveria usá-la ou não.

Ah, eu deveria.

Eu sabia que sim.

Mas fiquei parada, sem o instinto de *fugir*, balbuciei.

— O q-q-que está fazendo aqui? — perguntei à silhueta sem rosto.

O contorno dele não era nada além de ombros largos e o corpo rígido, as pernas estendidas à sua frente todo casual.

Como se ele não percebesse que apenas a sua presença estava abalando a terra.

O homem emitia a própria gravidade.

Ele mal se moveu, os gelos no copo de vidro que segurava no braço da poltrona reluzindo em um raio de luz conforme mexia a base em um círculo lento.

— A meu ver, exatamente o mesmo que você. — A voz dele era grave, controlada com tons afiados.

A curiosidade aflorou, envolvendo-me com amarras.

Sempre me considerei bem inteligente. Formei-me como a segunda aluna com a melhor nota da minha turma do ensino médio. Conquistei uma bolsa integral, embora terminar meu curso tenha sido difícil, considerando as minhas circunstâncias, mas consegui e fui muito bem.

Comecei meu próprio negócio.

E ali estava eu, pasma.

Estarrecida.

Fascínio me dominando como se fosse o único conhecimento que eu tinha.

— O que estou fazendo? — perguntei em vez de correr pela porta, pelo visto, meu bom senso já tinha claramente fugido sem mim.

— Se escondendo. — A palavra era um zumbido grave. Ele inclinou-se para frente. O ar se agitou. Segurei o fôlego quando o calor se acumulou na atmosfera e cobria minha pele com um fogo repentino de expectativa.

Mas que diabos é isso?

— Embora eu duvide que estamos fazendo isso pelos mesmos motivos — acrescentou.

Pude sentir o movimento de seu olhar sobre mim.

Avaliando.

Calculando.

— Você não sabe nada a meu respeito. — As palavras saíram em uma defesa trêmula. Eu nem sabia por que estava falando isso. Por que estava sequer me divertindo com esta conversa.

Ainda que não parecesse haver nada engraçado.

Esse sentimento se tornou real e potente demais.

Imediato.

Urgente.

Ele se levantou devagar, exibindo toda a sua altura imponente.

Deus do céu. Arrepios percorreram o meu corpo, e eu fiquei parada ali com os joelhos trêmulos.

— Não. Mas eu diria que você é muito fácil de decifrar. — Suas palavras eram ríspidas.

— E o que acha que está vendo? — Minha voz estremeceu, e minha nossa, eu precisava calar a boca e sair daqui. Sinais de alerta estavam aparecendo em todos os lugares.

Fora dos limites.

Meus pés estavam me carregando a uma direção para a qual eu definitivamente não precisava ser levada.

BEIJE-ME SOB AS ESTRELAS

Porque Lyrik estava certo.

Nem todos os seus convidados eram confiáveis. Nem todos eram bons.

E esse cara gritava perigo.

Encrenca.

Mas em um nível completamente diferente do idiota lá embaixo.

Porque eu estava me sentindo hipnotizada. Atraída para a escuridão que tomava conta do espaço. Correndo e colidindo.

De alguma forma, tive a sensação de que se eu me aproximasse mais, seria engolida.

— Medo. — Sua afirmação arrogante reverberou pelo ar.

Engoli em seco.

Talvez eu tivesse entendido tudo errado. Talvez ele fosse o caçador farejando sua presa. Farejando a forma como eu estava atraída. Impotente para seja lá o que essa atração fosse –algo que nunca tinha experimentado na minha vida.

Uma sedução obscura.

Dei um passo para trás, como se fosse possível me afastar.

Ele deu um passo para frente.

Isso o trouxe a um feixe de luz.

Escancarei a boca e meu estômago revirou.

Eu não sabia dizer se ele era assustador ou lindo.

Assustadoramente lindo.

Sim, sim, era isso.

Alto e esbelto. Diferente do meu irmão, porém.

Ombros largos. Músculos rígidos visíveis, braços que exalavam força. O cara estava usando camiseta, um jeans esfarrapado e Vans para uma festa de gala na parte mais rica da cidade.

Sua mandíbula estava cerrada, uma rocha perfeitamente esculpida tão rija que eu temia poder quebrar e estilhaçar.

Seu nariz era reto e suas sobrancelhas definidas. Os lábios carnudos estavam firmes em uma linha rígida.

Seus olhos eram a única parte dele que poderiam indicar suavidade. A cor era de açúcar mascavo. As bordas eram de um preto severo e profundo. Como se talvez tivesse presenciado coisas horríveis demais e o sofrimento e ódio houvessem se cristalizado em uma rocha.

E eu estava parada ali boquiaberta, nervosa, e tentando fazer minhas pernas cooperarem. Fazer um pouco de juízo entrar na minha cabeça porque eu estava trancada em uma sala escura com um desconhecido.

A. L. JACKSON

Mas eu não conseguia me mexer.

Presa em uma areia movediça que eu sentia me puxando para baixo.

Seu olhar me avaliou.

Descaradamente.

Sem rodeios.

Algo que soava parecido com um grunhido lhe subiu à garganta quando sua atenção se prendeu onde meu vestido estava rasgado na fenda. Percebendo que estava totalmente aberto, me apressei para juntar o tecido, cujo o rasgo era tão alto que era capaz de revelar a minha calcinha.

Suas mãos enormes se cerraram nas laterais de seu corpo.

— O que aconteceu com o seu vestido? — Sua pergunta soou como uma ameaça.

— Nada... está tudo bem — falei na velocidade da luz.

Ele avançou e eu ofeguei.

O homem tocou meu queixo.

Um movimento gentil que angulou meu rosto para a luz. Ele deixou as pontas dos dedos traçarem a minha bochecha até seu polegar passar de leve sobre o galo que já tinha aparecido na minha testa.

Tremores me percorreram e eu estava tendo dificuldade para entender qualquer coisa naquele momento.

— Mentirosa — resmungou.

— Estou bem.

— Não parece tão bem para mim.

Aqueles olhos calorosos e doces desceram para onde a minha mão segurava o vestido, sua mandíbula enrijecendo conforme virava o rosto na minha direção, sua presença era uma invasão.

As palavras rasparam a minha bochecha quando as emitiu.

— Eu, provavelmente, não sou o único homem aqui que rasgaria com prazer esse vestido de você, linda, mas não me parece que você concordou.

Uma turbulência surgiu como um trovão no cômodo.

O homem era ousado demais.

Grosseiro demais.

Atrevido demais.

E eu sabia que não estava sozinha nessa atração louca que incendiava, pulsava e me cobria igual a um sonho perverso.

Eu deveria fugir disso. Sem dúvidas, algo tão poderoso assim era perigoso.

Mas eu queria.

Queria sentir.

Sentir-me viva e completa.

Atiçar essa fagulha que subitamente veio à vida dentro de mim. Uma que pensei ter se apagado para sempre.

Tive o lampejo de uma fantasia onde ele fazia isso. Ele me empurrando contra a parede, as mãos encontrando minha pele embaixo do tecido desfiado, erguendo-o sobre os meus quadris.

O tilintar de seu cinto ao se libertar.

Enquanto me arrebatava.

Tocava e me beijava, me possuindo até que a única coisa que eu conseguisse sentir era ele. Até que a dor tivesse sido afugentada.

O que tinha de errado comigo?

Eu estava pedindo por isso, não estava?

Julgamento ruim e essas coisas todas.

Eu culpava o TEPT.

À procura de algo para me fazer sentir bem no meio do sofrimento, mas eu sabia que aquelas mãos ásperas e masculinas não iriam ajudar em nada. Certamente, não precisaria de mais do que um roçar delas para deixar uma cicatriz.

Conhecendo a mim mesma, eu ficaria pior do que antes.

— Eu cuidei do assunto.

Ele deixou escapar uma risada áspera e incrédula.

— Correndo para cá assustada? Se trancando atrás de uma porta? Se escondendo? É isso que você chama de cuidar do assunto? Porque consigo pensar em várias maneiras melhores de *cuidar* disso.

Tensão cobriu a sala, a violência gritante que exalava desse homem.

Algo intenso e protetor surgindo e tomando conta de tudo.

Desejos me atingiram de todos os lados.

Persuadindo-me a me deixar levar.

Perder-me.

Talvez ver se era poderoso suficiente para me fazer esquecer.

Eu juro, aquele homem me deixou intoxicada.

Extasiada.

— Pensei que tinha dito que estava fazendo exatamente o mesmo que eu? — desafiei em um sussurro, seus lábios próximos aos meus, meu olhar traçando cada linha do seu rosto.

Procurando alguma coisa.

A. L. JACKSON

Encrenca.

Era isso.

Precisei de toda a força que tinha, mas afastei-me um centímetro, desesperada para abrir um pouco de espaço entre nós antes que eu fizesse algo do qual me arrependeria.

Como se tivesse lhe tirado de um transe, ele deu um passo para trás, também. Frustrado, ele passou os dedos pelas mechas rebeldes e indisciplinadas de seu cabelo castanho, os fios mais longos no topo insinuando um desastre, mas as laterais eram aparadas ao redor de suas orelhas.

— Não gosto muito de festas. Principalmente do tipo que está acontecendo lá embaixo.

Mesmo sabendo que não deveria, meus olhos começaram a explorar, absorvendo-o através das sombras. A força de seus braços magros e vibrantes espreitava por baixo de suas mangas dobradas.

Como se seus demônios estivessem rastejando pela pele.

Todos os seus erros escritos nas dobras e vincos dos seus músculos fortes e rijos.

Tudo nele era brutal.

Sem fingimentos e não ligando para nada.

Exatamente o tipo de cara do qual eu desisti anos atrás.

Voltei a atenção para o seu rosto, me esforçando ao máximo para me arrastar de volta para a terra firme.

Só que esse também não era um lugar seguro. Uma olhada para os seus lábios e depois para os seus olhos, e já senti o frio na barriga.

— Então por que está aqui?

Ele virou a cabeça com uma risada baixa e sedutora.

— Tenho feito essa pergunta para mim mesmo.

— Já descobriu por quê? — As palavras saíram em um sussurro.

O sorriso mais lento surgiu em sua boca sexy.

— Estou começando a entender. — Ele ergueu a mão e tocou em uma mecha do meu cabelo preto, me encarando enquanto o fazia, o mundo instável e vibrando ao nosso redor. — E quanto a você, linda? Você não me parece o tipo que imploraria para alguém te deixar passar por aquela porta. Não parece pertencer a um lugar como esse.

Meu corpo entrou na defensiva.

— E que tipo de lugar é esse?

Sua risada saiu em um som desdenhoso.

— Não me diga que não sente. A ganância e a gula correndo desenfreadas lá embaixo. Cada idiota exibindo o que tem. Desesperado por mais. Subir na vida. Sem ligar para quem pisoteia para chegar até lá. Dinheiro e fama fodem com a sua cabeça. Ou talvez já estavam todos fodidos, e foi isso o que os trouxe para cá em primeiro lugar.

— E você e eu, de alguma forma, não estamos incluídos nisso? — Era uma descrença. Talvez decepção. Porque eu não era muito de juntar pessoas em um grupo e rotulá-las.

— Não falei isso — murmurou.

Os rostos da minha família surgiram em minha mente. O restante da banda e suas esposas e seus filhos. Todas essas pessoas maravilhosas que entraram tão intimamente na minha vida que se tornaram uma parte permanente de mim.

Família.

— Nem todos estão procurando uma oportunidade para tirar proveito de alguém. Nem todos aqui são ruins.

— Talvez não. — Olhos castanhos brilharam nos raios de luz sombrios e cintilantes. — Mas você, com certeza, parece ficar dando de cara com os piores deles.

Era um aviso. Um que escutei alto e claro. Esse homem estava se colocando na mesma pilha.

Mau.

Perverso.

Destrutivo.

Mas foi o calor puro no fundo de seus olhos que me fizeram continuar pressionando.

Esse homem não era nada além de uma contradição enfurecida.

Ênfase no *enfurecida*.

Energia fluía dele como uma tempestade no horizonte. Obscura e sinistra.

E ali estava eu, ansiosa para desaparecer nela para descobrir os motivos.

— Acho que está errado. Aposto que eu poderia pedir para você caçar o cara que foi atrevido comigo e que faria isso sem nem piscar. Aposto que nem se importaria ou pensaria nas consequências.

— Eu estava certo — disse ele com uma risada áspera, os olhos deslizando pelo meu rosto.

Confusão me fez franzir o cenho.

— No quê?

Ele voltou a remexer naquela mecha do meu cabelo.

Estava me enrolando.

— Que não pertence a esse lugar. Você entrou correndo aqui tão perdida quanto eu. Exceto que não faz ideia de quando está correndo direto para o perigo. Não faz as pessoas ganharem a sua confiança – você confia primeiro e se arrepende depois. Fica procurando bondade onde não existe. Estou certo?

Respirei fundo, a sala girando com a força brusca de suas palavras.

— Uau. Você é meio babaca.

Ele riu. Um som baixo de escárnio.

— Você diz isso como se eu já não tivesse pleno conhecimento de quem sou.

Parecia que ele chamava a minha atenção por todos os meus defeitos. Acusava-me de ser fraca com o propósito de ser gentil.

Mas a verdade era que eu estava implorando para que ele me desse um motivo para confiar. Torcendo para que essa semente de amargura não se apoderasse e invadisse cada vertente da minha vida. Não queria que as últimas migalhas de esperança em que estava me segurando escorressem pelos dedos.

Desaparecendo para sempre.

E a parte mais assustadora era que eu conseguia sentir ela se esvaindo.

Além disso, fiquei pensando – por que ele? Por que sempre me sentia atraída pelo que, claramente, iria me machucar?

Ele se aproximou tanto que nossos narizes se tocaram, o cheiro dele invadindo meus sentidos.

Cravo-da-índia e uísque. Calor e sexo.

Vertigem fez tudo girar.

— Então, é isso, quer que eu vá atrás do imbecil que mexeu com você? — murmurou, a cabeça abaixada. — Fazê-lo pagar da pior maneira? Você tem razão. Eu faria isso em um piscar de olhos. É só dizer, e está feito. Sou muito bom em destruir o que quer que entre em contato comigo. Qualquer coisa que eu toco.

Ele estendeu a mão e deslizou a ponta do dedo pela lateral do meu rosto.

Arrepios percorreram minha coluna.

— A questão é, será ele ou será você?

TRÊS

LEIF

Você acredita em sina?

Em destino?

Naquela bobagem de contos de fada em que tudo acontece por um motivo?

Vivendo todos os dias pensando que cada acontecimento, conversa, e pessoa que passa por nossas vidas foi colocada naquele caminho antes mesmo de sequer sabermos a direção em que estamos indo?

Esculpido em uma pedra proverbial antiga antes de nascermos?

Tudo se juntando pelo bem maior?

Tudo besteira.

Se você me perguntasse, nossas vidas não eram nada além de um monte de entulho. Escombros feitos dos erros que cometemos.

Cada escolha terrível é mais um pedaço que nos esculpiu e nos transformou em algo cada vez mais e mais pavoroso.

Você discorda?

Eu tinha provas.

Estava bem ali, no fato de que eu estava frente a frente com essa garota que obviamente entrou aqui cambaleando, nada além da porra de uma alma perdida, desesperada por alívio.

Procurando refúgio perto das nuvens.

Muito perto das estrelas.

E teve o grande azar de se deparar comigo.

Ela piscou para mim com aqueles pretos olhos intensos. Eu não sabia se era a confiança desamparada irradiando neles ou a porra de seu corpo sexy e tenso que me deixou duro no instante em que a vi cambaleando pela porta.

A garota entrou aqui flutuando em meio a essas pinturas loucas que enchiam o cômodo parecendo um tipo de vapor lindo e efêmera, com este vestido branco extravagante que tinha o poder de deixar meus joelhos bambos.

Admiração em seu ser e algo docemente sedutor exalando da alma.

Eu a quis na mesma hora.

Possuí-la.

E eu era muito bom em pegar o que não era meu.

Ela deixaria. Eu sabia que sim. Conseguia quase senti-la estremecendo com o tipo de mágoa que só podia ser amenizada abrindo mão.

Perdendo-se completamente.

Mas havia algo nela que estava me impedindo.

Ela me encarou, insegura, talvez decepcionada.

— É isso o que você quer? — exigiu ela com aquela voz fina. — Me machucar? Acho que talvez eu tenha entrado no lugar errado. — Sua doce expressão franziu em desgosto, e suas palavras sussurraram parecidas arrependimento em meio ao ar denso.

As correntes que me prenderiam para sempre só se apertaram com mais força.

Um aviso.

Não importava.

Meu braço estava envolvendo sua cintura, puxando-a para perto. Claramente, eu queria a dor.

A dela ou a minha, eu não sabia.

A pele desnuda de suas costas exposta pelo caimento de seu vestido queimava minha pele.

Enviou um choque de desejo correndo desenfreado pelas minhas veias.

— O problema é tudo o que eu quero fazer com você — murmurei para ela. Direto e honesto. Porque eu apostava que essa garota merecia a verdade. — Tenho certeza de que deixaria nós dois com cicatrizes.

Cobiça explodiu.

Um raio que caiu entre nós.

Quente o bastante para incendiar essa porra de casa ridícula. Deixando nada além de cinzas.

— E nenhum bem poderia sair disso.

— Porque você não quer ou porque não merece?

— Porque eu irei te arruinar. — As palavras foram duras. Raivosas em sua verdade.

Os olhos pretos se entrecerraram, como se não tivesse ideia do que pensar de mim.

— Por que diria isso?

BEIJE-ME SOB AS ESTRELAS

— Porque eu já estou arruinado, baby.

Estávamos balançando, nos deixando levar por esta dança incontrolável que eu nunca previ.

Eu não senti nada semelhante em três anos.

Culpa impediu o ar de sair dos meus pulmões apertados.

Aquela exata percepção deveria ter sido suficiente para me fazer sair em disparada por aquelas portas.

— Eu deveria ir embora, não é? — sussurrou.

Dei um breve aceno de cabeça.

Ela tocou o meu peito.

Malditas chamas.

— Então que sentimento é esse que está me implorando para ficar?

— Sem dúvidas, é exatamente a mesma coisa que irá me fazer te afastar.

Do contrário, eu iria pressioná-la contra a parede e rasgaria aquele vestido do seu corpo.

Usando-a.

Alimentando-me de toda a doçura que eu conseguia sentir irradiando de sua pele.

Repulsa revirou o meu estômago.

Não.

Eu nunca quis me transformar no que sou.

Jamais quis ser venerado e respeitado de uma forma que só era provocada pela brutalidade.

Nem quis ser temido.

Ou ser o cara mau.

Talvez a realidade fosse que eu nunca soube ser qualquer outra coisa.

Predestinado. Cruel desde o início.

Depravação inserido no meu DNA.

Esse sentimento ardiloso martelava entre nós. Uma canção que começou baixa.

Uma melodia dando início ao que estava por vir.

Obscuro, fascinante e sexy pra caralho.

— E se eu não quiser que você me afaste? E se nós devêssemos estar bem aqui? Mesmo que seja só por esta noite? — Ela piscou com força, seus dentes afundando no lábio inferior carnudo, fazendo-o brilhar e minha boca encher d'água. — Você sente isso? Seja lá o que for?

Soltei uma risada áspera, e nem poderia responder aquela pergunta.

Porque se o fizesse, eu sabia que não teria como impedir a direção que isso estava indo.

— Você não faz a menor ideia do que está pedindo, linda — falei em vez de agir.

Nem sabia por que importava. Por que eu ligava. Com certeza, essa festa não se tratava apenas de excessos. Exagero. E tomar desta garota não seria nada além de gula.

— Você tem razão. Eu não sei. Mas e se eu quiser te conhecer? Talvez eu vim parar aqui e encontrei exatamente o que estive procurando. — Houve um lampejo de vulnerabilidade em seu rosto. Nem um sinal de fraqueza por isso.

Eu estava com a sensação de que, talvez, pela primeira vez em muito tempo, ela estava se sentindo corajosa. Forçando-se a dar um passo que deveria saber que era melhor não dar.

— Quem sabe esteja procurando em todos os lugares errados — retruquei, minha voz grave, e eu ainda estava puxando-a para mim. Seu rosto inesquecível franziu-se em confusão. A garota era tão incrivelmente linda que era difícil de olhar para ela.

Estoica e delicada.

Determinada e manipulável.

Pensativa, ela franziu os lábios, aquela boca pintada neste vermelho sedutor, um contraste forte com o branco de seu vestido.

Ela balançou a cabeça devagar.

Eu vi qual era o motivo.

Arrependimento.

Decepção.

Aceitação.

Nenhum de nós devia nada ao outro.

E ainda assim, parecia que eu devia.

Eu devia isso a ela – me afastar.

Sabia que era melhor não afundar os meus dedos em lugares onde a verdadeira beleza residia.

Ela se debateu para sair do meu aperto firme.

— Acho que eu geralmente acabo nos lugares errados — disse, as palavras ásperas.

Senti a vontade de me desculpar.

Por mim. Por quem eu era. Por quem nunca seria.

BEIJE-ME SOB AS ESTRELAS 31

E eu nem sequer sabia seu maldito nome.

Percebi naquele momento que eu estava correndo mais perigo do que ela.

Que quem tinha mais a perder era eu.

Que esse anjo tinha me arrebatado.

Fui pego em um piscar de olhos.

Meu celular tocou e vibrou no bolso. O som fez nós dois sairmos do transe.

Eu o peguei e olhei depressa para a mensagem.

> Lyrik West: Onde você está, idiota? Estou te procurando há meia hora. Encontre a gente no escritório lá embaixo em cinco minutos.

Quase consegui ouvir o sorrisinho na voz do cara. Conheço-o desde sempre. Desde *a época do homem que eu fui*, e ele ainda me convidou para vir aqui. Até três dias atrás, pensei que não houvesse nada no mundo que pudesse me tentar a voltar para essa porra de cidade devastada. Fui estúpido pra cacete, cedendo.

Vir para cá não foi nada além de imprudência.

Uma tendência suicida.

Porém, aqui estava eu.

Olhei de volta para a garota que estava parada ali, inquieta, aquele vestido abraçando as curvas esbeltas que eu estava ansioso para memorizar, o rosto tão lindo que estava sendo difícil afastar o olhar.

Ela não era nada além de uma tentação.

Uma maldita doce tentação.

Enfiei o celular de volta no bolso.

— Tenho que ir.

Ela fechou os olhos por um segundo quando disse:

— Entendi.

— Não, não entendeu.

A questão era que eu não queria que ela entendesse. Porque essa garota estava olhando para mim como se pudesse realmente enxergar através de toda a merda, e esse não era um lugar que eu poderia deixar ela ir.

Caminhei até a porta. Uma energia poderosa se estendeu, uma conexão que eu não previ voando frenética pelo cômodo. O vazio se moveu no meu âmago, provocado e insultado.

Outra punição.

A questão era que sempre estaria lá e não tinha como reparar.

Não havia como preenchê-lo.

Nas portas duplas, eu virei a fechadura. Quase do lado de fora, parei e olhei para ela por cima do ombro.

Ela estava com os braços cruzados, parada abaixo da janela gigante de vitrais com seu rosto erguido para o céu. A luz da lua infiltrou-se e a cobriu em uma nuance prateada.

Um rio escuro de cabelo descia sobre suas costas, roçando a pele que estava quase pálida na aura da luz sombria.

Anjo.

Mas eu não podia ter um salvador.

Não quando eu era o diabo.

Ela virou aqueles olhos escuros na minha direção.

— Eu queria ser ele — falei, as palavras raspando na garganta, incapaz de impedir a traição antes de escapar.

Mas se fosse uma outra vida, se esse passado não existisse, eu iria querer ser ele.

O tipo de cara que poderia perguntar o nome e o número dela feito a merda de um ser humano normal.

Talvez a namorar. Beijá-la, segurá-la e tratá-la da forma que claramente merecia ser tratada.

Da forma como ela queria.

Não.

Eu não a conhecia.

Mas como falei antes, ela era fácil de decifrar.

Ela me lançou um sorriso gentil.

— Acho que sou tola por querer que você fosse, também.

Dei um curto aceno.

— Tranque essa porta atrás de mim.

Porque Deus sabia que eu não era o único monstro rondando por este lugar.

BEIJE-ME SOB AS ESTRELAS

QUATRO

LEIF

— Caralho, é o Leif Godwin, em pessoa. — Ash Evans, o baixista da Sunder, me puxou para um abraço apertado assim que atravessei a porta.

O escritório ficava no final de um corredor cavernoso, as paredes eram feitas de madeiras escuras e ornamentadas e o teto adornado com uma grande sanca que moldava o local que levava para uma área privada no primeiro andar. Os ruídos da festa ecoavam pelas paredes espessas e vibravam o chão, partes da música chegando aos nossos ouvidos.

Sons de risadas surgiram entre a canção.

Entretanto, o clima aqui era diferente de onde eu estava escondido lá em cima.

Lá no sótão, era como se eu não fizesse parte do caos rugindo pela casa.

Como se eu tivesse me perdido e caído em um sonho.

Alucinando.

Tinha que ser isso.

Relembrei do rosto lindo daquela garota, a sensação de seu corpo delicado e tenso contra o meu ainda persistindo na pele, o cheiro dela ainda devastando e inundando meus sentidos.

Chocolate e creme.

Porra. Eu devia estar sonhando. Enlouquecendo. Perdendo a noção da realidade.

Ash me deu um tapa no ombro antes de se afastar, mas foi para trás só um pouquinho para poder agarrar meus antebraços, parecendo algum tipo de tia velha que não via seu sobrinho há vinte anos e queria dar uma boa olhada.

Se eu não tomasse cuidado, era capaz do idiota beliscar minhas bochechas.

— Cara, como é que você está? — perguntou. — Não te vejo há anos.

— Não posso reclamar — respondi, lutando contra a onda de desconforto.

Caralho, o que eu estava pensando, vindo para cá? Conseguia sentir dois mundos prestes a colidirem.

— Faz tempo demais. — Pude ver a corrente de diversão percorrendo sua expressão, como se tivesse voltado para aqueles dias em que nossos caminhos se cruzaram pela primeira vez. Quando a Sunder ainda não tinha sido descoberta, e eu ainda estava trabalhando incansavelmente com uma banda de heavy metal nos subúrbios de Los Angeles.

Queria que eu fosse diferente naquela época também. Forjando uma vida. Fingindo ser alguém que eu não era. Eu não conhecia todos eles tão bem, já que nunca me permiti chegar perto demais.

Envolver-me demais.

Uma filosofia que apliquei a tudo.

Até que ferrei as coisas da pior forma, como nunca tinha feito antes.

Peguei o que nunca deveria ter sido meu.

Egoísta.

Senti o nojo borbulhar, e coloquei um sorriso falso no rosto, me convencendo a aguentar firme e não sair correndo pela porta.

Pelo visto, estar em Los Angeles estava fodendo com o meu cérebro.

— Anos — confirmei.

— Você não envelheceu um dia. — Ele deu um tapinha na minha bochecha, sorrindo igual um babaca, sarcasmo alto e claro.

— Vá se foder, velhote — falei com uma risada. — Que eu me lembre, você era mais velho do que eu.

A verdade era que ele parecia melhor do que naquela época. Mais saudável. Mais feliz. Bem mais piegas, também. Acho que é isso que o amor, casamento e toda essa besteira fazem com você.

Não podia negar o fato de que o cara era foda.

Uma lenda.

Quero dizer, porra, eu estava em uma sala cheia delas.

Deixei meu olhar percorrer os rostos que estavam no escritório elegante. O cômodo era decorado com móveis enormes e escuros. Toda a Sunder se reuniu aqui e estavam esperando por mim enquanto a festa assolava as salas principais da casa.

Sebastian Stone, ou Baz, como todos o chamava, e seu irmão mais novo, Austin.

BEIJE-ME SOB AS ESTRELAS 35

Ash Evans.

Zachary Kennedy.

E, por último, mas não menos importante, Lyrik West. Meu peito se apertou quando minha atenção desviou para o cara, imaginando do que isso se tratava e no que foi que eu me meti.

Ergui o queixo em um gesto casual.

— E aí?

Lyrik levantou-se de onde estava sentado na beirada da mesa.

— Fico feliz que conseguiu vir de última hora.

Ele cumprimentou a minha mão e me puxou para dar um tapa no ombro.

— É bom te ver.

— Você também. Então, o que era tão importante que precisava me trazer para L.A.?

Não conseguia imaginar que meu convite para essa festa veio sem segundas intenções. Sem dizer que mandaram um jato particular até a Carolina do Sul e tinha um motorista no aeroporto para me buscar.

Tinha certeza absoluta de que queriam algo em troca.

Lyrik direcionou a cabeça para uma cadeira vazia. Eu me sentei e comecei a tamborilar os dedos na coxa porque não sabia mais o que fazer.

O baterista da Sunder, Zachary, mais conhecido como Zee, se levantou de onde estava escondido no canto.

— Vi você tocando com a sua banda em Savannah alguns meses atrás.

Fiquei inquieto, olhando em volta, todas as atenções em mim. O objetivo de ocupar o cargo de baterista em uma banda country desconhecida que só tocava em bares sórdidos no Sul era o fato de que ninguém me notaria. Que eu estaria a um oceano de distância daqueles que poderiam me reconhecer.

Mas então a Carolina George começou sua ascensão.

— Tenho que dizer, seu desempenho me impressionou. Não são muitas pessoas que conseguem tocar como você. Lyrik disse que te conhecia, então pudemos te localizar para trazer você aqui. A verdade é que bateristas tendem a ficar em segundo plano, se misturar e apenas se tornar parte do plano de fundo, e você poderia muito bem ser colocado na frente do palco.

Desconforto borbulhou dentro de mim. O cara achou que estava me elogiando quando não estava sendo nada além do portador de más notícias.

— Valeu — falei, forçado.

Que porra é essa?

Claro, eu conhecia a maioria dos caras naquela época.

Mas éramos pouco mais do que isso, conhecidos.

Indo aos mesmos lugares.

As mesmas festas de bastidores.

Os corpos repletos do lixo que bombeávamos em nossas veias e aspirávamos pelo nariz.

E então a Sunder chegou ao topo. Suas festas já não rolavam mais nos buracos desagradáveis e nojentos a que fui atribuído.

Quando fugi de Los Angeles três anos atrás, nunca pensei que veria qualquer um deles de novo. Quase me borrei quando vi o olhar de Lyrik naquele pequeno bar seis meses atrás, e fui embora antes que ele tivesse a chance de me encontrar.

Como se eu pudesse simplesmente fingir que ele estava alucinando.

Inventando aquela merda. Acho que Zee reparou em mim ao mesmo tempo.

Eu nunca deveria ter ido àquela audição. Nunca deveria ter respondido a porra daquele anúncio para um baterista. Pensando que seria maneiro. Um disfarce. Uma válvula de escape. Um lugar para exorcizar meus demônios. Ou, talvez, onde eu pudesse apenas deixá-los saírem para brincar.

Richard, o líder da Carolina George, não parava de falar que eu tinha um passado heavy metal.

Amava o meu estilo.

Amava a forma feroz como eu atacava a bateria. Disse que estava procurando um baterista que pudesse trazer um elemento diferente para a sua banda, e achava que esse cara era eu.

Ele tinha uma visão de mesclar country e rock de uma maneira que nunca havia sido feita antes.

Devia ter percebido.

Mas se não tivesse música, eu não teria nada, então que merda tinha a perder quando já havia perdido tudo?

Um incômodo retumbou dentro de mim.

A verdade do que eu tinha a perder.

O que estava em jogo.

— Então por que eu estou aqui? — perguntei finalmente, olhando para cada um deles, calculando o quão rápido eu poderia correr.

Zee balançou a cabeça de leve para mim.

BEIJE-ME SOB AS ESTRELAS

— Está programado de irmos ao estúdio na próxima semana.

Inclinei-me para trás, minhas defesas vindo à tona.

— E o que isso tem a ver comigo?

— Eu queria que você me substituísse — falou Zee.

Ergui as sobrancelhas, descentre.

— Você quer que eu te substitua? Tenho a minha própria banda, cara. As coisas estão evoluindo para nós. Não vou fazer nada que ameace isso.

E a última coisa que eu precisava era de algo que me expusesse.

Que me colocasse no centro das atenções.

Eu já estava me equilibrando em uma corda bamba bem desgastada.

Zee lançou um olhar para Lyrik, mas foi Ash quem respondeu.

— Não comece a se preocupar com isso. Meu garoto Lyrik aqui sabe tudo quando se trata do assunto de coisas clandestinas, não é, cara? — comentou, indo para o lado de Lyrik e colocando o braço de forma casual ao redor de seu pescoço. Ash o apertou. — Você lembra, Lyrik? Aqueles idiotas que acharam que poderiam realmente te atrair para longe de nós? Dá pra imaginar? Como se algum dia você fosse se afastar de toda essa grandiosidade.

Ash ergueu os braços.

— Nós fazemos mágica, baby. Nada pode nos tocar. Nem nunca tocará.

Lyrik bufou com um pequeno sorriso, e cruzou os braços tatuados.

— Se você não pode ser leal à sua turma, a quem diabos será leal?

Balancei a cabeça, agitação me comendo vivo.

— Então por que estou sentado aqui?

— Usando jeans e uma camiseta no meio da porra da festa mais chique que já fui, viu? Como isso é justo? — Ash puxou a gravata borboleta de seu smoking, brincando, nada além de uma piada. Como se conseguisse sentir a tensão irradiando de mim e estivesse fazendo de tudo para aliviar o clima. — O idiota pode usar o que quiser e você me fez colocar essa merda?

Ele gesticulou para mim.

Se possuísse a habilidade, eu teria rido.

O cara sempre foi louco.

Ansioso, tamborilei os dedos na coxa, me sentindo nu sem as baquetas que eu levava para todos os lugares que ia.

— Foi mal. Foi de última hora, como você disse. Não tive tempo de alugar algo mais apropriado — eu disse a ele.

Não que fosse fazer isso, de qualquer forma. Não é exatamente o meu estilo.

Lyrik soltou um suspiro profundo.

— Escute, cara. Isso está saindo da forma errada. Realmente não é grande coisa. O Zee aqui não tem a intenção de sair da banda. O filho dele, Liam, é meio que um prodígio do futebol e tem a chance de jogar este verão para uma liga infantil gigante, e ele quer estar lá para os jogos, o que significa que tem um conflito de agenda. Você é o único que conhecemos que é bom o bastante para ficar no lugar dele nas músicas. Simples assim. E você ainda terá tempo de cumprir todas as suas obrigações com a sua própria banda. Sei que não tem nenhum show por algumas semanas, e tínhamos esperanças de que estivesse disposto a passar essas semanas no estúdio com a gente.

— Só isso — acrescentou Sebastian de onde estava sentado atrás da mesa, os braços dobrados atrás da cabeça e recostado na cadeira.

Sebastian Stone era o vocalista original da Sunder. Ele renunciou o microfone alguns anos atrás para ficar mais próximo de sua família, e abriu uma gravadora própria, a Stone Industries.

Agora seu irmão mais novo, Austin, assumiu a liderança, embora parecesse que Baz não tivesse realmente se distanciado tanto da banda.

Você quase não via uma foto nos tabloides ou nas revistas de música sem os cinco juntos.

— Não é nada demais, mas tem bastante dinheiro envolvido para você. — Baz deu um sorrisinho irônico.

— Poderiam ter apenas me mandado uma mensagem ao invés de me arrastarem até L.A. para me perguntarem isso. — Encarei-os, minhas defesas diminuindo, mas ainda assim, isso era um exagero.

Zee balançou a cabeça.

— Não. A gente precisava te convidar pessoalmente. Para que soubesse o que isso vai significar para mim, considerando que você é a única pessoa capaz de fazê-lo, e eu preciso estar com o meu filho.

— Desculpe, você poderia ter poupado um pouco de tempo porque não posso ficar em L.A. Planejo dar o fora daqui esta noite.

Nunca deveria ter vindo para começar.

Não fazia ideia de onde veio aquela compulsão.

A chama feroz que me fez aceitar.

Como se vier para cá pudesse me aproximar da vingança.

Mas eu tinha que relaxar, porra. Esperar. Aguardar a hora certa. Fazer direito.

Baz inclinou-se para frente na cadeira e tamborilou os dedos na mesa.

— Não vai ser em Los Angeles. Nós vamos gravar no meu estúdio perto de Savannah, Geórgia, lá em Tybee Island. Te deixa em um bom lugar para ir e vir quando a sua banda precisar de você, já que ficam majoritariamente no Sul.

— Você também não vai ver meu traseiro passeando por L.A. por muito mais tempo — acrescentou Ash. — A maioria de nós está criando nossas famílias em Savannah. O único que ainda tem uma casa aqui é Lyrik. Esse imbecil é o único motivo para qualquer um de nós se arrastar para o outro lado do país, em primeiro lugar.

Lyrik grunhiu.

— Compartilho a guarda com a mãe do meu filho — esclareceu, como se eu precisasse saber de todos os detalhes que constituíam suas vidas. Como se precisassem revelar tudo para ganhar a minha confiança. — Brendon vai passar o verão inteiro com a gente em Savannah, então vai dar certo.

Eu hesitei. A única coisa boa que aprendi com a porcaria da minha mãe era que se algo parecia ser bom demais para ser verdade, provavelmente era.

E por que diabos eu queria isso, de qualquer forma?

Mas estava ali... a sede para tocar.

A coisa que guardei para mim mesmo.

Meu único amor quando todo o resto havia sido arrancado de mim.

Balancei o joelho.

— Quanto tempo vocês planejam ficar no estúdio?

Sebastian esfregou a mão pelo rosto, pensando.

— Seis semanas... dois meses, no máximo.

— E todos nós temos casas lá... você é bem-vindo para ficar com qualquer um de nós. — Austin Stone parecia ser o mais reservado do grupo. Algo profundamente atencioso de sua parte. — Ou nós podemos te instalar no seu próprio apartamento se ficar mais confortável com isso. Quero dizer, o que for necessário para você concordar. — Ele deu um pequeno sorriso após falar isso.

Lyrik esticou as longas pernas à sua frente e recostou-se contra a mesa.

— Na verdade, minha esposa e eu temos uma casa de hóspedes na nossa propriedade. Com o risco de soar arrogante, ela é bem irada. É sua, se quiser.

— Você? Arrogante? Nunca. — Ash lhe deu um tapa nas costas. bem possível que foi com um pouco mais de força do que o necessário.

— Vá se ferrar, cara, quer que eu acabe com você? — Lyrik virou o braço em um soco sem rumo. Ash saltou para trás e devolveu favor, gargalhando alto.

— Pode tentar, babaca.

Os dois estavam agindo como se tivessem treze anos, de bobeira em uma pista de skate grafitada ao invés de uma mansão multimilionária.

— Então é isso? Tocar música com vocês, e depois continuo feliz da vida? Sem perguntas? Ou vínculos?

— É isso — respondeu Baz com os cotovelos na mesa, inclinando-se na minha direção. — É uma ótima visibilidade. Sei que a Carolina George anda negociando com a Mylton Records de um possível acordo. Isso só vai te ajudar.

Incrédulo, arqueei as sobrancelhas enquanto dava uma risada.

— Até onde sei, você e o CEO da Mylton Records não eram exatamente amigos.

A banda deles quase acabou por causa da pressão de sua antiga gravadora, sendo esta a razão pela qual Sebastian começou a sua própria.

Eu mesmo não ia muito com a cara do presidente da Mylton Records. Karl Fitzgerald era um maldito canalha. Mas não significava que ele não poderia fazer grandes coisas pela nossa banda.

— Quanto? — perguntei.

— Trinta mil por semana... mais os royalties. — Sebastian ergueu o queixo.

Como se estivesse me desafiando a deixar isso passar.

Puta merda.

Era muito grana, e não pude evitar pensar que isso poderia finalmente me levar para onde eu precisava.

Dinheiro o bastante para fazer acontecer.

Para pagar, enganar e subornar a fim de que eu entrasse pelas portas dos fundos.

Pegar aquele imbecil de surpresa antes que fosse tarde demais.

— Eu tenho uma exigência.

— Qual é?

— Preciso que usem meu nome artístico. Não quero ninguém me relacionando aos velhos tempos.

Será que não soou presunçoso pra caralho?

Eles não precisavam saber o verdadeiro motivo.

BEIJE-ME SOB AS ESTRELAS 41

Ele deu de ombros.

— Tranquilo. Um monte de gente faz isso. É parte do processo dessa vida.

— Se minha banda precisar de mim? Eu vou — acrescentei.

Se eu iria fazer isso, precisavam saber que a Carolina George tinha que ser minha prioridade.

— Sem problemas. — Lyrik deu um curto aceno. Alívio percorreu sua postura, logo antes de sua expressão endurecer. — Mais uma coisa que você precisa saber antes de todos nós concordarmos com isso.

— O que é?

Ele observou os amigos antes de me encarar com seu olhar pesado. Os olhos tão escuros que eram quase pretos.

Algo familiar disparou pelo meu corpo.

Aquela garota surgiu à minha mente.

Esfreguei o cabelo com a mão.

Porra.

Eu precisava arrancá-la do meu ser.

Esquecer.

Porque ela era algo que eu não poderia ter. Um encontro, e ela estava me atormentando.

— Só preciso esclarecer que andamos na linha. Nós todos temos famílias. Toda a merda que gostávamos no passado está exatamente lá... no passado.

Eu sabia muito bem o que Lyrik estava me dizendo. Ele estava falando dos dias a que Ash se referiu quando entrei pela porta.

A depravação, a perversidade e a maldade.

A questão era que Lyrik não sabia de nada. Se soubesse, de jeito nenhum me convidaria para a sua casa.

— Não toco naquela merda há anos — contei.

Não significava que eu não era mais um prisioneiro.

— Ótimo. Porque eu protejo a minha família, custe o que custar. Nós todos protegemos. Eles sempre virão em primeiro lugar.

Foi um aviso categórico.

— Como deveria.

Era a única coisa que qualquer um de nós tinha. Lutar por nossas famílias.

— Ótimo.

— Então, está dentro? — perguntou Zee, mais ansioso do que provavelmente queria deixar transparecer.

Passei a mão pelo meu cabelo. Isso era uma loucura.

Mas assim como quando o pedido de socorro veio, me pedindo para estar aqui, não consegui me obrigar a dizer não.

— É, podem contar comigo.

Ele soltou um suspiro.

— Valeu, cara. Isso é um alívio enorme. Não quero decepcionar a banda, mas não posso decepcionar o meu filho. Difícil equilibrar, sabe? Mas a família tem que vir em primeiro lugar.

Dor apertou a minha garganta. Eu a engoli em seco, deixando-a alimentar a fúria.

— Fico feliz em poder ajudar.

— Mais do que imagina. Estou em dívida com você.

— Acho que estou sendo muito bem recompensado.

Zee sorriu.

— Não. Dinheiro não é nada mau.

Olhei ao redor da casa extravagante de Lyrik.

— Obviamente.

Lyrik assentiu.

— Preciso voltar para a festa. O avião vai te esperar, como pediu, a menos que queira ficar e curtir com a gente?

— Acho que é melhor eu voltar.

Para longe desse lugar.

Levantei-me da cadeira.

— Vou pedir para alguém entrar em contato para tomar providências para te trazer junto com as suas coisas a Savannah. Planejo estar lá na quarta-feira.

Lyrik estendeu a mão.

Eu a cumprimentei.

Selei o acordo.

Não pude evitar sentir como se estivesse assinando meu nome com sangue.

— Estarei lá.

— Estou empolgado — disse Lyrik com um aceno. — Sinto que coisas boas virão disso. Sei que você compõe. Nunca é demais ter mais um par de ouvidos na jogada.

Senti uma agitação no meu íntimo.

Algo poderoso.

Mais forte do que as partes mais depravadas de mim.

Música era a única parte boa.

BEIJE-ME SOB AS ESTRELAS

A única contribuição que eu poderia fazer.

— Vai ser legal, é. — Olhei ao redor do cômodo. — Acho que vejo vocês ainda esta semana.

Cumprimentei todos, aceitando as boas-vindas ao seu mundo na esperança de que eu não estivesse cometendo um grande erro.

Considerando que perdi toda a esperança anos atrás, não ajudou muito a me tranquilizar.

Voltei para o tumulto que ecoava pelo corredor. Nada além de uma onda de vozes, música e energia. Caminhei até o centro, deixando abastecer o fervor. O calor, a ânsia e a cobiça.

Andei por entre a multidão sem desacelerar e saí pela porta da frente, na direção do carro que estava esperando.

Eu precisava sair desta cidade. Fugir dos fantasmas que corriam eternamente por essas ruas. A questão era que não importava o quão longe ou o quão rápido eu fugia, eles sempre estaria bem ali, me assombrando.

Esperando na escuridão.

Caminhei pela calçada, me preparando para entrar no banco de trás quando o motorista abrisse a porta, e só parei para olhar sobre o meu ombro na direção da casa.

Meu olhar foi atraído.

Elevado.

Diretamente para a sombra delineada na imponente janela de vitrais.

Ela estava me observando.

Um anjo no sótão.

Calor arranhou minha pele, colidindo com o frio.

Aquele vazio uivou.

Entreguei-me para ele por um instante, por um mísero segundo, antes de me arrancar de seu olhar e entrar no banco de trás do carro.

Porque não importava aonde fosse ou quem eu fingisse me tornar.

Jamais seria capaz de escapar do lembrete da pena que ainda deveria ser paga.

CINCO

MIA

De onde eu estava sentada na ilha da cozinha, encarei as janelas que tinham vista para Los Angeles enquanto o sol lentamente surgia acima do horizonte. Lembrava um caleidoscópio de cores através da cidade.

Tons de rosa, laranja e estouros de azul.

Beberiquei meu café enquanto apreciava a vista.

Havia sempre uma paz tranquila que irradiava com o amanhecer.

Como se estivessem nos oferecendo uma segunda chance. Uma nova história. Nossos espíritos sendo renovados.

Acho que não fiquei surpresa quando fui atingida por uma onda de tristeza.

Ela flutuava, ondulava e saturava. Era sua própria entidade. Estendi a mão, a acolhi, segurei-a perto do coração.

Permiti que o sofrimento me consumisse por um brevíssimo instante. Minha mãe me ensinou que, às vezes, a parte mais importante da cura era nos permitirmos *sentir*. Era preciso nos permitir sentir, de verdade, sem tentar minimizar a dor, antes que fosse possível esperar que não doesse tanto.

E, nossa... a dor era tão grande que chegava a ser física.

Uma dor que nem chegava perto de ser aliviada.

Tão aguda, mordaz e bruta quanto poderia ser.

— Eu sinto muito — sussurrei, meus olhos fechados com força como se ela pudesse ouvir.

Torcendo para que pudesse ouvir. Que havia algum lugar muito maior do que esta vida aqui.

Despertei do transe quando ouvi um tumulto de passadas retumbando do outro lado da casa.

Minha alma condoída planou. Erguida como se eu tivesse sido jogada em um bote salva-vidas.

A única coisa nesse mundo feio que poderia verdadeiramente me salvar.

Começou a ficar cada vez mais alta. Uma desordem que chegava mais perto a cada batida.

Dois segundos depois, a porta de vaivém se abriu. Um bando inteiro de crianças correu para a cozinha.

Empurrando-se e competindo para entrar na frente um do outro. Nada além de braços se agitando, vozes estridentes e risadas que poderiam durar dias.

Um sorriso calmo surgiu em meus lábios quando observei a confusão. Eles nem perceberam que eu estava lá, considerando que estavam ocupados demais tentando ultrapassar o outro.

Kallie e Connor, que eram os filhos de Baz e Shea.

Liam, o filho de Zee e Alexis, que tinha sete anos.

Colton, a criança selvagem de três anos que pertencia a Ash e Willow. Nada além de um brincalhão, igualzinho ao seu papai.

Sadie, que era filha de Austin e Edie, estava logo atrás.

Brendon e Adia, os filhos de Lyrik e Tamar – minha sobrinha e meu sobrinho.

Não era segredo algum que os garotos da Sunder estiveram ocupados nos últimos anos.

— Cheguei primeiro! — gritou Kallie enquanto empurrava Brendon para passar à sua frente, o cabelo loiro voando ao seu redor quando fez um último esforço desesperado para chegar à frente do bando.

Brendon estendeu o braço.

Segurei o fôlego preocupada porque ele praticamente se atirou para impedir que ela passasse na frente.

A última coisa que precisávamos era que ela rachasse a cabeça no azulejo de mármore.

Oh, mas Kallie estava na ponta dos pés, esperando sua retaliação, a criança se jogando de joelhos e ela pronta para deslizar bem debaixo de sua barreira. No segundo em que ela o fez, deu um salto e bateu as mãos na bancada

— Ha! Encostei primeiro! De forma justa.

— Uh, de jeito nenhum, Kallie. Com certeza eu cheguei na sua frente. — Brendon tirou os braços dela da ilha e bateu as mãos em seu lugar. — Viu!

— Sem chance. Você é um trapaceiro, Brendon West. — Kallie apoiou a mão no quadril, mostrando toda a sua petulância. — Eu toquei primeiro!

— Kallie ganhou, Kallie ganhou — cantarolou Adia, empurrando seu irmão mais velho como se a cabeça quente de quatro anos tivesse força suficiente para tirá-lo da disputa.

— Legal... fique do lado dela ao invés do meu, Adia. Isso é que é traição. Como pode fazer isso comigo? Eu sou seu irmão mais velho. — Ele bateu a mão no peito.

Não passa de um dramático.

Eu juro, aquele garoto seria um destruidor de corações.

Colocando minha xícara de café na copa, eu me levantei e comecei a andar na direção deles. Dei a volta na grande ilha assim que Kristina, a babá de confiança de Tamar e Lyrik, entrou pela porta.

Ela estava carregando Greyson.

Uma onda de adoração se espalhou pelas minhas veias, meu coração se apertando com força.

Isso é que é destruir corações.

Euforia tomou conta de seu rosto, e ele apontou para mim com seu dedo rechonchudo.

— Mamãe! Tô te vendo! Tô te vendo! Fiu! Mamãe na cozinha — disse ele para Kristina com um de seus gestos enfáticos, como se ela não tivesse notado que eu estava bem ali.

Amor percorreu o meu corpo. Tão rápido e com tanta força que quase me derrubou.

— Estou te vendo também, fofinho — murmurei, apontando de volta.

Caminhei até eles, ansiosa demais para pegar meu filho de dois anos em meus braços. No instante em que o fiz, eu pulei com ele, dei-lhe um beijo na testa e inspirei seu cheiro.

Alegria.
Plenitude.
Realização.

— Senti saudade de você. Se divertiu muito ontem à noite? — cantarolei em um sussurro.

Animação o fez arregalar os olhos castanhos.

— Eu assisti os *dagões*!

Ele disse como se fosse algum tipo de segredo.

— Você assistiu, né?

— Adolo os *dagões*.

— Como ele ficou? — perguntei, olhando para Kristina.

BEIJE-ME SOB AS ESTRELAS

Ela e uma amiga sua tinham cuidado das crianças ontem à noite na segunda ala da casa. Todos nós queríamos que eles estivessem por perto, mas escondidos em segurança, longe da loucura.

Não foi tão difícil atraí-los com uma festa do pijama com tema de filmes, uma máquina de raspadinhas e tudo o mais.

Não era como se Lyrik fosse economizar nas coisas boas.

Foi um pouco mais difícil fazer com que eu concordasse. Depois de tudo, era complicado deixar meus filhos fora da minha vista, quanto mais por uma noite inteira.

Mas eu queria estar presente para Tamar e Lyrik. Apoiar o que estavam fazendo.

Talvez até me sentir normal por um tempo.

Bastava apenas um único pensamento nele para que arrepios percorressem a minha pele. Meus pelos se erguendo conforme era atingida com os resquícios da intensidade a que eu tinha sido prisioneira na noite passada.

O homem no sótão.

Uma tempestade escura.

Uma luz branca.

Uma fusão de energia que tinha se espalhado em silêncio.

Se eu fosse racional, sabia que aquele encontro intenso não deveria significar nada. Eu já deveria ter esquecido isso. Mas, de alguma forma, aquilo havia me marcado. Fez-me revirar a noite toda, depois me fez levantar muito antes do sol, incapaz de conseguir dormir.

Não.

Não foi amor instantâneo.

Foi curiosidade à primeira vista.

Atração instantânea.

E me deixou *destroçada na hora*.

Fiquei com essa pequena amostra do "e se" esmagada dentro de mim.

E se ele tivesse ficado um pouco mais? E se eu tivesse feito mais algumas perguntas? E se eu o tivesse pressionado um pouco mais – teria nos levado a algo predestinado?

E se ele tivesse me beijado?

Aquela onda de arrepios se transformou em um fogo repentino.

E se ele tivesse...

Engoli em seco, sem sequer conseguir imaginar. Aquelas mãos, aquele corpo e aquele coração taciturno.

Ele teria acabado comigo.

Sem dúvidas.
O que eu fiz foi me esquivar de uma bala em alta velocidade.
Um arsenal inteiro.
Caramba, eu provavelmente evitei uma ou duas minas terrestres.
Estava estampado caos naquele homem. Tatuado em problemas. E eu já tinha tido o bastante disso para uma vida inteira.

— Nosso Greyson aqui foi um santo, não foi? — paparicou Kristina, cantarolando para o meu filho, tirando-me do transe.

Ergui as sobrancelhas, incrédula.

— Um santo, é? Por que não acredito em você?

Greyson pode ser a coisa mais fofa do mundo, mas a criança dava trabalho. Tão cheio de energia que era difícil acompanhar.

— Bem, você deveria acreditar. Esse aqui roubou o meu coração. Mesmo que ele tenha acordado duas vezes no meio da noite, não é, seu fedorento? — Ela tocou no nariz dele. — Mas eu vou te perdoar.

Ela me deu uma piscadinha enquanto ele dava um de seus sorrisos para ela, do tipo que era todo cheio de bochechas gorduchas, dentinhos minúsculos e a fofura que sabia que podia se livrar de qualquer coisa.

— Ei, pensei que eu é que tinha roubado seu coração? — falou Brendon do outro lado da cozinha.

Ele era cheio de sorrisinhos, cabelo preto e olhos escuros, assim como seu pai.

Nada além de um paquerador.

Kristina deu uma gargalhada.

— Oh, você acha, é, Brendon?

— Não parta o meu coração, srta. Kristina.

Era difícil acreditar que ele tinha menos de treze anos. A ameaça de sua adolescência estava se tornando cada vez mais aparente a cada dia que passava.

Tão doce e encantador quanto possível, mas não lhe faltava o brilho em seu olhar.

Algo selvagem e rebelde.

Fiquei animada quando ouvi outro conjunto de passos caminhando pelo corredor, mais devagar do que os outros, assim como eu esperava.

Olhei naquela direção quando a porta voltou a se abrir.

Penny.

Aquele amor avassalador me atingiu de novo.

Penny era minha filha mais velha. De cabelos escuros e olhos castanhos. Estoica e esbelta.

BEIJE-ME SOB AS ESTRELAS

Todas as coisas maravilhosas.

Meu doce milagre porque eu tinha certeza de que foi esta menininha que me salvou quando ela nasceu. Ela meu deu algo bom e certo para viver.

Um propósito.

Colocou-me em um caminho diferente daquele que eu estava seguindo.

Ela andou pelo corredor muito tempo depois de todos os outros com o nariz enfiado em um livro.

Grande surpresa.

— Oi, mãe —murmurou ela, mal olhando para mim enquanto seguia para a mesa sem afastar o rosto do livro.

— Senti sua falta também — falei quando passou por mim.

Ela ergueu o braço em um gesto de "tanto faz".

Pois é, seus anos de adolescência também estavam à espreita.

Ela e Kallie tinham onze anos de idade. Eram como unha e carne. Melhores amigas, embora vivessem em lados opostos do país.

Essas lindas garotinhas que estavam se preparando para se tornarem estonteantes.

Esse pensamento me apavorava por completo.

Eu queria juntar meus dois filhos e protegê-los de qualquer sofrimento que pudesse surgir.

De todo infortúnio e de todos os seus erros.

Mantê-los pequenos, inocentes e doces.

Mas não havia como parar a passagem do tempo e as experiências que viriam com ele.

E na verdade, eu queria abraçar cada fase.

Deixá-los tropeçar e se levantarem sozinhos enquanto correm atrás de seus sonhos.

Alguns dias isso era mais fácil falar do que fazer, porque eu sabia que significava que eram obrigados a passar por todo tipo de lições difíceis para chegar lá.

Ninguém nunca disse que ser mãe era fácil, e fazer isso sozinha era muito mais complicado.

Greyson deu uma batidinha no meu rosto para chamar minha atenção.

— Quero comer, mamãe! — gritou acima da bagunça que estava acontecendo na cozinha.

Connor e Liam estavam no chão em um duelo de luta livre, o restante das crianças fazendo um círculo em volta dele enquanto lutavam para ver quem venceria.

— Ei, não me façam ir acordar o tio Lyrik para acabar com a briga. Vocês sabem o que vai acontecer — avisei, tentando conter a minha diversão.

Brendon desatou a rir.

— Cuidado, ela vai chamar o meu pai, aí vocês todos vão ficar encrencados.

— Sem chance, aposto que ele me dará cinco dólares se eu imobilizar o Connor. — Liam estava ofegante ao falar, se agitando descontrolado, os dois gargalhando tanto que eu duvidava que houvesse uma chance de qualquer um deles conseguir uma vitória.

Um sorriso curvou o canto da minha boca, saboreando a sensação. A alegria, o amor e a felicidade.

Um forte lembrete de que não restava apenas o mal no mundo.

Que vou conseguir passar por isso.

— Muito bem, vamos te alimentar, meu amorzinho — cantarolei para Greyson conforme o levantava mais alto no quadril e começava a seguir para a geladeira.

Foi nesse momento que Tamar desceu desajeitada um lance de escadas laterais que levavam do segundo andar para a cozinha. Ela apertou o cinto de um roupão de leopardo sedoso ao redor da cintura ao mesmo tempo em que absorvia a cena.

— O que raios está acontecendo aqui?

— Apostei dez dólares no Liam, mamãe Blue. Ele pode ser minúsculo, mas é poderoso. — Brendon sorriu triunfante quando ela entrou na cozinha.

Ela franziu o cenho.

— Hum... o que dissemos de apostas, Brendon?

— Não aposte quando sabe que vai ganhar.

Eu ri. Não pude evitar. Sacudi a cabeça para a madrasta dele enquanto ela olhava para mim exasperada.

Ela pode não ter dado à luz a Brendon, mas o amava com todas as suas forças. Tratava-o como se fosse dela. Respeitava sua mãe biológica, unindo-se a ela para garantir que Brendon fosse educado da melhor maneira possível, considerando que estava sendo criado em duas casas separadas.

Nunca era fácil. Ou perfeito. Mas a verdade é que as famílias jamais eram. Porém, o amor de fato vivendo ali foi o que as tornou completamente certas.

Ela passou os dedos pelo cabelo dele e deu um beijo no topo de sua cabeça.

— Você não passa de um encrenqueiro, sabia disso?

BEIJE-ME SOB AS ESTRELAS

— É por isso que você me ama.

Ela suspirou de novo, segurando uma risadinha, adoração tomando conta da expressão.

Adia caminhou direito ela.

— Oi, mamãeeeeeee!

Ela jogou os bracinhos ao redor da cintura da mãe, e Tamar a abraçou com força.

— O que você está fazendo já acordada? — perguntou Kristina à Tamar, rindo de novo quando Tamar olhou desesperada para a cafeteira. — Pensei que não a veríamos pelo menos até o meio-dia.

Ela revirou os olhos sobre a cabeça da filha.

— Sério... acho que eu conseguiria dormir por uma semana inteira. Mas meus filhotes estavam me chamando, então a mamãe se arrastou da cama. Pensei que todos estariam com fome.

— Eu comê! — A mão de Greyson disparou para o ar, um voluntário digno.

— Eu teria ficado feliz em dar comida para eles — disse Kristina.

Tamar balançou a mão para ela.

— Está tudo bem.

Estremeci quando a porta lateral se abriu atrás de nós.

Quase consegui sentir.

A maneira como a leveza desapareceu do ar e a agressão tomou o lugar.

Um pavor gelado que fez os pelos na nuca se arrepiarem e meu estômago revirar de preocupação.

Acho que todos os outros sentiram também, porque Kristina parou o que estava dizendo e todas as crianças ficaram em silêncio.

Do meu ponto de vista, vi o vinco mais profundo surgir na expressão de Tamar.

Com cautela, olhei por cima do ombro e vi Lyrik enfurecido na porta, usando jeans surrado, uma camiseta ainda mais velha e ódio em seu rosto.

— Lyrik. O que aconteceu? — Tamar conseguiu perguntar, sua voz tremendo com uma onda de receio.

Com as mãos curvadas no batente da porta, ele engoliu com força, a tatuagem em sua garganta balançando conforme seu olhar deslizava pela cozinha, movendo-se instintivamente até mim. Ele olhou de volta para Tamar.

— Preciso para falar com a minha irmã. Em particular.

Arrepios percorreram a minha coluna.

Um toque glacial.

Eu congelei no lugar.

— Por favor — disse entre dentes, claramente sem querer fazer uma cena na frente das crianças.

Eu me forcei a sair do torpor. Balancei a cabeça depressa.

— Claro. — Tentei disfarçar. Agir como se não fosse nada demais quando Penny finalmente tirou sua atenção do livro e a transferiu para mim.

Como se ela pudesse sentir tudo isso, também.

Preocupação surgindo em seu lindo, lindo rosto.

Trêmula, caminhei até Tamar.

— Você pode ficar com ele um pouco?

— É claro — respondeu, pegando-o do meu colo e o abraçando com força sem parar de encarar Lyrik com um milhão de perguntas em seu olhar.

Ele não disse nada quando saiu. Com os pés pesados, eu o segui até a luz silenciosa da manhã.

— Pensei que ainda estivesse dormindo. Eu também precisava falar com você — murmurei para as suas costas conforme ele se dirigia para a beira do pátio, me esforçando para quebrar a tensão. Apavorada com o que poderia tê-lo deixado tão perturbado.

Fingir que isto não era nada demais quando eu podia sentir a severidade da situação atravessando a atmosfera.

O ar mais frio do que deveria ser.

Um aviso gélido que arranhou a minha pele em pontadas irregulares.

Não podia deixar de fora o fato de Lyrik estar fazendo o seu melhor para manter a calma e perdendo a batalha consigo mesmo, suas mãos cerradas, algo terrível, sombrio e cruel irradiando de seu ser.

Quando estávamos completamente escondidos da vista da janela da cozinha, ele finalmente se virou.

O horror absoluto estampado em seu rosto me fez parar de repente, minha respiração superficial e pesada, alerta desacelerando minha pulsação para uma batida irregular.

— O que está acontecendo, Lyrik? Você está me assustando.

Ele piscou por um segundo, e depois passou a mão pelo cabelo ao afastar o olhar, como se estivesse tentando se recompor, manter a calma, mas não adiantava, porque eu já podia me sentir desmoronando à sua frente.

— Recebi uma ligação da segurança esta manhã — grunhiu. Ele debateu, era óbvio que não queria continuar, sua voz falhando ao forçar as palavras. — Disseram que tiveram um problema com o carro de um dos convidados. Eles só descobriram esta manhã. Fui até o estacionamento para verificar. Mia... todos os seus pneus... foram cortados. Merda, outros quinze carros estavam lá ontem à noite, e só tocaram no seu.

Terror apertou meu coração em um agarre firme.

Ansiedade arranhou a minha pele.

Profunda e mordaz.

Libertando o medo do qual eu estava tentando fugir nas últimas três semanas.

Mas não podia ser. Não... não era possível. Tinha que haver outra explicação.

Balancei a cabeça, me recusando a aceitar isso, sem sequer querer contemplar as possibilidades.

— O que você quer dizer... Eu pensei... pensei que houvesse segurança.

— E tinha... mas pelo visto não o suficiente. O desgraçado conseguiu passar.

Tontura tomou conta do meu corpo.

Cada vez mais rápido.

A dor que eu vinha suprimindo há semanas subiu à superfície, não podia mais ser contida. Tentei atravessá-la, para encontrar ar acima das águas escuras que se agitavam, reviravam e lutavam para me puxar para baixo.

Minha mente acelerou. Finalmente, ela parou no imbecil que tinha ficado de mão boba.

— D-deve ter sido aquele cara de ontem à noite. — Mal consegui balbuciar. — Aquele que me assustou.

Umedeci os lábios secos com a língua, e fiquei inquieta, passando as mãos pelo cabelo como se isso fosse me acalmar.

— Ele... ele me encurralou em um canto depois que você e eu conversamos. Agiu como se eu estivesse lá como parte do entretenimento ou algo assim. Como se pudesse simplesmente me ter.

Lyrik agarrou o cabelo com as duas mãos. Ele deu um giro furioso.

Um giro completo de trezentos e sessenta graus que só jogou fogo nas chamas.

O ódio se libertando depressa, mágoa sangrando por sua boca.

Estilo Lyrik.

— Que porra é essa, Mia? Por que não me contou? Não veio me procurar? Com toda essa merda acontecendo? Caralho. — A última palavra saiu de sua boca como se ele fosse o culpado.

Balancei a cabeça.

— Eu cuidei disso.

— E como fez isso? — Lyrik parecia que ia enlouquecer. O que me aterrorizava de verdade era o que ele iria revelar com isso.

— Lutei contra ele. Cuspi em seu rosto e dei uma joelhada no meio de suas pernas. Não esperei para ver o quanto se emputeceu, mas pelos gritos e choramingos, tenho certeza de que ficou bastante ofendido.

— Cacete, Mia.

Havia quase o indício de um sorriso em seus lábios.

Como se estivesse orgulhoso.

Orgulhoso e muito puto.

— O imbecil tem sorte de só ter levado uma joelhada nas bolas, e eu não ter estado lá para cortá-las. Na frente de todo mundo. Poderia finalmente dar uma lição no cretino. Aposto que sei bem de quem você está falando.

— E é exatamente por isso que eu não fui atrás de você. Eu queria um tempo entre o que aconteceu e quando eu lhe contasse para que pudéssemos denunciá-lo. Eu tinha toda a intenção de fazer isso, Lyrik. Estava apenas esperando que acordasse. Mas é algo que precisa ser relatado à polícia, e não que você vá caçá-lo para fazê-lo pagar. Você sabe que isso não vai fazer bem algum a nenhum de nós.

— Repito, aposto que sei muto bem quem é. O idiota está sempre bêbado, tocando coisas que não deveria, pensando que é o maioral — divagou as palavras, grunhindo e vociferando.

Eu nem precisava descrever o cara.

Aparentemente, sua reputação o precedia.

Que cretino.

— Tem que ter sido ele — falei, concordando com a cabeça, me esforçando ao máximo para me convencer.

Porque alguma coisa não estava certa.

Porque meu carro… como ele saberia? O cara não sabia nada a meu respeito. E se eu tivesse um milhão de dólares para apostar, arriscaria no meu carro como sendo o pior de lá. Imperceptível entre todos os outros.

Como Brendon havia dito, não era aposta quando se sabia que iria ganhar.

Todos os carros esportivos chiques e os sedans de luxo que tinham parado no estacionamento de manobristas ontem à noite. Os carros que o resto da banda e suas famílias guardavam para quando estivessem na cidade.

E lá estava meu Accord de cinco anos parado no meio deles.

BEIJE-ME SOB AS ESTRELAS

Eu me perguntava se Lyrik estava pensando exatamente a mesma coisa porque seu foco havia se desviado para a cidade, o homem cerrando a mandíbula com força e seus olhos se entrecerrando para o nada.

Dei um pulo de susto quando seu celular de repente tocou em seu bolso, o toque estridente cortando o silêncio.

Ele o pegou, deu uma olhada no identificador, rapidamente aceitando a ligação quando viu quem quer que fosse.

— O que conseguiu? — perguntou no segundo em que colocou o aparelho na orelha.

Ele me observou enquanto escutava a voz do outro lado da linha. Sua expressão se transformou, se agitou e obscureceu.

Deu para sentir.

Aquele abalo de energia que se inflamou e pulsou.

A maneira como todo o seu ser se transformou com o próprio medo.

Um burburinho de horror.

Com os dentes cerrados, ele afastou o celular para olhar em algo na tela.

Era um vídeo que sua equipe de segurança havia enviado. Ele assistiu duas vezes, seus músculos se contraindo no meio tempo, a violência se fortalecendo a cada segundo.

Conforme eu estava ali, tentando fingir que este não era mais um momento em minha vida que iria mudar tudo.

Por fim, ele o estendeu para que eu visse, como se odiasse ter que fazer isso, mas não ter outra escolha porque não havia como me proteger da realidade.

Com cautela, assisti à cena na tela.

Quinze segundos de horror.

Foi todo o tempo que demorou para que a náusea me atingisse, com força total, tão rápida e feroz que não consegui chegar até a beira do pátio antes de vomitar em um vaso.

Tendo ânsia por conta do pavor, do enjoo e da tristeza lancinante.

No vídeo estava um homem, vestido todo de preto e usando uma máscara de esqui, balançando uma faca para a câmera como se quisesse que ela capturasse tudo.

Como se ele estivesse fazendo uma ameaça.

Eu tinha cem por cento de certeza de que ele era o mesmo homem que havia estado na minha galeria naquela noite.

O mesmo que o detetive tinha certeza de ter sido um assaltante aleatório.

O mesmo que havia dado um jeito de entrar na propriedade do meu irmão. Exatamente o mesmo que havia assassinado minha melhor amiga.

— Como assim, Mia? — sibilou Nixon baixinho para mim, eu estando do lado de fora da porta de sua loja, abraçando meu corpo em uma tentativa de me controlar. — Você não pode simplesmente decidir ir embora para Savannah. Está louca?

Incredulidade pulsou através de seu ser, sua surpresa injetada com uma onda de raiva, seus olhos duros e cheios da crueldade que eu sabia que poderia revelar com o mover de seu pulso. Seu cabelo estava quase branco e cortado curto, o rosto todo franzido e com expressões ríspidas.

Mesmo tendo endireitado a vida, ele ainda parecia tão ameaçador quanto no dia em que o conheci.

Encrenca.

Pelo visto, eu tinha um tipo.

O olhar severo deslizou de forma hostil por cima de seu ombro, observando a rua como se estivesse querendo saber se eu estava sendo seguida. Se teria que bater em alguém ali mesmo.

Só de pensar nisso, fiquei com vontade de vomitar.

Pensar em alguém estava atrás de mim.

Cada pergunta do *porquê* de vir a mim na velocidade da luz.

Pouco à vontade, remexi os pés, não mais confortável em meu corpo ou em meu mundo ou em minha cidade.

— Seria louca se ficasse aqui, Nix. Você tem que entender. Depois de tudo?

— Exatamente. Mia. Depois de tudo. Você tem que ficar aqui. Comigo. Você não pode ir embora com os meus filhos assim.

Entrecerrei os olhos, sem acreditar.

— E você quer que eu os mantenha aqui? Enquanto algum psicopata anda por aí, atrás de mim, sabe-se lá por quê? Você sabe que eu não vou... que não posso... colocar meus filhos em risco dessa maneira.

Mais rápido do que eu poderia perceber, ele me agarrou pelo cotovelo, me puxando para mais perto, desespero evidente em sua voz.

BEIJE-ME SOB AS ESTRELAS

— Então fique comigo. Deixe-me cuidar de você. Sabe que eu posso protegê-la. Fique comigo, Mia. Fique comigo. Vou consertar o que quer que tenha dado errado entre nós. Prometo que não deixarei que nada aconteça com você ou com as crianças.

Deus. Estávamos repetindo tudo de novo?

A tristeza me fez balançar a cabeça.

— Você sabe que isso não vai acontecer, Nix.

Nosso relacionamento tinha sido tumultuado.

Terminando e reatando várias vezes.

Ele tinha sido o cara que chamou a minha atenção quando passou de moto, mau, cruel e tudo o que eu nunca deveria querer.

Eu não sabia o quanto ele era *ruim* até alguns meses depois, quando percebi que sua linha de trabalho não era exatamente legal.

Que eu estava me envolvendo em algo que não deveria.

Foi bem na época em que descobri que estava grávida de Penny. Eu tinha dado a ele um ultimato – eu e a bebê ou aquela vida.

Ele foi embora.

Eu deveria ter entendido isso como uma bênção, mas quando ele endireitou a vida, mudou o jeito e apareceu à minha porta querendo assumir sua posição como pai de Penny, eu lhe dei o benefício da dúvida.

O problema foi que o homem era um redemoinho, varrendo as coisas, virando tudo de ponta-cabeça com um movimento de sua mão.

Alguns meses depois, fiquei grávida de Greyson, e voltamos à estaca zero.

Não mais.

Nunca mais.

Eu tinha aprendido minha lição do jeito mais difícil.

Duas vezes.

Eu não a repetiria.

O problema era que ele tinha tentado me convencer durante todo esse tempo a voltar para ele. Que poderíamos fazer dar certo quando não havia qualquer chance de isso acontecer.

Havia muita mágoa, desperdício e desconfiança entre nós.

Mesmo assim, ele tinha nos dado apoio. Sendo o melhor pai que poderia ser para as crianças. Ele até me acompanhou quando eu estava perseguindo o sonho de abrir minha própria galeria, investindo tempo, dinheiro e esforço na pequena loja.

Meu estômago revirou ao me lembrar daquele prédio. Com a lembrança.

Com a visão das paredes e do chão onde ela estava deitada.

No *sangue*.

Tanto sangue.

— Por que não, Mia? Já não passou muito tempo? Já não fiz o suficiente? — insistiu.

Franzi o cenho.

— E você me disse que estava fazendo isso porque se preocupa comigo como amiga. Porque quer a melhor vida para os nossos filhos.

Nunca era para vir com um preço.

Ele passou a mão no cabelo, frustrado, afastando-o do rosto, antes de voltar a me encarar.

— Fiz isso porque eu te amo. Porque sempre amei. Porque eu os amo. Porque quero que sejamos uma família.

Pisquei os olhos com força, lutando contra a emoção que podia sentir crescendo na garganta.

— Sinto muito, Nix. Mas não posso ficar aqui.

Pavor tomou conta das linhas duras de sua expressão.

— Como posso cuidar de você quando não está aqui? Precisa ficar por perto, Mia, até descobrirmos o que está acontecendo. E, além disso... você vai... se afastar da galeria, simples assim? Você precisa dela.

Arrepios percorreram os meus braços, um lento deslizar de angústia e pesar. Esfreguei as mãos ali, como se bastasse para aquecer o ponto frio esculpido em meu centro.

— Você sabe que nunca mais poderei pisar naquele lugar.

Ele fechou os olhos.

— Então, encontraremos outro local.

Dei um passo para trás, à procura de um pouco de espaço pessoal.

— Sinto muito, Nix. Mas estou indo. Só durante o verão. Penny adora aquele lugar, de qualquer forma. Ela vai estar com Kallie. Você sabe o que significará para ela. É melhor assim.

— E quanto a mim? — Decepção inundou seu tom de voz, sua costumeira postura arrogante amortecendo a rejeição.

Dando mais um passo para trás, dei-lhe a resposta mais honesta que pude.

— Nunca se tratou de você.

SEIS

LEIF

— Cara, se você sequer pensar em nos abandonar, eu vou te perseguir e o arrastarei pessoalmente de volta para a Carolina do Sul. — A provocação de Rhys do outro lado do celular foi entregue com uma pequena onda de ameaça.

O baixista da Carolina George era barulhento e grosseiro, seu coração enorme e mole era aberto e possuía um pedaço de arame farpado à sua volta para protegê-lo.

Meu olhar desviou-se pela janela traseira do SUV de luxo enquanto avançava mais para o interior até o Distrito Histórico de Savannah. A Carolina George já tinha tocado no centro, em River Street, nesta cidadezinha tantas vezes que tudo me parecia familiar.

Casas que já existiam há mais de um século. Grandes e pretensiosas.

Carvalhos centenários cresciam de cada lado das estradas estreitas, e raios de sol se dissipavam através das frestas das folhas, os galhos cobertos de musgo se estendiam por cima como passagens que levavam a um mundo novinho em folha.

Um lugar remoto.

Um outro tempo.

Como se você tivesse voltado a uma era diferente e ninguém sequer notasse que estava lá.

Caótico, pitoresco e amadurecido com a história.

Inquietação estremeceu pelos meus sentidos.

Quase conseguia ouvir os fantasmas uivando, assombrando as ruas, atirando-se através dos galhos mais altos das árvores enquanto procuravam o que havia sido perdido.

Algo assustador misturado com uma vibração que irradiava paz.

Eu me remexi, meu joelho saltando descontrolados, meus dedos tamborilando na coxa ainda mais rápido. Tentei me acalmar, mas fui incapaz de parar a ansiedade que se arrastava sobre mim parecendo um pesadelo.

Um mau agouro.

Tive a premonição de que eu estava caminhando para a destruição, e não fazia ideia do porquê. Tudo, exceto o fato de que eu sempre soube que Los Angeles um dia me alcançaria. Eu quase podia sentir isso agora, ali mesmo, caçando, tão perto que estava só a um único passo de me derrubar.

Nem pensar que eu deixaria isso acontecer.

Não até que a retaliação tivesse sido paga.

Até que a vingança tivesse sido cumprida.

Eu tinha que manter a calma, aguardar meu tempo até que chegasse o momento da concretização.

— Estou falando sério desta merda, Banger — disse Rhys em meio a uma risada áspera. Quase pude vê-lo flexionando seus bíceps ridículos do outro lado da linha, como se o filho da puta nervoso pensasse mesmo que poderia me dar uma surra. — Eu daria a minha bola esquerda para que conseguíssemos assinar aquele contrato. Já basta Em que estragou o negócio. A última coisa que precisamos é que você chute o cachorro morto.

— Você confia tão pouco em mim? — perguntei.

Ele bufou, e pude ouvir o som de suas botas de caubói batendo no topo de uma mesa enquanto, sem dúvida, se balançava em uma cadeira. O garoto não poderia ser mais sulista. Um elefante em uma loja de porcelana. Sempre pronto para a ação.

— Pelo contrário, cara. Pelo contrário. Se eu não confiasse em você, nem sequer teria te deixado entrar naquele avião para Los Angeles para começo de conversa. Quero dizer, merda, eles te oferecendo comes e bebes em um maldito jatinho particular? Isso é coisa de riquinho, mano. Agora vai ficar relaxando na casa de Lyrik West em Savannah – o que eu apostaria a minha bola esquerda que é tão pomposa quanto a casa dele em Hills – por dois meses? De graça? Mais toda aquela grana? Tudo para que toque bateria na gravação de algumas faixas no próximo álbum deles? Parece suspeito. Isso me cheira mal, também.

Uma risada maliciosa se libertou.

— Acha que sou tão bom que iriam querer me roubar? E não pode apostar sua bola esquerda. Você já a comprometeu para a banda assinar.

Rhys gargalhou.

— As bolas são grandes suficientes para apostar elas algumas vezes. Tenho bastante reserva que dá até volta por trás.

— Bem que você queria, idiota — falei, rindo baixinho.

O cara era arrogante ao extremo.

Arrogância inata.

Mas não fazia isso sem motivo.

Ele era a porra de um astro do cacete no baixo. Talentoso além da conta. Não ajudava nem um pouco as coisas que as mulheres enlouquecessem toda vez que ele subia ao palco.

O cara também gostava de imaginar que a Carolina George era mesmo a melhor banda do mundo.

Certo.

Nós éramos bons.

Bons pra caralho. Culpa percorreu meu corpo. Odiava usá-los como disfarce. Como um adiamento. Na primeira vez em que os ouvi, eu deveria saber que iriam longe. Que esta banda desconhecida ia se tornar algo grandioso.

Agora eu só tinha que rezar para que pudesse ficar por aqui tempo suficiente para ajudá-los a chegar lá.

Não os ferrar bem no meio desta chance que estava sendo dada.

— Se eu acho que você é bom a ponto de eles quererem roubá-lo? — caçoou Rhys, e pude sentir a força de seu sorriso presunçoso.

A personalidade do cara era tão forte que você nem precisava estar no mesmo estado para que ele a exibisse vividamente.

— O único motivo para nós aguentarmos esse seu traseiro melancólico é o fato de ser tão bom — retrucou.

Lutando contra um pequeno sorriso, descansei a cabeça no encosto do banco. Centelhas de luz do sol infiltravam-se através das janelas, a área se tornando mais sofisticada a cada segundo em que o motorista nos aproximava de nosso destino.

Minha casa durante os próximos dois meses.

Como Lyrik havia dito – realmente não deveria ser nada demais. Eu só estava fazendo uma substituição. Facilitando a vida de um amigo e ganhando uma tonelada de dinheiro ao mesmo tempo. Mas não conseguia silenciar o alerta que me dizia que eu deveria ter apenas dito não.

Que misturar L.A. e os negócios era a pior coisa que eu poderia fazer.

Eu tinha um plano. Faria bem me ater a ele.

Desviar o foco não iria ajudar em nada.

— Nunca se sabe, Rhys — comentei, agindo como se nada disso importasse. Como se eu não estivesse a ponto de desmoronar. — Eu poderia ficar confortável aqui e decidir que tocar com a Sunder é realmente o que devo fazer. Não consigo imaginar que seria tão difícil me acostumar.

O carro virou à direita em um bairro que estampava "luxo do Velho Mundo". Paramos na frente do que devia ser a casa mais exagerada e palaciana que eu já tinha visto.

A casa de Lyrik em Hills não chegava nem perto desta.

Pois é.

Acostumar-me a ficar por aqui não deve ser tão difícil assim.

Devo ter ficado olhando por muito tempo porque Rhys, de repente, exclamou baixinho.

— Cara... é incrível, não é? Merda. Eu sabia. Estamos ferrados.

— Não, cara, é um barraco.

— Mentiroso — gritou em uma afronta fingida.

A casa ficava protegida entre duas ruas arborizadas, ocupando todo o final de um quarteirão do bairro de luxo. Uma cerca de ferro preto forjado e tijolo vermelho envolvia a propriedade inteira. Escadas de mármore levavam à calçada da rua, isto é, se você tivesse um convite para atravessar o portão de segurança.

Uma placa não era necessária para que deixasse claro que era para se *manter afastado*.

A frente do lugar possuía cinco enormes degraus que levavam até as colunas do alpendre, portas duplas esperando com uma recepção pitoresca que desmentia a grandiosidade do resto da casa.

Tinha vista para três andares de janelas com persianas, varandas com colunas que se estendiam pelo lado norte até o quintal que eram cercada por uma parede alta, impedindo que os transeuntes dessem uma espiada.

— Sim, você está certo, é pura mentira. O lugar é de outro mundo. É assim que a outra metade da galera vive, cara.

— Pare de esfregar isso na minha cara, Banger — resmungou Rhys do outro lado da linha. — Eu te conheço, e sei que seu traseiro ainda tem heavy metal percorrendo nas veias. A última coisa que precisamos é que tente nos abandonar quando tiver outro gostinho. As coisas estão finalmente acontecendo com a Carolina George. Acontecendo rápido, também. Assim como eu te falei que aconteceria. Sabia que as pessoas não poderiam ignorar para sempre nossa grandiosidade. Não se atreva a entrar naquela casa e decidir que é onde deve ficar.

BEIJE-ME SOB AS ESTRELAS

— Então está dizendo que precisa de mim agora?
Ele bufou, se divertindo.
— Dificilmente.
— Qual é, cara, diga que me ama. Fale que a banda não é nada sem mim.
— Vá se foder — respondeu em meio a uma risada.
— Diga do seu jeito — pedi, mantendo a provocação enquanto abria a porta. Não havia nada mais divertido do que sacanear o Rhys.
— Está bem. Está bem, porra — disse depressa. — Antes de entrar naquela casa, você tem que saber que a banda seria uma bela merda sem você. Não que todos nós não sejamos fodões. Mas somos fodões juntos. Fodões unidos. Fodões até a eternidade. Tá ouvindo?
Ele disse as últimas palavras no sotaque de seu país como se estivesse tentando reunir um esquadrão de tropas oprimidas, como se tivesse um punho erguido em solidariedade.
É.
A eternidade não estava nos meus planos.
Mas talvez se tocasse direito, eu pudesse ajudar a levá-los aonde precisavam ir. Prepará-los antes que eu desistisse.
— Infelizmente, estou te ouvindo — respondi, mantendo meu tom o mais leve possível.
— Desgraçado. — Consegui sentir seu sorriso.
Achei melhor acabar com seu sofrimento.
— Não se preocupe, irmão. Eu vou e volto. Ninguém vai nem saber que estou aqui.
— Ah, aposto que a esposa de Lyrik West vai notar que está aí. Você já viu as fotos dela? Caralho — grunhiu. — Aposto que a conheceu neste último fim de semana, não é? Ela é g.a.t.a. Com G maiúsculo, com tudo maiúsculo.
— Tenho certeza de que se Lyrik West o ouvisse dizer isso, cortaria as suas duas bolas. Vai acabar com as apostas para você.
— Como se fosse me dedurar. Seu melhor amigo? Qual é, Banger.
— Ei, cara, Lyrik e eu nos conhecemos há muito tempo. Nunca se sabe. E é Head Banger para você.
— Viu... heavy metal. Isto é um maldito pesadelo — choramingou, o que foi além de uma indignação fingida.
Eu estava rindo baixinho quando disse:
— Eu tenho que ir.
O motorista estava me olhando pelo retrovisor, se segurando para não dizer nada, o pobre coitado.

Rhys hesitou, e depois pigarreou.

— Sério, Leif. Isto é legal. Estou orgulhoso de você. Não tem ninguém melhor para substituir Zee Kennedy do que alguém como você. Espero que saiba que eu realmente acredito nisso.

— Valeu, Rhys.

— Fique bem.

— Sempre.

Eu não me preocupei em pensar nas minhas próprias besteiras.

Sai do carro, pisando na calçada que estava sombreada pelos altos carvalhos. O motorista já estava lá, pegando minha mala única do porta-malas, feliz em me chutar para o meio-fio.

— Obrigado. — Cumprimentei sua mão e dei uma nota de cem dólares para ele.

Achei que era o mínimo que eu podia fazer, considerando que todas as minhas despesas seriam cobertas durante os próximos dois meses.

Arrastando a mala atrás de mim, fui em direção ao caminho que dava para a entrada. O portão zumbiu antes que eu chegasse até lá. Sem dúvida, Lyrik estava prevendo a minha chegada.

Empurrei o portão destrancado e subi o resto do caminho até o passadiço. A porta da frente se abriu quando subi os degraus.

— Leif. Você chegou. Que bom que está aqui. — Lyrik saiu para a varanda.

— Estou feliz por estar aqui. — Olhei para o teto alto do alpendre. — Casa bonita.

Ele deu uma risada irônica e esfregou o queixo.

— Não julgue. A exigência para encontrarmos um lugar era que deveria estar a menos de dois quilômetros da casa de Shea e Baz, e de Ash e Willow que fica a um quilômetro e meio na outra direção. Regras de Tamar.

— E esta era a única que estava à venda?

— A única que estava dentro do nosso orçamento. — O imbecil realmente deu uma piscadinha, estendendo a mão para dar um tapa de leve no meu braço.

— Vida difícil, cara. Vida difícil.

Ele estava todo sorridente, e gesticulou para a porta.

— Entre. Quero que você se sinta em casa, e falo sério. Nada de ficar pisando em ovos. Se precisar de algo, é só falar. Se quiser andar por aí descalço, ande. Se quiser algo da geladeira, pegue. Este lugar é para o conforto da família – não importa como se pareça por fora.

BEIJE-ME SOB AS ESTRELAS

Franzi o cenho quando passei pela porta porque o interior parecia um maldito museu.

Pinturas cobriam todas as paredes.

O que mais me surpreendeu foi que um monte delas era a cara daqueles lances misteriosos e místicos que lotava seu sótão em Los Angeles. Rostos distorcidos e obscuros. Retorcidos com um tipo de bela agonia enquanto encaravam o nada. Perdidos e procurando uma maneira de serem encontrados.

De serem compreendidos.

Como se talvez fosse apenas o artista que realmente conseguisse fazê-lo.

Um espanto intrigante me atingiu no peito. Um soco daquela insanidade que senti neste último fim de semana. Aquela luxúria avassaladora que tive muita dificuldade para esquecer.

Uma garota afundando suas garras sem sequer me dizer seu nome.

O desejo rastejou sobre mim igual a insinuação de um sonho.

A névoa de uma vaga lembrança.

O problema era que eu não sabia dizer se era um pesadelo que queria evitar ou uma ideia da qual queria acordar e implorar para que se tornasse a minha verdade.

Que se materializasse.

Desviei minha atenção de uma das imagens que estava pendurada na parede mais distante, flutuando da metade do caminho até o teto elevado. O ambiente estava adornado com arcos maciços e molduras arredondadas, dando-lhe forma e contorno. Uma escada curva subia até o segundo andar, separando-se em duas seções quando chegava à metade.

— Por aqui. — Lyrik passou pelo hall de entrada e pela sala de estar onde eu tinha certeza de que você não deveria *estar*, na verdade. — Sabe a esposa de Ash, Willow? — perguntou.

Dei um aceno curto afirmando que eu sabia a quem ele estava se referindo.

— Ela restaura móveis antigos — explicou. — Peças que ela pega que estão completamente dilapidadas e quebradas pra cacete. Na maior parte das vezes, ela as pega da lixeira. E as traz à vida. Cada peça aqui é um pedaço dela.

Ah. Fazia sentido.

Lyrik não parecia ser bem do tipo que gosta de coisas antigas.

— São lindos — comentei, puxando assunto porque eu não me identificava com toda a bobagem de "transformar uma casa em um lar", só isso.

Não quando eu tinha reduzido a minha a cinzas.

— É. Ela é super talentosa. Tamar até já a ajudou com algumas peças. Estranho como as coisas se tornam mais preciosas quando se tem uma influência sua na fabricação.

Lyrik seguiu para a próxima porta, no final do corredor. Ela levava para um cômodo enorme.

Metade era a cozinha.

Metade era um playground.

Arregalei um pouco os olhos para a bagunça.

O lugar estava em completo desacordo com a área pela qual tínhamos acabado de passar. Almofadas haviam sido arremessadas do sofá transversal estofado, que se encontrava diante de uma TV do tamanho de um estádio de futebol, brinquedos espalhados por toda parte, meias e sapatos jogados no chão.

— É aqui onde todos nós basicamente relaxamos. Um aviso, as crianças ficam loucas aqui dentro. Se não gosta dos pequenos, vai ter que se esconder em sua barraca.

Ele sorriu.

Amargura subiu pela garganta. Engoli-a em seco, colocando um sorriso no rosto.

— Crianças não me incomodam.

Eu não planejava passar muito tempo aqui ou perto da família de Lyrik. Como ele havia me avisado, eram sua prioridade principal. Aquilo pelo qual ele lutaria, viveria e morreria. Eu não tinha nada a ver com passar o tempo perto de qualquer um deles.

Eu me tornaria quase invisível.

Tocaria quando a banda precisasse de mim e me esconderia quando não precisassem.

Ele riu. Com um pouco mais de força do que prudência.

— É, bem, entre mim e o meu pessoal, temos um maldito bando inteiro. Temos algumas pessoas extras passando o verão aqui em casa também. O lugar vira a merda de um zoológico. — Ele esticou os braços tatuados. — Bem-vindo à Selva, Selva West. Não há lugar melhor para se estar.

Ele deu um sorrisinho.

Eu ri. Então o grande e terrível Lyrik West era meio bobo.

— Sem problemas. Só estou aqui para tocar um pouco de música e cuidar da minha vida. Nem vai notar que estou aqui.

BEIJE-ME SOB AS ESTRELAS

— Você vai ficar bem ali. — Ele apontou em direção ao conjunto de janelas que se abriam para o quintal murado. — O código da porta é 98564. Nós deixamos a casa principal trancada, por dentro e por fora, para manter as crianças afastadas da piscina se não estiverem sendo supervisionadas. Fique à vontade para ir e vir… apenas cuide para que esta merda permaneça trancada.

Outro aviso. E estava começando a me perguntar por que diabos eu tinha concordado em ficar aqui. Talvez eu só estivesse querendo me torturar.

— Entendi.

Olhei através das janelas.

Quintal uma ova.

Era algum tipo de oásis no centro de Savannah.

Um paraíso do caralho.

O Éden.

Fontes brotavam dos quatro cantos do jardim, e cada uma era cercada por arbustos exuberantes e com flores rosas. Uma piscina luxuosa ficava bem no meio, rodeada por um pátio intrincado de tijolos e um deque maneiro.

Uma longa ala da casa estendia-se pelo lado direito, aquela área com um andar.

No fundo do lote havia uma réplica em miniatura da casa principal. Duas pequenas colunas emolduravam a porta da frente e o pequeno alpendre, o único andar feito para parecer que eram dois.

— Você vai ficar ali. Espero que atenda aos seus padrões.

— Parece que vou ficar muito bem.

Ele começou a abrir a porta, mas parou quando um ruído de passos repentinos desceu um conjunto de escadas que levava ao cômodo principal.

Um tumulto de gritos, risadas e vozes estridentes inundou o lugar.

Seria de imaginar que uma creche inteira estava em uma excursão.

Não.

O caos foi provocado por três crianças.

— Ei, galerinha, cuidado. Nós temos companhia.

O garoto no comando desacelerou, nada além de cabelos negros selvagens e olhos muito escuros.

— Você é o baterista? — Ele estava cheio de sorrisos ávidos e complacentes quando veio na minha direção, como se fôssemos nos tornar melhores amigos.

Apostaria que este garoto pertencia a Lyrik, e não precisaria das bolas do Rhys como garantia.

— Claro que sou.

Os olhos dele se moveram sobre mim. Ele assentiu como se estivesse dando sua aprovação.

— Legal.

Lyrik passou uma mão tatuada sobre o topo da cabeça do garoto.

— Este é meu filho, Brendon.

Ergui o queixo para ele.

— É bom te conhecer, Brendon.

— E esta é a minha garotinha, Adia.

Tentei não vomitar ali mesmo quando Lyrik puxou uma menininha para os seus braços.

Deveria ter três ou quatro anos.

Cerrei os dentes para me impedir de enlouquecer. De não dar meia-volta e sair pela porta.

Burro.

Burro pra caralho por vir aqui.

Consegui não recuar quando ela gritou e jogou os braços em volta do pescoço dele, balançando em seu aperto e me encarando com uma overdose de fofura.

Mal consegui acenar para ela.

— Oi.

Minha atenção foi desviada para o canto da sala quando fui atingido por uma aura apreensiva que pulsava contra as paredes.

Para a última das crianças que descia os degraus.

Esta menina era provavelmente um ou dois anos mais nova que Brendon.

Cautelosa e tímida de onde ficou parada no final da escada.

Com certeza era uma das crias de Lyrik. Cabelo longo e preto que estava preso em um rabo de cavalo, embora seus olhos fossem de um tom diferente do restante de seus filhos, como se xícaras de café preto tivessem sido misturadas com uma dose de caramelo.

Ele deu um sorriso gentil para ela.

— E esta é minha sobrinha, Penny Pie. Ela vai passar o verão conosco. Penny, este é Leif. O baterista que eu disse que ia tocar conosco para que o tio Zee pudesse viajar com Liam.

Sobrinha.

Não era filha dele.

Dei um curto aceno para ela.

O que ela devolveu foi desconfiado.

Como se já tivesse visto quem eu era de verdade e tivesse me rotulado.

Um cara mau.

Não podia culpá-la por isso.

— É um prazer te conhecer, Penny.

Uau.

Isso era constrangedor pra cacete.

Por que Lyrik não me apontou a direção da casa de hóspedes e contornou toda essa besteira, eu não sabia. Todas estas apresentações pareciam totalmente desnecessárias, considerando que eu estava prestes a perder a cabeça.

Ela assentiu, parecendo pensar no que dizer, mas parou quando alguém de cima a chamou.

— Ei, Penny. Você viu o urso do Greyson? Não consigo encontrá-lo em lugar nenhum e ele precisa dele para a soneca. Juro por Deus, se eu tiver deixado em casa, todos estaremos encrencados até a vovó conseguir mandá-lo para nós.

Fui atingido com o que parecia um milhão de coisas de uma só vez.

Uma onda de energia.

A mesma que eu havia experimentado na semana passada.

Só que desta vez, ela veio até mim como um tsunami.

Os passos ecoaram enquanto desciam a escada, reverberando pelo chão, vibrando minhas pernas e me balançando até o âmago.

Meus ouvidos se encheram com uma voz que eu tinha deixado na imaginação.

Meu olhar se fixando em um rosto que quase me fez cair de joelhos.

Tudo isso chegou bem perto de fazer meu coração parar.

Capturado.

A porra de um golpe de azar horrível e atroz.

O anjo no sótão.

A garota reclamou enquanto descia a escada com um garotinho minúsculo agarrado ao quadril, não tendo ideia de que o diabo havia a perseguido até Savannah.

Mas eu tinha quase certeza de que era eu quem estava em perigo.

A garota era um perigo para minha sanidade. Para a minha realidade.

Esta garota tinha feito minha mente girar de uma forma que ninguém deveria ter a capacidade de fazer.

De uma forma que eu não podia permitir.

Quando ela percebeu que havia alguém parado no meio da sala, parou de repente, agarrando-se ao corrimão para se apoiar.

Ou, quem sabe, só tivesse sentido a mim da mesma forma que eu a senti. Tinha sido arrebatada por uma onda nociva que não podia trazer nada além de destruição. Aquela conexão fodida que eu não queria sentir se esticando entre nós.

Fervilhando e estremecendo.

Crepitando no ar.

A consciência se fez presente. Um cabo de guerra que exigia ser anunciado.

O silêncio imperou, e aquela boca exuberante se abriu ao mesmo tempo em que aqueles olhos de carvão se arregalaram em choque quando pousaram em mim.

O desejo me atingiu.

Uma maldita martelada nos sentidos.

Agarrando-se ao corrimão para se apoiar, ela me observou como se estivesse alucinando.

Se ao menos fosse esse o caso.

Eu queria me socar agora.

Irritação se espalhou pelo meu ser. Cem por cento dela foi dirigida a mim mesmo.

É claro, esta garota era irmã de Lyrik. Quero dizer, como diabos eu não tinha ligado os pontos? A mulher que tinha cambaleado até aquele cômodo como uma aparição, exigindo saber o que eu estava fazendo escondido da festa, a milhares de quilômetros de distância de onde eu pertencia, mas agindo como se ela tivesse o direito de estar lá? Como se aquele fosse o seu santuário e eu tivesse sido o único a invadi-lo?

E, merda, Lyrik e esta garota poderiam ser gêmeos.

Mas achei que ela não era nada além da minha imaginação. Boa demais para ser verdade. Perfeita demais para ser real.

Suscitando coisas dentro de mim que deveriam ser impossíveis. Algo que eu nunca me permitiria sentir.

E lá estava ela, me encarando a uns seis metros de distância.

Ela estava usando uma calça jeans skinny super apertada e um moletom fino que deslizava sobre um ombro esguio.

Uma pele deliciosa que eu queria devorar.

O cabelo preto era um rio de ondas que caía ao seu redor.

Um filete de sua barriga exposto.

BEIJE-ME SOB AS ESTRELAS

Minha boca encheu d'água, e minhas entranhas se apertaram com a necessidade.

Sim, essa compulsão tinha que morrer. Eu não a tocaria em hipótese alguma. Nem mesmo quando meu corpo estava tendo todo tipo de ideias errôneas de que esta era minha segunda chance, a culpa que era evocada ameaçando me bater contra uma parede.

Sabia que isto era um erro.

Eu sabia.

E lá estava eu, de qualquer forma.

Um otário provocando a sorte.

Ela engoliu em seco com força, sua garganta delicada movendo-se, a garota completamente agitada. Um rubor coloriu suas bochechas, e os olhos dela estavam se desviando para todos os lugares, menos para mim. Por fim, ela forçou um sorriso.

— Nossa... me desculpe. Não sabia que você já tinha companhia, Lyrik.

Ela me encarou, quase tão cautelosa quanto sua... filha.

Passei a mão pelo meu rosto como se isso também pudesse me tirar do transe.

Penny tinha que ser filha dela.

Se Lyrik podia ser seu gêmeo, a garotinha não era nada além dela em miniatura. E o menininho em seus braços? Era uma mistura dos dois, olhos cor de caramelo, cabelo mais claro, mas seu nariz era igual ao da irmã e ao da mãe.

Ela era mãe.

Delicada, tímida, ousada e cada maldita coisa que os meus dedos estavam loucos para alcançar e traçar.

Tocar.

Pegar e provar.

E eu estava tão fodido.

Tão fodido conforme Lyrik alternava o olhar entre nós, algo semelhante à suspeita obscurecendo sua expressão.

— Leif... esta é minha irmãzinha, Mia. A mãe de Penny e Greyson. Os três vão passar o verão aqui.

Engoli a pedra pontiaguda que, de repente, se instalou no fundo da minha garganta.

Dolorosa e cortando o fluxo de ar.

Se eu me esforçasse para ouvir, escutaria o Carma relaxando na espreguiçadeira no canto da sala, gargalhando sem parar enquanto bebericava um coquetel gelado.

— É um prazer conhecê-la, Mia. — As palavras saíram com mais força do que deveriam.

Irritação fervilhou pelo meu corpo. O contrato que eu havia assinado com a Sunder parecia uma sentença de morte agora. Sangue escrito na merda da linha.

A mulher era uma tentação que eu não sabia como suportar.

Se era possível, seu sorriso era ainda mais falso que o meu, sua voz estremecendo quando me cumprimentou.

— É um prazer conhecê-lo também, Leif.

O problema era que aquela voz veio até mim como uma canção. Algo que vinha me assombrando na última semana.

Calma e paz.

Mas a paz não era para mim.

— Waif! — O menino em seus braços apontou para mim com um sorriso que poderia, por si só, dizimar uma ditadura rigorosa.

Fantástico.

— E aí — murmurei, inquietação vagando livre, e a mãe dele deu um beijo no topo de sua cabeça, em seguida, passando a mão no mesmo lugar como se estivesse tentando fazê-lo se acalmar, mas eu tinha certeza de que só tentava tranquilizar seu coração acelerado que eu podia sentir retumbando pela sala.

Ou, quem sabe, fosse apenas o meu batendo descontrolado.

Rebelde e forte.

Martelando com uma advertência.

Olhei outra vez para Lyrik. Sua expressão desagradável tinha se transformado em uma tempestade. Ele colocou a filha no chão.

— Nós deveríamos ir te acomodar.

— Está bem.

Precisava dar o fora desta sala antes que eu sufocasse.

Optei por ficar indiferente quando ergui uma mão, embora as palavras fossem ríspidas e baixas.

— Foi muito bom conhecer todos vocês.

Lyrik digitou o código na porta para abri-la, e eu o segui. Uma onda de calor me atingiu, uma parede de umidade sufocante cobrindo minha pele com uma camada de suor no mesmo instante.

Ou talvez tenha sido visceral.

Foi esta reação que me fez sentir apavorado. Eu não fazia a menor ideia de como deveria passar o verão morando na mesma propriedade que aquela mulher.

Acabei por descobrir que o *Éden* era, na verdade, o inferno.

Isso é que era crueldade e injustiça.

Mas acho que a punição era adequada.

À minha frente, Lyrik caminhava ao longo da calçada que margeava o lado esquerdo da piscina.

O ar espesso e estagnado estava repleto de sons das fontes que se agitavam e espirravam nos tanques de pedra esculpida, pássaros chilreando e esvoaçando entre as árvores.

Parecia uma completa contradição com o zumbido da cidade que circundava a propriedade. Sirenes, motores e o alarido de buzinas.

Lyrik subiu os dois degraus até o alpendre da casa de hóspedes e abriu a porta.

— Cá estamos. O código é o mesmo da casa.

— Entendi.

Entrei, passando por ele e puxando a mala atrás de mim. Dei uma olhada no lugar, não que eu realmente me importasse com as minhas acomodações. Eles poderiam ter me colocado em um hotel decrépito e eu não teria ligado.

Mas isto?

Era caloroso. Confortável. A sala de estar na frente tinha todo o luxo que se poderia querer. Almofadas macias enfeitavam o sofá felpudo, com duas poltronas dispostas em ambos os lados que ficavam de frente para a enorme TV pendurada na parede. Do outro lado, à direita, havia um bar elevado que dava para uma pequena cozinha na outra ponta. Eu só podia presumir que o pequeno corredor à sua esquerda levava a um quarto.

Mas o que chamou minha atenção foi o conjunto de bateria e a variedade de violões e instrumentos musicais que foram montados em uma área do lado esquerdo da sala.

— Imaginei que talvez quisesses tocar no seu tempo livre — disse Lyrik como se não fosse nada demais.

— Provavelmente vou precisar ensaiar algumas músicas novas que eu não conheço. — Tentei fazer uma piada, para aliviar o que quer que fosse esta merda que eu conseguia sentir arrancando minha pele, um milhão de formigas-lava-pés marchando a uma batida sombria sobre a carne viva e ensanguentada.

Ele deu de ombros.

— Tenho certeza de que vai conseguir acompanhar muito bem.

Havia algo diferente nele. Uma inquietação que eu podia sentir irradiando de seu ser.

Ou talvez eu estivesse apenas imaginando coisas.

Bufando, ele arrastou os dedos tatuados pelo cabelo.

— Quero que você saiba que estamos todos gratos por ter largado tudo para vir nos ajudar. Saiba que a Sunder está tocando junto há muito tempo, mas não queremos que você se sinta como se fosse apenas um apoio ou um substituto. Isso aqui é você neste álbum. Estas músicas pertencem a você tanto quanto pertencem a nós. Enquanto estiver tocando com a Sunder, você é parte da Sunder.

Dei um breve aceno.

— Agradeço por isso. E você sabe que eu darei tudo de mim.

— É por isso que é o único que se encaixa aqui.

Ele inclinou-se para trás, olhando em volta antes de continuar.

— Vou deixar você se instalar. — Um brilho se acendeu em seus olhos escuros. — Minha esposa está exigindo que se junte a nós para o jantar esta noite. Ela quer garantir que se sinta bem-vindo. Nós comemos às sete.

Levantei a mão para rejeitar a oferta.

Porque não.

Simplesmente não, porra.

Ele ergueu as duas.

— Nem tente discutir, cara. Sei que você não conhece minha esposa, mas vá por mim... Se ela te convidar para jantar? É melhor aceitar o convite.

Mordi a língua para impedir que o palavrão escapasse.

— Tudo bem. Tranquilo. Eu estarei lá.

— Que bom. É só gritar se precisar de alguma coisa.

— Pode deixar.

Acho que eu estava mesmo imaginando coisas.

Ele se virou e caminhou até a porta, mas hesitou quando a abriu. Ele estava de costas para mim, o cara segurando a maçaneta, claramente lutava com alguma incerteza.

Ele olhou para mim por cima do ombro.

— E o que conversamos na outra noite? Da minha família ser minha principal prioridade? A felicidade e segurança deles sendo minha única preocupação?

Desta vez, meu aceno foi mais tenso, tão rígido que tive sorte de não partir o pescoço no meio.

— Você precisa saber que isso se aplica à minha irmã. Ela já sofreu demais, e está aqui para se curar. Para que eu possa mantê-la a salvo.

BEIJE-ME SOB AS ESTRELAS

A última coisa que precisa é que brinquem com ela. Sé é que me entende.
— Ele inclinou a cabeça de lado. Não havia dúvidas quanto ao aviso.
Fique longe da minha irmã, porra.
Entendi, porque essa merda não seria um problema.
Mesmo assim, meu maldito corpo se sacudiu fisicamente com a confirmação.
Eu sabia disso, naquela noite. A garota estava correndo assustada. Procurando uma maneira de desaparecer. De ser levada embora.
Agora, eu me sentia desesperado para saber a profundidade da coisa.
Que porra ele estava insinuando.
A raiva ameaçou cercar minha lógica.
Destruir o meu foco. Eu tinha mais consciência do que isso. Não tinha tempo, nem lugar, nem benevolência para me importar ou fazer disso meu problema.
Empurrei a raiva para as profundezas da minha alma corrupta, onde ela pertencia.
Não era uma preocupação minha.
A garota era gostosa pra caralho. Meu pau percebeu. E era isso. Nada mais.
Com os dentes cerrados, forcei um sorriso.
— Não precisa dizer duas vezes. Eu entendi. Não faria isso, de qualquer maneira.
Ele me analisou por um segundo. Sem dúvidas, não passou despercebido seja lá o que fosse a interação entre nós dois em sua sala de estar. Qualquer que fosse o poder que tivesse congelado tanto a Mia quanto eu. Roubando-nos o fôlego quando algo profundo martelou na atmosfera.
Ele não era bobo.
Mas eu também não.
Seu aceno foi rápido.
— Imaginei que não.
Fingi um sorriso indiferente.
— Vejo você às sete — disse, saindo pela porta.
Fiquei inquieto, sem ter certeza de como conseguiria sobreviver a esta merda. Essa piada que era a minha vida.
Maldito Carma.
Ele tinha vindo para o meu quarto e se sentado no bar, segurando seu copo no ar, em um cumprimento silencioso.
Ele era uma verdadeira merda.
— Eu estarei lá.

SETE

MIA

Merda. Merda. Merda.

Remexi as mãos enquanto caminhava de um lado para o outro na suíte de hóspedes na ala mais distante da casa onde eu estava hospedada com os meus filhos.

Havia uma sala de estar no meio com dois quartos em cada lado. O lugar inteiro era tão caloroso, acolhedor e perfeito, exceto por quem ia ficar na casa do outro lado do quintal.

Balancei a cabeça, incapaz de acreditar na minha sorte.

A vida realmente adorava pregar peças cruéis e doentias, não é?

Quero dizer... sério.

Eu praticamente implorei para aquele homem dormir comigo, pensando que seria uma única noite. Um único encontro. Uma única experiência.

Desesperada por uma pausa.

Um bálsamo para a dor.

Mas eu deveria saber que se mergulhasse os dedos dos pés no fogo, eu iria me queimar.

Chamuscada.

E, rapaz, eu estava em chamas.

Olhei para o espelho que pairava sobre a penteadeira, minhas bochechas vermelhas e a pele ruborizada com uma cor igualmente embaraçosa.

Toquei o ponto aquecido bem em cima do coração.

Leif.

O nome dele era Leif. Leif, o baterista temporário da banda do meu irmão. Leif, o cara que ia ficar na casa de hóspedes durante todo o maldito verão.

Leif, o homem que claramente não tinha ficado entusiasmado em me ver.

A maneira que a repugnância e o ódio tinham cerrado seu maxilar em uma careta, ficou gravada em minha cabeça.

Mãos enormes cerraram-se em punhos quando ele parecia prestes a socar uma parede.

Eu queria derreter em uma poça no chão.

Em parte, por causa da força do desejo que se acendeu na mesma hora, uma queimadura constante que não chegava nem perto de extinguir.

A outra parte? Ela quis desaparecer. Desvanecer-se em nada. Esconder-se do mesmo jeito que eu tinha feito naquela noite.

Mas acho que o problema disso era que eu continuava me deparando com ele.

Este homem terrivelmente lindo que não deixou dúvidas de que era ruim, muito ruim.

Ruim para a minha saúde, meu coração e minha sanidade.

Dei um pulo de susto quando alguém bateu à porta no corredor.

Deus.

Eu iria enlouquecer, de verdade.

Agitada, ajeitei meu cabelo como se fosse resolver a desordem que se espalhava pelos meus nervos e corri pelo quarto até a porta da sala.

Eu a abri.

Tamar estava de pé do outro lado, sorrindo.

Estreitei os olhos.

— Por que parece que viu um passarinho verde?

Um maldito ninho deles.

Bem provável ter visto os filhotinhos, também.

Seu sorriso só se alargou quando entrou, seus quadris balançando de um lado para o outro daquele jeito sedutor dela. Tenho quase certeza de que se eu tentasse fazer isso, tropeçaria e cairia de cara no chão.

— Ouvi dizer que o nosso convidado chegou.

Engoli a agitação e forcei as palavras a saírem da forma mais casual possível.

— Ah, sim. Acho que foi meia hora atrás, mais ou menos.

Trinta e dois minutos e dezessete segundos, para ser mais precisa.

Mas quem estava contando?

Ela entrou no quarto onde eu estava hospedada e se jogou na minha cama, soltando um suspiro inquieto.

Eu a segui, imaginando o que estava aprontando e sabendo que não poderia ser bom.

Ela rolou de lado. Os olhos azuis envoltos em um delineado perfeito brilharam com travessura.

— Então... — ela arrastou a fala, escândalo injetado na palavra.
Movi os ombros fingindo confusão.
— Então o quê?
Ela se ajoelhou, ávida demais.
— Então, fale-me dele.
— Hum... o nome dele é Leif e vai ficar na casa de hóspedes e é baterista? — respondi como uma pergunta, como se isso fosse tudo o que havia sobre ele, nada mais.
Tamar bufou em descrença, balançando a mão com desdém.
— Sim, eu sei o nome dele. Me conte desta coisa toda de "ele roubou seu fôlego assim que o viu".
Tive que lutar para impedir que minha boca não se escancarasse em choque, quase tanto quanto precisei me esforçar para formar a negação na língua.
A mentira.
Porque a verdade do assunto era que ele tinha arrancado o ar dos meus pulmões. Duas vezes agora. Eu ainda estava tendo dificuldade para respirar.
— E quem foi que te disse isso? — perguntei, forçando a cara mais profunda e inocente que consegui.
A última coisa que eu precisava era que ela me pressionasse com isso.
Porque aquela noite foi um erro, e nada nem chegou a acontecer.
Apenas cinco minutos de um homem marcando seu ser sobre mim.
O relance de uma tatuagem ao mover de sua mão.
Impossível, mas verdadeiro.
— Hum... meu marido... também conhecido como seu irmão superprotetor. Ele entrou em nosso quarto, gritando e delirando a respeito de como não ia deixar um baterista que estava querendo alcançar as estrelas, roubar e depois partir o coração de sua irmã. — Ela deu uma risada irônica. — Ele me disse, direto e reto: "Um olhar, e o idiota tirou o fôlego dela. Não vou permitir que tire mais nada".
Quase revirei os olhos.
Tamar fez isso por mim.
— Acho que ele pensa que está protegendo sua virtude. O pobrezinho age como se você tivesse doze anos e sem dois filhos.
— Ele só está cuidando de mim. — Por que estava o defendendo neste caso, eu não sabia. Mas ele me manter afastada daquele homem me pareceu uma ótima ideia.
Distância.

BEIJE-ME SOB AS ESTRELAS

Já era ruim o bastante eu ter que me impedir de ir até as janelas e espreitar lá fora, na esperança de ter um vislumbre.

Uma risadinha escapou de seus lábios sedutores.

— Sim, e ele esquece por onde começamos. As fortalezas que ambos tínhamos construído ao nosso redor. Não tivemos bem o melhor começo. E veja onde estamos agora.

Deixei um sorriso esticar minha boca enquanto seguia para a penteadeira, pegando uma escova de cabelo para dar às minhas mãos trêmulas algo para fazer. Olhei-a através do espelho.

— Tenho quase certeza de que ele se lembra muito bem de como vocês começaram.

Ela riu.

— Tenho certeza de que esse é o problema todo. Sua irmãzinha não se atreveria a fazer algo tão escandaloso — falou arrastado.

Abaixando a escova, eu me virei.

— Você está certa. Eu não ousaria.

Não conseguiria.

Não depois daquele sentimento ter me perseguido durante a última semana.

Intriga.

Fascínio.

Esta sensação de que me faltava algo que não tinha em primeiro lugar.

Não havia como o meu coração destroçado aguentar.

Não quando eu estava procurando um jeito de preencher um vazio, quando ele só o cavaria mais fundo.

Não quando eu tinha que passar o verão inteiro com ele vivendo do outro lado da piscina.

Não quando minha mente estava se distraindo com pensamentos de mais, mais, mais.

Todos aqueles "e se" daquela manhã me atingiram do nada no segundo em que o vi ali parado, tão chocado ao me ver quanto eu a ele.

Tive a sensação de que ele me tocaria por vontade própria. Mas não havia chance alguma de que aquele bad boy ficaria comigo. E até mesmo deixar a ideia de ficar entrar na minha cabeça já bastava para fingir que ele não existia.

Minha mãe sempre me disse que eu tinha um fraco por desilusões amorosas. Ela disse isso com amor. Com carinho. Como se fosse um elogio.

Disse que eu era uma mediadora. Uma amante. Uma ajudante.

Eu tinha certeza de que isso só me tornava tola.

Os lábios de Tamar se franziram em um beicinho.

— E por que não? Aposto que ele é fogo puro, não é?

Dei de ombros, indiferente.

— Acho que ele é bonito.

Uau, essa mentira queimou quando saiu da minha língua. Ele ardia mais do que mil sóis em chamas.

Mas, de alguma forma, era mais frio do que o inferno mais escuro.

Uma estrela cadente.

Uma que não era enviada para um desejo, mas sim como um aviso do que logo iria consumir.

Rindo, Tamar balançou as pernas para a lateral da cama.

— Você é a pior mentirosa que eu já conheci. Precisava ver seu rosto agora mesmo. Você está corando, sério.

Fiz um beicinho e encarei o espelho, vendo as provas escritas no meu rosto. Olhei de volta para ela.

— Está bem. Ele é lindo. E você já não o viu antes, de qualquer forma?

Ela negou com a cabeça.

— Não. Já vi a banda dele tocar um monte de vezes quando eu estava trabalhando no Charlie's, mas ele substituiu o baterista anterior tem uns três anos. Nunca tive o prazer de conhecê-lo. — Ela se levantou. — Mas devo dizer que estou muito entusiasmada para recebê-lo em nossa casa.

Ela balançou os dedos por cima do meu ombro em um tipo de provocação ao passar, voltando para a porta.

— Se disser uma palavra a ele, Tamar — sibilei para ela, batendo o pé. A última coisa que eu precisava era dela bancando a casamenteira.

Ela colocou a mão no peito.

— Quem, eu?

Fechei a cara para ela.

— Tem tentado armar para mim desde o segundo em que você e Lyrik ficaram juntos. Eu não preciso de sua ajuda. Além disso, não é como se ele fosse querer ter qualquer coisa comigo.

Eu tinha bastante certeza de que, assim que olhou para os meus filhos, ele me marcou como limite intransponível.

Proibido ultrapassar.

O problema era que foi ali que eu o conheci para começo de conversa.

BEIJE-ME SOB AS ESTRELAS

Fora dos limites.

— Você pode não precisar da minha ajuda, mas definitivamente precisa de um empurrãozinho na direção certa. — Ela suavizou a expressão, as rugas desaparecendo de seus traços. — E você está brincando comigo? Você é maravilhosa, Mia. Fantástica, linda e uma das melhores pessoas que conheço. Merece ser feliz. Ter todas as coisas boas que este mundo tem a oferecer.

Balancei a cabeça e fui até o armário onde ainda estava desfazendo as malas.

— Bem, não se preocupe, olhe bem para o cara e verá que ele definitivamente não é a *direção certa*.

Ele era uma moto fora de controle, voando por uma rua sem saída.

— Além disso, não acha que tenho o suficiente acontecendo na minha vida para que a última coisa que eu deveria estar pensando seja um homem?

Eu nem tinha tido tempo para ficar de luto. Não por completo. Não com este medo persistente de que algo estava por vir que eu não conseguia compreender.

Ela inclinou a cabeça de lado.

— Eu só… quero vê-la sorrir. Ver você feliz de verdade. Só isso. Está me matando que esteja passando por tudo isso, e não há nada que eu possa fazer.

Meu sorriso foi melancólico, movido pela gratidão e atenuado pela tristeza.

— Você está errada, Tamar. Você já fez. Nos deu um refúgio. Segurança e amor. Você nos deu sua casa e sua família.

Eram eles que estavam comigo quando tudo parecia impossível.

A esperança perdida.

Sofrimento, o conquistador.

Tristeza atravessou seu rosto.

— Eu só queria...

Greyson começou a gritar do berço que foi montado na outra sala, interrompendo-a.

— Mamãe. Preciso de você! Acodei!

Penny apareceu do corredor pela porta principal na mesma hora, cantarolando baixinho o nome de seu irmãozinho, como se ela também o tivesse ouvido chamar.

Minha alma palpitou.

Expandiu-se e se alterou.

E ali estava a plenitude da minha alegria. O som dos meus filhos. Porque a verdade era que eu não tinha mais lugar dentro de mim para ser dado ou quebrado. Não havia mais riscos a serem corridos.

Eles eram a minha realização.

Meu começo e minha conclusão.

E a única coisa em que eu deveria estar me concentrando agora era em nós.

Em manter meus filhos seguros.

Nossa família inteira.

E uma vez que aquele desgraçado fosse pego, colocado para sempre atrás das grades, eu finalmente poderia me concentrar na cura.

Tamar olhou naquela direção.

— Eu amo o som de sua vozinha. — Ela se voltou para mim. — Estamos muito felizes por vocês estarem aqui, Mia. Espero que saiba disso.

Meu sorriso saudoso foi real.

— Eu sei.

— Muito bem, então... nos veremos daqui a pouco. Vou terminar o jantar. Deve estar pronto às sete.

— Tem certeza de que não posso ajudá-la?

— Ah, garanto que me ajudará bastante neste verão. Termine de desfazer as malas. Relaxe. E não se esqueça que temos um convidado especial se juntando a nós para o jantar.

Com isso, ela saiu dando uma piscadinha perversa e matreira.

E fiquei imaginando como eu iria sobreviver a isto.

Ah, eu não ia.

Sem chance de que eu sobreviveria a isto nem com a imaginação mais fértil.

Eu ia sucumbir ali mesmo na mesa.

Morte por humilhação.

Greyson deu uma gargalhada barulhenta enquanto batia a colher que havia usado como catapulta para atirar um monte de purê de batatas e molho na mesa de jantar na bandeja de sua cadeirinha.

A comida se espalhou pelo rosto tragicamente lindo de Leif.

— Waif! Te peguei! Te peguei! — cantarolou, eu fechava os olhos por um segundo e rezava ao abri-los, sabendo que isso não seria nada além de um pesadelo.

Pena que eu tinha ouvido dizer que eram os piores sonhos que se realizavam.

Por fim, saí do estado de estupor.

Não havia como se esconder deste sonho.

— Meu Deus, desculpa — disse às pressas.

Uma irritação chocada percorreu a expressão de Leif.

Um raio de fogo.

Ele piscou mil vezes como se estivesse tentando entender o que acabara de acontecer.

Erguendo a mão para limpar um pouco da sujeira de seu nariz com a ponta dos dedos, ele os estendeu para ver a bagunça. Provavelmente foi um momento muito ruim para notar o tamanho enorme de suas mãos.

Tarde demais.

Sua boca se curvou em um esgar de descrença.

Greyson poderia muito bem ter jogado um saco flamejante de cocô em seu rosto. Acho que todos nós tivemos sorte por não ser a fralda dele.

Tirei a colher da mão gordinha de Greyson.

— Não, Greyson. Feio. Isso é muito feio.

Ele franziu o nariz adorável, dando uma risadinha.

— Eu peguei ele, mamãe! Eu peguei ele. *Kapow*!

Pude ouvir Tamar tentando segurar a risada, mas Lyrik nem se deu ao trabalho. Ele gargalhou com força como se fosse a coisa mais engraçada que já tinha visto.

— Eu te avisei, cara. Bem-vindo à Selva, Selva West. Prepare-se, boneca.

Olhei naquela direção.

Leif tinha pegado um guardanapo e estava limpando a bagunça de seu rosto.

Por fim, entrei em ação, saindo da sala de jantar para o lavabo do outro lado do corredor. Peguei uma toalha de rosto e a molhei, voltando às pressas quando Leif ainda tentava tirar a meleca.

A única coisa que estava conseguindo fazer era jogar pequenos pedaços de comida no colo.

— Ei... deixe-me ajudá-lo. — Fui para o seu lado, tentando limpá-lo com cuidado sem inalar sua aura intoxicante.

Tentando combater a onda de tontura que senti no segundo em que entrei em seu espaço pessoal.

Cravo-da-índia e uísque com uma pitada de sexo.

A. L. JACKSON

O cheiro doce e sedutor da tentação.

Tudo isso com aquela mesma conotação de repugnância que eu tinha visto escrita em seus traços quando nos viu hoje cedo.

Parte de mim queria chorar.

A mais proeminente queria gritar para ele que Greyson era apenas um bebê. Que era ingênuo e que eu estava dando o meu melhor como mãe para garantir que aprendesse essas coisas.

Mas não tive tempo de fazer nada disso porque o homem arrancou a toalha das minhas mãos.

— Pode deixar. Está tudo bem.

Ele esfregou o local, lançando um olhar destruidor na minha direção.

— Você não parece bem — retruquei, os dentes cerrados enquanto minha mamãe ursa interior ameaçava se juntar a nós na mesa de jantar.

Ela não era exatamente amigável.

Ele me encarou.

— Eu disse que estou bem. Não se preocupe.

— Ele te pegou de jeito, Leif! — gritou Brendon de onde estava sentado entre Leif e seu pai. — Chegou pertinho de mim! — Ergueu o polegar e o indicador para demonstrar. — Uma pena que você não tenha reflexos incríveis como eu. Você teria desviado.

Os olhos cor de açúcar mascavo se estreitaram, embora estivessem fazendo de novo aquela coisa suave que eu havia notado na noite fatídica, um calor contido que tentava escapar.

Ou, talvez, ele estivesse apenas tentando quebrar a mim, me derrubando antes mesmo de eu ter a chance de me levantar.

— Pode crer. Meu filho é super rápido. — Lyrik sorriu. Nada além de arrogante. — Sinto muito que tenha entrado na linha de fogo, cara. Bom trabalho em se esquivar, Brendon. Reflexos irados.

Eles bateram os punhos como se tivesse sido um desafio, Greyson, o arremessador, Brendon fazendo um home run, enquanto Leif era eliminado por strike.

Tamar riu baixinho.

— Só mesmo os meus homens para caçoarem do nosso convidado.

— Tudo é justo no amor e na guerra, mamãe Blue. Não sabe disso? — disse Brendon a ela.

— E isso é uma guerra? — Tamar ergueu a sobrancelha em uma demonstração de discordância.

BEIJE-ME SOB AS ESTRELAS

— Uh... não. É amor. E eu amo meu rosto. Você já me viu? — Meu sobrinho fez um círculo ao redor do rosto. — Eu não ia ficar parado e deixar ele ser arruinado. Não, obrigado.

Penny deu uma risadinha tímida, um pouco envergonhada, como se talvez quisesse se esconder debaixo da mesa, mas não perderia o entretenimento de jeito nenhum.

— Eu sinto muito de verdade — repeti com um pouco mais de força, tirando a toalha de sua mão quando ele finalmente limpou o rosto. — Ele tem dois anos.

Tudo era na defensiva.

Ele franziu aquele cenho forte, o homem tão bonito que eu estava tendo dificuldade em ficar de pé em terra firme.

— Sim, eu sei.

— Então não seja um idiota — falei entre dentes, mal dando para ouvir as palavras que saíram dos meus lábios.

Ele riu baixo, em um tom ameaçador, erguendo a cabeça para me encarar.

— Você acha que ficar sentado aqui sem dizer nada sou eu sendo um idiota? Você não tem andado muito por aí, não é, princesa?

Eu queria gritar.

Não pude evitar, inclinando-me em sua direção, ultraje tomando conta dos meus sentidos enquanto eu cuspia as palavras.

— Tenho andado bastante por aí. Como eu disse, você não me conhece nem um pouco.

Merda.

Eu estava revelando minhas cartas, não que eu estivesse perto de ter uma boa mão. Era melhor escondê-las.

Porque, com a tensão que preenchia o cômodo, não havia dúvida de que estava ficando muito claro que ele e eu não éramos exatamente desconhecidos.

Tamar e as crianças nos observavam.

Lyrik nos observava *mais* intensamente.

Leif teve a audácia de sorrir, recostando-se em sua cadeira de forma casual demais.

— E como eu disse, você é fácil de decifrar.

Joguei a toalha na mesa, pensando por que diabos me sentia atraída por esse imbecil em primeiro lugar.

— Bem, sugiro que encontre outro enigma.

OITO

LEIF

Engoli o líquido âmbar do copo de onde estava sentado no bar do Charlie's. O álcool queimou na garganta e aterrissou em uma piscina flamejante no estômago.

Gasolina jogada em um poço de fogo.

O inferno estava sediando uma maldita festa onde os demônios se enfureciam, se revoltavam e destruíam coisas.

Engolindo com força, fechei os olhos, meu peito apertado e os pensamentos confusos. Pude sentir todas as pontas irregulares se desgastando.

Preparando-se para a ruptura.

Tamborilei os dedos na bancada, ávidos pela sensação das minhas baquetas, torcendo para que a batida pudesse afastar a preocupação que se apoderava dos meus sentidos.

Em que diabos eu estava pensando, concordando em vir aqui? Deveria ter confiado no meu instinto e recusado a ouvir a música que eu sentia chamando por mim.

O jantar tinha sido um desastre do caralho.

Tinha provado o quanto eu não pertencia àquele lugar.

Um pária.

Exilado.

Um prisioneiro condenado observando todas as coisas que nunca poderia ter por trás das grades de sua cela.

O amor estava tão espesso naquela sala de jantar que quase me engasguei com ele.

Sabia que era um idiota só de ver que Lyrik e Tamar juntos tinha deixado um gosto ruim na minha língua.

Amargura.

Inveja.

A adoração que eles tinham pelos filhos tinha sido demais para presenciar.

Acrescente à mistura aquela mulher que se agarrou a todos os meus pensamentos e desejos, e depois jogou os filhos dela no meio?

É.

Essa não era uma boa combinação.

Eu quis desaparecer para dentro das paredes.

Desvanecer por completo.

Estive a dois segundos de arranjar uma desculpa e fugir quando o filho de Mia teve que me usar para praticar tiro ao alvo, chamando atenção para o fato de que eu estava sentado lá quando a única coisa que queria fazer era fugir pela porta.

Ela pensou que eu estava irritado com seu filho. Um idiota que não entendia que o garoto estava sendo apenas uma criança.

Deixe-a pensar isso.

Era melhor, de qualquer forma.

Ódio borbulhou sob a superfície da pele. Uma antiga agonia tentando se infiltrar por onde apodrecia e fervilhava.

Quase não conseguia suportar o jeito que a Mia me fazia sentir.

Que ela me fazia sentir qualquer coisa.

— Aqui está. — A bartender deslizou outra bebida pelo bar reluzente.

— Obrigado.

— Posso te trazer mais alguma coisa? — Ela enrolou, me encarando. Sem dúvida, a garota era linda, mas não estava me causando nenhuma reação.

— Estou bem.

Ela hesitou.

— Você me parece familiar.

Eu teria rido se não estivesse me encolhendo tanto.

— Não. Acho que tenho um rosto comum.

Mentira.

Era óbvio que ela tinha me visto naquele palco há seis meses. Mas a última coisa que eu queria era entreter, esquivar e fingir se essa garota sequer começasse a tietar para cima de mim.

Não estava nem um pouco disposto.

— Tem certeza? Quase nunca esqueço um rosto, especialmente um que se parece com o seu.

— Sim.

— Hmm. — Ela ficou pensativa. — Bem, me avise se houver mais alguma coisa que eu possa trazer para você, estranho.

Ela disse isso como se eu fosse cair na provocação pudica.

Finalmente, quando apenas dei um curto aceno de cabeça, ela cedeu e me deixou lá, seguindo para outros clientes que estavam disputando sua atenção.

Corpos esmagados e compactados contra a madeira cintilante.

O lugar estava lotado.

Sempre estava.

O Charlie's era um dos bares mais populares à margem do rio. A vibe era bacana e de alguma forma intensa. Música ao vivo quase todas as noites. Alimentação para qualquer um que atravessasse a porta.

Você não precisava ser um tipo de pessoa.

Deixou suas merdas na porta? Você era bem-vindo.

Tinha se tornado um dos meus lugares preferidos para tocar.

O bar era propriedade do tio de Shea Stone, Charlie. Um cara que aparentemente sempre foi ávido por receber a Carolina George para tocar, muito antes de eu entrar e assumir a bateria.

Segurei o copo enquanto o bar rugia, bradava e vibrava à minha volta.

Levei o copo aos lábios, bebendo um longo gole, lutando contra as farpas da sensação que não me largava.

Sentindo que algo estava errado.

O que era uma maldita piada, porque minha vida inteira estava *errada* desde o momento em que destruí a única coisa que importava. Mesmo assim, eu não conseguia me desvencilhar da sensação, o ar nublado e zumbindo com uma escuridão que consumia tudo. Algo sinistro percorreu minha pele, e não tinha nada a ver com a garota que ainda estava me comendo com os olhos do outro lado do bar.

Olhei por cima do ombro, observando os rostos no pessoal enfurecido.

Casais dançando na pista lotada à frente do palco, e grupos reunido em volta de mesas altas, tomando cervejas e rindo alto demais. Meus olhos fizeram uma busca pelas sombras obscuras das cabines luxuosas em formato de ferradura que se alinhavam na extremidade mais distante do espaço.

Nada.

Não adiantou. Eu ainda sentia.

A história rasteijando sobre mim antes que eu tivesse a chance de caçá-la primeiro.

Olhei com atenção para o mar de rostos ocultos mais uma vez, por fim, achei que eu estava ficando louco. Desistindo, virei todo a bebida do copo.

BEIJE-ME SOB AS ESTRELAS

Apreciei o alívio.

O choque de vertigem que atravessou meu cérebro quando o álcool finalmente atingiu minha corrente sanguínea.

O mundo se desvanecendo aos poucos, a visão embaçando nas bordas. Meus membros ficando mais leves, sem sentir o fardo por um instante.

Pelo que estava em jogo.

Fiquei de pé e peguei minha carteira, tirando uma nota de cem e colocando-a debaixo do copo vazio antes de começar a andar pelas pessoas. Ao abrir caminho entre os corpos pulsantes, senti um incômodo. A cada passo, só aumentava.

As paredes se fechando.

Energia se espalhando.

Subindo e aumentando.

Tornando-se algo imenso.

Algo feroz.

Perto demais.

Inalcançável.

Era isso. Era agora que eu ia perder o controle sobre a realidade à qual eu mal conseguia me agarrar.

Atravessei a multidão, ignorando os poucos olhares que recebi.

Respirei fundo, enchendo os pulmões com o desejo e a luxúria que eram palpáveis no ar denso. Eu deveria ceder. Tirar proveito. Alimentar-me disso.

Deixar me preencher.

Extravasar.

Uma distração da dor.

Mas descobri que não poderia ficar. Irritação surgiu daquele lugar sombrio que uivava da parte mais profunda de mim. Irrompi a aglomeração, atravessando a porta e saindo para a noite profunda.

A música se infiltrou pelas paredes e me perseguiu até o calor pegajoso e úmido.

Comecei a caminhar pela calçada na direção da casa de Lyrik, a menos de dois quilômetros de distância. A esta hora, as ruas estavam quase vazias. Alguns festeiros cambaleavam para fora das espeluncas e pubs que estavam dispostos à margem do rio, as vozes elevadas e arrastadas, extremamente barulhentas.

Dei a volta neles, me recusando a prestar atenção.

Quando cheguei ao final do quarteirão, virei à direita ao redor de um prédio. Enfiei as mãos nos bolsos e abaixei a cabeça enquanto aumentava o ritmo.

Esforcei-me ao máximo para ignorar os passos que podia ouvir cada vez mais alto por trás.

Chegando mais perto.

A irritação da qual eu tinha fugido a noite toda só cresceu.

Elevada na umidade estática.

Minha pele estava quente, aquele poço ardente no estômago borbulhando em chamas.

Árvores balançavam pela rua, galhos espinhosos se estendendo, uma copa que escondia as estrelas no céu sem fim. Hoje, a lua não estava aparecendo, a noite sombria e tenebrosa.

Avançando de todos os lados. Ameaçando devorar.

Os sons da orla desvaneceram-se quando avancei no bairro adormecido. A única luz vinha dos poucos postes que cintilavam e espalhavam seu brilho silencioso sobre a calçada estreita.

Virei à direita na rua seguinte, com os ombros erguidos quando o movimento dos passos atrás de mim só aumentou.

Toc-toc. Toc-toc. Toc-toc.

Um ruído de guerra que se aproximava.

Meus batimentos dispararam. Retumbando nas costelas e inundando as veias.

Cada sensação que eu possuía, se intensificava enquanto a adrenalina se expandia.

Apreensão apertou meu peito.

As passadas atrás de mim se aproximaram assim que uma figura surgiu uns seis metros à minha frente.

Olhei para trás e vi quando um cara corpulento avançou.

Filho da puta.

Eu estava sendo caçado.

Voltei-me para o homem que estava me esperando à frente. Os dois como lobos rodeando sua vítima.

Uma pena que não tenham percebido que sua presa tinha raiva.

Espumando pela boca e com vingança na cabeça.

Não pensei ou protelei.

Avancei sobre o babaca, meus pés ressoando na calçada através da noite vazia.

A surpresa o fez recuar um passo, e meu punho se chocou com sua mandíbula, derrubando-o no chão.

O merdinha gritou quando escorregou na rua.

— Só quero conversar.

Certo. Considerando que no mesmo segundo, o cretino que estava atrás de mim deu um golpe na lateral do meu corpo. Um cotovelo me acertando bem no topo da coluna.

O desgraçado tinha toda a intenção de me colocar de joelhos.

A dor se espalhou pelas costelas. A única coisa que fez foi alimentar a fúria. Meu peito estremecendo com violência. Minha boca enchendo d'água com a fome de vingança.

Virei no lugar, meu braço esquerdo girando, acertando-o na lateral da cabeça.

Ele avançou no mesmo segundo.

Seu punho enorme atingiu a beirada da minha boca.

Raiva tomou conta de mim feito febre. Um fósforo que consumiu um edifício inteiro.

Dei dois socos. Ele se abaixou e desviou do primeiro, mas o segundo se conectou com sua mandíbula.

Ele caiu de joelhos e meu punho direito atingiu sua bochecha oposta.

Sua cabeça balançou de um lado para o outro, e o próximo soco que dei acertou seu nariz.

Eu me deliciei com a sensação do osso se esmagando, do sangue se espalhando na rua. Ele levou as mãos ao rosto em uma tentativa inútil de se proteger.

Não hesitei. Dei mais três golpes.

Mais ruídos de ossos se quebrando.

Crac. Crac. Crac.

Como uma batida contínua.

Uma música horrível e nojenta que eu cantaria para sempre.

Pelo visto, eles gostavam da dor porque o primeiro cara que eu tinha derrubado se levantou, cambaleando na minha direção como se o idiota acreditasse que tinha chance de verdade.

Eles queriam me derrubar? Teriam que fazer infinitamente mais do que dar uns socos.

Eu girei, dando um chute antes mesmo que ele chegasse a um metro de mim. A sola da minha bota o acertou bem no peito. Isso o empurrou para longe, o idiota tropeçando antes de perder o equilíbrio e cair no chão outra vez.

Dois covardes deitados ali no meio da rua, lutando para respirar.

Nada suspeito.

Deslizei o dedo sobre a única gota de sangue que escorreu na lateral da boca, encarando com repugnância a cor vermelha sob a luz enevoada e turva.

Balancei as mãos, os nós dos meus dedos arrebentados e dilacerados, provavelmente mais surrados do que os dois desgraçados que estavam ali sentados, esperando o que iria acontecer em seguida.

Sentindo a energia.

O caos que se enfurecia, sibilava e se infiltrava pelos meus poros.

Sem medo.

Apenas acolhendo a dor.

— Imagino que se não vieram aqui com armas, vieram para entregar uma mensagem. — Cuspi as palavras para os imbecis que estavam tremendo.

Sem dúvida, eram novatos neste mundo sórdido e sujo.

Inquietos, os dois se olharam de relance.

— Foi o que pensei — ralhei. — Que tal vocês entregarem uma mensagem por mim?

NOVE

LEIF

Dezesseis anos

Soltei um assobio baixo.

— Uau, ela é bonita, não é? — perguntei em meio à admiração enquanto deixava a mão flutuar a um centímetro da moto reluzente. Novinha em folha. Metal brilhante e couro perfeito.

Eu estava louco para acariciá-la, mas sabia que era melhor não tocar.

A garagem estava escura, a única luz entrando pelas pequenas janelas dispostas ao longo do topo da parede.

— Feliz aniversário, Leif.

Fiquei confuso, e virei a cabeça para encarar meu padrasto que estava a três metros de distância. Fiz o melhor que pude para processar o que estava acontecendo quando ele jogou algo no ar, um metal brilhando nos raios de sol que se infiltravam pelo vidro empoeirado.

Segurei o objeto.

Um chaveiro.

Por um segundo, apenas encarei a única chave pendurada que tinha o mesmo design que vi antes. Um P com duas linhas lhe atravessando. Era algo que meu padrasto usava em seu colete e na oficina de automóveis da qual era dono.

Lancei um olhar para Keeton.

Cauteloso.

O cara era intimidador pra caralho. Chutaria meu traseiro daqui até a porra da lua se eu sequer o olhasse atravessado. Barba branca e olhos penetrantes. Pele enrugada e grossa.

Mas eu o respeitava por ter me tirado daquele apartamento infestado de ratos quando ele e minha mãe ficaram juntos há dois anos. Nossos estômagos cheios e um teto sobre nossas cabeças. Tratava-a bem. Deixava-a feliz, o que significava que ela não estava mais concentrando seu sofrimento em mim.

Tirando isso? Eu praticamente ficava fora do caminho dele.

— O que é isso? — perguntei, enfim, balançando a chave à minha frente.

— Seu presente de aniversário.

O cara devia estar brincando comigo.

— Você não pode... — Olhei de relance para a moto antes de me voltar para ele. Entusiasmo ardeu em meu peito, misturando com todas as dúvidas. — Você não pode estar falando sério. Isso é para mim?

O homem não era de dar qualquer coisa de graça. Desde que entrou em nossas vidas, ele ressaltou a importância de que nada vinha sem um preço.

Ele uniu as mãos, esfregando-as devagar enquanto me avaliava.

— Você é um de nós agora.

Franzi o cenho, tenso.

— O que isso significa?

— Suba na sua moto, e eu irei te mostrar.

DEZ

LEIF

Com fúria queimando pelo meu corpo, passei o dedo pela gota de sangue que escorria do canto da boca e marchei na direção da casa de Lyrik. Olhei por cima do ombro mais uma vez antes de enviar a mensagem.

> Eu: Dois desgraçados me seguiram na saída de um bar em Savannah. Sabe de alguma coisa?

Não demorou nem um minuto para que a resposta chegasse.

> Braxton: Nada concreto. Mas Keeton anda perguntando por aí de novo. Pressionando. Tem brincado com fogo desde o segundo em que se juntou a essa banda. Eu te avisei que se você se colocasse nessa posição as coisas acabariam mal.

Raiva chamuscou minhas entranhas, as pontas dos dedos digitando no celular com um pouco mais de força do que o necessário.

> Eu: Isso é porque está na hora de algumas coisas queimarem.

> Braxton: É. E você deveria ser discreto até esse momento chegar.

Anos.
Eu tinha esperado três malditos anos.

> Braxton: Você não conseguiu identificar quem eles eram?

Dois imbecis que tinham fugido noite adentro com os rabos enfiados entre as pernas.

Sem dizer uma palavra.

Covardes.

O que significava que eram dispensáveis.

Enviados apenas como um aviso.

Um lembrete do que não estava resolvido.

Uma dívida prestes a vencer.

> Eu: Os dois fugiram antes que eu conseguisse arrancar alguma coisa deles.

> Eu: Quem quer que sejam, parece que estamos ficando sem tempo.

> Braxton: E nenhum de nós pode se dar ao luxo de deixar isso acontecer até termos certeza. Se ferrarmos as coisas? Nós dois estamos mortos.

> Eu: Um preço que estou disposto a pagar.

Devo isso, de qualquer forma.

> Braxton: Fale por si mesmo, idiota. Você pode gostar da ideia de se aconchegar a sete palmos da terra, mas eu, pessoalmente, tenho planos de gerar um pouco mais de caos antes de desistir.

Quase deu para ouvi-lo rindo do outro lado do mundo. Braxton era um filho da puta assustador. Ele nunca pensava duas vezes em abafar o que precisava desaparecer.

Mas eu também confiava nele com a minha vida. Ambos nos envolvemos nisso juntos antes que qualquer um de nós soubesse o que estava acontecendo.

BEIJE-ME SOB AS ESTRELAS

> Braxton: Paciência, irmão.

> Eu: Três anos não foram suficientes?

> Braxton: E isso significa que você deveria ser capaz de aguentar mais algumas semanas. Não faça nada estúpido. Ele está paranoico. Acredite em mim quando digo que você não é o único que está atrás dele. A hora dele está chegando.

> Braxton: Confie em mim, vou conseguir mais informações. Vou pressionar Ridge. Ver se ele tem alguma ideia de quem pode ter te encurralado em Savannah. Até lá, fique quieto e não seja burro.

Hesitei, odiando estar no comando de toda esta operação. Tudo acontecendo rápido demais quando parecia que eu estava congelado por metade da minha vida. As consequências disso para Braxton e para o restante das pessoas ligadas a mim.

> Eu: Não gosto de ter te enfiado tanto nisso.

Ele não precisava estar ao meu lado para que eu pudesse ouvir sua zombaria.

> Braxton: Houve uma razão para eu jurar lealdade, Leif. Não a questione agora.

> Eu: Pensei que tinha dito que não gostava de pensar em ir para debaixo da terra.

> Braxton: Cem por cento. Mas não vai chegar a isso, porra. Não vou deixar.

Soltei um suspiro pesado ao chegar no portão dos fundos, a área fortificada como se eu estivesse entrando na merda de um palácio.

Acho que era isso mesmo.

> Eu: Tá. Me mantenha informado. Só...

Fiz uma pausa, tentando descobrir como expressar em palavras. A questão era que eu não podia permitir que os erros que cometi – a vida que escolhi – afetassem as pessoas com as quais me importo.

Olhei por entre as barras de metal que deveriam manter os monstros do lado de fora, meu estômago se torcendo em nós dolorosos quando pensei nas pessoas que dormiam lá dentro. Imaginando como foi que eu tinha ficado tão descuidado. Arrastando mais gente para o meu problema.

> Eu: ... Só descubra quem sabe que eu estou aqui. Mantenha essa merda em L.A. Não posso permitir que ninguém venha bisbilhotar por esses lados.

> Braxton: Vou cuidar disso. Tome cuidado, irmão.

Um incômodo explodiu ao meu redor, e enfiei o celular no bolso enquanto digitava o código com a outra mão. A tranca apitou, desativada, e o portão se abriu. Subi os dois degraus da entrada que levava a outro mundo.

Segui em direção à casa de hóspedes, desacelerando parecendo uma espécie de monstro quando notei a figura delgada que mal era vista através das enormes janelas do quintal. Dava quase para confundir com espelhos na noite reluzente, meu rosto algum tipo de um vazio oco no reflexo, sobrepondo a silhueta que estava de frente para uma tela em branco.

Sua mão delicada estava posicionada com um pincel, e todo o seu ser estremecia nitidamente. Contudo, seus dedos estavam parados, os fantasmas que eu quase podia ver rodopiando ao redor dela deixando-a sem nada a dizer.

Esfreguei a palma da mão sobre o rosto como se isso pudesse desfazer a imagem.

Torná-la diferente.

Mas era ela. Ela era a artista.

Eu sabia que tinha que sair de lá antes de me aproximar mais.

Sair de lá antes que ela percebesse.

Tarde demais.

Sua postura enrijeceu e os ombros ficaram tensos, todo o seu ser se encolhendo quando sentiu minha presença.

BEIJE-ME SOB AS ESTRELAS

Devagar, ela se virou para espreitar pelas janelas à noite, o perfil de seu rosto acentuado e amargamente doce.

Aquela dor no meu estômago se multiplicou dez vezes.

Lembre-se, minha consciência gritou, o pouco que restou, só sobraram as migalhas de lealdade e ira excruciante.

Mas não parecia importar, porém, porque dei um passo à frente em uma nesga de luz que vinha de cima da varanda. Algo dentro de mim queria apagar o medo que eu podia ver deslizando sobre sua pele, a mesma coisa que eu havia sentido naquela primeira noite. Durante todo esse tempo, eu sabia que não podia fazer nada a não ser piorar as coisas.

Ela engoliu em seco quando aqueles olhos de carvão me seguiram através da janela, nossos rostos sobrepostos no vidro.

Que porra eu estava fazendo?

Eu precisava dar meia-volta e ir para a casa de hóspedes. Trancar-me lá dentro. Arrumar minhas coisas e ir embora.

Mas não.

Eu estava indo na direção errada, porra. Para a porta na extrema esquerda que levava à ala oeste da casa, meus dedos tolos digitando o código que era para proteger, mas que, claramente, tinha sido criado com o único propósito de desastre.

Porém não consegui me deter.

Atraído.

Ligado a esta coisa que eu não poderia sequer tocar. A tensão retorcia meus músculos. Enrijecia-os com desejo.

Adentrei a escuridão da grande sala, meus olhos se ajustando para assimilar tudo.

Era uma espécie de sala de jogos que estava servindo como um estúdio de arte.

Uma área de lazer ficava em um canto, e do lado direito alguns cavaletes tinham sido montados em um semicírculo, materiais em carrinhos organizadores na lateral de cada um.

Havia telas em branco encostadas naquela parede. Implorando para ganhar vida. Para que lhe fosse atribuído um significado.

E lá estava ela bem no meio.

O anjo no sótão.

Mia West.

A irmãzinha de Lyrik.

Completamente proibida e a personificação de um sonho erótico.

Vestindo um conjunto delicado de pijama, calça na altura do tornozelo e blusa de alcinha. Um tecido branco e fino. Quase transparente.

Eu me remexi, meu pau duro, a garganta seca.

Cerrei as mãos como se isso me desse a força para me controlar.

O queixo dela estremeceu.

— O que está fazendo aqui?

Franzi os lábios.

— Eu...

Pensei no que dizer, me esforçando ao máximo para não inventar uma mentira, mas a verdade era algo que não podia ser dito.

Não consigo parar de pensar em você, e não sei por quê.

Você me afeta de um jeito que não deve.

Quero tocá-la.

Quero tirar de você o que quer que esteja pesado demais para suportar.

Quero te beijar. Abraçar você. Te foder.

É, isso não seria muito bom.

— Só... queria ver como estava. Está... tarde, e vi que ainda estava acordada. — Escolhi dizer isso.

Ela abriu os olhos, arregalando-os quando notou minha boca.

— Você está machucado? O que aconteceu? — perguntou, preocupada, avançando para a frente como se tivesse a necessidade de cuidar de mim antes de parar no lugar.

A intuição veio à tona, um aviso para não chegar muito perto.

Garota esperta.

Passei o polegar sobre o corte.

— Não é nada — resmunguei.

Ela bufou, incrédula.

— Você está em Savannah há uma noite, e já conseguiu arrumar briga? Acho que você também é fácil de decifrar, não é?

Mia inclinou a cabeça, parecendo desapontada.

Eu duvidava que ela soubesse o quanto era sedutora.

O ângulo acentuado de sua mandíbula e bochechas, aqueles lábios fartos formando um beicinho, os olhos perspicazes, mas meigos.

Um olhar, e esta garota poderia me colocar de joelhos.

— E o que você está vendo?

Ela deu um passo na minha direção. Senti como se a garota estivesse

BEIJE-ME SOB AS ESTRELAS　　　　　　　　　　　　　　　　　　101

flutuando a um metro do chão. Vapores me atraindo para um sonho.

— Problemas. Eu soube no segundo em que te vi.

— Você não está errada. — Foi um grunhido. Criando um atalho. Uma defesa dada para que pegasse e usasse contra mim.

— Então por que está aqui? — perguntou.

O cabelo exuberante caiu sobre suas costas. Um rio escuro, inesgotável, entrelaçando-se pelo contorno de seus delicados ombros à medida em que se aproximava de mim.

Tive a vontade repentina de afundar meu rosto ali e me afogar.

— Por que continua aparecendo na minha frente como se fosse onde deveria estar? — pressionou, aqueles olhos tão profundos que poderiam acabar comigo.

— Isso se chama tentação, Mia. Um teste. Nem tudo o que se quer é bom para você. Melhor resistir agora do que deixá-la nos consumir mais tarde.

— Então é por isso que escolhe agir como um idiota?

Uma gargalhada autodepreciativa me escapou, e fui em sua direção, incapaz de parar.

— Não estou fingindo.

— Tem certeza? Porque parece que está escondendo algo de mim.

Bufando, enfiei as mãos nos bolsos para me impedir de fazer algo estúpido como estender o braço e tocá-la. Faria bem manter a boca fechada também, mas não. Eu não poderia deixar isso assim.

Não com a dor que ela transpareceu na mesa de jantar, tão claramente gravada na minha cabeça.

— Me desculpe se eu pareci um babaca no jantar de hoje à noite. Eu só... não posso me dar ao luxo de me envolver.

Ela bufou, incrédula, e aqueles olhos estavam me analisando de novo.

— Quem disse que eu queria que se envolvesse? — A garota estava tentando mascarar sua defesa com uma provocação.

Descontraída.

Quando nada disso parecia nem um pouco descontraído.

Soltei um ruído severo que reverberou em meu peito, e eu estava avançando, cruzando tantas malditas linhas que me apressei para chegar na frente dela antes que pudesse me deter.

Minha mão queimou no segundo em que a coloquei sobre sua bochecha.

— Acha que eu não sinto, Mia, o que exala de você toda vez que entramos no mesmo cômodo? Não sei que merda é essa, mas está lá.

E estava me torturando.

Choque percorreu sua expressão, e sua língua disparou para umedecer os lábios macios no mesmo instante em que seu olhar se conectou ao meu.

Caralho.

Apertei sua bochecha com mais força, deixando a culpa – meu dever – se tornar meu freio.

— Eu nem te conheço... mas tem algo... algo que mexeu comigo no segundo em que te vi em Los Angeles. Sei que você também sente, Mia. Mas não importa. Isso não muda nada. Não muda quem eu sou.

A voz de Mia veio até mim como uma canção, baixa, intensa e sofrida.

— Não posso deixar de me perguntar por que está aqui. Depois daquela noite, como você poderia estar diante de mim do outro lado do país? Não acredito em uma coincidência tão grande.

Uma risada áspera subiu pela garganta

— Não precisa ver como coincidência. Temos os mesmos círculos de amizade. Seu irmão me chamou. Estávamos destinados a nos encontrar de novo.

— E, talvez, haja uma razão para isso — desafiou.

— E, quem sabe, essa única razão seja para que eu me lembre do que não posso ter.

Porra.

Que diabos eu estava fazendo? Deixando essa merda escapar da boca?

Um tormento que eu sofreria para sempre.

Ela se afastou de mim, virando-se de costas, a garota pouco mais do que uma silhueta e sedução. Ela seguiu para a tela em branco, seus quadris balançando, movendo uma brisa luxuriante.

Deliciosa.

Irresistível.

Minha boca encheu d'água, um impulso me dizendo para lambê-la de cima a baixo.

Ela olhou para mim sobre o ombro desnudo.

— Acho que se pedisse com gentileza, poderia ter.

Caralho. Eu estava certo.

Essa garota não era nada além de tentação.

Um pecado perverso e perfeito.

— Você nem sabe o que está pedindo, princesa.

Ela soltou uma risada baixa e cínica.

— Não sou nenhuma princesa, Leif.

Sem nenhum pensamento racional restante, fui atrás dela como se eu tivesse algum tipo de direito.

Fingindo naquele momento único que eu não estava cometendo mil erros. Ignorando as consequências, eu me inclinei e murmurei em seu ouvido:

— Você tem razão. Você é um anjo. Tão doce que é irreal.

As pontas dos meus dedos roçaram seu quadril.

Um choque percorreu meu braço.

Desejo, lascívia e gula.

Inspirei seu cheiro.

Chocolate e creme.

Ela me olhou de volta, tudo em seu comportamento mudando em um instante.

Tristeza tomando conta de seu corpo.

— Então por que sou eu quem está sendo condenada?

Aqueles olhos estavam arregalados. Repletos de vulnerabilidade.

Alguma coisa feroz atravessou meu estômago, meu peito se apertando quando fui atingido com a mesma coisa daquela primeira noite.

Seu medo.

Meus dedos seguiram para a cortina de seu cabelo lindo de tão escuro. Eu o acariciei por toda a extensão para fazer cócegas na dobra de seu pescoço.

Ela soltou um suspiro necessitado, sua cabeça inclinando-se para trás, como se estivesse me dando as chaves de uma terra que eu nunca poderia conquistar.

Mesmo assim, eu me inclinei e inspirei fundo. Minhas palavras saíram em um rosnado, pois a possessividade incontrolável tomou conta dos meus sentidos.

— E quem está te condenando? Quem te machucou, Mia? Seu irmão disse que você passou por um inferno.

Considerando que eu mesmo já estava indo por esse lado, poderia muito bem derrubar um ou dois desgraçados no caminho.

— Tenho quase certeza de que a última coisa que você quer ouvir são os meus problemas.

— Tente — grunhi.

Eu precisava saber. Essa proteção louca estava aumentando. A sensação de que eu queria escondê-la por inteiro.

— Por que, para usar isso contra mim?

— Não. Quero saber que porra o seu irmão estava insinuando. Não gosto de ficar na ignorância.

Para saber exatamente quem iria morrer. Assim como falei a ela naquela noite, eu ficaria feliz em caçar o filho da puta.

Ela deu uma risada incrédula.

— Não estou nem perto de ser problema seu.

Aproximei a boca de sua orelha.

— Você parece um problema para mim.

A consciência veio à tona.

Desejo e posse. Meus músculos se contraindo com a necessidade de fazê-la minha. De me perder em sua pele, nesse corpo e nesses olhos.

Eu sabia que não teria volta se o fizesse.

Não mudava nada eu estar pressionando-a.

— Me fale.

Ela estremeceu.

— Me fale, princesa, o que aconteceu de tão ruim na sua vida que seu irmão acha que precisa trancá-la no castelo dele? — As palavras saíram afiadas, como se a raiva não soubesse mais para onde ir.

Ela olhou para mim depressa.

Furiosa.

Eu parecia ter esse efeito sobre as pessoas.

— Está bem — soltou, brava. — Você quer saber o que aconteceu? Minha melhor amiga foi assassinada. E eu tive que ficar lá e assistir. Impotente. Horrorizada. O tempo todo me perguntando se ele ia apontar aquela arma para mim. Foi isso o que aconteceu.

Caralho.

Raiva me fez cerrar os dentes.

— Quem? Me diga quem, porra. Apenas me dê um nome.

Ela soltou um suspiro cínico.

— Se eu tivesse um nome, as coisas seriam muito mais fáceis, não é? Não estaria fugindo com medo. Não ficaria acordada à noite apavorada pela segurança dos meus filhos. Não estaria saltando a cada barulho ou tendo ataques de pânico quando algum idiota se aproxima demais de mim.

Teria sido melhor se ela tivesse a mesma reação em relação a mim.

Se ela se afastasse quando envolvi a palma da mão ao redor de seu pescoço.

Mas ficou ali, sua pulsação disparada. Aqueles olhos selvagens.

Vulneráveis e resolutos.

Tive o desejo avassalador de envolvê-la e a esconder.

Eliminar qualquer ameaça.

Destruir qualquer perigo.

BEIJE-ME SOB AS ESTRELAS

— Me conte — exigi. — Me conte que merda aconteceu com você.

Fui um tolo ao pensar que tinha o direito. Um tolo ao pensar que eu poderia assumir esta responsabilidade. Porém, não havia chance alguma de eu sair daquela sala sem saber o que ela tinha sofrido.

Arrepios percorreram sua pele, e sua garganta se moveu quando engoliu em seco.

— O nome dela era Lana. Nós tínhamos uma pequena galeria. Sonhávamos em abri-la desde que estávamos na faculdade, juntando nossas duas artes. Tínhamos tido o dia mais incrível. Vendemos três quadros e uma escultura.

Angústia atravessou o rosto de Mia.

Abatida.

— Tínhamos bebido uma taça de champanhe para comemorar, lá nos fundos. Nós... nós estávamos trancando tudo...

Fúria brotou em meu sangue, e minha mão estremeceu em seu pescoço.

— Um homem entrou. Ele estava usando uma máscara. Exigiu que eu lhe desse tudo de valor. Fui para trás do balcão e, em vez de tirar o dinheiro, apertei o botão de pânico. Eu deveria ter feito apenas o que ele mandou. Era o que eu devia ter feito. Se pudesse voltar atrás. Deus, se pudesse voltar atrás, eu faria isso.

Lágrimas se acumularam nos olhos de Mia.

— Ele acabou... me olhando daquele jeito quando apertei. Como se estivesse feliz por eu ter feito aquilo. Então puxou o gatilho.

Filho da puta.

— Disseram que achavam que foi aleatório, Leif. Um roubo que deu errado. O sangue dela foi derramado por algumas centenas de dólares.

A última palavra falhou em um soluço.

A fúria disparou, e todos os músculos do meu corpo se retesaram em busca de vingança.

— O filho da puta tem que morrer.

Ela estremeceu, uma explosão de pavor.

— Ele me encontrou. Na noite da festa. E eu nem sei quem ele é ou o que quer, mas me encontrou. Estava lá.

Maldade espalhou-se pelo meu sangue, as palavras se tornando uma maldição enquanto eu percebia o que isso tinha se tornado.

— E agora você está aqui.

Ela fungou, tentando se controlar comigo ali interrogando-a como se ela fosse a culpada.

— E agora eu estou aqui. Onde você está. — A voz dela mudou para algum tipo de apelo.

Não consegui impedir a sensação de que eu estava a um segundo de desmoronar.

Desconectado, e havia uma parte de mim sendo regenerada nela.

— Fico pensando se a razão pela qual nos sentimos assim é porque você sabe muito bem como é isso. Morrer por dentro porque sente tanta falta de alguém. Porque deseja poder voltar e mudar isso e não pode fazer droga nenhuma. Eu sinto isso vindo de você, Leif. Eu sinto. Como é possível eu sentir você desta maneira?

Ela enroscou os dedos na minha camisa.

— Diga que estou errada.

Eu queria afastá-la. Segurá-la perto.

Caralho. Essa garota me deixava louco.

Uma velha agonia pulsou. Uma dor tão intensa que eu tinha certeza de que estava me preparando para explodir.

Entrar em combustão.

— Ou talvez esteja tão acostumada com a dor, que é a única coisa que sabe procurar — retruquei.

Claramente, ela tinha passado por mais coisas do que merecia. A garota era forjada pela força exposta por suas cicatrizes.

O canto de sua boca tremulou. Rejeitando o que eu havia dito. O que ela não entendeu foi que eu estava lhe fazendo um favor.

— É isso o que você quer, me machucar?

Lá estava ela, voltando a me fazer a mesma pergunta da primeira vez em que nossos caminhos se cruzaram.

O problema era que o Destino e o Carma eram velhos amigos e estavam gargalhando enquanto se divertiam na piscina atrás de nós.

— É a única coisa que eu sei fazer, Mia.

— Mas aposto que seria bom, não seria? Se nos libertássemos? Se eu me deixasse cair, você estaria lá para me pegar? Só por um tempinho? — Suas mãos se apertaram mais.

Uma gargalhada escapou do meu peito.

Que anjinho perverso.

Essa garota era uma perturbação. Completamente doce e sexy até o âmago.

Aposto que se alguém lhe pedisse alguma coisa, ela daria. Mas também não tinha vergonha de pedir o que queria para si mesma.

— Acredite em mim, baby, alguns minutos de felicidade nunca valem a dor que vem com as consequências. E, é óbvio que você tem muito o que viver para estar correndo esse tipo de risco comigo.

Sua atenção disparou para a porta que estava entreaberta. Sem dúvida, seus filhos estavam dormindo no final do corredor. Aquele olhar voltou-se para mim. Uma confissão suplicante.

— Eles são o meu mundo.

— Como deveriam ser, e eu me recuso a entrar no meio disso.

Tentei não vomitar quando as visões surgiram.

Imagens cruéis e vis do que eu tinha feito. Pelo que eu tinha sido responsável. O que eu nunca poderia recuperar.

Eu precisava me lembrar do meu propósito. A razão pela qual eu ainda respirava.

Sua risada incrédula foi áspera, carregada de dor e repugnância.

— Então eu sou inacessível porque tenho a horrível complicação de ser mãe?

Foi uma acusação.

Como se ela não pudesse olhar para mim nem por mais um segundo, ela se afastou, virando-se para ir embora.

Enchi-me de pânico.

Eu a agarrei pelo pulso porque não podia deixá-la partir pensando algo tão errado. Ela soltou um suspiro pesado quando a puxei de volta.

Inclinei-me para perto, com minhas palavras saindo murmuradas e ríspidas.

— Não. Por causa da horrível complicação de *quem eu sou*. Você quer saber o que eu penso dos seus filhos?

Ela piscou, incapaz de acompanhar.

— Eu acho que eles são incríveis pra caralho, e acho que você é a mulher mais sortuda por poder chamá-los de seus. Por receber um amor como esse. Mas *eu não*. — Rangi os dentes quando cuspi as palavras.

Ela titubeou, presa em uma teia. Sem saber se queria correr ou ficar.

Mas eu ainda não tinha terminado.

— Você quer foder, Mia? Está bem. Vamos fazer isso. Vou devorar de bom grado o seu doce corpinho. Vou me marcar tão profundamente em você que nunca irá me esquecer. Mas você e eu sabemos seja lá o que significa que *existe* em nós? É mais do que isso. Mais do que eu posso dar. Mais do que eu posso aguentar. E, acredite em mim, é mais do que você quer.

E a última coisa que eu quero fazer é deixar outra cicatriz em quem você é. Acho que já basta o que passou.

Os lábios macios se separaram em surpresa, em necessidade, e porra, eu queria me deliciar com o som. Seu coração bateu no espaço vazio entre nós e aqueles olhos de carvão traçaram todo o meu rosto.

— É isso o que pensa de si mesmo? Que é um ser humano horrível?

Uma risada sombria escapou.

— Você mesma disse isso. Não sou nada além de problemas.

E esse título não era uma espécie de apelido bonitinho.

— Não acredito em você.

— O que acredita não muda quem eu sou.

Uma lágrima escorreu por sua bochecha.

— E talvez você seja a primeira coisa linda que vi desde que a última beleza foi arrancada da minha vida. Não consigo dormir. Não consigo sonhar. Não consigo *pintar*. E então você veio para cá...

Sua voz esmoreceu. Incapaz de definir o que sentia ou talvez sem querer dizer em voz alta.

Agonia se apoderou das minhas entranhas. Essa sensação era avassaladora. Essa garota era demais, porra.

Meu olhar se moveu para a tela em branco atrás dela. Lentamente, eu a virei de frente para o quadro. Segurando sua mão, mergulhei-a na tinta preta.

Imagens das pinturas que estavam penduradas na casa atravessaram minha imaginação, aquela intuição assombrosa que essa garota possuía.

Eu a agarrei pelo pulso, e pousei os lábios na sua bochecha.

— A única coisa que vê quando olha para mim é a sua beleza refletida. Você é a verdadeira definição dela, Mia. Beleza. Você me deixou sem fôlego na primeira vez em que a vi. Você é a criadora. Eu não vou manchar isso.

Não importava se eu a conhecia há um dia, um mês ou um ano.

Algumas pessoas exalavam bondade. Bondade e esperança.

Mia?

Ela jorrava.

O problema era que ela estava perdida em um dilúvio de benevolência. Todos os seus pedaços quebrados e deformados varridos pela enxurrada.

Ela passou uma única pincelada ao longo da tela.

— E o que acontece quando a beleza desaparece? O que acontece quando não resta nada por dentro?

Pressionei meu corpo às suas costas, minha rigidez contra sua suavidade.

Não havia como misturá-los sem que algo se quebrasse.

Minha mão tocou na pulsação em seu peito, meus dedos tamborilando a batida de uma canção que procurava ser lançada. Uma que tinha possuído minha alma em um instante. A letra viva na minha cabeça.

Você surgiu do nada.
Uma catástrofe.
O paraíso.
Comovida.
Desolada.
Desistiria de tudo.
Se isso fosse evitar que se desmoronasse.

Minha boca se moveu até sua orelha.

— Você vai encontrá-la. Apenas tem que procurar nos lugares certos.

Deus sabia que ela não encontraria em mim.

Eu me obriguei a dar um passo para trás.

Parecia que eu estava me partindo em dois. Isso é que é estar fodido. Eu nem conhecia essa garota, e ela conseguiu se fazer parecer com algo que estava faltando o tempo todo.

Como se fosse essencial.

Natural.

Destinada.

O tormento perfeito.

O que jamais poderia ser.

ONZE

LEIF

Dezesseis anos

Keeton segurou aberta a porta dos fundos de sua oficina mecânica. Pensei que servisse como depósito, mas estava percebendo depressa que era usada para fins indevidos dos quais eu não tinha tido conhecimento antes.

— Entre.

Nem fiquei desconfiado quando segui para a porta, flutuando naquela adrenalina do passeio de moto.

Acho que nunca experimentei nada que me fizesse sentir tão poderoso.

Tão livre.

Tão *certo*.

Como se tivesse acabado de me tornar quem eu deveria ser.

Com energia bombeando em meu sangue, entrei na sala dos fundos, meus olhos absorvendo o lugar. Havia algumas mesas dispostas no centro, e tinha um bar na parte de trás.

Só sentindo o entusiasmo com o qual estava embriagado apenas por um segundo, quando avistei os homens que ocupavam o espaço.

Alguns rostos eu conhecia.

A maioria deles, não.

Todos eram brutos como Keeton. Grosseiros. Agressão e intimidação entalhadas em seus ossos. Não foi preciso muito para supor que eles faziam coisas ruins, muito ruins.

Todos aqueles questionamentos que fiz a respeito do meu padrasto nos últimos dois anos de repente fizeram todo o sentido.

Cada um deles estava olhando para mim.

Como se estivessem esperando pela minha chegada.

Chegando ao meu lado, Keeton apertou meu ombro.

— Alguém pegue uma bebida para esse garoto. É o aniversário dele.

Um dos caras atrás do bar serviu um copo cheio de um líquido dourado. Ele o deslizou na minha direção.

Voltei o olhar para Keeton.

Mais uma vez, me perguntando se eu estava sendo enganado.

Incriminado.

Porque isso simplesmente não estava certo. Keeton quase arrancou meus dentes na única noite em que me pegou roubando cervejas para mim e alguns dos meus amigos.

— Vá em frente.

Arqueei a sobrancelha.

Ele deu uma risada áspera e autoritária.

— Pegue sua bebida. Depois sente-se e escute.

Meu trabalho era fácil. Não tinha muito o que fazer. Ficar sentado na frente da oficina. Fazer com que tudo parecesse legítimo. Marcar compromissos. Garantir que os mecânicos realmente fizessem seus malditos trabalhos para que Keeton pudesse fazer o dele.

Relaxar e aproveitar os benefícios.

Dinheiro.

Mais grana do que eu poderia contar.

Sem dizer que qualquer garota que eu quisesse teria o prazer de sentar no meu pau.

Isso me fez sentir como uma espécie de deus.

Repleto de poder.

Tudo o que eu tinha que fazer era subir a rua de moto, e os mares se abriam. Medo e respeito vinham com o nome.

Orgulho de Petrus.

Exceto hoje.

Hoje era diferente.

Uma camada de medo que eu não sentia há muito tempo pulsou sob a superfície da pele.

Eu a combati. Elevei o queixo. Desci da minha moto. Entrei nos fundos do clube como se eu fosse o dono.

Heavy metal gritava dos alto-falantes. O lugar úmido e escuro.

Decadente pra caralho.

Havia pilhas de cocaína sobre a mesa. Garotas seminuas enlouquecidas. Idiotas arrogantes recostados às paredes bebendo cervejas como se fossem conhecidos.

Cada um deles me notou.

Adentrei o escritório dos fundos.

Nem bati à porta.

Fechei o negócio.

E saí me sentindo um maldito rei.

DOZE

MIA

O que eu estava fazendo?

Meu olhar seguiu a figura escura que se moveu na direção da casa de hóspedes, no lado oposto do quintal.

Uma sombra.

Um espectro.

Reconfortante e assustador ao mesmo tempo.

O que me fez questionar ainda mais por que eu não conseguia me manter afastada.

Por que eu estava tão intrigada.

Ou talvez ele estivesse certo. Talvez a única coisa que eu sabia fazer era buscar pela dor.

Ultimamente, parecia que eu não sabia nada além disso.

Na porta da casa de hóspedes, ele fez uma pausa e se virou para olhar na minha direção. Desta distância nas luzes baixas, eu duvidava que ele pudesse me enxergar através das janelas. Mesmo assim, ele estava me encarando como se pudesse me ver.

Como se me entendesse.

Compreendesse.

Ou, quem sabe, como se quisesse poder tudo isso.

Finalmente, ele balançou a cabeça com força, virou-se, e desapareceu na casa de hóspedes.

Isso cortou a conexão, me sacudindo de volta à realidade.

Balancei a cabeça como se pudesse me tirar do transe. Livrar-me da atração.

Eu estava mesmo procurando por problemas, não estava?

Implorando.

O homem parecia irresistível, o que era um pouco engraçado, considerando que era ele quem se recusava a se entregar para mim.

Em um segundo, eu estava lhe dizendo para me deixar em paz, que não tinha interesse, e no outro estava praticamente implorando para que me despisse e acabasse com o meu sofrimento.

Tive a terrível sensação de que ele poderia ser o único capaz de fazer isso. O único que poderia conseguir me abraçar com força suficiente para manter os fantasmas afastados.

Não, eu não tinha ilusões de que ele não me quebraria no processo.

Contudo, às vezes, sentir a dor era melhor do que não sentir absolutamente nada.

Olhei para trás, para a linha preta que eu havia pintado com uma pincelada pela tela.

Sentindo uma centelha.

Uma faísca.

Beleza.

Fechei os olhos em uma tentativa de me agarrar a ela, de reivindicá-la, mas a senti fraquejar e desvanecer.

Apagou-se.

Soltando um suspiro pesado, deixei o pincel de lado e voltei a caminhar pelas sombras da casa. Entrei na suíte nas pontas dos pés, abrindo a porta já entreaberta e seguindo direto para o quarto à esquerda.

Onde meus filhos dormiam.

Era aqui que o torpor diminuía. Onde a emoção vinha à tona.

O problema é que era tão aguda que quase me derrubou.

Atravessei o cômodo até o berço que ficava em um canto. Inclinei-me sobre a cerquinha, espreitando através da luz fraca onde Greyson dormia.

Suas bochechas rechonchudas estavam rosadas, os lábios macios comprimidos e sussurrando em seus sonhos.

Tão tranquilo em seu descanso.

Minha mão estremeceu com a quantidade de adoração que senti ao afagar sua cabeça.

— Eu te amo, fofinho — sussurrei, levando os dedos aos meus lábios antes de pressioná-los em sua testa. — Prometo que vamos ficar bem. Não vou deixar que nada aconteça com vocês. Com a gente.

Murmurei as palavras abafadas para seu corpo adormecido, orando para que ele pudesse sentir a verdade delas enquanto eu aconchegava seu ursinho de pelúcia mais perto dele.

Eu me endireitei. Meu coração arrefeceu quando olhei para o lado e vi Penny sentada na cama. Ela estava agarrada ao seu ursinho de pelúcia, me observando com seus olhos perspicazes.

— Penny, querida... por que ainda está acordada?

— Eu poderia te perguntar a mesma coisa, não é?

Soltei uma leve gargalhada. Só mesmo a minha filha de onze anos para me desafiar.

Atravessando o quarto, sentei-me na beirada de sua cama e acariciei seu cabelo.

— Não consegui dormir.

— Nem eu — admitiu ela com sua voz suave.

Analisei sua expressão, minhas palavras sussurradas na noite.

— Você teve um pesadelo?

Penny negou com a cabeça, e abraçou os joelhos.

— Acho que pode ter sido um pesadelo. — Ela piscou por vários segundos, e meu peito doeu. — Durante o dia é mais fácil... é mais fácil fingir que está tudo bem.

Ela abaixou a voz em vergonha.

— Mas às vezes quando fecho os olhos... Eu a vejo, mãe. Eu vejo Lana, e todas as vezes, o rosto dela muda para o seu. Odeio isso, mas não consigo impedir.

Ela olhou para mim.

Sem esperança, repleta de culpa e tremendo de medo.

— Continuo pensando em como teria sido se fosse você.

Permaneci passando os dedos pelas mechas de seu cabelo, tentando acalmá-la, tentando me acalmar.

Lágrimas encheram os seus olhos, e ela me encarou através das sombras.

— Isso me faz alguém ruim, mãe? Faz de mim uma pessoa ruim que eu esteja feliz por você ser quem ainda está aqui?

— Ah, Penny, é claro que não, meu bem. Nunca. Você é maravilhosa, gentil e cheia de amor. É natural que a gente queira proteger aqueles que são mais próximos de nós.

— Mas ela era como se fosse da nossa família.

— Eu sei. E eu sinto muita falta dela. Sei que você também sente. O que aconteceu foi horrível. Horrível em todos os sentidos. — Apalmei a lateral do rosto dela e meu tom se aprofundou com ênfase. — Não se atreva a assumir qualquer culpa ou se martirizar por qualquer coisa que sinta. Todos nós estamos de luto. Lidando com isso da melhor maneira que podemos.

Culpa reverberou e explodiu. Quantas vezes eu tinha pensado a mesma coisa? Que tormento poderia ter causado aos meus filhos se eles tivessem me perdido?

Minha sorte contra a dela.

Era errado?

Era egoísta?

A garganta de Penny estremeceu.

— Não estamos aqui de férias, estamos?

A dor apertou meu peito em um torno.

Eu deveria saber que minha filha astuta perceberia que fazer as malas e partir tão rápido era mais do que uma viagem improvisada.

Rocei os nós dos meus dedos por sua bochecha que estava afinando com a idade, minha filhinha que estava na linha tênue entre a criança e a mulher.

Tão inocente e sábia.

Ingênua e inteligente.

— Você não precisa se preocupar, Penny. Estamos aqui para nos curarmos. Eu nunca deixaria nada acontecer com você.

Sua voz soou mais baixa, como há muito tempo não fazia.

— Por que alguém iria querer nos machucar? Querer machucar a Lana? Não é justo.

— Ganância faz as pessoas cometerem coisas terríveis.

Ela piscou, seus olhos escuros implorando por uma resposta diferente. Desejei com toda a minha força que eu pudesse lhe dar uma.

— É isso que aquele homem queria, todo o dinheiro dela?

Meu aceno foi relutante.

— Isso é o que o detetive pensa nesse momento.

Aquela afirmação começava a parecer uma mentira, nada fazia sentido ou se encaixava.

Ela fez uma cara confusa.

— Mas estamos aqui, não que eu esteja brava ou algo assim, porque você sabe que eu amo isso aqui. É o meu lugar favorito de todos. Mas, mãe, eu sei que não está me contando tudo. Não sou mais uma garotinha. Você não tem que me proteger.

Lá estava ela, agindo como se tivesse mais idade outra vez.

— Meu único trabalho nesse mundo é proteger vocês, Penny.

BEIJE-ME SOB AS ESTRELAS

— Alguém vai nos machucar?

As garras da agonia se afundaram na minha alma, e segurei seu rosto com mais força.

— Não. Estamos seguros aqui.

— O papai diz que deveríamos estar com ele. Ele disse que ninguém nos tocaria se estivéssemos lá. Talvez devêssemos voltar para a Califórnia e ficar com ele. — Suas palavras sussurradas começaram a voar, se amontoando cada vez mais, enquanto ela, de repente, lançava um apelo.

Rocei o polegar ao longo de sua mandíbula, inclinando o rosto dela até o meu.

— Seu pai te ama, Penny. Muito. Mas é melhor que estejamos do outro lado do país. O detetive está se esforçando para prender o homem que fez mal à Lana, e até que ele o faça, estaremos mais seguros, longe de lá.

Assustei-me quando o alarme soou pela casa. Afastei as cobertas, de pé em um instante. Disparei pela minha porta, atravessando a área de estar da suíte, e entrando no quarto dos meus filhos.

Alívio me percorreu quando vi que Greyson não tinha nem mesmo se movido. Penny rolou soltando um longo gemido, perdida em um sono muito profundo.

A porta da suíte foi escancarada. Lyrik estava ali, o cabelo preto desgrenhado, a expressão enfurecida.

— Eles estão bem?

— Sim. — Tentei evitar o tremor nas palavras. — Estão seguros.

Ele deu aceno com firmeza antes de se virar depressa. Correndo o restante do caminho pelo corredor, saiu pela mesma porta pela qual Leif me encontrou no início da noite.

Cautelosamente, eu o segui.

Receio em cada passo.

Medo a cada batida do meu coração.

Uma batida estrondosa que explodiu através do meu ser. Pensei que estava mais alta do que os alarmes que ecoaram pela casa.

Segui para as janelas amplas que decoravam o corredor e a grande sala de jogos. Através delas, vi Lyrik disparando pelo quintal.

Ele virou a cabeça de um lado para o outro.

Cada centímetro de sua postura em alerta.

O protetor.

Analisei o local, e ofeguei quando vi um segundo homem correndo pelo jardim.

Leif.

Sua postura era totalmente diferente da do meu irmão.

Um vingador.

Um destruidor cruel.

Um demônio que efervescia na noite.

Uma aura de caos girava ao seu redor conforme corria ao longo da piscina e se dirigia para a parte de trás do terreno.

Lyrik seguiu atrás dele.

Minha pulsação resvalou e estremeceu, medo me dominando enquanto eu via a cena acontecendo pelas janelas como se estivesse assistindo a um filme.

Leif escalou o muro. Tão rápido que pareceu desumano.

Uma criatura que tinha ganhado vida.

Nascido da carnificina.

Ou talvez fosse exatamente isso que ele ameaçou causar.

Ele desapareceu pelo topo, e Lyrik correu para a direita, seguindo pela parte de trás do muro antes de escalar a extremidade mais distante.

Como se os dois estivessem encurralando sua presa.

E eu me perguntei quem estava caçando quem.

Com cuidado, eu saí pela porta.

A noite estava mais espessa.

Mais escura.

O amanhecer se aproximando.

O ar úmido tocou minha pele, e arrepios a percorreram conforme escutava os gritos distantes.

Todos eram de vozes familiares.

Lyrik.

Leif.

Lyrik de novo.

Meu olhar se moveu para a varanda que se estendia sobre o terceiro andar da casa principal. Tamar estava de pé na balaustrada, agarrando-se a ela enquanto olhava para baixo.

O cabelo preto voava ao redor de seu rosto que estampava um medo mórbido.

Nossos olhares se encontraram, e minha boca se moveu em um silêncio sussurrado.

— Me desculpe.

Ela balançou a cabeça.

Não.

Nós estávamos juntos nisso.

Família.

Mas eu tinha certeza de que ela e Lyrik já haviam sofrido bastante.

Abracei meu corpo como se pudesse juntar os pedaços que eu sentia escapando, enfim.

Eu tinha tentado.

Tentei tanto fingir.

Tentei fingir que não ia desmoronar.

Tentei fingir que tudo ficaria bem.

Que íamos conseguir passar por isso incólumes.

Eram apenas férias, certo?

Que piada.

Até minha filha de onze anos conseguia enxergar a verdade.

Porque não havia como acreditar nas mentiras que você continuava contando a si mesmo quando não tinha mais nada para sustentá-las.

As fundações racharam.

Depois de uma eternidade, o portão traseiro zumbiu e Lyrik voltou marchando.

Agitação se espalhou por todo o seu corpo.

Na mesma hora, a atenção dele pousou em mim, seu tom de voz rouco.

— Não foi nada. Deve ter sido um maldito gato que disparou os sensores ou algo assim.

As palavras saíram com irritação. Como se fosse passar mal por ter caído no maior engano.

Meus lábios tremeram.

— Tem certeza?

Eu nem sabia porque estava perguntando já que podia sentir a realidade doentia correndo para me alcançar. Entrando por baixo das paredes fortificadas, abrindo caminho entre os tijolos.

Ele acenou com a cabeça, o cabelo preto descendo nos olhos. Frustrado, ele o afastou do rosto.

— Não encontramos nada, Mia. Foi um alarme falso. Volte para a cama. Você deveria dormir um pouco.

Pela forma como seus olhos dispararam ao redor do quintal, eu sabia que isso não seria uma opção para ele. Ele estava longe de acreditar em qualquer coisa do que estava me dizendo.

— Tem a filmagem? — perguntei em vez de concordar.

— Vamos ver se alguma coisa foi captada. Mas não tem ninguém lá fora. Nada de perigo.

Suas palavras foram fortes. Raivosas. Eu me questionei se ele estava tentando convencer a si mesmo.

— Tudo bem — cedi, minha mão se enrolando na gola do pijama.

Ele se moveu na minha direção, atentamente, com cuidado, seus olhos escuros e flamejantes. Ele não hesitou. Puxando-me para um abraço apertado, sua respiração acelerou, os músculos se contraindo com o resíduo da adrenalina.

— Está tudo bem. Está tudo bem. Todos estão seguros — murmurou outra vez, claramente tentando se dissuadir.

— Tudo bem.

Ele se afastou, me segurando pelos ombros.

— Acho que nós todos estamos um pouco paranoicos.

Dei um aceno firme.

Seria paranoia se você estivesse lutando por sua vida?

Mas por que... por que alguém iria querer ceifá-la? Por que aquele desgraçado doentio e perverso naquele vídeo me seguiria? O que ele queria?

Apreensão espalhou-se dentro de mim. Algo pegajoso e feio que rastejou pelo meu corpo em um deslizar lento de pavor.

Lyrik finalmente me soltou e deu um passo atrás. Ele me encarou por um longo minuto.

— Não vou deixar ninguém chegar até você, Mia. Eu te prometo.

— Eu sei disso. — Meu reconhecimento foi estremecido, na melhor das hipóteses.

Com um aceno de cabeça rápido, ele voltou pela lateral da enorme piscina, os olhos fixos na esposa que ainda observava o tumulto que acontecia no meio do quintal.

Minha atenção desviou-se para a direita, pouco a pouco. Não com preguiça. Mas como se eu estivesse morrendo de medo de olhar para aquele lado.

BEIJE-ME SOB AS ESTRELAS

Não adiantou.

Eu estava dependente.

Acorrentada.

Obrigada a olhar para onde Leif estava parado como uma fera na entrada do portão, ambos os braços estendidos e os dedos enroscados nos tijolos.

Como se ele estivesse se contendo.

O porquê, eu não tinha certeza.

Seu peito largo arfou.

Seu corpo lindo envolvido em agressão. Pronto para atacar.

Os braços musculosos retesando-se com força, as poucas tatuagens distintas ali se contraindo sob a pele que estava esticada.

Aqueles olhos castanhos tinham endurecido feito pedra. Esculpidos de um penhasco rochoso que ameaçava desabar.

O brilho mais tênue do dia que se aproximava surgiu no horizonte, um cinza escuro que preencheu o céu com um choque de esperança.

Olhando para ele, foi isso o que eu senti.

Uma esperança obscena e destruidora.

Garota tola.

Mas estremeci com a sensação. Arrepiei-me com o impacto, pois mal conseguia ficar de pé sob o peso de seu olhar.

— Você deveria voltar para dentro — ralhou ele, suas palavras ofegando por conta do esforço que fez.

Agarrei com mais firmeza a gola da camisa do meu pijama.

— Obrigada — consegui sussurrar.

— Não há nada para me agradecer.

— Discordo. Foi você quem acabou de sair correndo pela noite. Impulsivo.

Sem se importar com o que poderia ter enfrentado.

— Não fiz nada além de trazer problemas à sua porta.

Eu queria discutir com ele, mas estava me sentindo aliviada demais para fazer qualquer coisa a não ser dar um curto aceno, virar-me, e entrar outra vez.

Achei que talvez fosse um convite. Não sei. A única coisa da qual eu tinha certeza era a maneira como meu coração se agitava quando ouvi o portão se fechar e ser trancado antes que os seus pesados passos começassem a me seguir.

Senti-os como um trovão na minha alma, um batimento instável que se descontrolou.

Assim que abri a porta, ele estava lá, logo atrás de mim, segurando-a para que eu pudesse entrar. Não havia como fugir do peso de seu olhar quando voltei para a grande sala de jogos, sem ter certeza se deveria ir devagar e enfrentá-lo ou fugir o mais rápido que pudesse.

A luz estava tênue, porém dançando com a promessa de um novo dia.
O alarme já havia sido silenciado há muito tempo.
A quietude que deixou para trás parecia forjada.
Falsa.
Minhas pisadas eram abafadas. Receosas. Diminuindo a cada passo. Parando na entrada do corredor, virei para olhar para trás.
Ele estava de pé na soleira da porta.
Furioso.
Um guerreiro sinistro.
As mechas mais longas de seu cabelo cobriam seu rosto marcante. Escondendo-o como um manto.

— Você... viu alguma coisa? Alguém? Ou foi realmente um alarme falso?
Leif fechou a cara.

— Não sei de porra nenhuma, Mia. Eu... — Desamparo se infiltrou em seu tom áspero. — Quando saí da casa de hóspedes ao ouvir o alarme pela primeira vez, pensei ... pensei ter visto algo no fundo do quintal. Uma sombra. Um corpo. Não tenho certeza, já que tudo aconteceu muito rápido. Fui atrás dele, mas na hora em que escalei o muro, não havia nada além de ar.

Engoli em seco, tentando domar o pavor que podia sentir tremendo através do meu ser. Rastejando mais fundo na minha alma.

Leif deu um passo à frente.

— Que merda! — Ele abaixou a cabeça enquanto xingava. — Podem ter vindo atrás mim, Mia.

Ele ergueu o olhar, encontrando meu rosto, um tormento tão austero nas profundezas que quase me fez cair contra a parede.

— É provável que essa merda tenha tudo a ver comigo. — Autodepreciação transbordou de suas palavras. — Não vou fingir que não tenho a menor ideia do que está acontecendo na sua vida, Mia. O que você está enfrentando. A única coisa que precisa saber é que não importa se estão vindo atrás de mim ou de você. Se alguém pensar em chegar perto de você? Dos seus filhos? Reze por eles, porque eu prometo que isso não vai acabar bem para quem quer que seja.

BEIJE-ME SOB AS ESTRELAS

Raiva atravessou seu corpo. Mal sendo contida.

Pisquei, balançando a cabeça.

— Você não me deve nada.

Ele soltou uma risada amarga, e deu mais um passo à frente, sua voz não passando de um grunhido.

— Talvez não, mas não significa que você não acabou de se tornar minha responsabilidade.

— O que isso quer dizer?

Ele balançou a cabeça, a expressão sombria.

— Você não sabe que abutres eu posso ter acabado de trazer à sua porta. As merdas nas quais tenho me afogado durante toda a minha vida. Se me seguiram até aqui? Estou fora. Mas não antes de ter certeza de que não haverá qualquer desgraçado vindo bisbilhotar nessa direção.

Eu quase ri. Isso era um absurdo. Uma loucura total.

— Acho que podemos ter certeza de que minha vida é um desastre muito maior do que a sua, e a última coisa que posso fazer é te pedir para ser meu salvador.

Já era bem ruim eu estar aqui com Lyrik e sua família. Passou um dia, e eu já estava questionando essa decisão.

Leif bufou uma risada, algo ameaçador e perverso no som quando deu mais um passo na minha direção.

O espaço entre nós estremeceu.

Deus, ele era lindo.

Terrivelmente lindo.

Ele inclinou a cabeça para o lado.

— Não sou nenhum salvador. Você pode ter certeza disso. Mas ficarei, com prazer, nas chamas se isso significar afastar você do fogo.

— Você nem me conhece.

Ele estava no meu espaço pessoal.

Invadindo.

Saqueando.

Destruindo-me sem nem sequer o roçar de sua mão.

Ah, mas então ele me tocou, e aquele saque se transformou em uma devastação total.

Sua mão escorregou para o meu pescoço. A palma esticada, deslizando a ponta do polegar ao longo da minha mandíbula. Calor tomou conta de mim. Um fogo instantâneo. E sabia, sem dúvida alguma, que era eu quem estava parada nas chamas.

— Como eu disse, você é fácil de decifrar — murmurou Leif.
— E o que você vê? — Minha pergunta saiu trêmula.
— Esperança. — Ele se aproximou, os olhos intensos me estudando. — Horror — continuou, aquele polegar ainda me acariciando.

Ele chegou mais perto até que nossos narizes se encostassem. Sua aura estava por toda parte. Intoxicante.

Cravo-da-índia e os vestígios de uísque.

— Fome. — Foi um grunhido de necessidade, seu desejo finalmente se libertando. — Me diga, está com fome de quê, Mia?

Lá estava eu – bem na beirada daquele precipício que estava ruindo. Eu deveria voltar. Correr para a segurança. Mas permaneci no mesmo lugar. À mercê de suas mãos grandes e brutais.

— De sentir algo maior do que eu. Algo maior do que minhas circunstâncias. Algo mais forte do que a dor e a desesperança. Você está certo, Leif. Eu quero sentir esperança. Quero sentir paz. Quero me sentir desejada.

Ele grunhiu, e seus lábios estavam sobre os meus, sem hesitação, prontamente, arrebatando a minha boca.

O beijo dele era igual a doce. Açúcar mascavo cristalizado. Afiado como uma faca.

Sua língua emaranhou-se com a minha em uma guerra que eu não sabia que nenhum de nós estava lutando. Ele grunhiu mais alto com o contato, um som sombrio de desejo em seu peito, e nos tornamos uma confusão instantânea de bocas desesperadas e dentes se chocando.

Ele me empurrou contra a parede e me prendeu com aquele corpo forte.

Desejo percorreu cada célula. Tão feroz que soltei um gemido, e meus dedos se embrenharam em seu cabelo e deslizaram pelas laterais do pescoço, finalmente se prendendo em seus ombros.

Desesperados para chegá-lo mais perto.

Para saciar esse sentimento que me contagiou desde o momento em que o vi sentado naquele canto. Ele era um vírus que tinha invadido meu sangue.

— Leif — implorei, tentando colocar as pernas ao redor de sua cintura, precisando sentir seu comprimento duro que pude perceber pulsando através de seu jeans. Ele se pressionou em mim, naquele lugar doloroso que latejava e suplicava. — Por favor. Faça melhorar. Você pode fazer melhorar, só por esta noite?

Pensei que ele poderia ser o único capaz de acabar com isso.

Ele se pressionou contra meu corpo, pressionando seu pau duro na minha barriga.

BEIJE-ME SOB AS ESTRELAS

— Caralho... Mia... o que você está fazendo comigo? O que está fazendo? Eu não posso...

Suas mãos encontraram minha cintura no segundo em que disse isso, e ele me aconchegou contra si, a necessidade aumentando sua força.

Desejo me atingiu com uma onda de vertigem que senti da cabeça aos pés. Eu me movi, implorando por mais. Por um alívio. Para que ele eliminasse nossas barreiras. Que ele me preenchesse e me elevasse acima de tudo.

Que me levasse até as estrelas.

Sua mão se moveu para encobrir meu seio.

Prazer tremeluziu e cravou-se em mim.

Ele circulou o polegar ao redor do mamilo.

Soltei um gemido.

— Leif. Por que parece que o conheço minha vida toda? Como se você fosse a peça que faltava, e agora que está aqui, eu estou inteira?

Foi uma confissão estúpida, muito estúpida. Sabia disso. Mas nunca fui de rodeios.

Ele grunhiu. Só que desta vez, estava se contendo, com a respiração curta e acelerada enquanto separava nossos lábios. Sua calça áspera arranhou o espaço vazio entre nós, e nossas testas se uniram conforme buscávamos um fôlego inexistente.

— Leif. — Foi um apelo.

Ele balançou a cabeça com força, envolvendo as mãos nos meus ombros para se afastar de mim.

— Porra.

— O que foi?

— Eu preciso ir.

— Por favor... não vá.

Ele não me encarou nos olhos quando se soltou por completo e cambaleou alguns centímetros para trás.

— Droga — praguejou com o rosto abaixado, virando-se depressa na direção oposta.

— Leif. — Toquei suas costas.

Ele se sacudiu, afastando minha mão, e se virou outra vez. A repugnância que atravessou sua expressão pouco fez para esconder a cobiça que fervia em seus olhos.

Um fogo violento e resplandecente.

— Não podemos fazer isso, Mia. Isso não pode acontecer. — Ele apontou o dedo para o chão.

— Por que não?

Ele soltou uma risada amargurada.

— Eu já te disse, Mia. Você não entende, porra? — ralhou. — Não tenho o que você precisa. Eu te vejo. Vejo no fundo da sua alma, e não sou esse cara.

— Você não tem ideia do que eu preciso. — Minha voz vacilou. Nossa, eu queria gritar. Dar um soco nele. Implorar para que ele parasse de jogar esse jogo.

— Não. Talvez eu não tenha. Mas uma coisa eu sei! O que você não precisa é de mim.

Sem dizer mais nada, ele se virou e saiu pela porta, deixando-me parada no lugar exato em que havia me deixado antes.

Meu peito palpitou com um frenesi de emoções complexas que atravessou meu corpo.

Desejo, raiva e confusão.

Essa atração insana que eu tinha certeza de que iria me arruinar.

Eu não podia ser tão imprudente. Envolver-me com um homem que nem sequer me queria.

O fogo que era nossa intensidade.

Porém, onde há fogo, há cinzas.

Poeira e escombros.

E ele estava certo.

A última coisa que eu poderia me dar ao luxo era de ser consumida.

TREZE

LEIF

— Estou aqui, babacas. É melhor estarem prontos para fazer um pouco de magia, porque esse garoto já consegue senti-la sangrando pelos poros. É agora.

Ash Evans sorriu com todas as suas malditas covinhas enquanto arrumava seu baixo ao se sentar em um banquinho no meio da sala de ensaios do estúdio de gravação. Estávamos todos no porão da mansão que Baz havia comprado na Ilha Tybee, a cerca de meia hora de Savannah.

A casa tinha pertencido ao seu agente antes que decidissem que seria mais adequado para hospedar as bandas que a Stone Industries produzia.

A casa tinha um espaço amplo – cozinha, uma grande sala e escritórios –, além de duas suítes master no andar principal e seis no topo. Não se pode esquecer o estúdio irado no porão.

Mas o que realmente tornava o lugar inesquecível? Era a vista do mar lá nos fundos.

Eu duvidava que fosse preciso muito convencimento para fazer com que as bandas passassem alguns meses nesse lugar.

— Isso vindo do idiota que estávamos esperando nos últimos trinta minutos. — Lyrik deu um sorrisinho sarcástico para Ash enquanto passava a correia de sua guitarra sobre a cabeça e a apoiava no ombro. — O ensaio começou ao meio-dia. Em ponto.

— Eu estava ocupado. — Ash sorriu.

— Ocupado? — Lyrik não foi nada senão incrédulo.

— Uh... Acho que você esqueceu como minha mulher é gostosa. E me encontrei precisando de um pouco de inspiração essa manhã. Não me julgue. Você vai me agradecer mais tarde. Quase tão profusamente quanto eu estava agradecendo à Willow. Você queria magia. Aqui está. — Ash deu uma piscadinha, todo convencido.

Tive que segurar a gargalhada. Eu tinha certeza de que ia contra o protocolo rir da garota de um cara, em especial quando eu não podia exatamente me considerar próximo da banda.

Mas mesmo assim, não havia como não ver a proximidade – a completa simplicidade – que irradiava entre eles.

Lyrik deu uma risada irônica e coçou a têmpora, exibindo as letras nos nós dos dedos daquela mão que estavam tatuadas com a palavra tocar.

— E você acha que é mais fácil para mim me afastar da minha esposa? Às vezes, só temos que fazer o sacrifício.

— Todos vocês são patéticos — interrompeu Austin de onde estava folheando uma pilha de cadernos espalhados sobre uma mesa de café bagunçada. — Não vai demorar mais de duas ou três horas até que suas garotas venham para o churrasco. Acho que conseguem aguentar.

Ash jogou uma palheta nele. Austin a desviou com um movimento de sua mão.

— Cara. Você está falando sério? Sua esposa está na sala aqui do lado, olhando do sofá através da janela. Isso é que é ser patético, cara. Você come na mão dela.

— Ela só está vendo se estou afinado. Está aqui para oferecer conselhos se precisarmos. — Austin deu de ombros em inocência.

— Mentiroso! — acusou Ash, apontando para ele.

Lyrik riu.

— Está bem. Está bem. Podemos acabar logo com essa merda para continuarmos com o nosso dia? Não pense que nenhum de nós quer estar aqui por mais tempo do que o necessário. Tenho coisas melhores para fazer.

Ele deslizou os dentes sobre lábio inferior enquanto respondia uma mensagem que era de Tamar, óbvio.

Meus olhos dispararam para analisar os três.

Simplesmente fantástico.

Eu estava rodeado por malditos apaixonados.

Tinha certeza de que estavam divididos entre o amor pela música e o amor por suas esposas. A lealdade os puxava em ambas as direções e eles estavam se equilibrando em uma corda bamba.

Eu entendia isso em um nível que desejava não entender.

Lealdade.

Ser puxado para direções opostas.

Lutar por ambos e ter consciência de que falharia porque sabia muito bem que nunca estava destinado à harmonia.

BEIJE-ME SOB AS ESTRELAS

Eu queria recusar a visão que invadiu minha cabeça. Cabelo preto e olhos de carvão. O gosto da garota que perdurava na língua. Meus dedos coçando para sentir Mia West de novo.

Minhas entranhas ainda estavam torcidas em nós de luxúria que eu duvidava que pudessem ser desfeitos tão cedo.

A porta se abriu e Baz entrou. Ele deu uma olhada em volta.

— Todos bem? Precisam de alguma coisa?

Lyrik assentiu.

— Sim. Está tudo certo. Quero repassar algumas músicas nas quais tenho trabalhado. Acrescentar algumas coisas. Talvez possamos testá-las em algumas faixas em uma hora, mais ou menos.

— Parece ótimo. Vou estar lá em cima numa ligação. Basta gritar quando estiverem prontos para mim ou se precisarem de alguma coisa.

— Pode deixar com a gente — afirmou Austin.

— Sei disso — respondeu Baz com um leve sorriso por cima do ombro quando desapareceu pela porta.

— Vamos lá. Podemos fazer as coisas de forma um pouco ortodoxa, Leif, mas tenho certeza de que consegue acompanhar. — Lyrik seguiu para o sofá onde Austin estava remexendo nos cadernos. Ele os vasculhou, puxando um que tinha a capa de couro, aleatoriamente. — Tenho trabalhado nesse há um tempo. Eu gosto... tem um quê diferente que estou testando. Mas tem alguma coisa faltando. Algo que não sei dizer o que é.

Olhei naquela direção quando ele abriu em uma página onde um rio de palavras tinha sido rabiscado, riscado e reescrito no papel.

Incoerente.

Uma divagação desarticulada que não fazia sentido.

Mas percebi que ele sabia. Que já reconhecia as palavras quando seus olhos se fecharam e ele tocou alguns acordes.

As distensões de uma melodia agitada preencheram o espaço.

Algo sedutor e sombrio.

Ash começou a bater a ponta de seu Vans no chão, a cabeça balançando devagar e no ritmo antes de começar a tocar seu baixo.

Um novo fio acrescentado à teia.

— Pegou o ritmo, Austin? — perguntou Lyrik.

Austin começou a cantarolar, tocando as cordas de seu violão acústico sem pressa.

— É. Acho que sim.

Minha atenção se alternou entre os três enquanto eu deixava que seu processo se infiltrasse. Compreendendo-o.

Percebendo que era a maneira como a magia deles acontecia.

Havia uma razão para a Sunder ser uma das maiores bandas do mundo.

O estilo deles estabeleceu uma tendência que tinha começado anos antes e nunca tinha encontrado seu fim.

Poderosa, grandiosa e bruta.

A melodia me envolveu.

Uma tempestade perfeita.

Um belo pesadelo.

Eu não sabia.

A única coisa que eu sabia era que a sentia bem lá no fundo. Falando diretamente com a minha alma. Tamborilei as baquetas na coxa, deixando o ritmo fervilhar, imergir e se tornar algo fluido na cabeça.

Alguns segundos depois, Lyrik entrou com uma batida crescente, nos arrancando do transe tranquilo e nos catapultando direto para a confusão que era a música da Sunder.

Agressiva, severa e alta.

Austin ficou de pé, a cabeça balançando ao encontrar o ritmo. A letra era instável e dispersa enquanto tentava dar sentido a elas. Conforme testava as águas e as trazia à vida.

Entrei na cadência, deixando as baquetas se soltarem na bateria.

Eu me levei pela batida enfurecida.

Austin começou a cantar.

Você está perdida?
Como chegamos até aqui?
Tenho vindo há um longo tempo.
Ausente em sua eternidade.
Agora você me condenou em seus pecados.
Me quer de joelhos?
Agora você desistiu e se foi.
Desapareceu sem deixar rastros,
E ainda está encarando meu rosto.
Não sei em que acreditar.
Questionando tudo.

A canção mudou para o combate de gritos que Austin estava tendo com o microfone, o cara mergulhando na profunda harmonia, mostrando o alcance de sua voz.

BEIJE-ME SOB AS ESTRELAS

Porque tudo o que você faz é me destroçar.
Me enganar.
Me fazer sangrar.
E não sei o que mais tenho a dar.
Me destroce.
Me engane.

Lyrik parou de repente, sua mão se agarrando às cordas, o retorno inundando o lugar enquanto a ferocidade continuava a ressoar contra as paredes.

Bufando, ele passou a mão pelo cabelo antes de apontar para Austin.

— Isso, bem aí. O refrão não está legal. Todo errado, porra.

Ele caminhou alguns passos, a cabeça abaixada, como se estivesse reunindo a energia de um terremoto. Dominando-a.

— A letra ou o tom? — perguntou Austin, escrevendo e rabiscando algo mais no caderno.

Não havia como não ver a conexão que existia entre os três.

Entre nós.

Como se eu tivesse me tornado um parceiro.

Algo genial. Um sentimento criado a partir do nada.

Atraído pelas profundezas.

Arrancado das lembranças, dos contratempos e dos sofrimentos.

Nada disso era desconhecido para eles.

— Não tenho certeza — murmurou Lyrik.

— O refrão precisa de um contraste — eu me intrometi. — É melhor ela ter dar algo bom se você vai passar por isso — continuei, dando um sorrisinho. Talvez eu devesse manter a boca fechada, mas decidi que não era hora de me preocupar com isso. Eles me queriam aqui e eu estava aqui. Eu ia dar a minha opinião.

A atenção de Lyrik se desviou para mim. Um sorriso esticou o canto de sua boca antes que ele pegasse o caderno e o atirasse na minha direção.

— Tente aí então, irmão.

Eu o segurei com a mão esquerda na altura do peito, pegando o lápis que veio voando até mim com a direita, de alguma forma conseguindo agarrar minhas baquetas no processo.

Dei um breve aceno, mordendo o lábio inferior.

Contemplando.

Procurando.

Captando a mesma vibração que Lyrik havia sentido quando escreveu essas letras.

Ressuscitado de um reservatório antigo.

Coloquei as baquetas sob a coxa, equilibrando o caderno no antebraço, o lápis riscando a página quando comecei a dar um toque especial nas palavras.

Porque tudo o que você faz é me destroçar.
Me eviscerar.
Me fazer sangrar.
Estou amaldiçoado. Não há mais nada a dar.
Minha cabeça gira quando você me toca.
Me preencha.
Me alimente.
Estou redimido. Todo o motivo que me resta para viver.

Joguei o caderno de volta, e Lyrik o encarou, sorrindo devagar.

— Ah, o Leif aqui é um romântico.

Negação explodiu da minha boca em uma lufada de ar.

— Duvido.

— Não se preocupe, cara. Sou um crente convicto de que não se pode ser um bom compositor, a menos que tenha se apaixonado e depois sofrido com o fim.

Meu peito se apertou. A dor foi forte. Com a rejeição.

— São apenas palavras de merda, cara. Nada mais.

Pena que as palavras tinham poder.

— Detonou, Leif. Sabia que você ia se encaixar muito bem. — Ash deu um tapinha no meu ombro enquanto eu limpava o suor na testa com uma toalha de mão, a pele encharcada.

— Acho que eu vou conseguir acompanhar. — Sorri, o corpo ainda à beira do ritmo selvagem da adrenalina que pulsava através das veias.

Ash passou o braço ao redor do meu pescoço.

— Agora, não diga ao Zee que eu falei isso, mas você arrasou. Você é demais. Uma besta completa. Tinha que ter visto o suor voando de você. Vou ter que mandar alguém vir aqui para limpar a bagunça. Épico. Sério, você está tocando com uma banda country? Não se encaixa. Aquela merda é fraca — caçoou ele.

BEIJE-ME SOB AS ESTRELAS

Dei de ombros, rindo.

— Como é?

— Nada além de talento jogado fora. Desperdiçado. É uma maldita palhaçada.

Joguei a toalha no lixo.

— Você sequer nos escuta?

— Não. Como eu disse... country.

Soltei uma risada.

— Continue dizendo isso para si mesmo. Aposto que dorme ouvindo Carolina George.

Ele ofegou.

— Blasfêmia.

Austin riu quando jogou suas coisas dentro de uma mochila.

— Uh... foi Ash quem enlouqueceu quando Zee sugeriu que entrássemos em contato com você. O cara pode mentir na cara dura, mas eu apostaria que se você olhasse as canções mais ouvidas dele, a Carolina George estaria no topo.

Ash ergueu as mãos em defesa.

— Ei... só ouvi por aí. Os rumores se espalham rapidamente por estas bandas. Toda vez que a Carolina George chega à cidade, as pessoas enlouquecem. Você pensaria que era a Sunder tocando ou algo assim. É claro, aquela Emily pode ter um pouco a ver com isso. Ela é demais.

Ri baixinho.

— Isso ela é. Tenho certeza de que é a atração. É uma garota maravilhosa. Talentosa, linda e meiga.

A verdade era que toda a banda era super talentosa.

— Ela merece cada holofote que está surgindo em seu caminho — falei. — Todos. Eles se esforçaram muito para chegar onde estão. Peguei carona no sucesso dele. Depois de terem feito todos os sacrifícios. Não posso aceitar nenhum dos créditos, mas o que posso fazer é garantir que cheguem onde deveriam estar.

Enchi-me de culpa. Só esperava não estragar tudo antes de ajudá-los a chegar lá.

O sorriso de Ash se suavizou.

— Eu entendo, Leif. Eles são a sua galera. Só estou brincando com você. Country pode não ser a minha praia, mas não tem como não enxergar o fato de que a Carolina George é boa demais. Grandes coisas os aguardam. Depois de te escutar hoje? Estou super ansioso para presenciar isso por você.

Mais daquela culpa.

Dessa vez, sufocante.

— Valeu — consegui murmurar. Virando-me antes que piorasse, comecei a arrumar minhas coisas porque estava claro que precisava dar o fora dali.

Eu tinha me permitido chegar perto demais de Rhys, Richard e Emily. Algo que havia prometido a mim mesmo que nunca faria. Eu me recusava a cometer esse erro outra vez.

Com esses imbecis, seria fácil me deixar levar. Todos eram muito simpáticos para o bem deles.

O celular de Ash vibrou. Ele o tirou do bolso, e um sorriso enorme surgiu no seu rosto.

— Minha família está aqui. Tenho que ir. — Ele disparou pela porta.

Concentrando-me em enfiar o restante das coisas na minha mochila, dei uma risada incrédula, me perguntando como diabos tinha chegado aqui, a estrada que eu deveria estar percorrendo ficando distorcida.

Essa banda.

Essa cidade.

Aquela garota.

Austin se dirigiu para a porta.

— Te vejo lá em cima. Não sei quanto a você, mas estou morrendo de fome.

— Na verdade, eu vou embora — murmurei.

Ainda bem que a minha moto tinha chegado esta manhã. A banda tinha cuidado para que ela e o restante das minhas coisas fossem enviadas para cá do meu condomínio em Charleston.

Com certeza eu não ficaria por aqui para algum tipo de reunião familiar.

Austin parou, o cabelo úmido de suor, seus olhos cinzentos gentis quando me encarou.

— Tem certeza? — perguntou. — Você é muito bem-vindo. Acho que seria legal se todos te conhecessem.

— Preciso trabalhar em algumas músicas da Carolina George.

— Ah, entendi. Sem problemas. Te vejo no ensaio amanhã.

— Combinado.

A porta se fechou atrás dele, e soltei um suspiro de alívio, só para ficar tenso quando a voz chegou até mim do outro lado da sala.

BEIJE-ME SOB AS ESTRELAS

— Você tocou bem hoje — comentou Lyrik, encostado na parede distante com os braços cruzados.

— Acho que vamos nos entender.

— É — concordou.

Continuei enfiando coisas inexistentes na mochila. Não queria admitir as perguntas que eu podia sentir girando pelo ar.

A intensidade desse cara era feroz.

Leal.

Selvagem.

Se misturasse com a minha, derrubaríamos a casa.

— Sobre a noite passada...

Merda.

Passei a mão pelo cabelo, soltando um suspiro. Olhei de relance na direção dele, resolvendo que eu o enrolaria.

— Ouvi o alarme disparando e fui dar uma olhada. Pensei ter visto algo.

— Você viu? — perguntou, direto.

Dei de ombros.

— Não tenho certeza. Meu instinto me diz que alguém estava lá, mas se estava? O desgraçado é um fantasma. Sumiu em um segundo.

— Você não hesitou em persegui-los.

Não sabia se era uma acusação ou não. Eu aceitaria, de qualquer maneira. Como havia dito à Mia, se tivesse levado alguém até a porta deles, eu me certificaria de arrastá-los para longe.

De preferência em um caixão.

— Imaginei que se vou ficar na sua casa, sua propriedade se torna minha responsabilidade.

— É muito trabalho.

Dei de ombros.

— A vida é assim. Você protege aqueles que deve proteger. Caça o resto. — Deixei um sorriso surgir em meu rosto.

Lyrik assentiu, e continuou com a voz áspera.

— Concordo. Acho que você e eu somos parecidos nesse sentido.

— Não me surpreende.

— Não. Também não me surpreende.

Aquilo chamou a minha atenção, seriedade deparando-se com a dele do outro lado da sala.

— Você quer que eu saia? É só dizer. Posso encontrar outro lugar. Não é nada demais.

Seria melhor, de qualquer forma.

Lyrik soltou uma bufada incrédula, sua voz ganhando energia.

— Se eu quero que vá embora? Não, porra. Você corre mais rápido que eu.

Dei uma risadinha cínica.

— Então, você não queria um baterista. Queria um segurança.

Ele soltou uma risada, baixa e sombria

— Não, cara, você está aqui para tocar. Mas definitivamente não faz mal ter você por perto.

Não faz mal?

Era óbvio que ele não me julgou direito.

Inquieto, ele se desencostou da parede.

Em conflito.

Hesitante.

Como se estivesse considerando se poderia confiar em mim de verdade.

Eu deveria lhe fazer o favor e dizer logo que não.

— Vou ser direto com você. Não tenho certeza se minha irmã está segura. Algumas merdas realmente fodidas aconteceram na vida dela. Eu a trouxe aqui para protegê-la. Tenho que admitir, quaisquer olhos extras sobre ela não serão nada ruins.

Amargura irradiou de mim em um suspiro.

— Você não quer que eu cuide dela. Eu te juro.

Ele ergueu o queixo, desafiante.

— Você está de olho nela, mesmo assim. Poderia muito bem fazer isso.

Uau.

Certo.

Esfreguei a mão no rosto.

— Já te falei que eu não tocaria nela.

É, e vimos o resultado, não vimos?

Essa mentira pesando toneladas sobre o meu peito.

A perfeição da garota sob minhas mãos.

Ele se afastou por completo da parede.

— Escute, eu sei que ela é uma mulher adulta. Quero dizer, porra, ela tem dois filhos. Não posso impedir que faça suas próprias escolhas. Ela é super inteligente. Forte e talentosa. Sei que tenho que deixá-la tomar decisões por conta própria. Não significa que eu não queira impedi-la de sofrer, e ela já aguentou mais do que qualquer um deveria ter que suportar. Só se lembre disso, e não teremos nenhum problema.

BEIJE-ME SOB AS ESTRELAS

Negação se manifestou através do meu ser.

— Você não precisa se preocupar com isso. Não há nada acontecendo entre nós.

Ele deu um passo na minha direção.

— Acho que é o que todos nós dizemos quando estamos nos afogando, não é? Tão perdidos que não temos ideia de que a vida está bem ali, esperando ao nosso redor. O amor com uma mão estendida para nos resgatar.

— Não acredito em contos de fadas.

E se eu acreditasse, os meus estavam enterrados a sete palmos do chão.

Lyrik atravessou o cômodo, indo para a porta. Pouco antes de abri-la, ele parou.

— Eu também não acreditava, cara. Engraçado como a vida dá voltas, não é? Agora venha e coma um pouco de frango. A Tamar insiste.

O babaca deu uma piscadinha. Mas era eu quem estava completamente fodido.

CATORZE

LEIF

Subindo a escada do andar inferior, cheguei ao nível principal e segui depressa para a porta dos fundos.

E eu aqui pensando que estava todo sorrateiro ao contornar a cozinha que estava repleta de pessoas preparando um banquete. O lugar cheio de gargalhadas, vozes e pratos tilintando.

Não era como se eu fosse escapar de encontrá-los.

Mas se fosse aguentar isso, eu precisaria de um pouco de ar fresco e provavelmente cerca de quinze cervejas.

A maresia me atingiu quando saí para a grande varanda elevada que revestia toda a parte de trás da casa. A vista do Atlântico me impressionou com uma onda veloz de espanto.

Fumaça escapava da grelha embutida que ocupava a extremidade mais distante da varanda, o aroma doce do frango caramelizado misturando-se com o cheiro do mar.

Austin e sua esposa, Edie, que eu tinha conhecido antes do ensaio, estavam na praia, abraçando os joelhos.

— Ah. É a cara do verão, não é? — comentou Ash de onde mexia na churrasqueira, soltando um suspiro exagerado.

Passei uma mão inquieta pelo cabelo que balançava com a brisa.

— Não sei exatamente qual é a cara do verão, mas o cheiro está muito bom.

Ash esticou os braços enormes, o pegador em uma mão e uma espátula gigante de metal na outra. O palhaço estava realmente usando um avental que dizia: *Beije o Cozinheiro*.

— Eu sabia que você não conseguiria resistir a essa grandiosidade. Bem-vindo a novíssima onda Ash-Magia. Churrasqueiro extraordinário.

— Você quer dizer caozeiro extraordinário. — A porta de tela se fechou assim que a voz chegou aos meus ouvidos. Virei-me e vi uma mulher alta e esbelta saindo, o longo cabelo castanho-escuro e ondulado rodeando um rosto que parecia tão inocente quanto possível.

— Querida. Como você pôde me ferir dessa maneira? — perguntou Ash, o tom de voz estupefato e repleto de uma afeição jocosa.

A mulher estalou a língua.

— Como eu pude o quê? Ressaltar que você é absolutamente ridículo?

— Ahh, olha só, eu pensava que você gostava muito quando eu era *ridículo*. — Suas palavras eram pura insinuação, e a mulher enrubesceu quando caminhou na direção dele. Ash estendeu a mão, aconchegando aquela garota tímida na lateral de seu corpo. Ela lhe deu um tapinha no peito.

— Como eu disse, ridículo.

Com um sorriso enorme, ele deu um beijo no topo da cabeça dela.

— Leif, conheça a minha fofinha. Minha esposa. A garota mais bonita do mundo. Amante do ridículo — Ele abaixou a voz em um sussurro nas últimas palavras, e mordiscou a bochecha dela.

Ela deu uma risadinha e ele grunhiu.

— É um prazer conhecê-la, Willow.

— Estamos muito gratos por ter vindo. Nosso querido Liam teria ficado devastado se Zee não pudesse viajar com ele. É gentil da sua parte ceder seu tempo para vir nos ajudar.

Cocei a têmpora, me sentindo um perfeito idiota quando pensei nos cifrões que estavam surgindo na minha conta bancária naquele momento. Porém, de alguma forma, tive que aceitar que não se tratava apenas do dinheiro. Eu, provavelmente, estaria aqui mesmo assim.

— Uh, fico feliz. Não há problema algum.

Um ruído de movimento irrompeu por trás, e a porta se abriu de novo. Desta vez, uma debandada de crianças saiu em disparada.

Brendon estava no comando, o garoto era uma criança toda selvagem que claramente não podia ser contida, com cerca de sete pequenos no seu encalço.

A única que eu notei mesmo foi Penny.

Penny.

Ela estava lá, aparecendo por último, olhando em volta, insegura.

Meu coração se apertou no peito.

Mas que porra foi essa? Esse sentimento que estava próximo demais da consciência. Saber que sua mãe tinha que estar por perto. Esse impulso que me fez sentir como se precisasse cuidar dessa criança, também.

Protegê-la.

Lutar por ela.

Seus passos desaceleraram um pouco quando me viu ali parado, os olhos castanhos virados na minha direção.

Curiosa e tímida.

Uma garota loira que devia ter mais ou menos a mesma idade estendeu a mão para segurar a dela.

— Vamos, Penny. Você está no meu time. Nem pensar que vamos deixar Brendon vencer essa coisa. Ele já se acha demais, não concorda comigo? Ele vai esfregar na nossa cara para sempre se a gente deixar.

— Eu me acho do jeito que sou, muito obrigado, Kallie! — gritou Brendon com uma gargalhada por cima do ombro conforme descia os cinco degraus da varanda até o calçadão que levava à praia. — Acho que todas vocês estão com inveja por eu ser mais rápido. As borboletas não são muito rápidas, são?

Certo, a loira era a filha mais velha de Baz e Shea.

— Hum, você é mais velho, é por isso — retrucou ela.

— E fantástico. Não se esqueça disso.

— Kallie *é* fantástica — defendeu Penny.

Brendon sorriu.

— Ah, eu sei. Eu só quero que ela me prove isso.

Eles correram o restante do caminho pelas escadas até o calçadão. Austin e Edie ficaram de olho neles enquanto caíam na areia.

Ash balançou a cabeça, divertindo-se.

— Arruaceiros. Todos eles.

— É, e vamos torcer para que todos aqueles crimes terríveis que estão cometendo continuem a consistir em copos de leite derramados e algumas lutas livres no chão. — Sebastian tinha saído para a varanda, sua voz um estrondo casual ao observar as crianças se enfrentando na areia.

Tamar surgiu atrás dele, carregando uma travessa de legumes cozidos a vapor.

— Você sabe que começaram a apostar de verdade nessas disputas outro dia? Está piorando. A anarquia está chegando. Tal pai, tal filho. — Ela deu um sorrisinho brincalhão e sedutor enquanto olhava por cima do ombro para Lyrik, que a seguia carregando outra bandeja.

Ele balançou a cabeça.

— Uh, não. Juro por Deus, vou trancar aquele garoto dos treze aos vinte anos. Nem vai correr o risco de seguir os passos do pai. Mas nem pensar.

Tamar riu.

— Você percebe que isso é daqui a... seis meses? Acho que deve repensar esses planos, roqueiro.

Lyrik envolveu a cintura dela, puxando-a contra seu peito, a voz dele ficando grave.

— Vou proteger o que é meu. De um jeito ou de outro.

Ela se virou, os dedos de sua mão livre deslizando sobre a camisa dele até a tatuagem no pescoço.

— Acho que fez um belo trabalho nisso. Você mostrou a ele como ser uma pessoa boa. Como agir. Acho que não é necessário um cadeado na porta dele.

— É? Fale por si mesma. Kallie com certeza vai ter um — Baz se intrometeu.

— Nos seus sonhos, Papai Urso. — A esposa de Baz, Shea, apareceu. Eu a reconheci dos tabloides.

Ela e Tamar pareciam ser as duas que sempre estavam em revistas e reportagens. Shea era uma antiga cantora country que havia deixado sua marca no meio musical anos atrás, e Tamar se recusava a perder um único show quando a banda estava em turnê.

Autoproclamada como a maior fã da Sunder.

— Não sabe que quando se tenta conter seus filhos é que eles armam uma revolta? — A voz de Shea era pura persuasão sulista.

— Deixa ela fazer treze anos, e vai ver quem vai armar uma revolta. — Baz ergueu as sobrancelhas. Ele não concordava, era óbvio.

Ash gargalhou.

— Que bom que tive um menino. Eu ficaria louco se tivesse uma menina.

Lyrik deu uma risadinha baixa.

— Tenho um de cada. Acredite em mim, cara, não muda nada. A preocupação vai estar lá de uma forma ou de outra. Mas vale a pena cada maldito cabelo branco.

Uma flecha de agonia me atingiu, bem no centro da minha alma feia e depravada. A ferida sangrando ódio e mordacidade.

Fechei os olhos como se pudesse bloquear a afronta do passado.

Então minhas pálpebras se abriram quando a percepção deslizou pela minha pele.

Caralho.

Mia.

Mia que olhava para mim como se estivesse surpresa ao me ver ali, embora, de alguma forma, não estivesse nem um pouco surpresa.

Seu filho pequeno estava aconchegado na lateral de seu corpo, agitando o dedo para a bagunça das crianças na praia, querendo participar.

Dando o maior trabalho enquanto ela se esforçava para segurá-lo.

Eu não a via desde ontem à noite.

Não desde que eu a toquei, senti seu gosto e cometi uma série de erros.

Mas com ela, eu não tinha certeza de como parar. Como parar a intriga devastadora que me atingia toda vez que ela entrava no meu espaço.

Hoje não era diferente do que foi ontem, exceto que agora eu tinha a nítida lembrança de saber exatamente quão boa era a sensação dela.

— Aww... olha quem acordou da soneca. Venha ver a titia, meu lindo homenzinho — cantarolou Tamar, aproximando-se de Mia e pegando Greyson de seus braços.

Mia revirou os olhos.

— Acordou da soneca? Ele nem pregou os olhos. Eu juro, Greyson consegue sentir o cheiro de diversão, e se ele acha que vai perder um minuto dela, vai dar um jeito de participar.

— Bem, eu também não gostaria de perder uma tarde na praia. Dá para culpá-lo? — perguntou Tamar com os lábios pressionados na bochecha gordinha.

Ele soltou uma risadinha e deu um beijo molhado no queixo dela.

— Não me culpe, titia TT! — Algo apertou meu peito. O garoto era fofo, isso era certo.

— Preparem-se, essa delícia está pronta! — Ash começou a empilhar os peitos de frango em uma travessa. — Está na hora de comer, meus pombinhos! — gritou Ash na direção da praia. — Venham pegar enquanto está quente.

Estrela de rock fodão, sei.

Shea foi lá dentro pegar o restante das coisas, e Mia se ofereceu para ajudar.

Poupando-me por um momento.

Um segundo para me recompor.

Impossível, porque ela voltou apenas um minuto depois, organizando os acompanhamentos na mesa onde pratos e talheres já estavam dispostos.

— A cerveja está na geladeira — disse Lyrik para mim, dando um tapinha nas minhas costas enquanto eu estava ali, encarando sua irmã por trás, o cara me olhando de relance ao passar, mostrando que estava entendendo a merda.

Que estava plenamente ciente de que eu estava observando.

Todos os olhos nela.

Não conseguia desviar o olhar.

Mas ele não entendia.

Não entendia que olhar mais de perto seria a minha destruição. O pior de tudo era que com certeza seria a destruição dela.

Pigarreei e o segui até a geladeira da cozinha ao ar livre que estava repleta de bebidas. Peguei uma cerveja, abri a tampa e bebi metade em um gole.

Na esperança de que pudesse acalmar os nervos que disparavam pelo corpo.

Mia fez os pratos dos filhos, equilibrando os dois enquanto Tamar tentava colocar Greyson em uma cadeirinha alta em uma das mesas do quintal. Ele chorou, esperneou e gritou.

— Eu grande, eu grande. Não, titia, não!

O restante das crianças se chocou ao subir os degraus, conduzidos por Austin e Edie.

Tamar colocou Greyson em seu assento e travou a cadeirinha, enfim.

— Pronto.

Passei a mão pelo rosto.

Eu me sentia como se estivesse afundando.

Afogando-me.

Levado por um tsunami sem sequer saber que tinha me atingido.

Eu não pertencia a esse lugar.

Nem por um segundo.

Mas Mia estava tentando pegar guardanapos e talheres para seus filhos ao mesmo tempo que equilibrava os pratos, e eu me movi em sua direção sem nem pensar, oferecendo-me para segurar os pratos enquanto ela tentava enfiar os talheres debaixo do braço sem jogar a comida no chão.

— Deixe-me ajudá-la. — Minha voz saiu em um murmúrio. Algum tipo de súplica fodida.

Aqueles olhos encontraram os meus pela primeira vez. Magoados e implorando por mais.

Ela hesitou.

— Por favor — falei.

Ela soltou um suspiro minúsculo e doloroso, que se espalhou pela minha pele e me acertou igual a uma canção.

Uma melodia hipnótica que implorou para ser escrita.

— Obrigada — sussurrou quando entregava os pratos.

— Tranquilo.

Não foi nada demais mesmo.

Só uma maldita catástrofe.

Eu a segui até a mesa onde as crianças tinham tomado conta. Cada um deles subiu em uma cadeira acolchoada ao redor do grande móvel. Os pratos foram colocados na frente das crianças mais novas, todas exclamando seus agradecimentos.

Todos, exceto Greyson que esmagou um punhado do seu macarrão com queijo na minha cara no segundo em que coloquei o prato na bandeja da sua cadeira alta.

Na mosca.

Pelo visto, eu era mesmo o alvo do garoto.

Ele gritou entre as gargalhadas e esperneou, o nariz todo franzido enquanto se divertia.

— Te peguei, Waif. Eu te peguei!

Dei um passo para trás, tentando limpar a bagunça do rosto.

— Ah — arquejou Mia quando virou e viu o que o filho tinha feito, sua mão seguindo até a boca antes que um sorriso surgisse por trás. — Meu Deus.

Inclinei a cabeça, tirando um pouco da gosma.

— Você acha isso engraçado, é?

— Eu acho — interpôs Brendon, erguendo a mão como se estivéssemos pedindo sua opinião.

Espertinho.

Atirei-lhe um olhar mordaz, o pestinha.

Igualzinho ao pai. Sempre gerando discórdia.

Mia me passou um guardanapo, as palavras saindo entre as risadas que mal se continham.

— Sinto muito. Não acredito que ele fez isso de novo.

Limpei a viscosidade, lutando contra uma risada que subia no peito.

— O garoto me odeia.

— Não, não, Waif. — Ele arregalou os olhos castanhos e ergueu as sobrancelhas. — Tosto de você.

BEIJE-ME SOB AS ESTRELAS

Ele sorriu como se estivesse posando para uma foto. Cheio de dentes.

— Quê? — Ele colocou uma grande bolota da comida na colher e a estendeu para mim, pedaços caindo do montinho enorme e espalhando-se no chão, ansioso demais para que eu obedecesse.

— Come! — exigiu com o sorriso mais imenso e esperançoso.

Meu olhar seguiu para Mia. Sua expressão era calma enquanto contemplava o filho em pura adoração.

E merda. Eu era um maldito idiota. Tão idiota porque eu estava me inclinando e aceitando a comida que ele ofereceu, fingindo estar engolindo.

E doeu, me arrebentou e me matou de novo.

Afastando-me, engoli com força e coloquei no rosto o sorriso mais radiante que fui capaz de dar. Provavelmente parecia o Coringa.

Perturbado.

Desequilibrado.

Louco.

Greyson gargalhou alto.

— Minha vez! — Ele enfiou uma colher cheia na boca. — Eu divido, mamãe.

Ele virou o rosto para ela, querendo um elogio.

— É muito gentil da sua parte. Mas chega de atirar comida porque isso não é legal. — Ela tocou na ponta do nariz dele.

— Eu legal — retrucou ele, e puta merda, eu ia enlouquecer.

Já tinha enlouquecido, pelo visto, porque Tamar apareceu na mesa e colocou o prato de Adia à sua frente.

— Por que vocês dois não fazem seus pratos? Vou cuidar desses meninos.

A boca de Mia repuxou para um lado e ela estreitou o olhar quando algo atravessou os lábios vermelhos de Tamar. Uma conversa silenciosa aconteceu entre as duas que claramente tinha tudo a ver comigo.

Incrível.

— Você está com fome? — perguntou Mia, enfim, desviando o olhar para mim. Lá se foi meu sangue, percorrendo para o sul, e não para o meu estômago roncando.

— Faminto.

Ela deu um sorriso minúsculo e um aceno ainda mais sutil.

Pensei que talvez fosse uma trégua.

Um passe livre.

Ela ia me deixar em paz quanto às besteiras que eu tinha feito ontem à noite.

— Vamos comer, então. Se não, Ash nunca mais vai calar a boca.

— Pode apostar que não vou — gritou ele do outro lado da varanda.

Ao seu lado, eu fiz um prato, lutando contra o ruído de algo profundo em meus ossos. Eu o ignorei.

Eu conseguia fazer isso.

Poderia ficar aqui sem foder tudo.

Arruinar tudo.

Sentei-me ao lado dela na mesa maior, fingindo que não percebi que era um círculo de casais.

Os apaixonados.

Lancei um olhar severo para Mia. Afastando a sensação. Querendo um pedaço disso para mim.

Lembrando outra vez por que isso seria uma eterna impossibilidade.

QUINZE

LEIF

Vinte e um anos

Luzes estroboscópicas piscaram em raios ofuscantes de luz branca enquanto eu tocava a bateria. Suor escorria pelo meu corpo encharcado. Minha alma se movendo com o ritmo violento e furioso.

A multidão pulou, se debateu e dançou na beirada do palco. Selvagem. Indomável. Mentes ausentes, arrebatadas pela energia imprudente pulsando nas profundezas.

Eu me alimentei disso. Suguei-a. Os músculos dos meus braços gritando com o esforço conforme tocava a canção.

O restante da banda se descontrolou no palco. Guitarra e baixo ensurdecedores. Miles gritou sua agressividade no microfone, o corpo inteiro se movendo com a batida.

E, por alguns minutos, cada pessoa naquele clube estava livre.

Joguei minhas baquetas no meio da multidão. Todas as pessoas ao pé do palco estavam ofegantes, tão encharcadas quanto eu, todo o caos a que se agarravam liberado nas músicas que tínhamos tocado. Eu me afastei do palco e fui direto para o cômodo nos fundos.

Os sofás estavam dispostos por toda parte. As luzes tênues. Música ecoando dos alto-falantes.

Aceitei a garrafa que Miles ofereceu quando entrei.

Sentei-me em um sofá. Fiz duas linhas grossas que já estavam montadas na mesa, e não reclamei nada quando uma garota com quem eu tinha ficado na semana passada se ajoelhou e começou a abaixar minha braguilha.

Lyrik West e sua galera entraram.

Fiz um gesto para a mesa.

Minha oferta.

Enquanto tivessem dinheiro, todos eram bem-vindos para tocar comigo. A banda não era nada além de um disfarce fácil.

A música poderia ser a única parte que ainda possuía da minha alma, mas era Keeton quem me controlava.

Lyrik me deu um sorriso quando sentou e se entregou ao esquecimento. Achei que era o mínimo que eu podia fazer.

LEIF

Vinte e três anos

A porta principal da oficina se abriu, e uma fração da luz do final da tarde foi lançada para a recepção. Soltando um suspiro, endireitei a postura no banco onde me sentava atrás do balcão, tentando não me irritar quando joguei meu celular na superfície suja.

Mas essa porcaria era uma idiotice.

Ficar sentado aqui como se eu fosse um aprendiz de mecânico ou alguma merda assim.

Eu mal tinha olhado para a pessoa que entrou antes que minha garganta se apertasse com um formigamento. Minha cabeça disparou para cima e vi aquela garota que estava toda desconfiada por dentro.

Usando os shorts mais curtos e camiseta comprida que quase os cobria, seu cabelo loiro estava preso em um nó bagunçado no topo da cabeça. Chinelos nos pés.

Havia uma mancha de óleo em seu rosto lindo.

Um rosto inocente.

Tímida e doce. Bochechas salientes, quase tão fartas quanto seus lábios rosados.

Os olhos verdes eram grandes e redondos conforme observava em volta.

— Eu... hum... estão aberto? — perguntou ela, claramente nervosa.

— Sim.

Ela fez um gesto para a porta.

— Meu pneu furou. Tentei trocar sozinha, mas... — Ela parou de falar, aqueles olhos me observando enquanto eu me levantava.

Meus batimentos aceleraram.

Frenéticos com algo totalmente novo.

— Precisa da minha ajuda? — perguntei, um pouco brusco.

Ela sorriu.

— Sim, preciso.

Entramos depressa no meu apartamento. A porta batendo na parede quando avancei nela. Mergulhando em um beijo que eu não queria que acabasse nunca. Meus braços envolveram seu corpo minúsculo, levantando-a do chão. Girando-a sem parar enquanto nos beijávamos, tocávamos e nos agarrávamos para ficar mais próximos.

Frenéticos.

Parecia que se perdêssemos este momento, perderíamos tudo.

Batemos na mesa da entrada quando tirei sua camisa e, um segundo depois, eu a pressionei contra a porta.

Beijando-a como se fosse a última coisa que eu iria fazer.

Tão rápido quanto, eu a puxei e a coloquei no sofá.

Parecia que eu era incapaz de ficar parado.

Desesperado para tê-la em todos os lugares.

E eu sabia que nunca me cansaria dessa garota quando ela estremeceu como se nunca tivesse sido tocada antes assim que deslizei o nariz pelo interior de sua coxa, do joelho até a borda daquele short super curto. Depois que gemeu comigo o abaixando por suas pernas. Quando sussurrou:

— Tenha cuidado comigo. — E, por fim, quando subi em cima dela.

Eu a puxei, segurando-a perto e fiz uma promessa silenciosa de que eu sempre estaria aqui.

Que isso era diferente.

Fui carinhoso quando entrei lentamente no doce alívio de seu corpo.

Ela ofegou, e sua cabeça se inclinou para trás na almofada do sofá, seu peito pressionando-se no meu. Engoli o som, saboreando o toque de suas unhas curtas afundando-se nos meus ombros.

Seus braços apertaram meu pescoço e seu coração era um estrondo que se apressou para encontrar o meu.

Inclinei-me para trás, observando-a enquanto a fodia.

Mas eu sabia muito bem que dessa vez era diferente.

Era diferente de todas aquelas garotas.

Eu sabia que nunca mais seria o mesmo.

Ela deslizou os dentes de um jeito nervoso pelo lábio inferior, olhando para mim de onde estava encolhida ao meu lado, a cabeça apoiada no meu ombro. Os dois debaixo das cobertas na minha cama. Seu doce corpo quente e vivo ao lado do meu.

A noite surgia na pequena janela do meu quarto.

Os sons sórdidos de Los Angeles uivavam através da escuridão bem do lado de fora do prédio degradado.

Sirenes ressoando. Tiros à distância. Gritos de ódio e violência.

Ela apenas se aconchegou mais fundo na segurança de meus braços enquanto eu pressionava um beijo em sua têmpora.

— Oi — murmurei.

Um sorriso tímido repuxou sua boca, e ela olhou para mim, deslizando os dedos com hesitação pela vibração satisfeita em meu peito.

— Nunca imaginei que era assim que meu dia acabaria.

Eu a apertei um pouco, as palavras que proferi quase uma provocação.

— O que, não esperava ter um pneu furado?

Uma leve risada escapou de seus lábios.

— Acho que encontrei mais do que um percalço no caminho.

Soltei um suspiro pesado, movendo-me para que eu pudesse estender a mão sobre sua bochecha.

Tinha certeza de que jamais falei uma verdade mais clara em toda a minha vida.

— Eu nunca poderia ter previsto me encontrar com você.

DEZESSEIS

MIA

A casa ressoou uma quietude abafada, as janelas escurecidas com uma tênue calma, as paredes escoando um silêncio ressonante.

Tarde da noite.

Faltava apenas algumas horas até o amanhecer.

Mas eu não conseguia dormir. Acho que a preocupação, o medo e o pavor estavam finalmente me alcançando. Desgastando-me.

Já haviam passado quatro noites desde que o alarme falso tocou pela casa.

Esta noite, descobri que não podia mais ficar trancada dentro daquele quarto, por isso tinha escapulido para a piscina com uma garrafa de vinho em busca de paz.

Essa paz durou dez minutos antes que eu ouvisse o barulho do motor pesado que subia a rua e estacionava na garagem dos fundos.

Suas passadas ecoaram do outro lado do muro quando caminhou pela calçada. O portão zumbiu, abriu-se e lá estava ele.

Emitindo sua própria gravidade.

Ele estava usando jeans esfarrapado e outra camiseta surrada, essa era branca e se esticava sobre seu peito forte.

— Mia... o que está fazendo aqui tão tarde? — As palavras saíram roucas, arranhando minha pele como o sedutor roçar de dentes.

Um arrepio percorreu minhas costas, e agarrei a taça de vinho à frente do peito enquanto me sentava direito, minhas pernas mergulhando mais fundo na água fria na tentativa de parar o fogo que se acendeu no meu corpo.

— Não sabia que não tinha permissão para estar. Tanto você quanto meu irmão parecem pensar que eu preciso estar sempre trancada no meu quarto. Eu poderia muito bem ser Brendon e Kallie a julgar pela forma que me tratam.

Talvez fosse um desafio. Um duelo. Uma provocação.

Qualquer coisa para aliviar a tensão que estava pairando entre nós.

Ele bufou e virou o rosto antes de voltar aquele olhar penetrante para mim.

— Se soubesse que estaria aqui tão tarde, eu não teria saído.

Uma risada cética escapou da minha boca, e tomei um gole do meu vinho.

— Pensei que estivesse aqui para tocar. Eu não sabia que meu irmão tinha te contratado como guarda-costas.

— Talvez você estaria melhor se ele tivesse feito isso. Parece que teria servido um propósito maior.

— Não preciso de babá. Já vi muita coisa na vida. Não sou indefesa.

Ele balançou a cabeça, seu cabelo criando sombras contra as paredes de tijolos onde as luzes do quintal brilhavam em seu rosto.

— Nunca dei a entender que fosse, mas você tem coisas mais importantes pelas quais viver do que eu.

Havia algo em sua voz, o torcer de uma faca cortando sua língua que me fez desviar totalmente a atenção para ele. Meus olhos se estreitaram enquanto eu tentava enxergá-lo melhor através da escuridão.

— Por que diria isso?

Suspirando, ele olhou em direção à ala da casa onde meus filhos dormiam.

— Acho que nós dois sabemos o que é realmente importante na vida, não é?

Minha alma se apertou de uma forma instável, e um bolo espesso e sólido se formou no fundo da garganta.

— Eu sei o que é importante para mim — respondi com um suspiro abatido.

Um sorriso repuxou sua boca. Um sorriso que era uma tristeza absoluta. Lindo, sombrio e invasor de espaço.

Esse homem que era muitíssimo belo e devastadoramente mau.

Forjado nas cicatrizes que ele não deixava ninguém ver.

— Quer se juntar a mim? — perguntei, levantando a garrafa de vinho que estava no deque ao meu lado.

Uma sedução descarada.

Pelo visto, eu estava querendo mais algumas dessas cicatrizes para mim.

Mas não conseguia superar a outra noite. A forma que ele havia me tocado. O jeito que me beijou. A maneira como, por alguns momentos ofuscantes, eu me senti viva por inteiro.

— Não acho que seja uma boa ideia, Mia.

BEIJE-ME SOB AS ESTRELAS

— Amigos — falei a ele. Credo. Como eu era mentirosa. — Nós temos conseguido ser assim, não temos?

Ele deu uma risada áspera.

— Se é assim que você quer chamar.

— Eu quero.

Soltando um som exasperado, ele abaixou o rosto, hesitando, antes de finalmente ceder e começar a se aproximar. Ele agarrou a ponta de uma espreguiçadeira e arrastou-a até onde eu estava, se sentado bem na beirada, a menos de um metro.

Ele apoiou os antebraços nas coxas.

Seu corpo magro e esbelto no limite.

Quase pude sentir sua alma tremulando no ar estagnado.

— Não estou exatamente vestido com roupas de piscina. — Ele gesticulou para suas botas e jeans antes de seu olhar me examinar, minha regata e o short curto, as pernas nuas expostas na luz suave sob a água.

Fome lampejou em seus olhos.

Desejo e necessidade.

Arrepios me percorreram. Calafrios oscilando pela minha pele.

Pigarreei e forcei um pequeno sorriso enquanto me virava para encará-lo, oferecendo-lhe minha taça de vinho.

— Eu divido igualzinho ao meu filho.

Rindo, Leif estendeu a mão e pegou a garrafa cheia em vez de aceitar a taça. Ele virou a coisa toda enquanto a levava à boca. Sua garganta forte se moveu à medida em que engolia, os lábios encharcados na doçura pegajosa ao afastar a garrafa.

Ele usou a parte de trás da mão para limpar a boca, olhando para mim o tempo inteiro.

Engoli em seco.

Por que tinha que ser tão sexy?

Ele trouxe um novo significado à Lei da Atração.

Sua própria atração gravitacional.

Eu sentia que estava orbitando-o.

Querendo mais, mas com medo de chegar muito perto.

Ele inclinou a cabeça para me observar, e tomei um gole trêmulo do vinho como se fosse uma distração suficientemente boa para evitar que eu rastejasse de quatro até ele.

— Como você está, Mia? — Sua voz estava séria. Severa, mas repleta de cuidado.

Deus. Este homem. Ele ia ser a minha ruína.

Dei uma risada fraca e deixei meu olhar perambular pelo quintal.

— Além de não conseguir dormir? Saltar a cada ruído da noite? — Tirando a tristeza e o luto? Tirando o quanto eu ansiava senti-lo? — Ótima.

Um ruído baixo de descrença lhe escapou.

— Ótima, é?

— Com certeza. Veja esse lugar. Como eu poderia reclamar?

Aqueles olhos me traçaram, açúcar mascavo quente outra vez.

— Parece que falta você me dizer algo mais.

Soltei um suspiro pesado, olhando para as ondulações suaves da água antes de ter coragem suficiente para encará-lo.

— Quando se perde alguém com quem mais se importa, é provável que falte alguma coisa, não é?

— É — respondeu sem hesitar.

Com força e depressa.

Ele não deixou dúvidas de que foi por experiência própria.

Meus olhos se fecharam por um momento.

— Eu só...

Abri-os para vê-lo esperando. Esperando por mim.

— Não consigo entender. Por quê? Por que tanta violência? Uma vida linda desperdiçada... e para quê? Eu... Eu queria ter dado o dinheiro a ele. Queria não ter apertado aquele botão de emergência. Ele me alertou para não me mexer, e eu o fiz, de qualquer forma.

Culpa esmagou meu peito. Centenas de quilos de rochas. Enterrando-me.

Minhas palavras se apressaram com a dor.

— Se eu tivesse apenas o escutado, Lana ainda estaria aqui hoje. Ele disse... ele disse que se eu desse o que ele queria, não nos machucaria. E eu... eu entrei em pânico, Leif.

Meus lábios se apertaram em angústia.

— Um erro. Um que nunca terei a chance de compensar.

O rosto dele se contorceu, e seus dentes cravaram o lábio inferior enquanto ele se aproximava mais um centímetro. Os músculos de seus braços se contraíram.

Eu não conseguia dizer se era de raiva ou desejo.

Se estava se segurando ou se soltando.

— Você não sabe disso, Mia. Não tem ideia do que um monstro vai fazer. Quando um homem não é nada além de cruel e desprezível. Até onde irá. A sede de sangue.

Todo o meu ser se encolheu de pensar nisso.

— É algo que nunca entenderei. A vida é preciosa. Ela deveria ser valorizada e apreciada. Como alguém poderia tomá-la de forma tão casual e descuidada?

Sua expressão mudou.

Luto.

Arrependimento.

Ódio.

Meu âmago estremeceu.

Deus. Quem era esse homem?

Ele cerrou as mãos enormes entre os joelhos.

— Às vezes as pessoas se tornam monstros sem saber que isso está acontecendo. Presas na ilegalidade antes de perceberem o que se tornaram.

Eu o analisei, sem saber direito o que ele estava dizendo. Insinuando. Só sabia a maneira como o via.

— E então existe as boas pessoas. Altruístas que se atiram sobre um muro sem saber o que poderiam estar enfrentando para proteger outra pessoa.

Sua risada foi áspera.

Uma contestação.

— E, às vezes, as pessoas correm perigo na esperança de se redimirem, sabendo que jamais poderiam pagar uma pena tão grande, mas conscientes de que passarão a vida inteira tentando, mesmo assim.

— É isso que está fazendo... se redimindo? Pelo quê?

Pude sentir sua perturbação vibrar o chão.

— Eu deveria ir.

Ele começou a se levantar.

Minha mão disparou e segurou sua panturrilha. Nossos olhares se encontraram quando o encarei.

Uma onda de choque repleta de intensidade.

— Fique — consegui dizer.

Ele suspirou a tensão, praguejando baixinho antes de se sentar devagar outra vez. Minha mão ainda estava em sua panturrilha, recusando-se a soltar.

— Você não quer entrar na minha cabeça, Mia. Sei que pensa que quer, mas eu te prometo que não é um lugar que queira estar. Não pode me consertar. — As palavras foram ásperas e baixas. Um aviso.

— E se eu gostasse do que eu fosse ver?

Sua risada sombria tomou conta do espaço entre nós, e ele estendeu a mão, erguendo meu queixo.

— Como eu disse, você só veria sua própria beleza refletida de volta. Não sou bom, Mia. Você não me conhece, e eu prometo, não quer me conhecer.

Minha mão tremia descontrolada quando me forcei a soltar a perna dele. Peguei minha taça de vinho outra vez, levando-a aos lábios. Lutei pela normalidade. Para encontrar aquela casualidade desconfortável que tínhamos compartilhado nos últimos dias, mas que parecia impossível quando ele estava sentado tão perto.

— Então... como é tocar com a banda? Os ensaios estão indo bem?

Pronto.

Tão normal quanto possível.

Ele deu uma risada curta quando percebeu o que eu estava fazendo.

Um indulto da severidade.

— Ótimo. Os caras são muito talentosos. É uma honra tocar com eles.

— É engraçado, porque Lyrik disse a mesma coisa de você.

— Seu irmão está delirando.

— Ele disse que você praticamente reescreveu uma canção que estava o deixando aflito.

— Aflito? Ele disse isso? — provocou Leif, leveza entrelaçando-se em seu tom e seu rosto adquirindo um sorriso fácil.

Deus, isso era lindo também.

Espreitei de volta.

— Certo, tudo bem, talvez, ele tenha dito que estava fodendo com a cabeça dele e que estava prestes a cometer homicídio com o próximo idiota coitado e desavisado que olhasse para ele de forma errada. Mesma coisa.

Um sorriso surgiu em seus lábios. O homem exalando uma confiança muito sombria. Eu queria deslizar para aquelas sombras.

— Vocês, estrelas do rock, são tão dramáticos. — Revirei os olhos. Lembrando-me por que me convenci de que as *estrelas do rock* não faziam nem um pouco o meu tipo há tantos anos. Eu não tinha tempo nem espaço para a dor.

Mas a de Leif?

Eu queria a dele.

Para suportar uma parte.

Torcer para que no rescaldo ele não me deixasse destroçada.

— Não foi nada demais. Ele estava quase lá. Só faltava algo. Uma ótima canção, para ser sincero.

Deixei meu olhar analisá-lo, como se pudesse somar todas as partes que o tornavam inteiro. As peças que formavam quem ele era.

BEIJE-ME SOB AS ESTRELAS

— Posso ser sincera?
— Uau. É uma pergunta capciosa? — brincou.
Eu sorri.
— Você não se parece muito com um baterista de country para mim.
Ele deu uma risada autodepreciativa.
— Não... mas às vezes é idiotice não aproveitar as oportunidades quando são apresentadas a você.
— Como a Sunder te ofereceu?
— É.
— Posso dar a minha opinião? — perguntei.
— Manda.
— Parece combinar mais.
Ele deu um sorriso, e a pequena covinha apareceu na bochecha.
Tive vontade de lambê-la.
— É melhor não deixar Zee te ouvir dizendo isso.
Uma risada fácil me escapou.
— Ele é como um irmão para mim. Não me esquecerei de usar isso da próxima vez que discutirmos.
A rigidez ao redor dos olhos de Leif amenizou mais.
— Vocês todos são próximos. — Ele olhou para a casa principal. — Posso ser sincero?
— Claro.
— Estou tendo dificuldade para descobrir quem é parente de verdade e quem apenas chama uns aos outros de família.
Carinho moveu-se pelo meu peito.
— É assim que queremos. Você não deveria ser capaz de diferenciar. O amor e a devoção não devem estar ligados ao fato de ter ou não o mesmo sangue correndo nas suas veias. Eu amo todas as crianças como se fossem minhas próprias sobrinhas e sobrinhos. Nunca gostaria que eles soubessem a diferença.
— Isso é nobre.
Balancei a cabeça.
— Não, é uma benção.
Ele suspirou, o homem inquieto de onde estava sentado, a mandíbula cerrada.
— É raro encontrar um amor como esse.
— Outra opinião, já que estamos no assunto?

— Manda — respondi, igual a ele.

A gente se deixou levar pelo clima.

Pela quietude.

Pela paz que nos envolveu como um doce sonho.

Ele pode ser perigoso, mas acho que nunca me senti mais confortável do naquele momento.

— Devo dizer que você me impressiona. Seus filhos têm sorte de ter uma mãe como você, Mia West. Esse é o seu sobrenome? — sondou, agindo como se fosse apenas mais uma pergunta casual quando eu podia ver os músculos se contraírem e flexionarem sob todo o seu corpo firme e tonificado.

Bufei um som depreciativo.

— É West. Nunca fui casada. Acho que não tenho muita sorte quando se trata de homens.

— E o pai das crianças?

Um peso pressionou o meu peito

— As coisas não deram certo.

Leif franziu o cenho. Será que não dava para eu ter sido mais vaga?

Inquietação invadiu meu ser, aquela sensação chegando aos meus ossos. Coloquei a taça de vinho de lado e abracei meus joelhos outra vez. Uma mentira provavelmente deveria ser suficiente, mas virei-me para Leif com uma pitada da verdade.

— Às vezes pensamos que conhecemos alguém e não conhecemos de jeito nenhum. Lyrik acha que ele fugiu quando descobriu que eu fiquei grávida da Penny, mas eu que o deixei. Foi difícil, mas alguns laços têm que ser cortados antes que nos estrangulem.

Uma onda de agressividade atravessou o corpo de Leif.

— Ele te machucou?

— Não. Nunca foi assim. Ele era só... *encrenca*. Envolvido em coisas que eu não queria para a minha vida, então tive que largá-lo.

Ele entrelaçou os dedos, baixando a voz quando pressionou:

— Mas ele é o pai de Greyson?

— É. Ele tinha mudado de vida. Começou seu próprio negócio. Queria fazer parte da vida de Penny. Apoiar a nós duas. Uma coisa levou à outra... — divaguei.

Detalhes não eram necessários.

— Porque você ainda o amava. — Nem era uma pergunta.

Assenti devagar.

— Pensei que sim. Mas acho que era mais que eu esperava que pudéssemos resolver as coisas e ser uma família. É o que eu sempre quis, afinal de contas. — Ergui o rosto para o céu noturno. — Criar arte e uma família. Essas são as minhas duas coisas mais belas.

— O que deu errado?

Dei uma risada descrente.

— Tudo, eu acho. As coisas sempre foram tumultuadas entre nós. Super certo ou super errado. Brigando o tempo todo. No final, havia desconfiança demais. Perguntas demais. Mágoas demais. Percebi que estava lutando por algo que não existia há muito, muito tempo, e eu poderia lutar para sempre, mas isso nunca iria mudar o fato de que ele e eu não pertencíamos um ao outro.

Leif ficou quieto. Esperando.

Soltei um suspiro.

— Houve uma noite em que ele não voltou para casa. Não era a primeira vez que isso acontecia. Devo ter mandado mil mensagens, e percebi que não era essa a vida que eu queria viver. Paranoica. Preocupada. Irritada. Então arrumei nossas coisas e fui embora. Não importava qual a explicação ou motivo que ele certamente iria dar, eu não podia continuar colocando a mim e minha família naquele caos constante.

— Então foi isso?

Dei de ombros.

— Ele tem tentado me fazer voltar desde então. Não posso excluí-lo por completo quando ainda está envolvido com as crianças, e foi ele quem ajudou a financiar a galeria de arte que Lana e eu tínhamos, para começar. Nossos passados ligados de uma forma que nunca seria desfeita.

— Sinto muito. Qualquer um que seja burro a ponto de estragar o que tem com você? Não acho que te merece, de qualquer maneira.

Ele disse isso com um sorriso arrogante, alinhado com a verdade mais cruel.

Apoiei a cabeça sobre os joelhos, olhando para ele, apenas sua silhueta na minha visão periférica. Não importava. O homem era a única coisa que eu conseguia ver.

— Não me arrependo nem de um segundo. Ganhei meus filhos com essa situação. Para mim, isso será sempre a coisa mais importante de todas.

Leif estremeceu. Não sabia se era por concordância ou por dor. Talvez ambos.

Com os olhos entrecerrados, concentrei-me nele.

— Crianças te deixam nervoso.

Ele bufou. Desgosto incrédulo.

— Caras como eu não deveriam se misturar com crianças.

— E por quê?

Seu sorriso foi totalmente forçado.

— Vimos o quanto Greyson gosta de mim. Ele acha que sou um alvo fácil. É melhor ficar fora da linha de fogo.

Uma risada me escapou.

— Ele dá trabalho, isso é certo.

— Talvez o garoto seja apenas um bom juiz de caráter. Ele vai afugentar todos os caras maus para você. No segundo em que me viu, sem dúvida ficou pensando em como me afastar de você.

O sorriso dele era frágil.

Diversão surgiu em meio à decepção.

— Me diga que nem todos os homens bons acabaram.

Leif suspirou.

— Não duvide de que ele estar por aí, Mia... um cara que possa lidar com tudo. Um que seja bom por dentro e por fora. Aquele que merece você e aquelas crianças. Não desista disso.

Pude sentir suas dúvidas se agitando pelo espaço.

— Pretende ter mais filhos?

Neguei com a cabeça, e inclinei o olhar para os céus.

— Tive uma complicação depois que dei à luz a Greyson e precisei fazer um procedimento.

Ergui a mão para o céu em formato de concha.

— Ter outro seria como pegar uma estrela cadente.

Impossível.

Mas eu era a tola que desejava isso, mesmo assim.

— Sinto muito. — A voz dele estava baixa.

— Como eu poderia ficar triste? Tenho os dois filhos mais incríveis.

Sua mandíbula se contraiu com o cerrar de seus dentes, e ele fechou os olhos antes de dizer:

— Você tem. — Ele esfregou as palmas das mãos no jeans como se precisasse quebrar a tensão. — Então... para onde vai depois daqui? De volta à Califórnia? Depois que o desgraçado que acabou com a vida da sua amiga for pego?

BEIJE-ME SOB AS ESTRELAS

Olhei na sua direção. Para a suavidade daqueles olhos cor de açúcar mascavo, para a dureza que rodeava os vincos, e fiz o melhor que pude para não pensar na maneira como seus lábios tinham o mesmo sabor.

Carinhosos e mordazes.

— Não tenho certeza. Eu me sinto um pouco perdida agora, sinceramente. Não tenho certeza de onde pertenço ou para onde quero ir. Parece que sempre me encontro nestas confusões e não sei como me livrar delas. Não sei se tenho um acúmulo de Carma ruim vindo atrás de mim ou sei lá.

— Ou talvez você seja meiga demais para ver quando está se misturando com as pessoas erradas.

Eu sabia o que ele estava insinuando. A quem ele estava se referindo. Eu era tão cega para discordar? E por que me senti tão compelida a ir além?

Em procurar, encontrar e descobrir?

Mas eu queria desaparecer dentro de sua cabeça. Desaparecer em seu coração cruel e quebradiço.

— Me chame de ingênua, acho.

— Não, Mia, eu te chamaria de gentil. — Ele se aproximou mais. A força avassaladora de sua presença me cobriu por inteiro.

Cravo, uísque e sexo quente e perverso.

Ele estendeu a mão, a ponta de seu indicador roçando minha bochecha e meu lábio inferior.

— E é por isso que eu, com prazer, me atiraria sobre uma parede para enfrentar o desconhecido. O motivo pelo qual eu, de bom grado, acabaria com qualquer monstro que tentasse lhe fazer mal. É exatamente por isso que fico longe, porque a última coisa que eu quero é prejudicar mais. Eu vou te destruir, Mia, assim como destruo todas as coisas boas que tenho.

— E se eu não deixar que você chegue tão perto?

Ele se moveu, os lábios a um centímetro dos meus.

— Não se iluda, anjo. Eu já estou. Nós dois sabemos disso.

Chamas tremeluziram. Dançaram, saltaram e queimaram no espaço vazio entre nós.

— Como isso é possível? — sussurrei.

— Talvez algumas coisas estejam destinadas a acontecerem, escritas antes do tempo, mas quando você alcança seu destino? Já estragou tudo de tal maneira que não é mais seu, e isso entra no mesmo saco das coisas que você não pode ter, mas sente que não pode viver sem. Elas se tornam uma parte que ficará perdida para sempre.

— E se você só tiver que se esforçar mais?
— Isso não é nada além de uma fantasia perigosa.
— É isso o que você é, uma fantasia perigosa?

Ele se inclinou para a frente, seu toque me incendiando quando colocou a palma da mão na minha bochecha
— Não, baby, você que é a minha.

DEZESSETE

LEIF

Pavor zumbiu. Um ciclone. Um tornado.

Um tufão que girou, explodiu e se enfureceu.

Corri para o meio dele, o vento batendo em todos os lados, exaustão pesando meus pés enquanto lutava para ultrapassar o mar de gente que me rodeava, parecendo um exército que tinha sido enviado para me encurralar.

Braços de tentáculos que se enrolavam, se prendiam e lutavam para me segurar.

Dor em todos os lugares.

O corpo em chamas.

Minha alma consumida.

Atravessei a multidão, um rugido subindo pela garganta queimando, olhos procurando através dos raios ofuscantes da luz do sol que se estendiam pelo céu.

Chicotes quentes e abrasadores que marcavam minhas costas.

O tempo passou.

Mais um minuto se foi.

O tempo se esgotando.

Eu podia consertar. Parar isso. Acabar com isso.

Oferecer a mim mesmo. Irrompi pela porta. Mãos lutando para me segurar.

— Maddie! — *gritei.* — Maddie!

Gritei e gritei.

— Maddie!

— Maddie! — Sentei-me na cama quando o nome saiu da minha boca, o grito de agonia saltando das paredes e ecoando de volta.

Perpétuo.

Eterno.

Ganhando velocidade a cada movimento.

Suor encharcava a pele, o coração retumbando nas costelas, com tanta força que parecia que algo iria quebrar.

Enjoo comprimiu as entranhas, náusea subindo pela garganta e ameaçando derramar no chão.

Ofeguei e me engasguei, pisquei sem parar, tentando me orientar para longe do sonho.

Para me trazer de volta do pesadelo que me assombrava todos os dias. Os fantasmas se aproximando, exigindo vingança. Gritando por represália.

Eles uivavam e gemiam na minha cabeça, minha alma à sua mercê.

Isso.

Isso era a dívida que eu tinha. Eu precisava me lembrar disso.

Com a menor indicação do amanhecer se infiltrando pelas janelas do quarto, afastei as cobertas do meu corpo, saí da cama e caminhei direto para o banheiro anexo. Joguei a cueca no chão e abri o chuveiro no mais quente possível. Assim que o vapor começou a subir, entrei embaixo do jato escaldante. Rezando por um segundo de alívio.

Soltei um suspiro enquanto olhava para o abdômen. Para as cicatrizes. A única coisa física que restou.

Se ao menos tivessem me levado.

Mas isso teria sido fácil demais. Nem perto de ser cruel suficiente.

Os perversos tinham sede de sangue.

E, esta manhã, pude saborear a satisfação na língua.

— Merda. — Remexi-me na pequena cozinha da casa de hóspedes, batendo as portas do armário depois de revirar as coisas e ver que não tinha nada.

Sem a merda do café.

Era um absurdo de cruel e injusto.

Soltei um suspiro pesado, agarrando uma camiseta que tinha jogado no sofá e vestindo-a por cima da cabeça antes de sair para o frio do amanhecer.

Por um minuto, a umidade se reteve. O refúgio de um momento do calor do verão de Savannah.

Descalço, andei na ponta dos pés através do silêncio da manhã, pássaros chilreando em meio ao barulho leve das árvores altas.

Se ouvisse com bastante atenção, quase poderia acreditar na paz.

Cheguei até as portas de vidro na entrada dos fundos da casa principal, e digitei o código. A fechadura se abriu, e abri bem devagar só uma fresta para poder entrar na casa dormitório sem ser notado.

Fechei-a atrás de mim. Com os olhos nos pés, passei a mão no cabelo ainda úmido enquanto me dirigia para a cozinha.

Dois passos adentro, congelei quando percebi que não estava sozinho.

— Penny. Você me assustou.

De alguma forma, consegui evitar que o palavrão me viesse à língua.

A jovem menina deteve-se em surpresa de onde estava ligando o fogão.

Sim, ela estava no lado oposto da cozinha que eu, uma ilha enorme entre nós, mas não havia como não ver o lampejo de medo em seus olhos quando me viu.

E que veio junto com um milhão de perguntas.

— Acho que foi ao contrário. — Ela me observou.

Cautelosa.

Curiosa.

Como se estivesse me perguntando à queima-roupa se deveria ter medo.

Soltei um suspiro tenso e fui até a ilha, com cuidado para manter um espaço enorme entre nós. Puxei um banquinho e me sentei, ficando de frente para ela. Pensei que se estivesse sentado, não pareceria uma ameaça tão grande.

Eu sabia que não me parecia muito bem com um cara legal.

— Você acordou cedo. — Isso iniciava uma conversa boa e casual, certo?

Quero dizer, sério, por que essa criança me fazia tremer? Meu joelho saltava um milhão de quilômetros por minuto debaixo da ilha, o coração ainda agitado no peito, e eu estava tendo uma dificuldade infernal para manter meu sorriso falso.

— Você também acordou cedo — disse em sua voz suave, me

analisando enquanto ia à geladeira e pegava manteiga e uma dúzia de ovos, levando-os de volta para o fogão.

Ela estava... cozinhando.

— Não consegui dormir — respondi com sinceridade.

Curiosidade encheu seus olhos escuros, e ela me encarou de novo quando pegou uma faca para a manteiga e colocou uma grande quantidade na panela.

— Eu também não — sussurrou para o nada, longe de mim, mas ainda consegui ouvir.

Como se eu pudesse sentir o gosto de seu medo.

— Então decidiu fazer o café da manhã? — Tentei manter a leveza.

— Você não sabe que o café da manhã é a refeição mais importante do dia? — Ela permaneceu de costas para mim, trabalhando distante, o cabelo em um rabo de cavalo balançando de um lado para o outro.

— Sua mãe te disse isso?

— A sua não? — Ela me encarou por um segundo antes de se voltar para o fogão.

Suspirei.

— Bem, acho que podemos dizer que minha mãe não era tão bacana quanto a sua.

Quase pude senti-la enrubescendo, a maneira que estava mordendo o lábio inferior, mal se virando para que pudesse me olhar de relance.

— Ela não era legal?

Antigas feridas. Endurecidas e rachadas.

Esfreguei os dedos nos lábios.

Como diabos eu deveria lidar com isso?

— Ela não era muito do tipo legal, não.

Um lampejo de tristeza atravessou o rosto dela, suas sobrancelhas franzindo em compaixão.

— Ela te machucou? — sussurrou, sua expressão uma torrente de preocupação.

Lutei contra a risada cínica que roçava na garganta, e passei a mão pelo cabelo repetidas vezes.

— Não fisicamente.

Eu não, ao menos.

Aqueles olhos escuros amoleceram, se aprofundaram e viram coisas demais. Igualzinho à mãe.

BEIJE-ME SOB AS ESTRELAS 167

— Sinto muito. As mães deveriam ser as nossas pessoas favoritas e é estúpido e errado quando não são.

Algo aguçou aquele lugar feio que latejava dentro de mim. Mesmo assim, mordi o lábio inferior e assenti com firmeza.

— É, é uma droga. Mas acho que o que importa aqui é que você tem uma das boas.

Pensei que era medo o que vi percorrer o rosto dela antes que rapidamente se virasse e quebrasse três ovos na frigideira. Eles espirraram e se espalharam na manteiga quente e derretida. O cheiro subia pelo ar, misturando-se com a repentina tensão que reverberava.

— Não quero que ela morra também — murmurou tão baixinho que quase não tive certeza de que tinha mesmo dito.

Mas eu senti.

Um corte na minha alma.

— Não vou deixar isso acontecer. — A promessa escapou antes que eu pudesse impedir.

Porra.

Porra. Porra. Porra.

O que eu estava fazendo? Atribuindo a responsabilidade para mim? Mas eu não conseguia me conter. Não quando era óbvio que essa criança precisava de conforto.

— Ela finge que está tudo bem, mas às vezes eu a ouço chorar à noite — continuou Penny. — Odeio quando ela chora, sr. Godwin. Eu odeio e quero fazer isso parar. É por esse motivo que não consegui dormir.

A última palavra saiu em um sussurro, sua cabeça inclinada para o chão. As mechas que se soltaram de seu rabo de cavalo criaram um véu sobre o rosto dela.

Como se estivesse com vergonha de admitir isso.

Tormento tomou conta de mim, o dela e o meu, sua confissão me envolvendo em amarras de couro.

Pressionei as mãos na pedra da ilha para me impedir de ir até ela. A superfície era fria contra o fogo que percorria minhas veias.

— Você não deve se preocupar, Penny. É por isso que estão aqui. Para que todos vocês fiquem seguros. Seu tio e eu vamos cuidar disso.

Não tinha ideia do que estava prometendo, e pensei que já era hora de fazer algumas perguntas.

Seu queixo tremeu quando me encarou de volta.

— Tem certeza?

Nada vai acontecer com você. Nunca. Eu te prometo.

O juramento patético ressoou na minha cabeça. Decadente e deteriorado. Veneno preto jorrava dos fossos desse inferno que se debatia dentro de mim.

Ignorei.

— Eu prometo. Não vou deixar nada acontecer com ela.

Não vou deixar nada acontecer com você.

Meu ânimo disparou, e jurei ter um vislumbre do Carma colocando os pés sobre o pufe no covil enquanto bebia uma xícara de café, sorrindo desvairada por trás da caneca.

Alguém precisava esfaquear esse desgraçado.

— Tudo bem — sussurrou Penny.

Ela se virou para os ovos que estava mexendo, e quatro fatias de torradas saltaram da torradeira. Penny se ocupou, passando manteiga e geleia nas torradas e acrescentando alguns ovos.

Timidez tomou conta de seu corpo inteiro quando se virou segurando o prato com as duas mãos, os ombros erguidos enquanto atravessava a cozinha. Com cuidado, ela deslizou o prato para mim.

— É para você. Porque sua mãe não fez um bom trabalho em cuidar de você.

Enchi-me de emoção. Coração e alma. Olhei para a comida.

— Você não tem que me alimentar, Penny. — As palavras escaparam, roucas.

— Mas e se eu quiser?

Cauteloso, acenei a cabeça com firmeza.

— Obrigado.

Um pequeno sorriso repuxou sua boca.

— De nada. — Ela se virou e voltou para o balcão. — Café? — perguntou por cima do ombro.

Dei uma risada baixa, desacreditado.

— Não me fala que você bebe café.

Ela negou conforme o corpo balançava. Sua postura mil vezes mais leve.

— Claro que não, bobo, eu fiz para a minha mãe. Porque ela cuida muito bem de mim.

Entendi o que ela estava dizendo. Mas no final, não podia culpar minha mãe pelo que eu havia me tornado. Pelo que ela se envolveu naquilo que tinha sido passado para mim.

BEIJE-ME SOB AS ESTRELAS

Foi tudo minha culpa.

Um segundo depois, Penny retornou com uma xícara de café fumegante, deslizando-a ao lado do meu prato. Ela pegou um pote de creme e um pouco de açúcar e fez o mesmo.

Meu Deus, essa criança.

É a Mia todinha.

Bondade e pureza.

— Você é a melhor, Penny. Isso é exatamente o que eu vim procurar aqui esta manhã.

Seu rosto corou.

— Sério?

— É. E você provavelmente deveria me chamar de Leif. A única pessoa que me chama de sr. Godwin é... bem... ninguém.

Um tímido sorriso surgiu em seu rosto.

— Está bem, Leif.

Acenei a cabeça e tomei um gole do café. Alerta espalhando-se por todo lado. Sabendo que eu estava cavando mais fundo. Esquecendo-me do propósito. Enterrando-me em algo que não era meu para guardar.

Mas eu tinha que pensar que talvez ... talvez ... esta fosse outra dívida que eu devia.

Outra perda. Outra punição.

Mas se isso desse a esta criança um segundo de alívio?

Então eu pagaria o preço de bom grado.

DEZOITO

LEIF

Explosões de risadas e gritos infiltraram-se pelas paredes. A luz do sol entrou pelas extremidades das janelas e abriu caminho através das frestas.

Eu estava sentado no chão, encolhido como se estivesse em algum tipo de zona de guerra, na esperança de que isso bastaria para me manter camuflado, minhas costas encostadas no sofá com meu violão acústico equilibrado no colo.

O caderno cheio de garranchos estava aberto no chão ao meu lado.

Não havia nada além de uma desordem de palavras na página.

Lascas de lápis semelhantes à marcas de faca no papel grosso.

Nada fazia muito sentido porque não havia sentido no caos que se abateu sobre mim.

Suprimindo um grito, deixei meu lápis cair no caderno e passei as mãos pelo cabelo, soltando um suspiro em direção ao teto.

Juro que a reunião familiar que acontecia do lado de fora parecia mais um pandemônio.

Uma tempestade reunindo forças ao longe.

Eu estava me esforçando ao máximo para me afastar da situação e colocar alguma distância entre mim e a desordem.

Olhei fixo para os rabiscos das palavras.

Incoerente.

Sem sentido.

E praticamente a única coisa que consegui ouvir durante as últimas duas semanas.

Você apareceu do nada.

Um cataclismo.

O paraíso.

Comovido.
Desolado.
Desistiria de tudo.
Se isso fosse evitar que você se desmoronasse.
Outro guincho de risadas ecoou do lado de fora mesmo antes de haver um enorme ruído de água quando alguém mergulhou na piscina, gritando.
— Vejam!
Penny.
Aquela era Penny.
Eu sabia. Senti o timbre de sua voz reverberando pelo chão. Quase pude ver seu sorriso tímido estampado no rosto enquanto a piscina a absorvia, fazendo-a flutuar, a inundando de alegria.
Todos estavam lá fora. A *família* inteira passando a tarde de sábado na piscina, amando e vivendo juntos, exatamente como Mia havia explicado há cinco dias.
E foi essa a mesma razão pela qual eu estava me escondendo na casa de hóspedes esta tarde.
Dedilhei tranquilamente meu violão, enquanto, não tão calmo, fazia uma contagem regressiva dos dias até que eu pudesse dar o fora daqui. Essa frase tinha se tornado mais do que eu podia suportar. Mais do que eu podia lidar.
A consciência que eu tinha cada vez que entrava no espaço deles.
Jurava que podia sentir lâminas ardentes sendo arrastadas através da pele sempre que Mia lançava um de seus sorrisos devastadores para mim. Cada vez que tentava agir de forma casual e como se não houvesse essa coisa abrasadora entre nós.
Uma bola de fogo.
Uma tempestade de relâmpagos.
Lampejos de luz. Tão brilhantes, que eram ofuscantes.
Envolvi a mão esquerda ao redor do pescoço do violão, puxando-o para perto de mim, e dedilhei alguns acordes, cantarolando devagar e baixinho. Mantive os dois baixos o suficiente para que ninguém pudesse me ouvir.
A letra começou a fluir com a melodia que eu estava criando. Palavras que eu não conseguia expulsar da cabeça.
Comovido.
Desolado.
Desistiria de tudo.

Se isso fosse evitar que você desmoronasse.
Você está caindo?
Você está voando?
Me diga, amor,
Vale a pena morrer,
Por tudo aquilo pelo que tem vivido?

Meu coração bateu mais forte à medida que o refrão ganhava vida, a pulsação disparando desenfreada quando o tom se elevou e mergulhou em direção ao chão.

Esperança e tristeza.

Fé e desespero.

Minha alma estremeceu.

Tive que me perguntar se você não poderia ter um sem o outro.

Uma batida feroz surgiu à porta.

Respirei fundo, fechei o caderno, coloquei o violão no sofá e me levantei.

Afastei as mechas que haviam caído no rosto, meus pensamentos ainda disparando a um milhão de quilômetros de distância, em algum lugar no céu, cavalgando com as estrelas, e ainda bem ali com aquela garota que estava lá fora.

Exatamente onde eu não deveria estar.

Com cuidado, virei a fechadura e abri a porta apenas uma fresta. Só um pouquinho para espreitar a luz do sol do final da tarde que tentava invadir a casa de hóspedes.

Brendon estava ali, dando aquele sorrisinho, os olhos pretos me encarando através da pequena fenda na porta. Como se a barreira entre nós não estivesse lá.

Ele ergueu o queixo.

— E aí? Tá fazendo o quê?

O garoto não era nada além de um pré-adolescente arrogante, vestindo um calção de banho baixo nos quadris, pura confiança em seu corpo, tudo isso enquanto era tão esquelético e desengonçado quanto um palito.

Segurei a risada que subiu no peito.

— Nada demais, cara. Só passando o tempo. Relaxando. E você, o que anda fazendo?

— Nadando.

— Estou vendo.

Ele estava encharcado, o cabelo pingando, o garoto fazendo uma poça de 3 metros de profundidade na frente da porta.

BEIJE-ME SOB AS ESTRELAS

Talvez, se tivesse sorte, eu pudesse me afogar nela.

— E aí? — incitou ele.

— E aí o quê? — perguntei, encostando no batente da porta e espreitando para fora.

— Você vem ou não?

— E para onde eu deveria ir?

Bufando, ele revirou os olhos como se eu fosse burro.

— Hum... lá fora... com a gente? Ou vai ser o otário que fica dentro de casa o dia todo, com medo de um pouco de sol?

Uau.

— Otário, hein? Você está mesmo tentando me ofender ou isso é um jeito bizarro de me fazer sentir culpa?

Ele ergueu as mãos acima da cabeça.

— A culpa, é óbvio. — Ele estreitou o olhar. — Está funcionando?

— Improvável.

— Então, o que vai ser preciso? — perguntou. — Estamos prestes a dar um mergulho. Imaginei que iria querer o título. O vencedor ganha cinco dólares.

Uma risada áspera me escapou.

— Desculpe desapontar, mas não sou muito de nadar, Brendon. Além disso, está um calor do cacete lá fora.

— Cacete uma ova. Você está com medo, Leif? — Ele entrecerrou os olhos. Desafio lançado.

Com medo?

Sem dúvida.

Mas ele definitivamente não precisava saber disso.

— Não. É só que... não é a minha praia.

— Comida é a sua praia? Porque a mamãe Blue vai trazer a famosa lasanha dela daqui cinco minutos. Vai perder? Agora isso é que é uma decisão ruim. Ignorância. Estupidez. Seja lá como queira chamar. Uma coisa é certa, você não quer ser metido nessa categoria, quer? Seria simplesmente constrangedor.

Minha nossa, esse garoto era um cão de caça farejando sangue.

Pelo visto, ele não ia parar até que o meu fosse derramado no chão. Sem dúvida, ele tinha farejado que meu estômago estava perambulando para cima e para baixo na minha coluna agora.

Ele deu um sorriso.

— Ninguém pode resistir à lasanha da mamãe Blue. Além disso, dizer que não quer nada seria indelicado. Até eu sei disso.

— Você é pior que seu pai com esse jogo da culpa, sabe.

Ele levantou as mãos com um sorriso.

— Ei, eu já te falei que era isso.

— E quem te enviou nessa pequena missão?

Foi aqui que ele hesitou, em conflito, como se devesse uma lealdade e não quisesse entregar nada. Ele olhou por cima do ombro para Penny que estava sentada nos degraus da piscina com os pés na água, nos espiando com toda aquela timidez silenciosa.

Astuta demais.

Sábia demais.

Emoção clamou e arranhou, tentando se libertar.

Tentei engoli-la.

Brendon voltou a me encarar.

— Penny é super tímida, mas não gosta de você aqui sozinho. E também não faz muito sentido para mim, que esteja aí dentro quando poderia estar aqui fora com todos nós. Quero dizer, falando sério, nós somos praticamente as pessoas mais fantásticas que vai conhecer. A vida não fica melhor do que isso. Tipo... simplesmente o melhor dia da sua vida — arrastou a fala. — Você quer mesmo perder isso? Traga seu traseiro para cá, Carinha Baterista.

Olhei ao seu redor para o pedaço do terreno que conseguia enxergar. Kallie estava de pé a cerca de três metros atrás de Brendon e afastada para o lado esquerdo, olhando cautelosa na minha direção, alternando seu peso entre um pé e outro. Como se também tivesse sido enviada para a missão, mas pensou melhor no perigo e estava esperando nas imediações.

Fora do alcance da cova do leão.

— Vamos, Leif. Supera. Consegui ouvir você tocando aí dentro, e seja lá o que fosse, era meio bosta — provocou Brendon. — Pode muito bem parar por hoje.

Ele ergueu a sobrancelha.

Pirralho.

Dei uma risada incrédula.

Sério que eu estava sendo manipulado por uma criança de doze anos?

Ele cruzou os braços.

Estava, sim.

— Está bem. Vou colocar meu sapato.

Virando-me, comecei a voltar para o quarto.

BEIJE-ME SOB AS ESTRELAS

— Que tal um calção de banho já que tocou no assunto? — gritou por trás de mim.

Balancei a mão, dispensando a sugestão. O garoto teve sorte de eu não ter mostrado o dedo do meio.

Ele poderia ser um cão de guarda. Mas quase não tinha um metro e meio de altura e, com certeza, não iria me importunar com isso.

DEZENOVE

MIA

Eu estava enchendo a máquina de lavar louça quando congelei. Cada terminação nervosa no meu corpo em chamas.

Hipersensível.

O homem tinha se tornado minha perturbação.

Um caos que se instalou no ar escaldante e quente.

Espreitei a porta por onde entrou carregando uma pilha de pratos sujos da lasanha que tínhamos acabado de comer no jantar.

— Quer ajuda?

Ele se aproximou. Cautela em cada passo.

Eu só desejava ter um pouco dessa cautela para mim.

Não.

A única coisa que eu conseguia sentir era a necessidade que brotava feito raízes invasivas. Forçado, desenfreado e crescendo acima de tudo.

Engoli com força enquanto o observava.

O homem usava jeans quando estava quase 38 graus lá fora. Desta vez, era preto com rasgos nos joelhos, e outra daquelas camisetas tão esticadas pela força dos músculos de seu peito que o tecido ameaçava arrebentar.

Desejo me atingiu.

Tórrido e ardente.

— Pode só colocá-los no balcão. Estou quase terminando aqui.

Ele chegou mais perto.

— Eu posso ajudar, Mia. Segundo Brendon, eu não tenho nada melhor para fazer. — Ele tentou fazer uma piada que estagnou na tensão do ar.

Todas as células do meu corpo estremeceram.

Tentei fingir que ele não me afetava de modo algum.

Que eu não estava emaranhada em um nó deste homem.

Minhas noites haviam se tornado repletas de pensamentos e sonhos com ele. Como seria ser tocada por ele. Ser amada por ele.

— Eu mesma não tenho feito muita coisa, para ser sincera.

Ele chegou ao meu lado, mal tocando meu ombro com o seu, um sorriso tímido em seus lábios.

— Sempre quero sua sinceridade.

Fiquei sem ar e soltei uma risada agitada conforme esfregava uma panela, roubando uma olhadela para o homem que estava desfazendo tudo.

— Acho que não acredito em você. Me parece que gosta de se esconder da verdade.

Ele riu, e enfiou as mãos dentro da água cheia de espuma, lavando os pratos que trouxe.

— É mais fácil assim, não é?

Balancei a cabeça.

— Mais fácil? Talvez. Melhor? Não.

— E de que verdade estou me escondendo? — Ele parecia relutante em perguntar.

Bati meu ombro no seu.

— Que você é um bom homem.

Sua risada saiu áspera.

— Você acha que por eu estar lavando alguns pratos, isso me torna um bom homem?

— Acho que eu tenho uma boa intuição. — Optei por desenvoltura, e desta vez bati nossos quadris. — Igualzinho ao meu filho.

Pude ver o sorriso surgindo em sua boca sexy. Deus, estava ficando cada vez mais difícil não... beijá-lo.

Ele se moveu um pouquinho, o homem tão perto de mim que seu nariz quase roçou minha bochecha. Arrepios me percorreram.

— Aposto que minha intuição é melhor, anjo, e acho que não conseguiria lidar com o que eu faria com você.

— Ei!

O prato que eu estava segurando escorregou da minha mão e bateu na pia quando o grito de Brendon soou por trás.

— Vamos para o parque. Hora do jogo, bebê. Estou prestes a mostrar a todos vocês quem é realmente durão.

Leif se virou, um sorriso repuxando aqueles lábios, o homem disfarçando com facilidade demais enquanto meu coração estava retumbando no peito.

— É melhor não deixar seus pais ouvirem você falar assim — Leif disse a ele.

Penny colocou a cabeça dentro da cozinha.

— Mãe, queremos ir para o parque! Vamos lá!

Olhei para Leif.

Timidamente, mas com certeza.

— Você deveria vir — falei.

Ele se encolheu, mas aqueles olhos estavam fazendo aquela coisa meiga de novo.

— Não sei se isso é uma boa ideia.

Talvez eu fosse uma tola, mas estava começando a achar que ele era uma ideia muito, muito boa.

Que valia a pena o risco.

Que valia a pena a dor.

Porque ele era muito mais do que a superfície que mostrava. As melhores partes dele implorando para serem expostas. Notadas e reveladas.

Peguei uma toalha e sequei as mãos, olhando-o de relance conforme começava a seguir as crianças.

Um convite claro.

— Sim, vamos lá! — Brendon deu um soco no ar quando fui na direção deles, Penny dando um sorriso afável, minha menina tão doce. Fiz o mesmo para ela, com todo o meu orgulho, amor e carinho, e segui os dois de volta para o dia que desvanecia.

Minha atenção se desviou para o meu filho que ainda estava boiando na piscina, sua tia Tamar e Shea tomando conta dele, a criança dando um de seus sorrisos adoráveis, jogando água para todos os lados enquanto Adia veio nadando na direção dele sob seu unicórnio movido à bateria.

Gargalhando histérica, ela apertou o botão que lançava um jato de água pelo chifre, acertando o primo bem no rosto.

— Você foi unicornizado, Greyson — cantarolou conforme o rondava parecendo uma corredora de barris, inclinando-se na volta como se estivesse tentando ganhar impulso.

— Eu te pego! Eu te pego! — cantarolou também, debatendo os pés o mais rápido que pôde debaixo d'água, balbuciando e estreitando os olhos contra o ataque.

Achei que talvez estivesse bebendo do próprio veneno.

— Muito bem, vocês dois, saiam! Vamos levar esta festa para o parque

— disse Tamar levantando-se no degrau superior para ajudar Greyson a sair de sua boia.

— Ei, Carinha Baterista. Vamos nessa — gritou Brendon à minha frente.

— Tô indo. — O grunhido baixo me atingiu por trás, o som deslizando pela minha pele. Meu coração parou. A pulsação detendo-se completamente por cerca de cinco segundos.

Expectativa inquieta.

Desespero pavoroso.

Porque eu senti.

Uma mudança.

Como se talvez ele não pudesse continuar negando mais do que eu.

Minha boca ainda estava formigando com os resquícios de seu beijo que eu temia nunca se desvanecer ou evaporar. Meus dedos se contorcendo com a necessidade de tocar.

— O Leif é do meu time — gritou Brendon.

— O quê?! — reclamou Ash. — Como você pôde, Brendon? E eu aqui pensando que era o seu favorito.

Segurei uma risada.

Garotos.

Lyrik segurou o portão aberto enquanto toda a nossa família passava e descia os degraus de trás que levavam à calçada. Viramos à direita na direção da rua principal que atravessava o bairro.

A Sunder inteira estava na frente.

Lyrik carregava Adia, Ash carregava Colton, e Austin carregava Sadie, nada mais que um trem de papais atraentes e seus bebês. Se fosse uma rua movimentada, eu tinha quase certeza de que teríamos parado o trânsito.

Connor correu para a frente com Brendon.

Willow, Shea, Tamar, Edie e eu nos reunimos em um pequeno grupo, todas nós conversando, Greyson cuspindo seus disparates enquanto gritava para o resto das crianças que corriam na frente.

— Vai, mamãe, vai. *Vamo pega* eles.

— Mas não podemos deixar nossa Penny-Pie para trás, podemos? — falei a ele, dando um beijo em sua bochecha.

Penny e Kallie estavam de braços dados, as cabeças unidas, a cerca três metros atrás de nós, confidenciando mais de seus segredos.

Doces sonhos.

Esperanças inocentes e o amanhã agradecido.

Leif assumiu a retaguarda, seguindo as meninas a certa distância. Mal olhando para mim. Mas não importava – eu conseguia senti-lo, de qualquer maneira.

— Andem logo, seus molengas — berrou Brendon por debaixo da cobertura das árvores que se estendiam sobre a calçada.

No cruzamento, paramos para ver se estava seguro, e Shea gritou para as meninas:

— Cuidado ao atravessarem.

Kallie gemeu.

— Mãe, nós temos onze anos. Isso é constrangedor.

Segurei as risadas que queriam escapar.

Quando cheguei ao outro lado, meu olhar se desviou para Leif, sua atenção fixa ao chão, agitação em seus passos, como se pensasse que era seu dever questionar seu raciocínio por vir conosco.

Aquelas paredes estavam ali, mas instáveis.

O homem era um forasteiro.

Um belo e aterrador refugiado que eu esperava um dia encontrar seu lar. Seu lugar.

Da mesma forma que eu estava procurando o meu.

Meu âmago se torceu, pura tolice quando desejei que aquele lugar pudesse ser eu.

Kallie de repente começou a correr em nossa direção, transbordando empolgação.

Era óbvio que ela e Penny haviam traçado um plano.

— Ei, mamãe, tem problema se a Penny vier passar a noite depois que formos embora do parque? Queremos fazer um forte no quintal e dormir sob as estrelas.

Penny desacelerou os passos enquanto atravessava a rua. Minha doce menina sempre ficava tímida quando a atenção se voltava para ela. Sem querer estar ali parada ou no caminho se Shea dissesse não.

Ao longe, um trovão ressoou.

Apenas a entonação silenciosa de uma tempestade crescente.

O verão se preparando para mostrar sua beleza audaz e ousada.

Então toda a paz em meu coração caiu no chão quando ouvi o rugido repentino de um motor. Um motor que surgiu do nada.

De cima da rua.

Direto do inferno.

Não sabia.

BEIJE-ME SOB AS ESTRELAS

Só sabia que eu estava longe demais.

Distante demais.

Pavor percorreu minha coluna.

Pneus guincharam quando um acelerador disparou.

Meu coração parou de funcionar e meus joelhos enfraqueceram.

— Penny! — gritei.

Penny arregalou os olhos ao virar a cabeça para a direita em choque. Terror tomou conta de sua expressão, minha filhinha congelada no meio da faixa de pedestres.

Como se seus pés estivessem colados no lugar.

Horror agarrou minha alma em um maldito aperto, sabendo que não havia nenhuma chance de eu chegar até ela a tempo. Sabendo que não havia como ela sair do caminho.

— Penny! — eu ainda estava clamando. A súplica ecoando em meus ouvidos.

O carro gritou. Quase tão alto quanto eu.

Seu corpinho minúsculo de repente saltou para a frente.

Debatendo-se.

Braços, pernas e o cabelo preto.

Caindo e desmoronando quando o borrão de um carro disparou pelo pequeno cruzamento, derrapando e guinchando.

Sem diminuir a velocidade na placa de pare, mas acelerando à medida em que passava.

— Não! Meu Deus, Penny, não!

Agarrei Greyson mais forte ao meu peito, minha mão na parte de trás de sua cabeça como se pudesse protegê-lo de testemunhar isso. Como se eu pudesse me proteger.

Gritos e mais gritos ressoaram. Um ruído de pés que correu e se apressou.

Lyrik disparou, o restante dos caras logo atrás.

— Caralho. Oh, Deus. Penny.

Mas tudo o que pude ver era a pilha no chão.

Minha cabeça acelerou, turva, tentando compreender a cena.

Minha garotinha em uma bola.

Encolhida contra ele.

O homem de aço que estava enrolado em volta dela.

Um escudo.

Uma força destrutiva.

Tudo finalmente cedeu, e caí de joelhos.

VINTE

LEIF

Gritos perfuraram meu cérebro.
Estacas de agonia.
Lâminas de desespero.
Minha pulsação disparou, ensurdecedora, o mundo girando sem parar. Inclinado em seu eixo. Caindo em um abismo infindável.
Adrenalina embaçou as margens da minha visão. Queimando pelas veias. Deslizando, destruindo e alimentando a fúria.
Tudo era um vazio. Um buraco negro. Tudo, exceto um único foco.
A menina.
A garotinha de cabelos pretos, que estava com a cabeça encostada no meu peito. Meus braços feito tiras de aço ao seu redor, meu corpo uma fortaleza disposta a tomar o golpe para proteger o tesouro que estava dentro.
Cobrindo-a por inteiro.
Dor explodiu na minha lateral, mas a envolvi com mais força enquanto o horror se espalhava sobre nós. O pó, os escombros e o medo.
— Caralho. Oh, Deus. Penny. — A voz de Lyrik perfurou o ar denso e sinistro, mas a única coisa que eu realmente conseguia ouvir eram os gritos que Mia tinha emitido.
Lyrik tentou afastar meu braço.
Agarrei-me com mais força, segurando-a em meu aperto, minha boca murmurando contra os fios de seu cabelo que cheiravam a cloro, sol e exaustão.
— Você está machucada? Penny, você está machucada? Está me ouvindo?
O corpo frágil aconchegado contra mim começou a chacoalhar.
Vibrando.
Tremendo.
Sacudindo.

Vivo.

Alívio me percorreu com a força de uma erupção vulcânica, uma explosão que eu tinha certeza de que deixaria a cratera mais profunda no meio de mim. Revelando algo que não deveria ter sido libertado.

— Penny — murmurei, mexendo-me devagar para que meu peso não estivesse sobre ela enquanto a mantinha imóvel para ter certeza de que eu não a machucaria mais. — Penny. Me diga se está ferida. Onde dói. Por favor.

Um soluço escapou dela, uma reverberação que ricocheteou em meu peito, seu corpo trêmulo se transformando em um terremoto completo. Seus dedos apertaram minha camiseta. Desespero enquanto chorava.

O calor pegajoso de sangue se infiltrou em meu jeans.

Medo bradou. O ódio aumentando.

— Está tudo bem, Penny. Eu te peguei. Eu te peguei.

Sentei-me no chão, ainda agarrado a ela, recusando a deixá-la mover um osso, um músculo ou uma célula. Meus braços doendo com a necessidade de mantê-la inteira.

Real e intacta.

Lyrik pairava sobre nós, num surto total, um sentimento que eu respeitava completamente e entendia.

— Penny. Você está bem? Me diga se está machucada. Meu Deus, meu Deus. — Ele se levantou de novo. — Alguém chama uma ambulância — gritou, seu rugido de agonia atravessando o ar.

Pude sentir a energia desordenada movendo-se ao nosso redor. Sussurrando, torcendo e ganhando velocidade.

Mas o único apelo que pude sentir era o da mulher.

O anjo no sótão. Abracei sua filha, incapaz de soltá-la, mesmo sabendo que tinha que fazê-lo.

Que ela não era minha.

Que nunca poderia ser.

Levantei o rosto um pouco, só o suficiente para que meu olhar pudesse atravessar a poeira e os escombros até a mulher que estava agachada no chão. Tamar havia tirado Greyson dela, tentando acalmar a criança que estava chorando.

Ou talvez fosse o som de sua mãe desmoronando.

Tormento agarrou minha alma, meus braços envolvendo Penny enquanto eu via a aflição nos olhos de Mia. Uma aflição que eu conhecia bem demais. Uma que eu podia entender de uma maneira que queria arrancar da consciência.

Mia rastejou em nossa direção, como se não tivesse mais a capacidade de ficar de pé, seu espírito correndo à sua frente.

Chocando-se contra mim.

A alma primeiro.

Ela estava chorando alto quando chegou até nós, a mulher em polvorosa, um tornado que explodiu, gritou e uivou. Seus dedos procuraram, abrindo espaço no escudo que eu tinha feito, sua voz em um canto desesperado.

— Penny. Penny. Penny.

A garotinha chorou mais, uma descarga de medo ao som da voz de sua mãe.

— Penny, oh, meu Deus, minha filhinha. Penny. — Mia rastejou o restante do caminho até o meu colo, envolvendo os braços ao redor de Penny com a mesma força. Ela escondeu o rosto no meu braço, as lágrimas ensopando minha pele. — Penny.

Uma sirene soou de onde havia saído da estação a menos de um quilômetro rua acima.

Levou apenas um ou dois minutos antes que o chão vibrasse com o peso de passadas pesadas. Vozes se agitando conforme rompiam a atmosfera.

A criança foi arrancada dos meus braços e cambaleei para trás, não conseguindo mais respirar.

Sentei-me no meio da rua.

Caindo com a bunda no chão.

Observando a cena frenética.

Rezando para que eu não tivesse chegado tarde demais.

Por favor, Deus, não me deixe ter chegado tarde demais.

Não poderia lidar com isso desta vez. Não se eu falhasse de novo.

Vozes distorcidas e abafadas saíam do cômodo para o corredor escuro. Lampejos de uma luz fraca e amarelada escapavam pela fenda da porta, lançando sombras sobre a parede de vidro atrás de mim.

A noite se aprofundou, tão feroz quanto a tempestade que se formou no céu.

Nuvens premonitórias retumbavam enquanto se arrastavam devagar pela casa. Os ramos das árvores se agitando com violência.

Furiosos. Chorando sua indignação.

Esfreguei as mãos pelo rosto, rezando para que tivesse a chance de acabar com a desordem.

Desfazendo-me em pedaços.

Cortando-me em partes.

Farrapos sendo apanhados pelas rajadas destrutivas do vento.

Memórias muito próximas e muito claras chegando a mim muito depressa.

— *Nunca deixarei ninguém te machucar. Você entendeu? Eu morrerei primeiro.*

— *Por favor, vamos... ir embora. Ir para longe daqui.*

Coloquei ambas as mãos nas bochechas dela.

— *Logo, Maddie, logo.*

Enjoo tomou conta do meu corpo, brotando das pedrinhas da rua que tinham se incrustado na minha pele.

Gritos suaves irromperam-se pelas fendas da porta. Medo evidente. Terror real.

Penny tinha acabado de ser liberada do pronto-socorro sem nenhum ferimento sério a não ser alguns arranhões e hematomas.

Foi por pouco.

Pouco pra caralho.

Tentei sufocar a fúria que se abateu.

O monstro liberto.

Peguei meu celular no bolso quando finalmente vibrou, a ansiedade me abalando enquanto eu esperava Braxton me responder depois que mandei mensagem uma hora atrás.

> Braxton: Tem certeza de que foi propositalmente?

Bufei, frustrado, digitando a resposta.

> Eu: Não. Não cem por cento. Mas acho que as chances são muito grandes, não acha?

> Braxton: Mas por que a criança? Ela não tem nada a ver com você. Não faz sentido, cara. Acho que pode ter sido aleatório.

Fúria irrompeu. Não queria ficar bravo com ele, mas não era a hora de sentar e ver como as coisas se desenrolariam. Meus dedos estavam tremendo de ódio conforme respondia.

> Eu: E você acha que esses desgraçados pensariam duas vezes em uma criança que ficou no caminho?

> Braxton: Porra, cara. Eu sei. Eu sei. Me desculpe.

> Braxton: Pressionei Ridge como te disse que faria. Ele não sabia muito. A única coisa que temos é que sua mãe andou perguntando de novo.

Raiva apertou minhas costelas com tanta força que eu não sabia como não implodi.

> Eu: E?

> Braxton: Disse que ela está preocupada.

Ela estava preocupada? Isso era impagável, porra.

> Eu: Preocupada que eles não tenham terminado o trabalho na primeira vez?

> Braxton: Parece que ela e Keeton querem conversar.

> Eu: Você não acredita nessa merda, acredita?

> Braxton: Não. Não vou mentir, não confio em nada disso. Você sabe que eu estou com você, cara.

> Eu: Sei que foi ele, Brax. Está na hora de provar isso.

BEIJE-ME SOB AS ESTRELAS

Ou acabar logo com isso, porra. Com provas ou não.

> **Eu:** Descubra quem sabe que estou aqui. Aumente a pressão.

> **Braxton:** Pode deixar. Vou te avisar assim que descobrir alguma coisa. Tome cuidado.

Minha coluna ficou tensa quando a porta se abriu de repente.

Lyrik recuou no segundo em que me viu vagando do lado de fora da suíte deles.

O caroço na garganta se moveu, os estilhaços rasgando a minha pele.

Encontrei seu olhar.

— Como ela está?

Lyrik suspirou, olhando para baixo enquanto passava os dedos pelo cabelo preto. Ele hesitou antes de finalmente me encarar de volta.

— Apavorada. Bem, mas apavorada. Algumas escoriações, mas acho que colidir com o asfalto foi muito melhor do que ser atropelada por aquele carro.

Assenti depressa, minhas costelas sendo agredida pelo estrondo no peito.

— Eu deveria ter...

Uma risada áspera me interrompeu, baixa e cruel.

— Você deveria ter feito o quê? Ignorado? — Ele deu um passo à frente. — Desviado o olhar? Ou talvez ter ficado parado ali e assistir acontecer?

Quase não consegui balançar a cabeça.

— Eu... — Soltei um suspiro brusco, minhas narinas inflando. — Aquele carro... virou para acertá-la, não para desviar dela.

Pude sentir a violência crescendo. A sede de vingança se tornando insuportável.

A raiva suprimindo a lógica.

— Eu não deveria ter vindo aqui. — Pelo menos tinha esse pouco de bom senso restante.

Lyrik bufou.

— Você acha que foi de alguma forma culpa sua? Acha que não estou enjoado pra caralho porque eu não estava lá? Que eu estava muito à frente e fora do alcance da minha sobrinha? Acha que eu não estou questionando cada maldito passo em falso que levou ao que aconteceu esta noite?

Ele chegou tão perto que quase cuspiu as palavras na minha cara.

— Não importa se foi um acidente ou se algum desgraçado fez isso de propósito, e se tiver feito, eu prometo a você, ele vai pagar. Mas de qualquer maneira, nada disso muda o fato de que você estava lá. De que mergulhou na frente de um carro para salvar uma criança à qual não deve nada. De que você salvou a vida de Penny.

As duas últimas palavras falharam em sua garganta, o homem reprimindo um soluço.

Sofrimento atravessou meu ser. Cerrei os dentes, tentando manter a compostura.

— É, e se fui eu quem a colocou em perigo em primeiro lugar?

Lyrik passou as costas da mão na boca como se estivesse tentando se livrar de um gosto ruim e amargo, virando o rosto antes de me prender com um olhar sombrio.

— E se alguém estiver atrás de Mia, cara? Atrás da minha irmã? E se a seguiram até aqui?

Pisquei, meu espírito estremecendo com a rejeição.

— O que você está dizendo? Aconteceu mais alguma coisa? — exigi saber, minha voz baixa, um rosnado quase descontrolado.

Ele cerrou a mandíbula, furioso.

— A segurança confirmou essa noite. Não eram uns garotos correndo no quintal para dar um mergulho na piscina, como eu esperava. Alguém tentou digitar um código na porta dos fundos. Acho que estão observando. O *porquê* é que está me matando. Como posso impedir isso quando não sei o que querem?

Fúria borbulhou. Escaldando minha carne. Por dentro e por fora. Sangue liquefeito.

Ele quase riu, sua cabeça balançando com a acusação.

— Isso bem aí... é por isso que você *deveria* ter vindo para cá. Preciso de outra pessoa ao lado dela, Leif. Preciso de outra pessoa aqui, cuidando dela. Cuidando daquelas crianças.

Cólera disparou.

— Eu não...

— O que quer que vá dizer, *não* diga. Apenas fique, porra. Não sei o que está acontecendo entre vocês dois, mas seja lá o que for? Apenas fique, porra. — Impotente, ele olhou por cima do ombro para a porta que ficou com uma fresta aberta. — Ela precisa de você, e tenho certeza de que não posso consertar o que ela está sentindo falta.

BEIJE-ME SOB AS ESTRELAS

— Ela não precisa de mim.

A voz suave de Mia flutuou de lá, murmúrios silenciosos de conforto e esperança, os pequenos choramingos de sua filha ainda se infiltrando.

Lyrik virou-se para me encarar, os olhos me prendendo no lugar.

— Penny perguntou por você, Leif. O que fará com isso depende de você.

Sem dizer mais nada, ele se virou e caminhou pelo longo corredor, desaparecendo no final onde a ala sul se encontrava com a casa principal. Observei até que ele desaparecesse, e voltei-me cauteloso para os movimentos silenciosos que ecoavam do lado de dentro.

Aterrorizado com o que aqueles sons estavam começando a significar.

Atraídos por todos eles da mesma forma.

Incapaz de me deter, bati devagar na madeira e coloquei a cabeça para dentro.

— Sou eu, Leif.

A voz tensa de Mia me chamou.

— Entre.

Cambaleei ao entrar, meu coração uma rocha de pavor enquanto entrava no quarto.

Um brilho silencioso pairava sobre o cômodo por conta de um abajur em uma mesinha de cabeceira.

O ambiente estava tanto sobrecarregado quanto aliviado.

Ao lado da cama disposta ao longo da parede direita, Mia estava ajoelhada. Quando ela ouviu o ranger dos meus passos, sua atenção se desviou para mim.

Aqueles olhos de carvão repletos de coisas demais. Coisas com as quais eu não conseguia lidar. Coisas que eu não suportaria.

Culpa dilacerou meu âmago. Mas não importava se meu dever estava gritando para que eu me virasse e fosse embora, avancei no quarto, olhando para o berço na parede oposta onde Greyson dormia profundamente, com o rosto para baixo e o bumbum no ar, usando apenas uma fralda.

Agarrado àquele ursinho de pelúcia esfarrapado que sempre arrastava para todos os lugares.

Soltando um suspiro, parei no lugar quando voltei a atenção para elas.

O cabelo preto de Penny estava brilhante e molhado, a criança de banho recém-tomado como se isso pudesse absorver o trauma do dia, as mechas espalhadas atrás dela no travesseiro.

Seus olhos estavam inchados e vermelhos, lágrimas salgadas cobrindo suas bochechas.

Mia também havia tomado banho e colocado uma camisola fina de algodão. Rangi os dentes, e me forcei a desviar o olhar, para cessar a direção nojenta que meus pensamentos tomaram quando esta mulher quase tinha perdido a filha.

Eu era doente.

Perverso.

O diabo.

E ambas olhavam para mim como se eu pudesse ser seu salvador.

Passei uma mão agitada no cabelo, ficando parado ao lado da porta.

— Oi, Penny. Como está se sentindo?

Penny engasgou com um soluço, a umidade em seus olhos surgindo rápido, piscinas profundas de ônix que estavam transbordando.

— Me desculpe, Leif. Não foi minha intenção.

Um suspiro pesado escapou de meus pulmões, e dei um passo à frente antes que eu fosse capaz de me deter.

— Você não tem nada do que se desculpar.

— E-e-eu... eu deveria ter olhado. A culpa foi minha, e eu não estava prestando atenção porque só queria dormir na casa da Kallie. Eu... eu te coloquei em perigo.

A mãe dela deslizou os dedos pelo cabelo da filha, silenciando-a gentilmente. Um ruído sereno de acolhimento e apoio.

Uma torrente de amor que preenchia o quarto.

Repeli o pânico, a sensação arrastando-se sobre mim, demônios gritando no meu ouvido.

— Não — consegui dizer a ela em meio a uma voz trêmula. — Não poderia ter previsto isso, Penny. Você não fez nada de errado.

Seu olhar se moveu para mim, o lábio inferior tremendo.

— Você está machucado.

Droga.

Eu deveria ter tirado um tempo para trocar de roupa, mas não consegui ficar longe para fazer isso.

— Não é nada. Só um arranhãozinho. — Tentei brincar, mas não deu nada certo.

Mia se encolheu, como se também não pudesse suportar, embora tivesse permanecido calada.

Como se estivesse apenas... esperando por mim. Confiando em mim para estar lá quando não tinha a menor ideia de que esse seria seu maior erro.

Minha atenção se desviou, numa tentativa de encontrar um foco mais seguro do que olhar para elas.

A definição de beleza.

A bondade e a luz. Pureza e fé.

Meu olhar recaiu sobre outro daqueles ursos que Greyson tinha, este um desastre de retalhos rosas que estavam na beirada de sua cama. Não pude evitar – um sorriso repuxou o canto da boca.

— O que é isso? — perguntei a ela, precisando desesperadamente mudar de assunto antes que eu enlouquecesse.

Antes de dizer ou fazer algo que eu não conseguiria voltar atrás.

Porque eu queria... eu queria tanto esse sentimento que pensei que poderia morrer sem ele. Este conforto que girava pelo cômodo parecendo o sonho de um inverno frio, coberto e protegido. Algo seguro e sagrado. Algo certo.

Algo que realmente valia a pena viver.

Mas era impossível. A única coisa que eu traria era a destruição. Minha dívida era um fardo.

Ela pegou urso maltrapilho e o segurou em seu peito, balançando-o de leve como se tocá-lo acalmasse um pouco a loucura.

— Se quiser que seja importante, precisa ser feito por você — sussurrou ela.

Eu estava avançando quando não tinha o direito, hipnotizado demais para permanecer nas sombras quando eu ansiava ficar parado na luz.

Pena que a luz só expusesse os demônios.

Atraía-os de seu esconderijo.

Mas talvez estivesse na hora de elas verem exatamente quem eu era.

— Se quiser que seja importante, precisa ser feito por você? — ressoei, repetindo o sentimento como uma pergunta. Um chiado escapou de Mia, e percebi que ela estava segurando um soluço.

Que todo o seu ser estava convulsionado como se tivesse acabado de ser atingido do nada. ·

Um golpe repentino.

— Minha mamãe que fez — sussurrou, espreitando a mãe que desistiu de lutar contra as lágrimas, não que lhes fossem desconhecidas hoje. Seu rosto inchado, vermelho e marcado com o medo de perder o que era mais importante.

— Ela fez, não é mesmo? — As palavras saíram tensas. Ásperas.

Penny assentiu enfática contra o travesseiro antes de se sentar.

— Olhe.
Ela o estendeu.
Como se estivesse me chamando.
Fazendo-me ajoelhar.
Eu estava lá, no carpete, ajoelhado perto dela.

Não me atrevi a estender a mão e tocá-lo, apenas deixei as pontas dos dedos tremerem no ar como se eu pudesse sentir o tecido macio e desgastado, os padrões inconsistentes de rosa. Rubor e rosas. Morango e rosa-escuro. O urso desengonçado estava costurado com um fio espesso, as linhas quase aleatórias de propósito.

— O seu irmão tem um quase igual, só que é azul — ponderei.

Ela assentiu de novo, as lágrimas secas pela primeira vez, parecia que por um momento ela tivesse sido distraída do que poderia ter acontecido.

— É. — Ela olhou para o objeto antes de me encarar com olhos que eram tão parecidos com os de sua mãe. — Todos os novos bebês da nossa família ganham um. Representa uma nova vida... há uma só peça para todas as pessoas que compõem a família. E isso?

Ela deslizou o dedo por uma das costuras recortadas do fio.

— Representa o amor que une a todos, por mais imperfeito que seja.

Ela olhou para a mãe pedindo aprovação. Como se estivesse se perguntando se tinha acertado a história.

Meu estômago revirou. A mandíbula cerrada com força.

— Olhe, Leif — murmurou com uma suave e infantil admiração.

Meu Deus, eu precisava arranjar uma desculpa e fugir.

Porém, caminhei para frente, meus olhos seguindo seu pequeno dedo que se arrastava pelo material.

— Esta é minha avó, e esta é para meu avô. Eram eles que estavam ao lado da minha mãe quando me teve.

Ela estava olhando para a mãe com aqueles olhos astuciosos de novo. Como se entendesse. Compreendesse o sacrifício que todos tinham feito

Ela agitou os dedos sobre outro pedaço de tecido.

— Este é meu tio Lyrik. E estes aqui são os tios da minha mãe.

Ela hesitou antes de tocar em um ponto onde o tecido tinha se desfiado e se soltado parcialmente.

— Este é meu pai.

Fazia de mim um psicopata do caralho que eu quisesse saltar, berrar, delirar e reclamar? Ciúmes fervendo meu sangue com veneno e fúria?

Bem, sim.

Sim, fazia.

Cerrei os dentes.

— É lindo, Penny. Cada pedacinho.

Ela assentiu.

— E um dia, quando eu tiver um bebê, farei para ele ou ela um desses, assim como minha mãe fez para mim e meu irmão, assim como minha avó fez para ela e meu tio.

— Porque se quiser que seja importante, precisa ser feito por você.

Ela balançou a cabeça com firmeza, e aqueles olhos conhecedores se ergueram, repletos de sua inocência e sabedoria, emaranhando-se com os meus.

— Talvez eu faça isso um dia por sua causa, Leif.

Sua mãe chorou.

Eu queria morrer.

— Não, Penny.

Ela franziu os lábios.

— Pensei que... pensei que já tinha morrido, Leif, porque nada doía, e depois fiquei tão assustada, e então me senti tão segura quando percebi que era você.

— Penny. — Queria implorar para que ela parasse.

Para me poupar dessa tristeza.

Para impedir este lembrete.

— Eu só queria te agradecer. Por ser corajoso.

Meus olhos se fecharam na tentativa de parar a ofensiva.

As imagens, a tristeza e o pesar sem fim.

Como se o dia tivesse se tornado demais, Penny soluçou um suspiro e depois bocejou, a criança caindo em seu travesseiro com pura exaustão.

Por um instante, fiquei ali sentado, vendo as linhas de seu rosto encontrarem a paz.

Minha pulsação disparou quando seus lábios se moveram.

— Você canta músicas, Carinha Baterista?

Eu quase ri do apelido que Brendon me deu, soando tão estranho vindo dela.

— Sim, Penny, eu canto. Faz parte do meu trabalho.

Ela se aconchegou mais fundo nas cobertas, a voz à deriva como sua própria melodia.

— Que bom. Cante uma música para mim.

Uma guerra travou dentro de mim. Uma batalha violenta do que eu tinha feito e do que estava por vir.

Olhei para a mãe dela, que observava com tranquilidade.

Porra.

Qual era o meu problema?

Era apenas uma canção.

Pensei em algo que fosse apropriado. Era óbvio que nenhuma das minhas serviria.

Eu deveria ter escolhido uma canção aleatória da Carolina George que Richard ou Emily tinham escrito. Algo inofensivo que não significava nada, mas que eu conhecesse a letra.

Mas eu me lembrei... lembrei da voz que uma vez foi cantada para mim.

A letra da canção era tão oposta ao que eu conhecia.

Porém, pensei que talvez tivessem sido feitas para uma criança exatamente como essa.

Inclinando-me para frente, respirei fundo e, baixinho, comecei a entoar as palavras de uma forma que eu tinha certeza de que nunca haviam sido cantadas. Uma balada country feita de uma mãe para seu filho.

I Hope You Dance, de Lee Ann Womack.

A letra soou baixa enquanto eu a cantarolava.

Mas eu vi – a maneira que a canção a envolvia em conforto.

Uma oração que eu realmente quis dizer.

Uma que me despedaçou.

E enquanto a via adormecer ao som da minha voz, conforme sentia o espírito de Mia se unindo ao meu, senti algo dentro de mim se romper. Algo explodiu e começou a inundar.

Escuridão.

Alegria.

Luto.

Esperança.

Se ao menos eu fosse digno de lhes dar isso.

BEIJE-ME SOB AS ESTRELAS

VINTE E UM

MIA

Mesmo que ele estivesse cantando dolorosamente baixo, sua voz ainda inundava o quarto. As palavras roucas, ásperas e sangrando melancolia.

A canção arrancada de sua garganta com dor e tristeza.

A agonia mais brutal.

A fé perdida e as intenções equivocadas.

Parecia impossível que sua voz pudesse soar daquela maneira, e ainda assim o tom se enchesse com a maior quantidade de esperança. Como se a fé tivesse encontrado buracos nos tijolos de sua fortaleza e forçado sua entrada.

O que se tornara era o tipo de beleza mais chocante. Algo que revirava o meu espírito e relaxava a minha tensão.

Meu corpo balançou devagar.

Atraído pelo som.

Uma canção de ninar mortal, porque antes mesmo de saber o que havia acontecido, você estava extasiado.

Capturado.

Hipnotizado pela crença de que tudo ia ficar bem.

Assim como ele fizera com a minha doce menina. Bem do jeito que eu queria que ela ficasse. Tranquila em um sono pacífico onde todos os horrores do dia seriam apagados. Removidos de sua memória e curados de seu corpo.

Tivemos sorte.

Tanta sorte que não havia como eu simplesmente acreditar no acaso.

Seus ferimentos tinham sido leves, mas eu sabia que o que restava em seu coração e em sua cabeça era o tipo de trauma que deixaria uma cicatriz.

Meu olhar desviou-se para ela, meu coração em um aperto de agonia e gratidão.

Eu nunca esqueceria aquele momento – aquele único segundo quando pensei que a tinha perdido. Que minha filha tinha sido levada. A vida dela ceifada cedo demais.

Meu corpo estremeceu, e meu olhar vagou, seguindo para o homem cuja voz mal dava para ouvir. Palavras desgarradas e puídas que sussurravam nos ouvidos dela e a enchiam de paz. Parecia que estava tentando oferecer tudo o que tinha para dar, entregar, qualquer consolo em sua alma se transferindo para ela.

Porque não havia como não ver a completa tristeza que tomou conta de cada traço em seu rosto lindo.

Os olhos fechados e o peito estremecendo com os resquícios da canção.

O final esmoreceu enquanto implorava para que ela vivesse com tudo o que tinha.

Para que perseguisse a alegria.

Que dançasse para todo o sempre.

O caroço na minha garganta aumentou, e me esforcei para respirar, para engolir a aspereza quando aqueles olhos finalmente piscaram para encontrar os meus.

— Você já quis ser pai?

Eu não deveria ter perguntado isso. Estava quebrando todas as regras que já haviam sido feitas.

Atravessando as barreiras do respeito e os limites bem definidos.

Mas isto? Isto não era uma pergunta para mim. Não era pesada por eu ser uma mãe solteira e querer, de alguma forma, me encaixar com ele.

O questionamento fora encontrado na tortura que o encobria pelas sombras.

A expressão que tomou conta de seu rosto me fez querer chorar. Suas palavras atingiram o ar igual ao mover de uma faca.

— Uma vez, Mia. Uma vez eu quis. Mas caras como eu? Nós não fomos feitos para as alegrias desse mundo. Não fomos feitos para as coisas boas. Somos criados para a destruição.

Neguei com a cabeça, discordando, incapaz de aceitar o que ele falou.

— Eu vejo a sua bondade, Leif Godwin. Eu a vejo brilhando através de toda a escuridão. Sei que está aí.

Ele deu uma risada rouca.

— Você só está vendo o que quer ver.

Mordi o lábio inferior, minha mão tremendo freneticamente quando a estendi e afastei as mechas mais longas de sua testa.

BEIJE-ME SOB AS ESTRELAS

— Eu vejo alguém que é corajoso. Alguém que é destemido. Alguém que *salvou minha filha*.

Um tremor o atravessou quando ouviu isso e deixei as pontas dos meus dedos vagarem, deslizando pelo ângulo acentuado de sua bochecha. O homem era tão lindo que estava dificultando minha concentração naquilo que precisava dizer sem me distrair com o que eu queria.

— Mas também vejo alguém que está sofrendo.

Ele agarrou meu pulso.

Eu ofeguei.

— A dor é apenas um lembrete de seus pecados. — Sua confissão não era nada mais que um grunhido.

Observei seu rosto.

— Do que você fez — rosnou.

Meu peito estremeceu com o arrepio de suas palavras duras. Um suspiro após o outro.

— Do que está por vir.

— E o que é que está por vir? O que você está esperando, Leif?

— Algo em que eu jamais te envolveria. — Ele franziu o rosto, sofrendo. — Eu... eu deveria ir.

Balancei a cabeça, nem mesmo surpresa com a rejeição, pois pude sentir fisicamente sua dor.

Ele se levantou, hesitando quando olhou direto para a minha filha. Tudo doeu quando ele estendeu a mão e deslizou a ponta dos dedos pelo cabelo dela, pura afeição em seu no rosto.

Seu jeans estava rasgado e manchado com seu sangue. Retalhado por conta de sua rendição.

Este homem que teria morrido pela minha filha.

Ele saiu pela porta sem olhar para trás.

Aquela energia estremeceu, sacudiu e gritou. Exigindo ser ouvida.

Minha atenção se desviou para Penny. Minha filha dormindo num sono profundo.

Segura.

Aquecida.

Amada.

Tínhamos passado por tanta coisa em nossas vidas, mas nunca tinha ficado tão apavorada assim. Confrontado a perda da única coisa pela qual valia a pena viver.

E Leif, ele havia me devolvido isso. Deu-nos outra oportunidade.

Ele tinha despertado algo em mim desde o segundo em que apareceu no meu mundo.

Fogo e gelo.

Eu pensava que ele tinha um propósito, mas nunca tinha imaginado que seu propósito poderia ter sido esse.

Algo maior do que eu tinha me preparado.

E eu reconheci, de forma tão distinta.

Sua dor.

A maneira como se enxergava, como se tivesse sido condenado a viver sem algo.

Sozinho.

Indigente.

Como se acreditasse que realmente não merecia ou tinha o direito.

Eu estava de pé antes mesmo de perceber, a fraqueza que senti o dia todo apagada pelo desespero de tocar.

De senti-lo vivo sob mim também.

Que ele entendesse o homem que eu vi nele.

Para devolver um pouco da esperança que ele tinha restaurado em mim.

Saí às pressas da suíte e segui para o corredor em direção à enorme sala adjacente, aquela que possuía a parede de janelas e tinha vista para a piscina e para o quintal.

Uma tempestade se iniciava. Rajadas de vento chicoteavam as árvores, fazendo-as balançarem e estremecerem, uivando abaixo da lua que brilhava através de uma pequena fresta entre as nuvens.

O homem era uma sombra abaixo do luar, os ombros erguidos enquanto atravessava o jardim na direção de sua pequena casa.

Se é que ele tinha uma.

O homem perdido.

Um andarilho que se enfurecia ao buscar seu lugar pela Terra.

Eu queria construir um lugar para ele. Mostrar como era pertencer a um lugar. Ser valorizado e amado, igual ele mostrara sem pedir nada em troca.

Irrompi pela porta da qual saiu, atingida por uma rajada de vento.

Uma fúria intensa que atravessava o ar.

— E se eu não quiser que você vá? — gritei sobre a ventania. — E se eu quiser que você fique, bem aqui, comigo?

Ao longe, ele congelou, como se tivesse sido empalado pela súplica. Preso no lugar.

BEIJE-ME SOB AS ESTRELAS

Lentamente, ele se virou. Chuva começou a cair.

— Continuo dizendo que você não me quer. Que você não faz a menor ideia do que está pedindo.

Olhos castanhos brilharam sob uma rajada de relâmpagos. O homem momentaneamente iluminado por um clarão de luz.

Incendiado.

Em chamas.

Antes de se virar para as sombras. Para a escuridão.

— Você está errado, Leif. Eu quero você. Eu quero tudo de você. Quero sua dor, seus medos e suas mágoas. Eu quero sua beleza, suas canções e seus pensamentos. Está errado quando diz que é a minha beleza que se reflete em mim quando olho para você. Não quando você é a epítome dela. Eu sinto isso, Leif. Eu vejo.

Ele franziu o rosto em dor.

— Não quero te machucar.

Apertei as mãos.

— Eu sei disso. Por que acha que eu estou parada aqui?

— Não posso te dar o que merece, Mia.

— Então me dê o que eu quero.

Um som que estava entre um gemido e um rugido lhe escapou, a chuva começando a aumentar ao mesmo tempo que ele pairava, hesitava e tentava resistir.

Eu vi o segundo em que ele decidiu.

No momento em que sussurrei:

— Por favor.

Ele atravessou o espaço parecendo uma espécie de vingador guerreiro, a caminho de saquear e aniquilar.

Roubar.

O que não podia saber era que o que ele estava roubando, o tempo todo, era o meu coração.

Quando chegou até mim, seu cabelo estava ensopado, filetes de água descendo os contornos fortes de seu rosto marcante e glorioso. Sua mandíbula estava cerrada e seu corpo era uma força rígida e poderosa.

As roupas encharcadas.

Colidimos em um lampejo de mãos, línguas e dentes mordiscando.

Ele me agarrou pelos quadris e me puxou contra seu corpo forte enquanto sua boca se inclinava sobre a minha.

O beijo frenético.

Possessivo.

Um rosnado subiu por sua garganta e derramou-se na minha conforme nossas línguas se entrelaçavam e lutavam, aquelas mãos me puxando para mais perto, contra todo o seu calor.

Chamas dispararam.

Escalando até o céu.

Um toque, e eu estava derretendo.

Prata líquida em suas mãos.

— Leif — clamei para aproximá-lo, meus dedos escorregando pelos fios úmidos de seu cabelo castanho.

Ele grunhiu e me empurrou com força contra a porta, controlando o beijo alucinante.

Eu sabia que depois disso, nunca mais seria a mesma.

— Porra, Mia. Caralho. O que você fez comigo? Eu não posso... não posso.

Pude sentir seu cenho franzindo, seu beijo frenético alimentado pela culpa, o coração palpitando de cobiça.

— Sim, você pode. Eu quero você. Eu quero você. Por favor, deixe eu te mostrar quem eu vejo quando te olho. — Minhas unhas se afundaram em seus ombros, rasgando a camiseta.

A camisola fina e curta que eu usava estava encharcada, colada à minha pele, os seios doloridos se apertando no tecido onde eu me pressionava ao seu corpo.

Um rugido de necessidade subiu à sua garganta.

— Eu irei te arruinar.

— Quero que faça isso — implorei.

Eu já estava lá.

Meus destroços espalhados aos seus pés.

Ele me levantou, e envolvi as pernas por sua cintura enquanto me beijava com total descontrole.

Selvagem.

Feroz.

Sem restrições.

Suas mãos apertaram meu bumbum e seu pau esfregou o meio das minhas coxas.

Agarrei-me ao seu cabelo, provavelmente puxando forte demais conforme digitava o código, abria a porta e me carregava para as sombras da enorme sala.

BEIJE-ME SOB AS ESTRELAS

A tempestade golpeou a longa fileira de janelas. Quando a porta se fechou atrás de nós, diminuiu o volume para um sussurro uivante.

Trovões ressoaram. Um aviso baixo do que estava por vir.

Ele me carregou por toda a sala, serpenteando os quadros não finalizados que esperavam nos cavaletes. Aqueles que ainda não consegui encontrar a inspiração para completar. Quando chegou ao outro lado, me colocou em cima de um aparador, mantendo minhas pernas em volta de sua cintura.

O tecido de nossas roupas grudou.

Nossos suspiros pesados preenchendo a atmosfera.

Meu coração retumbou, disparado de forma desesperada para se encontrar com o dele, sem saber se eu seria mesmo capaz de alcançá-lo por completo.

Consciente de que estava tudo bem se eu não conseguisse.

Que talvez ele precisasse desta única noite tanto quanto eu.

Que nós precisávamos compartilhar isso.

Ele se inclinou para trás para respirar, aqueles olhos castanhos me encarando com espanto. Como se eu pudesse ser a única a magoá-lo. Que se me tomar custasse tudo a ele.

Como se não fosse ele quem já tivesse me marcado.

Gravado a si mesmo no meu espírito e na minha alma.

Um homem que eu nunca poderia esquecer, mesmo que fosse embora naquele momento.

Eu precisava mostrar a ele. Precisava que ele soubesse.

Eu o mantive sob meu olhar enquanto descia da mesa de madeira e me ajoelhava sem pressa.

Um arrepio de nervosismo o percorreu, embora seu corpo tenha se curvado para frente com o desejo.

Com a luxúria.

Com essa energia que preenchia o espaço até que era a única coisa que podíamos respirar.

Com as mãos trêmulas, estendi-as e abri devagar a fivela de seu cinto, olhando para cima enquanto ele olhava para baixo.

Uma tensão sinuosa.

Centelhas e faíscas no ar.

A gravidade do homem.

Aquela severidade que o envolvia, tão intensa quanto a tempestade.

Atraindo-me para dentro de sua escuridão.

Lambi os lábios conforme soltava o cinto e puxava o botão de seu jeans.

Leif grunhiu, sua mão enorme se abaixando, a ponta de seu polegar deslizando pelo meu lábio inferior.

Enchi-me de arrepios. O desejo me fazendo estremecer.

— Você não tem nada a provar, Mia. Não precisa fazer isso.

— Acha que é uma obrigação? Porque eu acredito que lhe devo algo?

— Tirei seu cinto da calça. — Isso está acontecendo desde o segundo em que te vi. Desde o segundo em que você me prendeu àquele chão do sótão porque eu não conseguia ir embora.

Puxei seu zíper para baixo. O barulho tomou conta da sala.

Uma promessa.

Um indulto.

Seu abdômen tremeu sob a camiseta justa, e sua calça grudou na pele enquanto eu a puxava para baixo, úmida e pesada, assim como toda parte dolorida de mim.

Senti um arrepio e o desejo disparou em um estouro.

Toda racionalidade foi pisoteada.

Um suspiro me escapou quando seu pau se libertou.

Duro, longo e grosso. A ponta inchada e dilatada.

Ele cerrou a mandíbula com força, e roçou o polegar pela minha bochecha.

— Linda.

Ele não percebeu que era isso o que tinha se tornado para mim?

O lindo desconhecido no sótão.

Uma tempestade sombria.

Uma luz branca.

Ele me observou enquanto tirava os sapatos e desci seu jeans até embaixo. Leif se moveu para soltar o tecido molhado de seus tornozelos. Meu olhar seguiu diretamente para a ferida no alto de sua coxa, a pele ferida, rasgada e arranhada.

Inclinei-me para frente e beijei a pele machucada.

— Caralho, Mia — grunhiu Leif em choque, uma mão agarrando meu cabelo como se quisesse me deter. Eu o segurei pela parte de trás de suas coxas, deixando meus lábios roçarem a contusão de leve.

— Mia... que porra você pensa que está fazendo?

— Adorando você. A pessoa que é. O sacrifício que fez. — Minhas mãos tremeram com mais força. — Você poderia ter morrido, Leif. Eu...

BEIJE-ME SOB AS ESTRELAS

Minha voz esmoreceu, incapaz de terminar a frase, sabendo que ela revelaria demais. Que ele veria que já tinha mexido comigo.

Ele nem sequer era meu e perdê-lo iria me destruir.

Aqueles olhos cintilaram. Desespero e desejo.

Ele puxou o punhado de cabelo que segurava, me pedindo para levantar.

— Anjo — murmurou.

Em um piscar de olhos, fui colocada de novo na mesa, e ele me segurou pelos joelhos, estendendo minhas pernas para abrir espaço para si mesmo. Minha camisola se amontoou na cintura, e ele pressionou o pau nu na renda fina da minha calcinha.

— Caralho. Não consigo tirar você da minha cabeça, Mia. Tentei, baby, eu tentei. Mas eu fecho os olhos, e é você quem vejo.

Eu arfei. Gemi. Implorei. Minhas mãos procuraram refúgio debaixo de sua camisa, empurrando-a para cima conforme as palmas das mãos percorreriam as linhas torneadas de seu abdômen. Ele a arrancou sobre sua cabeça.

Um segundo depois, o homem estava completamente nu.

Glorioso.

Magnífico.

Músculos forte e definidos.

Uma beleza rígida e brutal.

Seu peitoral forte e a pele lisa, uma única tatuagem de uma palmeira na parte inferior do bíceps.

Cicatrizes cobriam a lateral esquerda inferior de seu abdômen, quatro ou cinco entalhes profundos e descoloridos.

Passei os dedos por cima deles. Ele estremeceu e tive a vontade de beijá-los, também.

Eu o fiz, inclinando-me e roçando os lábios sobre a pele marcada, sem saber o que aconteceu, mas com a certeza de que o que quer que fosse, era absolutamente significativo.

Parte do que tinha moldado este homem quebrado e reservado.

A chuva intensa caía e a tempestade aumentou de força, meu peito arfando enquanto ele estava ali olhando para mim à medida em que o tocava.

Explorava-o.

Com ternura.

Por um instante, ele apenas observou.

Tomado.

Todo aquele corpo firme e tonificado tremendo sob o meu toque.

Depois ele veio até mim de novo.

A boca capturando a minha ao mesmo tempo que suas mãos entravam sob o tecido da minha camisola. Seus dedos encontraram as bordas da calcinha, e ele sibilou quando a arrastou para baixo, o tecido provocando um calafrio enquanto raspava o comprimento de minhas pernas.

Ele a jogou no chão.

— Não é certo, Mia. O que eu estou prestes a fazer com você. Mas preciso disso. Porra, eu preciso sentir algo bom. Você, garota linda. Preciso estar dentro de você.

Seu beijo foi frenético, uma mão na minha nuca, mudando o ângulo para assumir o controle.

Ele tinha gosto de uísque, sexo e dor.

Com a outra mão, agarrou meu quadril e me puxou para perto.

Nossas peles nuas roçaram.

Um choque atravessou meu corpo.

Elétrico.

O toque mais leve, e eu já estava sendo queimada viva.

Meus dedos procuraram, as palmas das minhas mãos deslizando sobre seu peito. Seus músculos estremecendo sob o meu toque. Continuei descendo, passando por seu abdômen que se contraiu e tremeu até que o segurei na minha mão.

Fiquei com frio na barriga enquanto o acariciava.

— Nossa. Mia. Sim.

As palavras brotaram de sua garganta, e sua mão escorregou da minha cabeça para o ombro onde ele abaixou a alça da camisola, expondo um seio. Ele se inclinou e remexeu a língua ao redor do mamilo.

Choraminguei e ofeguei quando ele arrastou os dedos para o meu centro, a pele encharcada e latejando.

Ele deslizou dois dedos dentro de mim, e eu já estava me desfazendo, seu nome um apelo.

O êxtase aumentou. Rápido demais. Entorpecente. Eu não conseguia mais pensar.

— Você me quer, docinho? — As palavras podem ter sido simpáticas, mas saíram como uma ameaça.

A fome crua havia dominado seu olhar quando ele voltou a me encarar, luxúria flexionando cada músculo lindo de seu corpo.

— Sim.

— Esta noite, eu te possuo, Mia West.

Meu peito se apertou, e meu coração fez aquela coisa estúpida, muito estúpida.

Porque me apaixonar por esse homem só me destruiria no final.

Ele me beijou de novo, e eu nunca havia sido beijada desta maneira.

De uma forma que era consumidora, desesperada e urgente. Parecia que ambas as nossas vidas dependiam disso.

Eu estava apavorada que talvez dependessem.

Nossas bocas em guerra.

Nossas mãos, uma súplica.

Nossas respirações entremeadas, um pacto.

Ele me arrastou até a beirada da mesa, tão perto que quase dava para cair, e sua mão agarrou a lateral do meu pescoço quando se debruçou para posicionar a ponta de seu pau entre minhas coxas trêmulas.

Ele mal pressionou um centímetro.

Pensei que poderia desmaiar ali mesmo.

Ele apertou seu agarre, os dedos se emaranhando no cabelo em minha nuca.

Pude sentir seu coração enlouquecido retumbando – tum-tum, tum-tum, tum-tum. Em sincronia com a tempestade. Em sincronia com a minha cabeça.

O homem me segurou firme.

Segurando uma lâmina afiada de êxtase que eu sabia que estava se preparando para me cortar inteira.

Nossas testas se tocaram.

Soltei um suspiro trêmulo contra seus lábios.

Ele se moveu para frente.

Com força.

Preenchendo-me por inteiro.

Um trovão soou, relâmpagos cobrindo as janelas em uma luz branca ofuscante.

A sala sacudiu.

E eu não conseguia respirar.

A invasão perfeita foi quase dolorosa conforme meu corpo lutava para se ajustar a ele. Ao seu tamanho, à sua presença e à sua aura.

Tudo nele era avassalador.

Grande e ousado demais.

Eu estava consumida. Um caso perdido. E ele ainda nem tinha começado a se mexer.

— Caralho... Mia. — A garganta de Leif se moveu com força, e ele lutou para respirar, para manter o controle. — Você é tão gostosa — murmurou com a testa ainda pressionada à minha. — Tão gostosa. Deus, o que eu fiz? O que eu fiz?

Nossos corpos queimaram.

Labaredas e chamas.

— Leif. Por favor. Se solte.

Em um gemido, ele o fez.

Ele entregou.

Possuindo-me, como havia prometido.

Seus quadris indo fundo. Golpes fortes e ferozes que me deixavam sem ar a cada impulso frenético.

O som se tornou um gemido.

O nome dele.

O nome dele.

Ele se inclinou para trás, segurando-me pelos quadris, me encarando enquanto me fodia e me fazia esquecer de tudo.

Nirvana.

Um eclipse.

Sua escuridão ao redor. Estrelas por toda parte.

— Mia. Porra.

Ele pareceu se perder também, em espiral, uma mão seguindo para a minha nuca, arrastando-me para seu beijo. Os dedos de sua outra mão afundaram na pele do meu quadril, puxando-me para encontrar cada impulso do seu corpo.

Ele me fez suar.

Transformou-me em uma poça.

Em caos.

Pedaços de mim se desmanchando.

Rachando.

Estilhaçando.

Abafei grito em seu pescoço quando me levou ao ápice. Enquanto o prazer se estendeu daquele pequeno ponto e se espalhou pela eternidade.

Para onde me enviou a vagar em seu mistério.

BEIJE-ME SOB AS ESTRELAS

Ele me tirou da mesa com meu corpo ainda tremendo com as ondas, e me colocou sob meus pés instáveis, girando-me no lugar.

Segurei a mesa depressa, despreparada para a mudança repentina. Imediatamente, ele voltou à sua posição.

Agarrando minha bunda com as duas as mãos, ele me preencheu.

Com força, rapidez e posse.

Seu rosto afundado no meu cabelo.

Duas investidas e pude sentir.

O sacudir errático de seu corpo e o gemido de seu espírito ao me levar para voar com ele outra vez.

O canto não parava de escapar de sua boca.

— Desculpe. Desculpe. Desculpe.

E, Deus, eu não conseguia entender pelo que ele estava se desculpando.

Seu corpo ficou parado e ele me agarrou com força. Deslizando os braços ao redor da minha cintura, inclinou o queixo sobre meu ombro e tocou nossas bochechas.

— O que você fez, Mia? O que você fez?

VINTE E DOIS

LEIF

Vinte e três anos

— O que é isso? — O som da voz de Maddie me fez parar.

Eu estava andando pelo corredor até o quarto para pegar meus sapatos, pois iríamos sair para jantar.

Um segundo em que eu estava sem preocupações.

Feliz pela primeira vez.

Verdadeiramente feliz.

Não do tipo fodido e tóxico, um barato falso que queimava nas veias e me deixava preso.

Em seguida, alerta estava acendendo todas as minhas terminações nervosas.

Farpas que ergueram os cabelos na nuca e dispararam meu coração.

Como se qualquer movimento repentino pudesse afugentá-la, eu me virei devagar.

Maddie estava parada no meio de nossa sala com a porra de um bloco na mão. Agarrei meu cabelo com as mãos.

— Amor — sibilei.

Ela franziu o rosto, com repulsa.

Parecia que já tivesse ouvido a mentira prestes a sair da minha boca.

As mesmas que eu vinha contando nos últimos seis meses.

Exceto que antes ela nem sequer suspeitava, não fazia a menor ideia de quem eu era.

Deseja continuar assim porque a última coisa que eu queria era que essa garota incrível conhecesse o meu verdadeiro eu.

— Não é o que parece — falei, erguendo as mãos à minha frente como se estivesse tentando acalmar um animal assustado.

Só que era exatamente o que parecia.

Seu queixo tremeu à medida que tentava conter as lágrimas.

— Então me fala o que é isso — exigiu saber, um soluço atrelado a uma súplica. — Me fala o que é.

— Amor.

Eu estava do outro lado da sala em um segundo, arrancando a cocaína de suas mãos e jogando-a no sofá, e a abracei.

Ela enfraqueceu no meu abraço.

Soluçando na minha camisa.

Minha inocente e inofensiva garota.

— Você é um mentiroso.

Assenti contra seu cabelo.

— Eu sou.

Um filho da puta desgraçado.

Mas ela não sabia que eu estava acorrentado.

Preso à única vida que eu conhecia até que ela mudou minha percepção do que a vida deveria ser.

Ela se agarrou à minha camisa.

— Por quê? Como você pôde esconder isso de mim?

— Porque eu sabia que nunca teria sido certo para você.

Ela se afastou, olhando para mim.

— Eu... eu não entendo. Você tem... tem um bom emprego na oficina. Por que você...

Pressionei os dedos em seus lábios, interrompendo-a.

— É só fachada, Maddie. Um disfarce de quem nós somos.

Mágoa transbordou de seus olhos confiantes.

— Keeton?

Dei um curto aceno.

— Braxton? O restante dos caras?

Cada pergunta que ela fazia me acertava como um tiro.

— Sim — consegui responder entre dentes.

Ela abaixou a cabeça nas mãos, e começou a tremer. Ela se virou de costas como se não suportasse continuar olhando para mim.

— Eu não... eu não acredito nisso. Foi tudo mentira. Tudo. Nós. Esta casa. Nossa relação.

— Não. Eu te amo, Maddie. Eu te amo, porra. É a única coisa verdadeira que tenho na minha vida.

Eu a segurei pelo cotovelo.

A. L. JACKSON

Sem apertar.

Com delicadeza.

Com o pouco de bondade que havia em mim, porque esse pouco de bondade pertencia a ela.

— Nunca quis que você olhasse para mim desse jeito.

Ela emanou emoção. Vindo na minha direção em ondas. Cautelosa, ela se virou para me encarar, lágrimas recobrindo suas bochechas.

— Então, mude. Pare. Seja o homem por quem eu me apaixonei. Porque você sabe que eu não posso ficar aqui, caso contrário.

Eu a envolvi com meus braços. Abracei-a com força.

— Tudo bem.

Keeton riu. Nada além de zombaria. Ele colocou os cotovelos na mesa e entrelaçou os dedos. Os olhos escurecendo com a maldade que existia dentro de si.

— Você acha que funciona assim? Que pode simplesmente ir embora? Acredito que é mais esperto do que isso.

VINTE E TRÊS

LEIF

Acordei de repente. Desorientado. Meu corpo mais quente do que jamais esteve. Uma sensação de que tudo no mundo estava certo, o que deveria ter sido minha primeira pista de que algo estava muito, muito errado.

Pequenas partículas de luz filtraram-se pelas cortinas que pairavam pela janela dela.

A janela *dela*.

Fechei os olhos quando percebi que não estava acordando com o mesmo sonho distorcido que vinha enfrentando no último mês.

Não.

Era ainda mais fodido do que eu poderia ter imaginado.

Eu estava deitado e abraçando as costas de Mia West.

Na porra de sua pele nua.

Aquela massa de cabelo preto estava reunida no meu rosto, e seu doce espírito dançava ao meu redor. O corpo firme e sedutor aconchegado ao meu, como se ela tivesse sido perfeitamente esculpida para caber naquele espaço.

Pânico transbordou à medida em que meus braços se enroscaram com mais força à sua volta.

Ela se agitou, o mais ínfimo gemido escapando de sua boca, o que me fez conjurar ideias escandalosas outra vez.

Como se já não bastasse o que eu tinha feito.

Eu deveria saber que se ficasse, acabaria assim. Deveria ter confiado no meu instinto quando ele me avisou pela primeira vez para me levantar e ir embora. Que a minha estadia aqui só traria mais destruição.

Mas não. Escolhi torturar a nós dois. Será que pensei mesmo que poderia brincar com uma lâmina afiada e que nenhum de nós seria cortado?

Desmantelados.

Angústia pulsou em mim.
Ignorei-a.
Valeu a pena.
Valeu a pena as punições adicionais que seriam aplicadas.
Mesmo que salvar aquela menininha significasse que seus nomes poderiam não ser vingados.
Aquele pensamento egoísta poderia muito bem ter me dado um soco na cara.
O medo e a incredulidade me perseguiram, uma bagunça selvagem, porque eu não conseguia entender o feitiço que essa mulher tinha lançado em mim. Essa garota que se aconchegou mais no meu agarre como se pensasse que era uma possibilidade que eu talvez nunca tivesse que deixá-la ir.
Como eu já estava ficando egoísta, tomei um pouco mais, segurando-a com força, inspirando-a e sussurrando que eu desejava ser melhor. Que, talvez, eu ainda tivesse algo restante que pudesse oferecer a ela.
Porém, estava na hora de superar e aceitar a verdade.
Demônios e anjos não se misturavam.
Forcei-me a me desvencilhar dela. Tão cuidadoso quanto possível, desci pela lateral de sua cama, peguei meu jeans do chão e o vesti. Juntei o resto das minhas coisas de onde estavam espalhadas.
Soltando um suspiro quando olhei para ela, dei a mim mesmo mais um segundo para observar sua beleza enquanto o sol espreitava através das cortinas.
Saí pela porta do quarto de Mia, apenas para interromper meus passos e dar uma olhada no cômodo onde seus filhos ainda dormiam.
Uma pontada me atingiu. Em algum lugar profundo. Algo que eu não podia me permitir sentir.
Passei pela porta principal e caminhei direto para o final do corredor, quase passei direto quando cheguei à sala multiuso nos fundos.
E, caralho, não é que tínhamos encontrado um novo uso para ela ontem à noite?!
A garota estava marcada na minha pele, seu gosto estampado na língua. Eu sabia que nunca mais seria o mesmo.
A garota era outro arrependimento.
Outro pecado.
Outra dívida.
Tudo por minha culpa.
Irrompi pela porta e saí na manhã, assegurando-me de que a porta estava fechada e trancada atrás de mim.

BEIJE-ME SOB AS ESTRELAS

O chão ainda estava úmido e repleto de folhas e galhos da violência da tempestade de ontem à noite. Apressei-me pelo quintal, meus pés descalços sobre o concreto, meus passos ecoando sua fuga.

Um desgraçado que tinha feito a sua vontade.

Disparei para a pequena casa de hóspedes e fui direto para o chuveiro, como se o jato escaldante pudesse queimar a marca que ela havia deixado em mim. Sem chance, mas ainda tentei. Esfregando o corpo até ficar na carne viva.

Depois que saí, me sequei e me vesti, só consegui senti-la mais.

A garota havia me marcado. Enterrando-se sob a carne. Estaria tudo bem se essas marcas ficassem apenas na pele. Mas eu sabia... sabia desde a primeira noite em que a conheci que ela tinha o poder de se infiltrar nas fendas e nas fissuras. De se instalar onde nenhuma outra pessoa pudesse ir.

Pânico se instalou, inflamado pela culpa sufocante.

Uma onda de fraqueza me atingiu, e apoiei as mãos na penteadeira, abaixando a cabeça entre os ombros com um suspiro forte. Fechei os olhos, na tentativa de trazer algum alívio.

— Caralho... Maddie. Sinto muito. Sinto muito, porra.

— *Só você. Para sempre. Não importa o que aconteça.*

— *Promete?*

— *Prometo.*

A voz dela distorceu-se pelo quarto. Um fantasma. Um espectro.

Agitado, segui para o closet do quarto e peguei minha mochila na prateleira de cima. Comecei a enfiar algumas coisas que eram necessárias, minhas mãos tremendo descontroladas, antes de ir ao banheiro para pegar o que tinha lá. Derrubei no chão metade das merdas que estavam no balcão.

Sem tempo para recolher, deixei para trás e corri para a sala para pegar meu caderno e minhas baquetas, e enfiei dentro da mochila.

Eu poderia mandar buscar o resto mais tarde.

Precisava sair de lá.

Naquele instante.

Chega desses jogos.

Pisando nas pontas dos pés em um campo de minas terrestres onde eu já havia instalado as bombas.

Sabia muito bem onde não pisar, mas meus pés estavam trilhando aquele caminho, de qualquer jeito.

Joguei a mochila sobre o ombro, peguei meu celular e digitei uma mensagem.

> Eu: Oi, Rhys. Mudança de planos. Estou voltando para Charleston. Avise Emily e Richard que eu estarei na cidade.

Alguns segundos depois, meu celular vibrou.

> Rhys: Que porra, cara, me acordando na madrugada para me mandar uma mensagem misteriosa do cacete. O único bom motivo para acordar um homem de seu descanso de beleza é para dizer que ganhou a loteria ou que está havendo uma briga e que precisa de um homem de verdade para te ajudar. Não me parece nada disso. E daí? Você está abandonando a Sunder? Ou te expulsaram? Sua bateria não é boa suficiente?

Deu para perceber que ele estava tentando colocar um pouco de humor nessa merda. O cara estava sempre brincando do seu jeito enquanto soltava alguma asneira.

Convencendo-me a me afastar do precipício no qual eu estava sempre cambaleando. Como se, caso tagarelasse bastante suas besteiras, receberia de mim algumas palavras verdadeiras. Acho que me conhecia melhor do que eu queria que conhecesse.

> Eu: Só... mudei de ideia.

> Rhys: Mentira.

> Eu: Não é nada demais.

> Rhys: Parece o contrário para mim.

Apertei o celular na mão, inclinando o rosto para o teto e cerrando os dentes tentando me livrar da vergonha.

O problema era que eu não tinha certeza absoluta de onde vinha, o que era completamente fodido por si só.

A garota tinha mexido com a minha cabeça.

Minha pulsação gritou, rugindo em meus ouvidos, e tive uma noção muito boa de que ela também estava mexendo com meu coração.

> Eu: Só passe o recado, pode ser?

Eu precisava voltar para a minha banda. À minha música. Ao meu único indulto.

E alívio não era algo que eu iria encontrar com as palavras que estava escrevendo aqui.

Peguei minhas chaves no bar elevado, corri para a porta da casa de hóspedes e segui para o portão.

Eu não deveria ter olhado para trás.

Sabia disso. Mas nunca afirmei não ser um maldito bobo, e não pensei que fosse fisicamente forte o bastante para ignorar o maldito anzol que tinha afundado nas minhas costas.

Meu olhar disparou, já em movimento, atraídos para seu destino.

Através das janelas distantes da casa principal na cozinha, meus olhos se entrelaçaram aos dela onde eu sabia que estava parada na pia.

Olhos de carvão.

Insondáveis.

Inesgotáveis.

Eles me perfuraram através do quintal inteiro. Ela poderia muito bem ter estado bem na minha frente.

Magoada.

Triste.

Rejeição transbordando.

A pior parte foi a aceitação que encontrei ali. Como se já soubesse que eu a decepcionaria, bem do jeito que havia prometido a ela que faria.

Emoção oscilou no canto da minha boca. Um sorriso patético. Um pedido de desculpas sem convicção.

A verdade é que eu sentia muito.

E muito, mas isso não mudava nada.

Forçando-me a virar, saí pelo portão. Digitei o código na tela da porta lateral da garagem com mais força do que o necessário, as chaves ficando presas, pareciam irritadas com toda esta situação também.

Rejeitando o que tinha que ser feito.

Mas foi feito.

Não podia permitir que meu julgamento ficasse mais nebuloso. Não podia me deixar afundar mais.

Apertando o botão para levantar a terceira garagem onde minha motocicleta estava estacionada, fui direto até ela.

Joguei a perna sobre o assento e me acomodei no metal pesado, agarrando o guidão, e o apertando com força.

Tentando me concentrar no meio ao caos.

Entre à traição dos sentimentos que fervilhavam dentro de mim.

— Porra, porra, porra — murmurei, fechando os olhos e tentando me recompor. Eu precisava recuperar meu propósito.

O que me aterrorizava era que aquele cenário estava ficando vago. Distorcido nas bordas. Mudando de forma.

Forcei-me a ligar a máquina. O motor rugiu baixo, a potência vibrando através do meu corpo. Puxei o acelerador para trás, revivendo-o, me esforçando ao máximo para me convencer a colocá-lo em movimento.

Nada.

Nenhuma vontade.

Vá, Leif. Você tem que sair daqui antes que perca o controle.

É, isso não funcionou porque desci da moto.

Olhei para ela antes de me virar para encarar a porta pela qual tinha acabado de passar como se fosse me engolir.

Não acreditava que tinha sido tão imprudente.

Que me permitia sentir isso.

Que eu realmente iria fugir igual a um covarde de merda. Sem me importar com a garota que se entregou a mim. Que me ofereceu carinho e gentileza.

Amor só porque estava disposta a deixar ir um pedaço de si mesma, mesmo correndo o risco de ser esmagada.

— Foda-se.

Talvez ficar aqui por um minuto fosse exatamente o que ela precisava. Talvez Lyrik estivesse certo. Talvez precisassem de outro par de olhos cuidando deles.

Oferecendo algo de bom.

Pelo menos era isso que estava dizendo a mim mesmo quando apertei o botão para fechar a garagem, escancarei a porta e disparei de volta para a calçada.

Corri pelo portão, minhas pernas me carregando mais rápido do que deveriam enquanto andava ao longo da beira da piscina em direção à casa principal.

A verdade é que eu não tinha ideia de como enfrentar o que estava esperando lá dentro por mim.

E, mesmo assim, eu era incapaz de parar.

Que se danem consequências.

Aqui estava eu, entrando no Éden. Apenas um rápido desvio no meu caminho para o inferno.

Deixei a mochila escorregar do ombro e cair no chão, sem nunca diminuir a velocidade, apenas acelerando enquanto aquele desgraçado do Carma corria ao meu lado, gritando no meu ouvido.

Ele poderia ir se foder agora mesmo.

Esmurrei o código, abri a porta e entrei na grande sala.

Sem dúvida, eu parecia meio transtornado. Enraivecido. Meu corpo tremendo com um tipo de adrenalina que eu não sabia como me livrar.

Violência, eu entendia.

Mas isso?

Era uma coisa totalmente diferente.

As crianças estavam na sala de estar, mas segui direto para Mia que estava na cozinha. Ela ofegou e se virou no lugar, encostando-se na porta da geladeira para se apoiar.

A garota era a melhor coisa que eu já tinha visto.

Usava um roupão de seda que estava fazendo coisas estúpidas na minha cabeça e coisas desesperadas no meu pau.

Diminuí nossa distância, e aqueles olhos escuros que já tinham se despedido de mim se encheram de cautela e confusão, e estava claro pela umidade que ainda os enevoava que eu a tinha feito chorar.

— Eu... eu pensei que tinha ido embora — sussurrou entre um arquejo.

Um abismo inteiro nos separava. Um mar que eu não sabia como atravessar.

Engoli o pânico que havia me perseguido até aqui.

— Não consegui.

— Mas você queria? — Mágoa transbordou de suas palavras, sua garganta delicada estremecendo.

— Senti que eu deveria ficar. — As palavras saíram roucas, arrancadas de um bloco de pedra.

Ela quase riu, balançando a cabeça.

— Você *sentiu* que deveria ficar?

Foi uma acusação.

— Sim.

Suor se acumulou na nuca quando ela se virou como se não conseguisse olhar para mim.

Eu estava muito nervoso.

Dei a volta na ilha.

Aquela energia louca explodiu.

Minha pulsação tomada pela sua força.

Parei a trinta centímetros dela, sem saber o que diabos pensava que iria fazer. Dizer a ela que eu nunca quis ir embora. Que eu queria ficar. Que estaria com ela se eu tivesse escolha.

Ela foi para o outro lado.

— Você não me deve nada, Leif — sussurrou para que as crianças não ouvissem. — Eu sabia no que me estava me metendo ontem à noite. Eu que fui atrás de você.

Ela balançou a cabeça algumas vezes. Sem dúvida, estava tentando se convencer de que era assim que realmente se sentia.

Movi a cabeça, e cheguei um pouco mais perto.

— Você sabe a verdade, Mia. — As palavras saíram ásperas. — Você mesma disse que isso ia acontecer. Que você e eu iríamos acontecer. De uma forma ou de outra.

Se eu ficasse no mesmo lugar que ela, iríamos colidir.

Desviando o olhar para o chão, ela mordeu o lábio.

— Mas você se arrependeu.

Uma risada ríspida e baixa me escapou, e avancei, encurralando-a na bancada sem sequer pensar no que estava fazendo. Minha boca pairou a um centímetro da sua enquanto eu a olhava de cima.

— É. Posso estar arrependido. Mas não pense nem por um segundo que eu não queria, Mia. Nunca quis ninguém do jeito que quero você. Nem uma única vez. Jamais.

Isso em si era um pecado mortal.

Mais um para somar à pilha.

Rubor espalhou-se por seu peito e se acendeu em suas bochechas. O cheiro doce dela me deu vontade de fazer coisas perversas e ruins.

— O que isso significa? — murmurou, sua voz rouca e repleta de incompreensão.

Entendia a aflição.

A única coisa que sabia era que eu não conseguia ficar longe.

Essa garota tinha me fisgado.

Coloquei as mãos no balcão de cada lado de seu corpo, prendendo-a. Inclinei-me para mais perto, perto suficiente para que nossos narizes roçassem.

— Significa que não pude ir embora.

E lá estávamos nós.

Um círculo completo.

Nossos corpos eram uma bagunça de desejo e nossos olhos um desastre de perguntas.

Um grunhido irritado ecoou atrás de nós.

— Dá pra você beijar ela logo? Estou prestes a revogar seu cartão de macho, Leif, e ainda nem sequer tenho um. Isso é tão constrangedor.

Minha atenção se desviou para Brendon que estava com um sorrisinho enorme. Kallie tampou a boca com a mão para impedir uma gargalhada. E Penny... Penny ficou vermelha de vergonha, parecia que tinha acabado de testemunhar algo obsceno.

Voltei a atenção para Mia.

A bela Mia com suas bochechas proeminentes e seus lábios carnudos.

É.

Eu queria. Eu queria beijá-la.

Então, eu a beijei. Beijei-a com delicadeza. A garota tão doce que suspirou contra meus lábios.

Minha testa encostou na sua, e sussurrei, as palavras somente para ela:

— Me desculpe, Mia. Eu te disse que não queria te machucar. Falei sério.

Ela deu aceno de cabeça imperceptível, insegura, e parecia quase aliviada quando meu celular zumbiu.

Verifiquei a mensagem.

> Rhys: Mantenha sua bunda mal-humorada em Savannah. Chamei reforços e agendei um show no The Hive. Amanhã à noite. Talvez isso te dê um segundo a mais para tomar juízo. Vamos ao trabalho, a cavalaria está chegando, baby!

Esse cara. Não conseguiria impedir meu sorriso mesmo se tentasse.

> Eu: Certo. Estarei aqui.

> Rhys: Ah, muito fácil, irmão. Me parece que andou querendo amarelar. Estou ansioso para conhecê-la.

Quase consegui vê-lo balançando as sobrancelhas do outro lado do estado por baixo do boné do caminhoneiro.

> Eu: Vá se foder, cara.

> Rhys: Não é meu tipo, cara, não é meu tipo. Mas conte comigo para outro gostinho daquelas belas senhoritas de Savannah. Traga a sua.

Olhei para a garota que estava me observando.

Incapaz de resistir, segurei os dois primeiros dedos de sua mão direita e os balancei entre nós, aquela simples conexão parecendo ser a coisa mais poderosa.

— Quero que venha a um lugar comigo, Mia. Amanhã à noite.

— Tipo... um encontro? — ela especificou, como se não acreditasse no que eu estava pedindo.

— Se é assim que você quer chamar. Minha banda está vindo para a cidade. Quero que esteja lá.

Desnorteada, ela me encarou, pega completamente desprevenida.

— Titia! Diga que sim! — Esse gritinho veio de Kallie.

— Por favor. Aceite. — As palavras me escaparam em um grunhido, minha mão apertando seus dedos.

Ela hesitou. Acho que nós dois podíamos sentir que estávamos indo longe demais.

— Você deveria ir, mãe. — A voz tímida de Penny me atingiu por trás. Puxou bem a corda com a qual a criança tinha me enlaçado.

Uma conexão feroz.

Algo que eu não tinha certeza de como desfazer.

Preocupação atravessou o rosto de Mia quando ela olhou para sua filha antes de me encarar de volta.

Assustada.

Esperançosa.

Com toda aquela luz brilhante, muito brilhante.

BEIJE-ME SOB AS ESTRELAS

Ela deu um breve aceno.

— Tá bom.

E senti uma coisa pela primeira vez em três anos. Empolgação.

VINTE E QUATRO

MIA

— Você vai em um encontro com ele? — Tamar me agarrou pelo pulso, gritando enquanto agitava o meu braço.

Movendo uma mão em sua direção para calá-la, eu me inclinei na porta e espreitei o lado de fora.

A barra está limpa.

Soltando um suspiro de alívio, fechei a porta e virei para minha cunhada que estava ali com um de seus sorrisinhos marcantes.

Nada além do gato Cheshire de lábios vermelhos. Se não tivéssemos cuidado, todos os passarinhos de Savannah seriam extintos.

— Você está tentando anunciar isso para a casa toda?

Dessa vez ela balançou a mão para mim.

— Hum... é uma notícia fresquinha para você, Mia, a casa inteira já sabe. Como acha que eu sei?

— Você é bisbilhoteira?

Uma risadinha baixa lhe escapou.

— Tá bom, agora nós duas sabemos que isso é verdade, mas eu ouvi diretamente da boca sexy do seu irmão, que ouviu de Baz, que ouviu de Shea, que ouviu de Kallie. Pelo visto, Brendon e Penny estavam de acordo em manter seu segredo, mas quando eu os pressionei, eles cederam. Cinco pratas para cada um.

Ela deu a explicação com toda a casualidade.

Pura indiferença.

Arregalei os olhos, descrente.

— Você subornou nossos filhos?

Ela deu de ombros.

— Quem disse que o dinheiro não pode comprar a felicidade?

— Você é terrível.

Ela riu.

— É por isso que você me ama. E, além do mais, não era como se não tivesse um público inteiro quando o homem te convidou para sair. Foi preciso coragem.

Ou ele era apenas um sádico.

Porque como eu deveria dizer não?

Quero dizer, não que eu quisesse. O que provavelmente me tornava a maior boba de todos.

Soltei um suspiro e me joguei na beirada da cama. Não importava que tivesse quase trinta anos, eu ainda ficava nervosa.

— E o que meu irmão tinha a dizer disso tudo? Com certeza, não parecia tão entusiasmado quando Leif chegou aqui pela primeira vez.

Tamar suavizou a expressão.

— É porque seu irmão espera até que o verdadeiro caráter de alguém seja exposto. Culpado até que se prove inocente. — Ela sorriu.

Balancei a cabeça, as palavras saindo em uma provocação depreciativa.

— Ah, e Leif é inocente agora?

— Atitudes falam mais alto do que palavras, não é? E tenho quase certeza de que a atitude de ontem disse tudo o que precisava ser dito.

Foi instantâneo. O ataque de imagens que me atingiu.

Pânico e horror.

Aquele único segundo em que pensei que ela poderia ter partido.

Meu espírito se encolheu, incapaz de sondar o pensamento.

Balancei a cabeça, e olhei para o chão como se ele pudesse oferecer algum tipo de força antes de me levar a encontrar a compreensão no rosto dela.

— Eu não teria conseguido, Tamar. Se eu tivesse perdido...

Eu me engasguei com a última palavra, incapaz de dizê-la, lágrimas enchendo meus olhos.

Nunca teria conseguido.

— Ah, querida. — Tamar diminuiu o espaço entre nós, ajoelhando-se diante de mim, seus olhos azuis minuciosos, suas feições tomadas de preocupação e pavor. — Eu sei. Eu sei. Eu não poderia imaginar. Nenhum de nós poderia.

Meus lábios tremeram, e tentei encontrar sentido nisso.

— Quando perdi a Lana... eu fiquei arrasada. Destruída de uma maneira que eu não conseguia entender direito.

Pisquei, tentando enxergar através do transtorno.

— Mas com tudo o que tem acontecido... é como se... como se não eu tivesse sido capaz de chorar por ela. De sentir o luto. Mas isso?

Não consegui conter as lágrimas. Elas escorreram pelas bochechas, caindo sobre os lábios.

Tamar afastou o cabelo emaranhado do meu rosto.

— Mas ela está aqui. Ela está segura — enfatizou.

Reconfortando.

Encorajando.

— E se não foi um acidente? — A preocupação escapou antes que eu pudesse impedi-la.

Fingir que tinha sido era muito mais fácil.

Mas minha alma não permitia mais.

Eu podia sentir a intenção.

A crueldade.

O ódio.

— E se alguém estiver querendo fazer mal à minha filhinha? Sinto essa... — Toquei meu peito, tentando encontrar uma maneira de colocar em palavras. — Essa... sensação horrível. Bem aqui. Que algo está tão errado e eu não sei como impedir.

Uma lágrima escorreu do olho de Tamar.

— Não sabemos disso, Mia. E sei que não é uma boa resposta, mas a única coisa que eu sei é que estamos juntos nisso. Vamos estar todos aqui, garantindo que você e seus bebês estejam seguros, até descobrirmos quem é o responsável. Está me ouvindo? Você não está sozinha. Além disso, sei de alguém que quer se aproximar *de verdade*.

Só ela poderia me fazer rir nesse momento, e a olhei de relance, deixando a confissão se libertar.

— Eu dormi com ele ontem à noite.

Ela não aparentava estar tão surpresa. Mesmo assim, parecia cautelosa. Atenta.

— Foi... uma questão traumática? Está procurando conforto? Ou algo mais?

Emoção se embolou na garganta, as palavras mal escapando.

— Para mim? Foi mais. Acho que foi mais com ele desde a primeira vez em que o vi.

Ela soltou um suspiro pelo nariz.

— Você está se apaixonando por ele.

BEIJE-ME SOB AS ESTRELAS

Assenti, trêmula. Relutante. Questionando se isso fazia de mim uma idiota.

— É tão óbvio, né?

Ela sorriu, brincando gentil com uma mecha do meu cabelo.

— É difícil não notar. Vocês dois são como uma reação química toda vez que entram na mesma sala. Metade do tempo, acho que preciso me abaixar para me proteger.

— Acho que talvez eu devesse ser aquela se protegendo. — A confissão arranhou minha língua.

Cada questionamento.

Cada ressalva.

Ela tocou meu queixo.

— Por que diria isso?

Inquietação percorreu meu corpo.

— Esse homem está repleto de cicatrizes, Tamar. E todas essas feridas o deixam barricado.

Bloqueado.

Sem acesso ao seu coração sombrio e melancólico.

Soltei um suspiro trêmulo.

— Mas isso não parece importar porque há uma parte de mim que sente que o coração dele já é meu quando ele deixou bem claro que nunca poderia ser, e tenho certeza de que o meu já está bem encaminhado para ser partido.

Com o cenho franzido, ela inclinou meu queixo na sua direção.

— Você não sabe que estamos todos sempre na metade desse caminho? À beira de ficarmos com o coração despedaçado porque nunca sabemos o que o amanhã nos trará? A pergunta é: quer aproveitar a chance de algo magnífico que pode estar à espera de acontecer?

— Faz de mim um boba que eu queira correr esse risco? No meio de tudo isso? É absolutamente burro e imprudente da minha parte ir atrás do que eu quero?

— Não, Mia. Não. Significa que você ainda está viva. Continua lutando pelo que quer. Desfrutando cada dia. Não deixe que, quem quer que seja esse imbecil doentio, roube isso de você.

A sala de jogos estava um caos. Lotada com todas as crianças da nossa família.

O lugar inteiro só tinha correria, gritos, risadas e a música pop alta que Penny e Kallie estavam ouvindo pelos alto-falantes.

Eu não me importava.

Sentei-me e sorri.

Apreciei as pequenas coisas. Os momentos perfeitos como esses.

Eu me assustei quando meu celular tocou na minha mão.

Encolhi-me quando vi o nome brilhando na tela.

Lá se foi – meu único momento de paz destruído.

Tamar me olhou preocupada, e gesticulei para a porta.

— Tenho que atender. Vou lá para fora.

— Não se preocupe. Nós cuidamos deles.

Assentindo, me apressei para fora, cheia de cautela quando aceitei a ligação e coloquei o celular na orelha.

— Nix, oi.

Ele soltou um suspiro de alívio ao ouvir minha voz.

— Mia, que diabos aconteceu? Só consegui entender algumas palavras... algo a respeito da Penny.

Comecei a andar de um lado para o outro, minha atenção fixa no chão, minha garganta parecendo inteira fechava enquanto eu forçava as palavras.

— Tivemos uma questão complicada ontem.

— Uma questão complicada? O que significa isso exatamente? — Suas palavras desaceleraram. Estacas cruéis que empalavam o ar.

Deus, eu não estava esperando por isso. Sabia que ele iria surtar.

Sequei o suor que já estava se acumulando na testa, longas mechas do cabelo grudando na minha pele.

— Nós estávamos caminhando até o parque. Algum motorista desgovernado quase atingiu Penny na faixa de pedestres.

— Merda. Ela está bem? — Sua pergunta foi áspera. Preocupada. Os quilômetros que nos separavam só pioravam a situação.

— Ela não se machucou. Mas ficou muito abalada.

Sem dúvida, ele podia ouvir a minha voz embargada. Podia sentir o horror absoluto do que eu tinha sentido.

A angústia repercutiu através de sua respiração pesada, sua proteção crescendo.

— Quão perto chegou, Mia? Do que estamos falando aqui?

Mais daquele pavor apertou meu peito. Com força demais. Espremendo-me em um torno do "e se".

— Foi por pouco, Nix. Muito pouco.

— Mas ela conseguiu sair da frente?

— Uh... hum..... . . sim — comecei a divagar, sem ter certeza de como explicar, mas só de conhecer Nix, sabia que não era exatamente algo que eu quisesse confidenciar a ele.

Mas era de sua filha que estávamos falando. Não podia encobrir os detalhes.

— O baterista que substituiu Zee estava lá. Ele estava indo jogar futebol com Lyrik e o resto dos caras. Ele estava atravessando a rua atrás dela, e a tirou do caminho antes que fosse atingida.

A hostilidade silenciosa ecoou do outro lado da linha.

Desconfiança.

Uma mágoa antiga que nunca iria se curar.

— Quem diabos você tem deixado perto da minha filha, Mia?

Era tão típico.

Seu ciúme.

Suas acusações.

Só que ele havia se esquecido de que não tinha mais nada que opinar na minha vida.

Minha própria raiva estremeceu através dos músculos.

— Me diz que está brincando. Aquele homem salvou a vida da sua filha, e você está questionando porque estava lá?

Ele deu uma risada depreciativa.

— Eu te falei que não queria que fossem para Savannah, Mia. Eu falei que queria que ficassem aqui. Onde eu possa cuidar de vocês. Proteger vocês.

— Foi um acidente, Nix.

— Mentira.

A palavra reverberou pelo ar.

Acho que ambos sabíamos que era justamente isso.

Mentira.

Minha vida estava se desfazendo. Meus filhos desprotegidos.

Ele soltou um suspiro pesado, seu tom suavizando.

— Droga, Mia. Que diabos espera que eu faça? Estou preso aqui em L.A. enquanto você está do outro lado do país.

Pressionei a palma da mão na testa.

— Não espero que faça nada. Eu só queria que você soubesse o que aconteceu.

O silêncio pulsou através da linha.

Pesado.

Repleto de apreensão.

— Você deveria estar aqui. Todos vocês. Não é seguro. Preciso ser capaz de cuidar de vocês.

Exalei um suspiro indefeso.

— Para falar a verdade, Nix, não sei se existe um lugar seguro para nós. Acho que é melhor ficarmos aqui.

— Droga, Mia! — As palavras mal saíram sussurradas.

— Nós estamos bem.

Foi tudo uma defesa infeliz.

Emitida sem verdade.

Porque eu não tinha tanta certeza de que estávamos ou de que algum dia estaríamos seguros.

— Vou garantir que estejam. Eu te prometo. Tenho que cuidar de umas merdas aqui, e depois vou buscar você e meus filhos, Mia.

Antes que eu pudesse recusar, a linha ficou muda.

Abaixei a cabeça nas mãos, tentando manter a calma.

A última coisa que eu podia lidar naquele momento era Nix tentando se meter na minha vida. Assumir o controle como sempre fez. Causar mais problemas do que já resolveu.

Minha coluna enrijeceu quando senti a presença surgir atrás de mim.

Ofuscante e sombria.

Perfeita e desastrosa.

Cautelosa, olhei para ele por cima do ombro, meu corpo virando devagar. Fisgado pela corda que se esticava entre nós.

— Quem era? — Toda a postura de Leif enrijeceu. Antagônica. Sua atenção se voltou para o celular que eu segurava.

Ergui o queixo, recusando-me a esconder a verdade.

— O pai das crianças.

Seu aceno foi curto. Afiado feito uma lâmina.

— Suponho que estava o informando de ontem.

Meus lábios se contraíram.

— Sim.

— E? — Seu tom era de cautela, enquanto aquela energia ameaçava estourar.

BEIJE-ME SOB AS ESTRELAS

— Ele quer que voltemos para Los Angeles para ficarmos perto dele.

Ele cerrou a mandíbula, e pude ouvir seus dentes rangendo daqui de onde eu estava.

— E?

Agonia me percorreu quando comecei a perder a calma.

— E o que você quer que eu diga, Leif? Que eu quero ficar? Que quero ficar aqui onde você está? Aceitaria isso ou fugiria?

Era um desafio.

Uma provocação.

Uma súplica.

Ele se aproximou mais.

A tensão se contorceu na umidade densa.

O homem me sugando para sua órbita.

— Acha que sou um possível fugitivo?

Voltei minha atenção para o portão, imaginando que seria muito mais fácil do que olhar para seu rosto marcante.

— Você estava indo embora, Leif. Foi você quem me avisou que nada de bom poderia resultar disso. Que iria me arruinar. — As palavras se reduziram a nada. — E você... você estava se desculpando o tempo todo ontem à noite.

Rejeição se embolou na garganta, e o espaço vazio que ele havia criado no meu centro gritava para ser preenchido.

— Pensa que eu não ouvi aquilo, Leif? Que não *senti*? Acho que ficou claro desde o início que você vai partir meu coração.

Sua mão segurou meu queixo, virando-o de volta para ele. Aqueles olhos castanhos e doces se ascenderam.

Sofrimento.

Desejo.

Medo.

— Eu não estava pedindo desculpas a você, Mia.

Fiquei confusa, e só precisou da estaca de agonia que inflamou sua expressão para começar uma guerra no meio do meu peito.

Eu o analisei, umedecendo meu lábio inferior trêmulo.

— Então para quem estava pedindo desculpas?

Deus, será que ousei mesmo fazer essa pergunta?

Pura angústia marcou cada traço de seu lindo rosto, esse homem que sangrava de algum lugar que eu não conseguia ver, mas foi raiva que saiu de sua língua.

— Não importa.

Dei uma risada abatida e brusca em descrença, e coloquei as mãos no peito, como se isso pudesse impedir que meu coração se escapasse.

— Não importa? Como pode sequer dizer isso, Leif? Você me afasta e depois se recusa a me deixar ir. Acho que mereço saber por que, não acha?

— Mia... eu.... eu não posso.

— Leif... só... fale comigo. Por favor. Pode confiar em mim. Você tem me sustentado. Deixe-me sustentá-lo, também.

— Mia.

Foi uma recusa.

Um apelo.

Parecia que ele não sabia se deveria me abraçar ou me afastar.

— Leif, eu estou bem aqui, implorando para que acredite em mim.

Ele balançou a cabeça, e deu um passo para trás.

Uma barreira se formou.

Decepção me atingiu. Com força total. Meu sorriso foi fingido, tão falso quanto minha rendição.

— Tá. Tudo bem. Eu entendo.

Antes que eu permitisse ser mais surrada, encontrei forças para me virar e ir embora.

Se ele me quisesse, teria que provar.

Eu estava na metade do caminho até a porta quando ele chamou meu nome.

Um gemido de aflição.

Parei no lugar, insegura, mas me virei quando ele murmurou.

— Você quer que eu seja sincero?

— Quero.

Era um juramento.

Uma promessa de que eu aceitaria o que ele oferecesse.

Ele estava na minha frente em um segundo, um relâmpago de tristeza, suas mãos apertando meu rosto em desespero quando soltou a confissão.

— Eu estava pedindo desculpas à minha esposa, Mia. Minha falecida esposa. Era a ela que eu estava me desculpando.

As palavras saíram distorcidas.

As margens finas e resquícios esmagados.

Nada restava para ser consertado.

Arregalei os olhos com sua revelação, minha cabeça disparando para processar sua angústia.

O que ele havia perdido.

Ele começou a se afastar. Como se não conseguisse suportar a declaração.

Deixei meu celular cair para segurar seus pulsos. Arrasada com a percepção de onde seu desespero havia surgido na noite passada. Os fantasmas que eu havia sentido em sua alma.

— Deus... Leif. Eu... eu sinto muito. Sinto muito. — Pisquei um milhão de vezes, como se isso pudesse apagar parte de sua dor. Na tentativa de aliviar a minha, enquanto eu me esforçava para entender a ideia de que ela estava lá conosco.

Entre nós. Em sua cabeça e na sua boca.

Que ele havia sentido desonra ao me tocar. Ao estar comigo.

— Você quer que eu seja mais sincero, Mia? — ele quase cuspiu, o rosto tão perto do meu, seu tormento frenético no espaço vazio que nos separava. Uma barreira que nossas almas tentavam romper.

Eu não tinha certeza se conseguiria suportar mais.

Lágrimas escorreram quando colocou aquelas mãos enormes outra vez nas minhas bochechas, as minhas ainda prendendo seus pulsos.

— Vamos seguir em frente a partir daqui? Então preciso que me ouça e ouça com atenção.

Acenei com dificuldade.

— Eu estava pedindo desculpas a ela porque você é a primeira pessoa que me fez sentir desde que a perdi, Mia, e a verdade é que não sei bem como lidar com isso. Você é a primeira pessoa que me fez questionar o motivo pelo qual estou vivendo. A primeira pessoa que me fez pensar que talvez eu queira algo diferente.

Ele me segurou com mais força.

— Sim, eu já dormi com outras mulheres, Mia. Mas você é a única com quem eu *estive*.

Tristeza fervilhou.

Por ele.

Por ela.

Por mim.

— A única que eu queria. — Era a confissão de um pecado.

De um homem ajoelhado.

Engoli em seco sua aflição.

— O que aconteceu com ela?

A dor se chocou com a dureza de sua expressão. Pedra e gelo. Ele se inclinou para mais perto.

— Eu te disse que sou muito bom em destruir tudo o que toco.

Soltei um suspiro trêmulo, recusando-me a acreditar na crueldade que saiu de sua língua.

— Pode não estar na minha vida há muito tempo, Leif Godwin, mas eu o *conheço*. Você nunca a machucaria.

Sua risada foi brutal.

— Só porque não puxei o gatilho, não significa que não fui responsável. Não quer dizer que eu não seja o demônio.

Deus. Eu queria acreditar que ele estava falando no sentido figurado. Mas pela expressão em seu rosto? Não podia ter certeza. Ele envolveu a mão na lateral do meu pescoço, ao mesmo tempo possessivo e carinhoso.

— E com você, Mia? Faz com que eu me sinta diferente. Que eu queira ser diferente. Alguém que seja digno de você. E isso me assusta muito, porque eu não deveria querer você. Porque estou desejando ser o tipo de homem que nunca serei.

E eu entendia. Entendia.

Enxerguei tão longe em sua tempestade.

Como se as pontas dos meus dedos tivessem mergulhado nas profundezas mais sombrias de seu espírito.

Tocado no medo.

Nas ressalvas.

No ódio que escorria de sua alma.

— Preciso estar aqui com você, Mia. Cuidar de você. Cuidar dos seus filhos. Não posso me afastar até saber que está segura.

Foi uma súplica severa.

Que talvez nos salvar fosse sua única salvação.

Mas o que eu mais ouvi?

Ele nunca se permitiria me amar.

Não da maneira que eu queria que ele amasse.

Seria como se eu estivesse perseguindo uma estrela cadente e a pegasse na mão.

Linda, mas que desapareceria em um piscar de olhos. Desintegrada ao nada.

Um sonho transformado em cinzas.

Senti um calafrio e meu estômago revirou.

E eu soube, naquele momento, que já estava perdida para ele.

VINTE E CINCO

MIA

Olhei uma última vez para o meu reflexo no espelho grande. Considerando que eu estava indo para um show, pensei em me jogar no papel. Calça jeans skinny preta e rasgada, uma blusa de seda preta fina com uma tira de renda no decote baixo e um par de botas na altura do joelho para combinar.

Fiz uma maquiagem mais pesada do que o normal e meu cabelo estava enrolado em ondas volumosas.

Tudo isso junto me fez sentir... sexy.

Talvez tivesse a chance de encobrir o fato de que eu também me sentia muito ansiosa.

Meus nervos estavam em frangalhos.

Quando fui para a cama ontem à noite, eu tinha certeza de que tudo isso teria ido por água abaixo. Estava preocupada que Leif pudesse recuar depois de permitir aquele vislumbre de vulnerabilidade. Depois de abrir uma parte de si mesmo para mim que eu apostaria minha vida que ele dividia com pouquíssimas pessoas, se é que havia alguém.

A parte de mim que havia começado a palpitar por ele foi destruída pelo que havia passado.

Rezando para que ele permitisse que eu o segurasse, enquanto havia uma parte enorme de mim que não sabia muito bem como lidar com essa verdade.

Mas não.

Olhei para o meu celular de novo e vi a mensagem que estava me esperando desde a manhã.

> Leif: Esteja pronta às 5h. Vamos de moto.

Enxuguei as palmas das mãos úmidas no jeans.

Certo.

Está bem.

Era só subir na traseira da moto dele. Agir como se nada tivesse acontecido depois do que foi revelado ontem.

Meu coração não estava simplesmente em risco.

Estava na guilhotina.

Dei uma olhada no relógio.

Quatro e cinquenta.

Meu coração disparou.

Era agora.

Peguei minha jaqueta de couro que estava jogada em cima da cama, vesti-a e saí pela porta dupla até o longo corredor que levava à parte principal da casa. No final do caminho, virei à direita através do portal e entrei direto na anarquia.

Todas as pessoas da família estavam ali esta noite.

As crianças haviam virado o sofá de lado e empilhado mil travesseiros até o teto.

A própria escadaria para o céu deles.

— Eu sou o rei Zeus — rugiu Brendon do topo da pilha, erguendo as mãos como se estivesse segurando um raio, enquanto todos os seus leais súditos se agitavam na base do trono.

— Mamãe! — gritou Greyson quando me viu, saltando sobre os joelhos e segurando um travesseiro como se fosse um tesouro. — Estamos construindo um forte! Gostou? Viu?

— Uau. — Não foi tão difícil exagerar meu entusiasmo quando se tratava da coisa mais fofa que eu já tinha visto. — Eu amei.

Eu duvidava que Tamar sentisse o mesmo.

Inclinei-me e beijei o topo de sua cabeça, saboreando seu doce aroma.

Penny encontrou meu olhar. Cautelosa, atenta e meiga.

— Mãe, você está muito bonita.

Meu sorriso vacilou e mexi no cabelo.

— É muito gentil de sua parte, mas acho que talvez eu tenha...

O assobio vindo de trás interrompeu as palavras, e eu me virei para ver quem era. Meus olhos se estreitando para o culpado.

— Santa Mia de Deus. Você é uma visão e tanto, querida. Está tentando arrasar com a cidade inteira? — Ash sorriu detrás do balcão, seus braços grossos e musculosos apoiados na ilha enquanto sorria para mim com suas covinhas ridículas.

BEIJE-ME SOB AS ESTRELAS

Revirei os olhos para Ash.

— Duvido muito.

— Ele tem razão, Mia. Você está uma mamãe LINDA — comentou Edie.

Um rubor surgiu em algum lugar do meu peito, e a blusa sedosa e rendada que eu estava usando sob a jaqueta de repente pareceu fina demais.

— Você está deslumbrante — disse Willow com um de seus sorrisos gentis.

— Estou ridícula.

Ash apontou para mim.

— Ah, com certeza as pessoas vão ficar olhando para você esta noite, mas não é porque está ridícula.

Minhas bochechas enrubesceram. Não costumava ser tímida, mas estava definitivamente consciente de ter passado as últimas três horas em frente ao espelho me arrumando.

Ou, na verdade, o motivo pelo qual eu tinha feito isso.

Muito nervosa. Querendo ficar bonita para o homem que me tinha na palma da mão.

Lyrik congelou quando me viu.

Todo protetor.

Tamar bateu em seu peito.

— Se deixar sair alguma coisa dessa boca, vou fazer você pagar por isso mais tarde.

Ela fez até isso parecer sexy.

Ele grunhiu.

— Você está incrível — ela falou para mim do outro lado da cozinha.

— Eu... hum... tem certeza de que vai ficar bem com as crianças?

Tamar deu uma de suas risadas sensuais.

— Uh... se está preocupada que seus filhos estejam destruindo a casa, olhe para trás. Acho que mais dois não vão fazer diferença.

Mordisquei o lábio inferior, olhando para trás, e depois de volta para ela.

— Talvez eu devesse ficar.

— Deixe eu pensar. — Ela inclinou os lábios franzidos em direção ao teto por um segundo, batendo no queixo, antes de voltar sua atenção para mim. — Não. Não deveria. Vá. Divirta-se. Nós cuidamos deles.

— Nós cuidamos deles, Mia — Lyrik me tranquilizou. — Não precisa se preocupar com nada. Todos nós estaremos de olho neles. — Meu irmão ergueu o queixo. — Tamar está certa. Você deve ir. Divirta-se. Merece uma noite só para você.

Assenti, hesitante.

— Tudo bem.

— Só... — Ele olhou para o quintal através das janelas. Seus músculos se contraíram. O significado de sua verdadeira preocupação ficou claro. Ele se aproximou de mim. Lentamente. As palavras foram sussurradas apenas para mim. — Tenha cuidado. Não ature merda de ninguém. Mas mais do que isso? Vá atrás do que você quer, Mia. O que seu coração diz. Não ouse se sentir culpada por ir atrás do que a faz feliz. Você me entendeu?

Havia algo em sua declaração que me deixou profundamente impressionada. Meu peito se esticou agradecido, e comecei a ficar nervosa outra vez.

— Obrigada. — As palavras estremeceram.

Eu me aproximei para dar um abraço rápido em meu irmão, mas ele não me soltou e, em vez disso, murmurou em meu ouvido.

— Se ele machucar você, pode dar adeus ao pau.

— Lyrik — murmurei, segurando a risada e me afastando dele.

Ele deu uma risadinha e apertou minha mão.

— Divirta-se, irmãzinha.

— Eu vou.

Dei um tchauzinho tímido para o pessoal, todos aqueles olhares em mim, sentindo-me exposta. Fui até meus bebês e abracei minha doce menina.

— Divirta-se hoje à noite.

— Não se preocupe, mãe. Estamos bem. Prometo.

Beijei sua testa, amando a criança que ela era.

Tive de correr atrás de Greyson para conseguir um daqueles abraços, o garoto esperneando por toda parte, rindo feito doido enquanto se fazia de difícil.

Por fim, consegui me afastar e inspirei com força ao soltar o trinco da porta dos fundos e saía para o calor estagnado do fim da tarde.

A luz do sol brilhava no céu azul.

Um sorriso malicioso surgiu em seu rosto quando me viu chegando ao pátio da casa de hóspedes.

Esperando.

Esperando por mim.

Desejo fervilhou meu sangue.

Imediatamente.

O homem vestia jeans, uma camiseta e sexo em sua pele.

Toda aquela beleza aterrorizante brilhando sob o sol.

Meu estômago revirou, a necessidade se espalhando.

Ele desceu e veio na minha direção, irradiando uma arrogância natural que fez meus joelhos tremerem.

Ele deu um sorriso quando estava a meio metro de distância e passou a mão devagar pelo cabelo, a voz envolta em uma declaração sensual.

— Você está mesmo tentando me matar, né, Mia?

Fiquei inquieta, mexendo na bainha da jaqueta de couro.

Ele se aproximou.

As chamas se alastraram.

Ele me chocou ao passar um braço em volta da minha cintura e me puxar para junto de si. Um pequeno suspiro subiu pela minha garganta. Ele afundou o rosto no meu cabelo, e quase morri naquele momento quando seus lábios puxaram suavemente o lóbulo da minha orelha.

— Eu sabia, no segundo em que a vi, que você era a mulher mais sexy na qual já pus os olhos, Mia West. Mas vestida assim? Mudei de ideia... é você quem vai me arruinar.

O rubor aumentou por completo e mordi o lábio inferior que estava pintado de vermelho quando se afastou. Ele estendeu a mão e o puxou, a ponta do polegar provocando um arrepio nas minhas costas.

— Não estrague esse batom. Pretendo tirá-lo com beijos mais tarde.

Aqueles nervos se agitaram. Tremeram e saltaram.

Não estava preparada para encontrá-lo assim.

Animado pela primeira vez.

Franzi o cenho, confusa. Ele apenas riu, deu um passo para trás e segurou minha mão.

— Está pronta para sair daqui?

— Não sei se algum dia estarei pronta para você — admiti.

Sua expressão abrandou e ele traçou o ângulo da minha mandíbula com a ponta do polegar.

Com carinho.

Tão em desacordo com o homem que eu havia conhecido.

— Conheço a aflição.

A gente se encarou por um segundo.

Perdidos.

Os corações martelando à nossa frente.

Ele soltou um suspiro e agarrou minha mão.

— Vamos, antes que eu ligue o foda-se para esse show e te leve para a minha cama.

Virando, ele se dirigiu ao portão, me conduzindo pela mão. De vez em quando, ele olhava para mim com uma expressão distinta no rosto.

Um olhar tão diferente do que eu jamais o havia visto usar.

Como se... como se... ele estivesse quase feliz.

Como se não pudesse acreditar que eu estava ali.

Como se eu estar ali significasse tudo.

Corri para acompanhá-lo. Minhas botas de salto alto ressoaram na calçada e segurei seu pulso com a mão livre, enquanto a outra estava presa em seu aperto. Ele digitou o código do portão e o abriu para que eu fosse na frente.

Ele já havia tirado a moto da garagem, todo aquele metal reluzente esperando para ser domado.

Respirei fundo, trêmula.

— Você está nervosa? — O calor dele de repente me atingiu por trás, seu hálito percorrendo a pele sensível do pescoço.

— Não, não estou nervosa — guinchei.

Positivamente apavorada.

Apavorada que esse bad boy me deixaria completamente vulnerável. Deixando-me quebrada, dilacerada e ferida.

Eu não era nada além de uma participante disposta.

Ele me contornou e pegou o capacete que estava pendurado em um dos guidões, virou para trás e o colocou na minha cabeça com cuidado.

Seus gentis olhos castanhos nunca se desviaram dos meus enquanto prendia a correia.

Meu estômago revirou, e meus joelhos tremeram.

— Perfeito — murmurou, tocando meu queixo. Gentilmente.

Ah, cara, eu não tinha certeza de como acompanhá-lo quando era assim.

Passando a perna por cima da moto, ele a equilibrou, e sua bota desceu com força para chutá-la.

Meu Deus. Como isso era sexy também?

Esse homem transpirava sensualidade.

Sangrava.

O rugido do motor ganhando vida fez com que as vibrações subissem pela parte de trás das pernas e se arrastassem pela minha pele.

Assumindo o controle.

Um zumbido baixo que ficou cada vez mais alto.

Amplificado quando ele puxou o acelerador, o potente motor sendo exibido.

BEIJE-ME SOB AS ESTRELAS

Ele me deu um sorriso arrogante, inclinando a cabeça para que eu subisse.

— Você já andou de moto antes? — perguntou.

— Uma ou duas vezes.

— O mais importante é relaxar e deixar seu corpo seguir meus movimentos. Não lute contra isso. Aproveite.

— Para você é fácil dizer.

Ele grunhiu uma risada baixa, em sintonia com a moto, e passei a perna sobre a máquina, me aconchegando à força de seu corpo.

Envolvi meus braços por sua cintura.

As sensações aceleraram e meu coração disparou em suas costas. Sem dúvida, ele podia sentir isso, como se o homem tivesse uma linha direta conectada a mim.

— Se segure — gritou.

Estava ficando claro que seria impossível soltar.

Ele saiu, e o sol brilhava lá em cima, os raios atravessando as folhas das árvores enquanto avançava com a moto pela rua.

Fácil.

Fluente.

Fluído.

Nossos corpos em sincronia.

Acho que sempre estivemos.

Como se reconhecêssemos o outro.

Ele reduziu a velocidade para a parada de quatro vias, e senti o engate em seus movimentos, parecia que também estava vendo a cena se repetir.

O horror.

O pavor.

O "e se".

Apertei-o com mais força e coloquei o queixo sobre seu ombro. Deixei que minha gratidão o inundasse.

Que se infiltrasse, encharcasse e fervesse.

Estava tão agradecida por ele ter estado lá quando mais precisamos dele.

A potência vibrou na moto enquanto manobrava cuidadosamente pelas ruas de Savannah. O local do evento não era muito longe da casa e, dez minutos depois, estávamos parando no estacionamento dos fundos, atrás de um prédio centenário.

A estrutura era construída com tijolos ásperos e envelhecidos, desgastados pelos anos em que o prédio foi usado como armazém de algodão, coberto de fuligem, poeira e de antigos danos de fumaça causados por um incêndio ocorrido nos anos 20.

Era enorme, com quatro andares de níveis e lofts expostos, transformado anos atrás em um teatro badalado e uma boate.

Estive aqui várias vezes para assistir a Sunder tocar. Era um daqueles locais intimistas onde dava para se aproximar dos artistas.

Estender a mão e tocar as estrelas.

Ali mesmo, perdido na vibe, na paixão e na sensualidade de seus músicos favoritos.

Não foi tão difícil descobrir quem seria o meu.

Leif parou ao lado de um SUV preto. Ele estendeu o braços para me agarrar pela parte externa da coxa. Dando um aperto, um tipo de conforto inaudível. Ou talvez fosse uma súplica. Como se ele estivesse me pedindo compreensão. Talvez apoio.

Minha atenção se desviou à esquerda para ver um grupo de pessoas paradas na porta dos fundos.

Todos os olhares estavam voltados para nós.

Havia uma mulher, que deve ser da minha idade, na frente do grupo. Lindíssima, de uma forma suave e inocente. Usava um vestido de verão e salto alto, com incredulidade no rosto e ondas loiras flutuando sobre os ombros.

Havia um homem à sua direita, com as mãos enfiadas nos bolsos, o cabelo castanho desgrenhado caindo ao redor do rosto.

Tatuagens cobriam seus braços e a confiança absoluta irradiava de seu corpo.

Sem dúvida, aquele garoto era bonito demais para o próprio bem.

Mas foi o urso corpulento em forma de homem que se aproximava de nós com um enorme sorriso no rosto que fez com que um pequeno sorrisinho surgisse no canto da minha boca.

Leif parecia relutante em desligar o motor.

No segundo em que o fez, uma voz estrondosa chegou aos nossos ouvidos.

— Puta merda, o Banger está aqui. Estava me perguntando se teria de ir atrás de você e arrastar sua bunda magrela até aqui.

Leif soltou uma gargalhada e balançou a cabeça, divertido.

— É Head Banger para você — gritou, enquanto me oferecia a mão para me ajudar a descer.

Mais daquela leveza se infiltrou na noite que se aproximava.

BEIJE-ME SOB AS ESTRELAS

Eu queria entrar nela.

Mergulhar na sensação e no som.

O cara que vinha em nossa direção deixou sua expressão se transformar em um alerta fingido.

— É pior do que eu pensava. Ele se deixou afetar pelo heavy metal. Sabia que deixá-lo se envolver com aquela banda resultaria em um desastre. O que eu te disse? Está na hora de levar esse seu traseiro urbano de volta para o campo, irmão. Temos um show para apresentar. O lugar vai estar lotado. Um dia de divulgação e os ingressos estão esgotados. É isso aí. Eu te falei que esse era o nosso ano. Que venha a grandiosidade. Isso se você conseguir acompanhar.

Tentei seguir sua linha louca de pensamentos enquanto soltava a tira do capacete, sem ter certeza de com quem estava falando, exceto por ele nunca ter tirado a atenção de Leif. Não conseguia desviar o olhar, observando os dois enquanto Leif descia da moto, a diversão flutuando na atmosfera.

Isso.

Era disso que precisávamos depois de tudo o que passamos.

— Será que dá para deixar ele em paz, Rhys? Nós não o vemos há semanas e você já está tentando assustá-lo. — Isso veio da loira que estava caminhando em nossa direção.

Ele fingiu estar ofendido e lançou um olhar atravessado para ela.

— Assustá-lo? Esse idiota morreu de saudade de mim. — Ele se virou para encarar Leif, os braços esticados para os lados. — Não foi, Banger?

Leif ergueu o polegar e o indicador, imitando uma pequena pinça.

— Vá se danar, idiota, e diga que me ama. Sei que você quer um beijo. Depois disso, comece a me dizer quem é essa garota linda que está aqui. Seu maldito sortudo. — Ele olhou para mim com seu sorriso travesso. — Você acabou encontrando uma princesa do rock 'n' roll.

Fiquei envergonhada e mordi o lábio, olhando para a roupa.

É.

Exagerei.

Eu tinha exagerado total e completamente.

Leif deu um passo à minha frente.

— Cuidado, cara.

O sorriso do homem só aumentou.

— Ah, então é assim?

Ele basicamente empurrou Leif para longe e veio na minha direção, envolvendo-me em seus braços gigantescos, me abraçando com força e me jogando de um lado para o outro.

Dei um gritinho, pega de surpresa, mas não pude deixar de rir quando continuou me balançando.

— Rhys, coloque ela no chão. Você vai sufocar a coitada, e eu ainda nem a conheci —disse a loira, sua voz não passava de uma reprimenda divertida.

— Mas eu gosto dela — reclamou, e então começou a sorrir mais, a voz baixa em meu ouvido para que só eu pudesse escutar quando ele me colocou de pé. — Que bom que está aqui.

Fiquei confusa e olhei para ele, sem ter certeza do que estava insinuando, querendo perguntar o que ele quis dizer.

Ele olhou de relance para Leif.

Emoção atingiu meu peito.

E eu sabia. Sabia até a alma.

Leif também precisava de mim.

Talvez tanto quanto eu precisava dele.

Leif suspirou, como se já esperasse tudo isso, e me surpreendeu de novo quando passou o braço em volta da minha cintura e me puxou para o seu lado.

A declaração proferida.

Assumindo-me na frente deles.

Tive vontade de enterrar o rosto em seu pescoço. Respirar seu calor. Nadar na possibilidade.

E eu sabia que estava me precipitando, mas depois ele apoiou a mão na minha lombar e beijou minha têmpora.

Dessa vez, não havia como parar.

Tudo acelerou.

Atração e eletricidade.

Leif pigarreou.

— Pessoal... essa é a Mia. Mia... essa é a banda.

Ele gesticulou para a garota da frente.

— Emily. Nossa vocalista principal. Compositora e a voz mais linda e memorável que você irá ouvir.

A loira bonita acenou com um sorriso tímido.

— Oi, Mia. Estou muito feliz por conhecê-la. E, para constar, não fique muito animada. O Leif pode estar exagerando um pouco.

Leif se inclinou em direção ao meu ouvido, embora tenha falado alto suficiente para que todos pudessem ouvir.

BEIJE-ME SOB AS ESTRELAS

— Não estou exagerando.

— Oi, Emily — respondi.

Leif ergueu o queixo na direção do homem alto ao lado dela.

— Richard. Guitarrista. Compositor. Vocal. Também é irmão de Emily. Os dois começaram a banda quando eram crianças.

Ah, sim, era isso.

A semelhança.

— Prazer em conhecê-la, Mia — disse Richard, os olhos me observando da cabeça aos pés.

Não porque estava me secando.

Quer dizer.

Ele estava me *secando*, mas não porque estivesse interessado.

Estava cuidando de seu amigo. Estava pensando nas minhas intenções. Se eu estava ali para me aproveitar de Leif em seu caminho para o estrelato, conseguir uma carona gratuita para a fama e os holofotes e, se as previsões de Lyrik estivessem certas, uma enorme fortuna em seu futuro.

A ideia era meio hilária, considerando que eu havia jurado a mim mesma que nunca sairia com um músico.

E lá estava eu. A garota que esperava chamar a atenção do baterista, mas não por nenhum dos motivos que Richard poderia ter imaginado.

— É muito bom conhecê-lo também, Richard.

Leif apontou para o cara corpulento que tinha acabado de me jogar de um lado para o outro.

— E esse aqui é o Rhys. Nosso baixista. É melhor ignorá-lo — disse, zombando do amigo.

Rhys ergueu as mãos em sinal de descrença, com os braços completamente cobertos por uma tatuagem deslumbrante, redemoinhos de palavras, notas dançantes e paisagens brilhantes e majestosas.

Parecia completamente contrário ao fato de que aparentava ser cem por cento um garoto do interior.

Até os ossos e as botas surradas que usava nos pés.

— Peraí. Me ignorar? E como essa garota vai ignorar tudo isso? Qual é, Leif. Não vamos falar bobagem. E você ainda finge ser o mais inteligente.

Ele fez um gesto para si mesmo.

Uma leve risada escapou.

Ele era um grande e enorme bobão com um sorriso fácil e voz rouca.

Ele voltou sua atenção para mim.

— Seu garoto aqui está morrendo de inveja porque ele fica nos fundos, tocando bateria, e ninguém dá a menor atenção. Mas parece que saiu e encontrou um pouco de atenção, não foi?

Ele agitou as sobrancelhas.

A risada de Leif foi espontânea e calorosa, e ele pigarreou. O braço ao meu redor se contraiu, seus dedos deslizando sob a parte de trás da minha jaqueta e roçando o tecido acetinado.

Como se precisasse da conexão.

E lá se foi minha linha de raciocínio.

Mergulhando direto em suas mãos.

Deslocando-me em direção ao seu corpo maravilhoso.

— Mia é a irmã mais nova de Lyrik West.

O silêncio se instalou, um estrondo de choque e sobrancelhas se erguendo para o céu.

Lyrik West tinha esse efeito.

Pelo menos Richard podia ter certeza de que eu não era uma fanática por famosos.

O homem passou a mão no cabelo e encarou Leif de canto de olho.

Talvez pensando que ele estava louco.

Praticamente desejando a morte.

Meu irmão vinha com uma reputação.

Não há dúvida quanto a isso.

Rindo, Rhys apontou o dedo para mim, mas deu um sorrisinho para Leif quando a conversa continuou.

— Você realmente foi procurar uma princesa do rock, não foi? Realeza, meu bem. — Seu olhar se dirigiu a mim. — Seu irmão é a porra de uma superestrela. Alguém me segure se eu começar a tietar.

Richard deu um tapa em sua nuca.

— Cara. — Ele inclinou a cabeça e repetiu com ênfase. — *Cara*.

Eu não sabia se estava dizendo para ele ficar calmo ou lembrando-o de que ele era, de fato, um cara.

Rhys ergueu os ombros de forma exagerada.

— O quê? Estamos falando de Lyrik West. E esta é a irmãzinha dele. Com o Leif.

Lá estava eu com aquele rubor de novo.

Emily deu um empurrão no ombro de Rhys.

— Como o Leif disse, é melhor você ignorar esse aqui.

BEIJE-ME SOB AS ESTRELAS

Rhys balançou a cabeça.

— Um homem não pedir um pouco de amor?

Ela deu um tapinha em seu peito.

— Não se for você.

Tentei esconder a risada, e Leif me puxou para mais perto, murmurando para mim.

— Eu devia ter te avisado.

Dei um sorriso, me divertindo.

— Você sabe com quem eu tenho que sair o tempo todo? Isso não é nada.

Rhys apontou de novo, os olhos arregalados enquanto encarava Leif e o restante da banda.

— Vejam. Alguém mais está percebendo essa loucura de outro mundo? Ela está falando da Sunder agora mesmo. Fã desmaiado.

O cara caiu de costas na calçada esburacada.

Estava dando um show.

Richard esfregou a testa e voltou para o teatro, olhando uma vez para mim.

— Ei, Princesa da Sunder, precisamos de um novo baixista. Conhece alguém?

Rhys se levantou.

— Estou indo, idiota. Não me obrigue a derrubá-lo.

Ele correu atrás do amigo e envolveu o braço em seu pescoço. Richard o empurrou, rindo, e Rhys lhe deu um soco no ombro.

— Não ligue para os meus garotos selvagens, Mia — afirmou Emily. Ela segurou minha mão e a apertou. — Estou muito feliz por estar aqui esta noite. Estávamos morrendo de saudade do Leif, então achamos melhor vir até aqui para ver o que ele tem feito. Fico feliz que esteja fazendo algo bom.

— Emily — falou Leif, em parte alertando, em parte exasperado.

— Estou apenas dando as boas-vindas à sua amiga, Leif. — Ela me deu uma piscadinha e puxou a saia com uma reverência exagerada antes de se virar e ir atrás de Rhys e Richard, que já estavam subindo os degraus dos fundos.

A porta se abriu logo antes de chegarem lá e uma garota saiu correndo, com o rabo de cavalo castanho balançando em volta dos ombros.

— Caramba — gritou Rhys. — Onde diabos esteve durante toda a minha vida?

Ela revirou os olhos e apontou o polegar sobre o ombro.

— Trabalhando. Como você deveria estar. Levem suas bundas para os bastidores. Hora da checagem de som. Será que eu tenho que correr atrás de vocês toda vez?

Eles entraram, murmurando desculpas e escondendo seus sorrisos.

Leif me abraçou mais forte.

— Então, essa é a Carolina George. Melanie é nossa assistente e a melhor amiga de Emily. Os quatro formam a única família que eu tenho.

E eu sabia que ele estava me dando um pouco mais.

Um pedaço dele.

Dei uma olhada em seu rosto lindo. Meu coração disparado. Empolgação zumbindo no peito, com o carinho vindo logo atrás.

— Estou ansiosíssima para ouvi-lo tocar, Leif. Tanto que está insuportável de aguentar a espera. Quero muito vê-lo no seu ambiente.

E talvez essa fosse a coisa mais perigosa de todas.

VINTE E SEIS

MIA

— Como posso cuidar de você se ficar lá embaixo? — A voz dele era um grunhido de possessividade.

— E como vou apreciar seu talento daqui de trás? — retruquei. — Quero ver você no palco, Leif. Viver a experiência. Afinal de contas, sou da realeza do rock 'n' roll. Acho que sou uma boa crítica. — Deixei a provocação flutuar no ar.

Uma tentação e um desafio.

Bem, eu não tinha uma veia musical no corpo.

Mas tinha certeza de que me tornaria especialista em apreciar o que ele tinha a oferecer.

Com uma risada baixa, ele colocou sua mão enorme em volta do meu quadril e me puxou para mais perto.

— Você pode estar usando uma coroa, mas acho que está mais para anjo.

Uma onda de tontura percorreu minha cabeça, tudo alimentado pela necessidade contida em seu tom e pela garrafa de champanhe que eu havia dividido com Emily e Melanie logo antes de dar a hora do show.

Ele deu um passo para frente. Seu corpo robusto escondeu o meu, onde me empurrou para as sombras nos bastidores.

Eu queria desmaiar e cantar.

Deslizei a ponta dos dedos por sua mandíbula forte.

Uma súplica que eu não entendia muito bem.

Ele encostou a testa na minha.

— Como é possível sentir isso?

— Sentir o quê? — forcei as palavras com dificuldade entre o desejo que se tornou espesso na garganta.

Ele fechou os olhos.

— Verdadeiro.

Ele se afastou e deu um passo para trás, passando uma mão ansiosa pelo cabelo.

Perto demais.

Exposto demais.

— Se vai lá para baixo, é melhor se apressar. Vamos entrar em alguns minutos.

— Tudo bem. — Comecei a seguir para o corredor que dava acesso ao andar.

Antes que eu chegasse a meio metro de distância, Leif segurou minha mão, me puxou para trás e me girou.

Seus dedos se emaranharam no meu cabelo.

Ele me beijou.

Um beijo longo, lento e impensável.

Sua língua era um chicote suave de posse. Devoção firme e aterrorizada. Ele envolveu as mãos na minha cabeça, torcendo meu cabelo em uma bagunça de desejo, a respiração áspera e ofegante atingindo minha boca.

Eu estava sem fôlego quando ele se afastou, agarrada à sua camisa, incapaz de ficar de pé.

Um pequeno sorriso surgiu em um dos cantos de sua boca deliciosa, seu polegar se movendo sobre meus lábios inchados.

— Eu te disse que ia tirar esse batom depois.

Recuei um pouco. Inspirei, trêmula. Peguei o batom que estava no bolso e o espalhei na boca que estava formigando.

— Caso você queira tentar de novo mais tarde.

Em seguida, dei a volta em seu corpo, roçando as pontas dos dedos sobre a fúria em seu peito enquanto passava por ele, ficar ali por mais um segundo sem me perder por completo era impossível.

Pude sentir seu grunhido me perseguindo. Minha boca se contraiu em um sorriso, mas não olhei para trás, apenas balancei os quadris de um lado para o outro enquanto seguia para o corredor.

Talvez eu quisesse brincar um pouco.

Observar a forma como sua mandíbula cerrava e seus olhos escureciam com uma fome intensa e desesperada.

Afetá-lo um pouco da mesma forma que ele estava me afetando.

Assim que contornei no final do corredor, apressei-me, praticamente correndo em direção à porta que dava para a pista de dança. Ansiosa demais para o meu próprio bem. Eu sabia disso. Sabia que estava no limite.

BEIJE-ME SOB AS ESTRELAS

Porém, naquele momento, eu estava saboreando esse alívio.

A mágoa sempre estaria presente, o medo do que estava por vir permanecendo no fundo da mente.

Mas Leif me lembrou que havia luz na escuridão.

Esperança na desolação.

Meus dedos coçaram.

As cores brilharam atrás de meus olhos. Ficando sem fôlego com a vontade de encontrar um pincel.

Era Leif. Era Leif.

Passei pela porta, desviando do segurança gigante que guardava a parte de trás, e abri caminho entre a multidão que disputava um lugar perto da frente do palco.

Implorando por atenção. Para se sentir parte daquela energia que se espalhava pelo ar.

Algo intenso e extraordinário.

Potente e persuasivo.

Como se estivesse observando o céu. Esperando que algo magnífico acontecesse.

Abri caminho, incapaz de deter o ímã que me puxava para frente.

Era Leif. Era Leif.

As luzes piscaram e a multidão se agitou, um amontoado de corpos que se expandiu em direção ao pé do palco.

Tão apertados que mal dava para se mexer.

Mas a vibe era diferente de um show da Sunder.

Esta noite, estava faltando aquela intensidade bruta e selvagem que pulsava, latejava e ameaçava se libertar. O clima era de um caos que estava se preparando para explodir.

Aqui, não havia nada além de gritos animados que ecoavam das paredes, caindo dos lofts que abrigavam as alas VIPs, assovios zunindo e botas fazendo barulho no piso de madeira.

As luzes piscaram outra vez, diminuindo antes que um único holofote azul-petróleo brilhasse na noite.

As baquetas se ergueram no ar e Leif as chocou sobre a cabeça, um, dois, três estalos que reverberaram pela atmosfera, aquela mandíbula marcante cerrada e sua cabeça balançando com a batida.

Meu coração disparou.

Era Leif. Era Leif.

Os holofotes piscaram de novo, escurecendo antes de voltarem à vida com um raio brilhante de amarelo para revelar Rhys tomando seu lugar. Ele ergueu o punho no ar para uma salva de palmas, gritos e batidas de pés.

Mais um estroboscópio, este vermelho, e Richard estava lá, segurando sua guitarra no ombro.

Um tumulto de vozes se elevou no ar denso e quente.

A escuridão se espalhou pela massa.

Uma batida.

Uma respiração.

Uma expectativa silenciosa.

Um momento depois, uma luz estroboscópica atravessou o ar carregado de partículas, iluminando Emily onde ela estava no microfone.

Ela envolveu a mão ao redor do pedestal e se inclinou. A batida da bateria aumentou em um ritmo lento e ascendente, assim que o baixo começou a vibrar.

Richard chegou para frente e começou a dedilhar um acorde melódico e hipnotizante.

Em seguida, Emily se inclinou e começou a cantar.

Pensei que a multidão inteira fosse enlouquecer.

Leif não estava exagerando.

A voz de Emily devia ser uma das coisas mais inesquecíveis que eu jamais ouviria.

Uma canção de ninar sedosa e carregada de uísque.

Encantadora.

Cativante.

O som deles era tão diferente do que eu esperava.

Uma mistura de country e rock que sussurrava sedução e ecoava com inspiração.

Letras repletas de dor, fé e família.

Meu corpo balançou e a música tocou, meu coração partido disparando à frente ao ritmo da bateria.

Erguido.

Ressuscitado.

Tomado.

Entregando-me à onda de emoções, lágrimas se acumularam em meus olhos e inclinei a cabeça para trás, para o teto alto, onde os tons e a melodia dançavam. Vapores de fantasmas e sussurros de anjos que rodopiavam no abismo que se elevava acima.

Lampejos de luz que brilhavam no vasto e infinito breu.

Meus olhos se abriram, atraídos, seguindo a ligação que sentia me esticando, até que eu estava olhando para o homem que me observava através dos flashes de luz ofuscantes.

Como se eu fosse a única coisa que ele conseguia enxergar.

Era Leif. Era Leif.

Minha estrela cadente.

E eu soube naquele momento que iria persegui-lo por toda a eternidade.

VINTE E SETE

LEIF

Eu me soltei na bateria quando a última música da apresentação chegou ao fim.

A canção era animada e rápida.

Todas as pessoas no local estavam de pé. Gritos atravessavam o ar nebuloso e estagnado do teatro úmido enquanto berravam, assoviavam e batiam palmas.

Emily segurou a última nota da música. A garota minúscula era potente.

As pessoas enlouqueceram com a apresentação.

Era uma sensação boa.

Porra, era muito bom estar ali no único lugar onde eu encontrava alegria.

A única parte de mim que restava.

Meu olhar vagou, encontrando-a na mistura dos corpos agitados, a garota me encarando de volta.

Com admiração.

Ansiedade apertou meu peito, misturada com a luxúria e a cobiça que senti ao vê-la parada ali me observando como se eu pudesse ser mais do que era.

Nossos olhares se cruzaram.

E eu senti a faísca.

A faísca de algo novo e aterrorizante. Algo que não deveria estar lá.

Mas que estava surgindo. Brotando e criando raízes.

Um novo tipo de alegria.

Seria melhor se a arrancasse antes que tivesse a chance de crescer.

Porém, em vez disso, eu estava de pé atrás da minha bateria, erguendo as baquetas no ar enquanto as luzes piscavam em uma batida furiosa e os fãs batiam os pés e gritavam sua aprovação.

Implorando por mais uma música.

Emily deslizou até a beira do palco e se abaixou para passar as pontas dos dedos nas mãos que estavam estendidas em sua direção, suplicando para se aproximarem.

Sorrindo, Richard jogou sua palheta para a multidão.

Instalou-se um caos, uma súbita rajada de movimentos, com braços balançando e corpos caindo conforme lutavam para pegar aquele pequeno tesouro.

Mas foi Rhys arrancando sua camisa suada, como fazia depois de cada show, que fez com que todas as garotas do lugar perdessem o controle. Eram massinha nas mãos dele.

Todas, exceto a minha garota.

Minha.

Minha.

Minha.

O clamor da reivindicação ecoou na minha cabeça, e tentei reprimi-lo. Conter a agressão que me atingiu em cheio quando vi a linda garota permanecer firme no meio do pandemônio.

Os olhos de carvão em mim. As longas mechas de seu cabelo preto enroladas em ondas suaves, maiores do que normalmente usava, a maquiagem mais carregada. Os cílios volumosos, e os lábios mais cheios ainda.

Parecia que a garota tinha acabado de entrar na passarela ou saído de um palco.

Sexy pra caralho.

Impressionante.

Linda ao extremo.

— Obrigada por terem vindo nos ver esta noite, Savannah! — gritou Emily no microfone, levantando a mão e acenando. — Nós amamos vocês!

Outra rodada de gritos, berros e batidas de pés.

— Continue maravilhosa, Savannah — falou Richard em seu microfone antes de puxar a alça de sua guitarra sobre a cabeça e colocá-la no suporte, acenando ao sair do palco.

Rhys girou a camisa encharcada sobre a cabeça e a jogou para a multidão, o peitoral tatuado e o abdômen brilhando de suor, fazendo com que toda a população de Savannah se ajoelhasse.

Cada um dos meus companheiros de banda comandava o palco.

O talento deles era avassalador. Mas esse negócio não exigia apenas talento. Era preciso carisma. Conectar-se com as almas no palco como se estivessem bem ali com você.

Um estrondo de ferocidade que ardia por dentro.

Eu queria isso para eles. Queria muito.

O problema era que eu não tinha certeza se conseguiria permanecer. Se eu poderia ficar e fazer parte disso sem destruir a chance deles antes de começarem.

Tudo estava ficando embaçado.

Distorcido.

Tudo, exceto a garota que estava esperando no pé do palco.

Ao seu redor, as pessoas riam, bebiam cervejas e esperavam pela cobiçada chance de conseguir um convite para os bastidores, mas ela permaneceu ali, me observando com aqueles olhos que faziam coisas malucas comigo.

Eu me inclinei naquela direção.

Pura intensidade.

Um raio que caiu entre nós.

Calafrios disparando para todos os lados.

Um estalo no ar.

Um sorriso surgiu no canto de sua boca doce e meiga, pintada com aquele vermelho luxuriante, quando me viu indo em sua direção.

Cerca de cinquenta outras garotas também perceberam, como se pensassem que eu estava indo atrás delas.

Sem chance.

Eu tinha um destino.

Um pensamento.

Eu estava seguindo na direção dela quando algum idiota decidiu notá-la também. Não que fosse possível não ver a garota mais bonita do lugar.

A questão é que isso não dava a ele um passe livre.

Não quando se aproximou, sussurrando no ouvido dela, o rapaz do interior cheio de covinhas, charme e sorrisos da Geórgia.

Meu coração disparou. Minhas costelas se apertando.

Merda.

Isso estava ficando ruim.

Minhas metas fora de vista.

Mia lhe deu um sorriso educado e um leve balançar de cabeça, tentando se esquivar dos avanços que não queria.

O imbecil não se tocava.

Ele a pegou pelo braço como se tivesse o direito de encostar na beleza que estava me deixando louco.

Sem pensar duas vezes, deslizei pela frente do palco. A multidão pulsava ao meu redor.

BEIJE-ME SOB AS ESTRELAS

Um círculo vivo de corpos que se pressionava e lutava para se aproximar.

Eu me empurrei entre eles. Precisando chegar até ela. Para reprimir o desarranjo que estava nublando minha cabeça.

Não dei a mínima para aqueles que estavam, sem dúvida, tirando fotos. Vendo tudo isso acontecer.

Minha.

Minha.

Minha.

Caralho. Eu queria gritar. Culpa surgiu das profundezas. Essa traição que estava se tornando meu maior pecado. Mas não conseguia impedir a posse que se erguia como uma tempestade.

Sombria, escura e ameaçadora.

O idiota a puxou e tentou enfiar o rosto em seu cabelo.

Decisão ruim, filho da puta.

Eu o agarrei pela nuca.

O imbecil não passava de um tampinha.

Ele começou a virar para cima de mim. Estava se preparando para dar socos, sem dúvida.

Se ao menos eu tivesse essa sorte.

Talvez isso me desestressaria um pouco.

Os olhos do babaca se arregalaram quando viu que estava prestes a levar uma surra do cara lá atrás.

— Você... você é o baterista? Não é?

Todos estavam olhando como se tivessem acabado de testemunhar um acidente com quinze carros na interestadual.

Eu estava me lixando.

A única coisa que me importava era a garota que estava olhando para mim em choque e surpresa.

— Leif — murmurou em uma tentativa de chamar minha atenção.

— É isso mesmo — falei a ele, incapaz de conter o ciúme que se espalhava pelo meu ser. A ideia de outra pessoa a tocando. Amando-a. Não conseguia nem tolerar a imagem.

O pensamento ou a possibilidade certa.

— Acho que você deveria ir embora, não? — avisei.

Meu olhar se estreitou e meus dedos se contorceram. Queria quebrar a cara dele por ter a audácia de olhar para ela. Por sequer pensar nela.

O que era bizarro em tantos sentidos.

Ele levantou as duas mãos, uma delas com uma cerveja pendurada nos dedos.

— Opa, cara. Acho que temos algum tipo de mal-entendido aqui. Não quis fazer nada de ruim ou desrespeitoso. Não sabia que ela era sua garota.

Ele se afastou.

Eu me aproximei, da mesma forma que ele havia feito com Mia.

— É, bem, acho que minha garota estava deixando bem claro que não estava interessada, quer estivesse comigo ou não.

Ele deu uma risadinha nervosa, olhando por cima do ombro, como se estivesse se preparando para fugir.

Uma mão pousou em meu braço.

Suave, segura e certa.

— Acho que ele já estava indo embora, não estava? — insistiu ela. A voz de Mia me envolveu.

Um bálsamo e um fósforo.

Conforto e gasolina.

A atenção do cara se alternou entre nós dois.

— Foi mal. É sério. Estamos de boa, cara. Estamos de boa.

Não estávamos nada de boa porque eu estava pegando fogo.

Perdendo o controle.

O foco controlado que eu possuí nos últimos três anos foi destruído em um sopro.

O sopro dela.

Sua mão apertou meu braço, e ela olhou para mim através da pequena claridade que entrava no teatro. Preocupação em seus olhos e malícia contraindo aqueles lábios.

Algo novo surgiu no espaço entre nós.

Compreensão.

A garota me entendia de uma forma que ninguém mais conseguia.

Como se talvez conseguisse ver através da tristeza e da dor.

Meu peito se apertou.

Não.

Não através.

Como se estivesse disposta a atravessá-las comigo.

— E, aí, Carinha Baterista — disse calma, sorrindo ao pronunciar o apelido que Brendon havia me dado, e todas as crianças seguiram o exemplo, já que não havia como negar que ele era o alfa da matilha.

BEIJE-ME SOB AS ESTRELAS

Soltei um suspiro tenso.

Ela sorriu ainda mais. Sedução e doçura.

— Nada como uma pequena reação exagerada. Não me diga que está com ciúmes? — ela provocou, o clima a mil quilômetros de onde estávamos ontem.

Um grunhido de posse se espalhou por mim, e me inclinei na direção dela, eliminando o espaço.

Meu corpo contra o seu.

Alívio. Alívio.

— Ele te tocou — resmunguei.

Uma risada leve e incrédula escapou dela. Misturada com uma dose mortal de tentação.

— E eu tinha acabado de dizer a ele para sumir. Que eu não estava interessada.

Ela se ergueu na ponta dos pés e colocou a boca perto da minha orelha.

— Que eu era comprometida.

Um rosnado subiu pela garganta e meu braço envolveu suas costas, os dedos da minha outra mão mergulhando nas longas mechas daquele cabelo tão escuro.

A garota era perversa.

A garota era pura.

A garota era tudo.

Minha boca desceu com força, devorando seus lábios assim como ela estava devorando minha alma. Beijando-a com tudo o que tinha. Implacavelmente.

Bem ali, no meio da multidão.

Pude sentir a risada e o desejo subindo por sua garganta, um fluxo de luxúria que engoli bem no momento em que suas mãos apertaram minha camisa.

Flash. Flash. Flash.

Uma série de câmeras disparou.

Merda.

Definitivamente não precisávamos desse tipo de público.

Um sorrisinho surgiu no canto da minha boca quando me afastei. Segurei sua mão enquanto ela permanecia ali, ofegante.

Chocada e excitada e a melhor coisa que eu já tinha visto.

— Venha.

Comecei a arrastá-la pela multidão.

— Para onde estamos indo? — gritou ela atrás de mim.

— Para um lugar onde eu possa ficar com você sozinho.

As pessoas se esquivaram do caminho conforme eu passava. Algumas delas chamaram meu nome, pedindo um autógrafo ou uma foto.

— Hoje não.

Como se eu tivesse tempo para isso.

Um minuto perdido era um minuto que eu não passaria com ela.

Eu sabia a verdade brutal disso.

Só precisava ficar sozinho com ela. Abraçá-la, tocá-la e me perder na tortura perfeita de seu corpo.

Segui em direção a uma das portas laterais que davam para os bastidores, escolhendo a que ficava do lado oposto de onde eu sabia que o resto da banda estaria.

No lugar onde os fãs que haviam comprado ingressos VIP estavam.

Entrevistas e todas aquelas bobagens necessárias quando se está tentando alcançar a fama.

Esta noite, havia apenas uma pessoa que importava para mim. Uma pessoa que eu queria conquistar.

Minha alma se agitou com a ideia, mas deixei que ela me alimentasse, o frenesi tomando conta de mim à medida que subia os degraus da porta lateral. O segurança me deu um rápido aceno de cabeça ao abri-la e nos deixou passar, e a risada animada de Mia disparou pelo corredor à nossa frente como se já tivesse descoberto nosso destino enquanto eu a arrastava pelos caminhos escuros nos recônditos mais profundos do edifício.

Abrindo portas, procurando um lugar apropriado.

Luzes e a porra da privacidade.

Abri com força a porta de um depósito.

— Não há espaço suficiente para o que planejo fazer com você — resmunguei, e ela riu mais quando continuei nossa busca.

Um closet.

Uma sala de equipamentos da produção.

Uma sala de materiais de limpeza.

Abri a porta seguinte. Ela bateu contra a parede interna, revelando um camarim abandonado.

Agora sim, porra.

Havia uma longa penteadeira, três cadeiras em frente a ela, o espelho emoldurado por luzes. Prateleiras com fantasias abandonadas nas paredes, perucas penduradas em ganchos, maquiagem e coisas de cabelo espalhados por toda parte.

BEIJE-ME SOB AS ESTRELAS

Eu a puxei para dentro e fechei a porta com um chute.

— Leif. — Meu nome deslizou de sua língua, misturado com uma gargalhada estridente. Em dois segundos, eu a havia prendido contra a parede, minhas mãos descendo pela curva suave de seus quadris e puxando-a no meu pau.

Ela gemeu e deu uma risadinha, abrindo-se para a intensidade do meu beijo.

Um grunhido soou baixo em minha garganta.

— Você tem gosto de comemoração, baby.

Sexo, confete e champanhe.

As pontas de seus dedos se afundaram nos meus ombros.

— Você tem gosto de veneno e possibilidade.

Eu estava hipnotizado.

Embriagado de desejo.

Apaixonado.

Não sabia de porra nenhuma.

Eu apenas a ergui e suspirei de alívio quando ela envolveu aquelas pernas na minha cintura.

Beijando-a com desespero, levei-a para o camarim. Ela deu um gritinho de surpresa quando a levantei bem alto, colocando-a de pé na penteadeira. A garota usava botas de cano alto, jeans justos e uma jaqueta que deixava coisas demais para a imaginação.

Para manter o equilíbrio, ela ergueu as mãos para agarrar a grade que sustentava uma fileira de luzes penduradas nas vigas, enquanto eu segurava seus quadris, encarando-a conforme ela olhava para mim.

A garota sob os holofotes.

Exatamente onde pertencia.

Suas bochechas eram salientes e definidas, os olhos penetrantes, com bordas super escuras. As pálpebras estavam cobertas de um brilho que a fazia parecer o anjo que eu sabia que ela era.

Lábios macios e pintados de vermelho.

Um laço decadente que o demônio queria rasgar em pedaços.

— O que está fazendo? — sussurrou quando eu a soltei e me acomodei de volta na cadeira à sua frente.

— Quero observar você.

Sem inibições.

Não os olhares secretos e dissimulados que eu vinha roubando no último mês.

Esta noite, eu queria que ela fosse minha.
Sem dúvidas.
Sem ressalvas.
Uma risada nervosa e sexy escapou de sua boca, seus quadris balançando um pouco ao mesmo tempo que se segurava na grade acima.

— E o que quer ver?

— Você... quero ver você dançar para mim. Brilhar para mim. *Tirar a roupa para mim.* — A última palavra foi uma ordem necessitada.

Um tremor a percorreu da cabeça aos pés.

— Eu... eu não sou....

— É a melhor coisa que já vi, Mia West. Toda vez que olho para você, fico sem fôlego. Me conquistou no segundo em que te vi. Tem alguma ideia? Alguma ideia da merda que fez comigo?

Ela soltou um gemido. Os olhos de carvão exibindo seu próprio desejo. Sua própria confusão e esperanças e as coisas que ela não deveria estar vendo quando olhava para mim.

Parecia que éramos iguais.

Caçando o que só iria nos machucar.

Ruídos da música se infiltraram pelas paredes, o chão vibrando com o baixo pesado que ressoava e sacudia enquanto a boate ganhava vida para a festa que se seguia a cada show.

Uma das coisas que tornava esse lugar tão popular.

Mas era Mia West que faria com que eu nunca me esquecesse disso.

Ela se contorceu, depois mordeu o lábio inferior.

Seu olhar se conectou ao meu.

Procurando ver se podia confiar em mim.

Ela não deveria.

Mas eu queria que ela confiasse.

Porra, como eu queria.

Inspirando com firmeza, ela soltou as mãos da grade.

— Você me possuiu no segundo em que o vi sentado naquela cadeira no sótão, Leif Godwin. Eu nem tinha visto seu rosto e você já me tinha.

Ela moveu os ombros devagar quando murmurou isso. Um gesto que percorreu todo o seu ser, os quadris começando a balançar de acordo com a batida que pulsava no chão.

Caralho.

Meu estômago se retorceu. Nós de desejo. Uma onda de luxúria.

BEIJE-ME SOB AS ESTRELAS

Meu pau se enfureceu no tecido apertado do jeans.

Tentei manter a calma, mas Mia desfez tudo.

Devagar, ela tirou a jaqueta de couro, deixando-a escorregar por seus braços delicados, expondo toda aquela pele branca que brilhava e reluzia sob as luzes fortes do camarim, a garota se movendo com uma dança lenta o tempo todo.

Os saltos ressoaram na superfície da mesa conforme a jaqueta caía em um montinho a seus pés. Por baixo, ela vestia uma fina blusa preta de cetim com alças que mostrava seus ombros tonificados, os seios apontando através do tecido.

Chamas se agitaram e explodiram.

A garota apareceu como o calor de uma tempestade de verão. Aumentando à distância. Minha boca secou, esperando o alívio da chuva.

Ela se levantou e agarrou a grade, dobrando os joelhos enquanto balançava aquele corpo delicioso.

Sensual.

Tão doce, porra.

Ela se inclinou para o lado, mostrando-me o zíper de sua bota de salto. Fiquei feliz demais em obedecer. Arrastei o zíper para baixo, dando um beijo em sua panturrilha coberta pelo jeans enquanto tirava a bota de seu pé. Ela se virou, dando-me a honra de fazer o mesmo com a outra.

— Está me matando, Mia — murmurei, deixando a segunda bota cair no chão, e algo malicioso surgiu em sua boca enquanto ela balançava os quadris e mexia os ombros, puxando-me para um transe delirante.

Atordoado pela maravilha que era essa garota.

— É isso que você ganha — sussurrou, virando-se e rebolando a bunda na minha frente, os dedos indo até o botão e o zíper de seu jeans. O ruído dele abrindo atingiu o ar antes que ela abaixasse a cintura do jeans só um pouco. Ela me encarou por cima do ombro. — É isso o que você ganha por me fazer sentir assim.

— Como eu estou fazendo você se sentir?

É, eu também era masoquista. Querendo ouvir. E saber exatamente o que estava se formando naquela linda cabecinha.

Virando outra vez, Mia baixou a calça pelos quadris, inclinando-se um pouco para a frente enquanto o fazia.

— Como se eu estivesse me preparando para testemunhar a coisa mais brilhante e incrível. Tão reluzente que vai eclipsar tudo. Como se eu estivesse tão perto de tocá-la, de capturá-la. Mas sei que vai se apagar, e não saberei como encontrar meu caminho na escuridão quando isso acontecer.

Emoção se apertou no meu peito. Emaranhada com o desejo.

— Você está enganada, Mia. Já se apagou há muito tempo. — As palavras saíram ásperas. Cacos de vidro que arranhavam minha garganta.

— Então, como é que eu sinto você brilhando através de mim? — Sua confissão era um pedido. Um apelo.

Culpa e cobiça se confrontavam dentro de mim.

Inclinei-me para a frente na cadeira, estendendo a mão e tirando seu jeans pelo resto de suas pernas.

Nada além de desejo.

Ela se soltou, a garota vestindo apenas aquela blusa frágil e a calcinha de renda preta mais fina que eu já tinha visto.

As pernas longas à mostra.

Um grunhido me escapou.

Feroz.

Eu a agarrei pela parte externa das coxas, passando meu nariz pelo seu joelho.

Cada vez mais acima.

Inspirando profundamente.

— Tão provocadora — falei.

Ela balançou a cabeça e se ajoelhou. Poderia muito bem ser uma víbora se preparando para atacar, de tão perigosa que era para mim.

— Não é uma provocação, Leif. Não quando é a coisa mais real que já senti. — A vulnerabilidade se alastrou por sua expressão.

— Vou te mostrar o quão *real* você me faz sentir, Mia.

Vivo pela primeira vez em anos.

— Para isso, vou precisar de você no meu colo. — Dei um sorrisinho e a levantei da mesa, adorando o modo como soltou um suspiro trêmulo e excitado quando a coloquei em cima de mim.

A garota gerou a fricção perfeita, onde se instalou na hora contra meu jeans.

— Leif.

Ela precisava disso tanto quanto eu, e minhas mãos deslizaram por baixo de sua camisa enquanto se ajoelhava, as palmas das mãos sobre o turbilhão crescente no centro do meu peito que queria sugá-la para a eternidade.

Observando-a, puxei a blusa por cima de sua cabeça. Aquele rio de cabelos pretos caiu ao redor de seus ombros e sobre seus seios, que mal estavam escondidos pelas mechas.

BEIJE-ME SOB AS ESTRELAS

— Tão linda, baby. Me deixou tão excitado que não sei o que fazer comigo mesmo.

Brinquei com uma mecha, tentando me recompor. Domar a ânsia que se enfurecia, implorava e lutava para se libertar.

Arrastei o nó de um dedo sobre um mamilo rosado que surgiu por entre as ondas.

Ela ofegou, depois se contorceu, me apertando com força enquanto envolvia as mãos em volta da minha cabeça, seu corpo implorando por mais.

— Nossa, Leif.

— Esses peitos — murmurei, roçando os lábios no mamilo enrijecido. — Tão perfeitos.

Arrepios percorreram sua pele, a respiração se tornando superficial, e ela sorriu. Pela leveza que estávamos sentindo mais cedo, antes que a intensidade a tivesse afugentado.

Destruindo a lógica e o raciocínio.

Apenas eu e a garota.

Meu anjo do sótão.

— Eles são pequenos. Me diga que você não é um homem que gosta de seios — tentou brincar, mas foram seus olhos que a denunciaram.

Vulnerabilidade evidente.

Não consegui impedir que a confissão escapasse.

— Acho que sou um homem que gosta de Mia.

Seu peito estremeceu.

— Não diga coisas que não quer dizer. Meu coração não aguenta.

Embrenhei meus dedos em seu cabelo, na lateral de sua cabeça. Forçando-a a me encarar de cima para baixo, onde estava a um centímetro de distância.

— Estou falando sério, Mia. Se eu pudesse ser. Se eu fosse diferente. Melhor. Eu seria seu.

Ficamos nos olhando por um instante.

Detidos.

Suspensos.

Depois, nos chocamos em um turbilhão de desejo.

Uma bomba explodindo na base de uma represa.

Tudo o que estávamos retendo jorrando livremente.

Puxei-a contra a boca, beijando-a profunda e longamente antes que meus lábios descessem para mordiscar seu queixo, chupando a pele de sua garganta que se movia sem parar, e trilhei um caminho de beijos até seu seio, sugando aquele biquinho.

Mia gemeu e puxou meu cabelo, e ela inclinou a cabeça para trás em um impulso de desejo. Eu a segurei conforme arqueava as costas, devorando os lindos seios da garota.

Movendo-me de um para o outro enquanto se contorcia e gemia.

— Leif. Eu não me reconheço. Não mais. Não com você. Você torna tudo diferente. Melhor. Eu quero... eu quero... — Ela não terminou de falar.

Ela nem precisava dizer.

Eu sabia. Eu sabia.

E desejei poder dar tudo o que ela merecia. Amar essa deusa que eu tinha na palma das minhas mãos.

Ela lutou para me tocar em todos os lugares, as mãos entrando sob minha camisa e arrastando-a sobre minha cabeça. Meu peito estremeceu e vibrou, e ela se abaixou, atacando minha mandíbula, meu pescoço, meu coração partido que, de alguma forma, ela havia conseguido despedaçar ainda mais, seus lábios e língua me beijando em todos os lugares que conseguia alcançar.

Ela estava ofegante, frenética, seus dedos tremendo enquanto mexia nos botões do meu jeans. Eu a segurei com força conforme levantava os quadris da cadeira para abaixar a calça, e ela se distanciou um pouco para que eu pudesse arrancar a renda de seu corpo.

Sua boceta estava nua e linda, e meus dedos deslizaram por suas dobras encharcadas.

O desejo se intensificou e enfiei dois dedos bem fundo em seu corpo doce e apertado.

Ela se ergueu e rebolou, cavalgando na minha mão.

— Por favor. Isso. Leif. Não aguento mais.

Um turbilhão de súplicas saiu de sua boca, e ela encostou a testa na minha, sua cabeça balançando enquanto eu a levava ao ápice.

— Quero te tocar em todos os lugares, Mia. Possuir você de todas as maneiras. Te marcar do jeito que eu estava morrendo de vontade de fazer.

Invadir.

Infectar.

— Me marque — choramingou, um suspiro em meus lábios, como se estivesse me dando permissão para cumprir todos os avisos que eu fiz no dia em que nos conhecemos.

Os mesmos que eu vinha dando o tempo todo.

Segurei meu pau, acariciando-o uma vez, me posicionando entre suas coxas.

Ela estremeceu, e eu me ergui, guiando-a para cima de mim em um impulso rápido e forte.

Mia gemeu e afundou sua surpresa em minha garganta enquanto eu a preenchia por inteiro, suas paredes se apertando ao meu redor, tão bom que quase explodi naquele momento.

Lutamos para respirar, para nos agarrarmos a algum tipo de realidade.

Mas se algo verdadeiro existia naquele momento, éramos nós.

O demônio e a salvadora com a qual eu não podia ficar.

— Me cavalga, baby — murmurei a ordem, minha mão em sua nuca, segurando-a bem perto de mim.

Ela suspirou, e estremeceu nas minhas mãos, a garota se erguendo para acabar comigo.

Soltando-se.

Seu corpo maníaco.

As mãos enlouquecidas.

A garota me tocando até a alma vazia.

Provocando-me com a ideia de que ela poderia ser a única capaz de segurá-la.

Afastei o pensamento e vivi o momento.

Minhas mãos deslizaram de cima a baixo em suas costas magníficas, as palmas descendo até sua bunda redonda e exuberante. Agarrando e possuindo, meus dedos escorrendo ao longo de sua fenda.

Mia ofegou, balançando a cabeça conforme se esforçava para acompanhar o ritmo.

Para entender.

A garota se chocando comigo a cada estocada desesperada.

Agitando-se em cima de mim mostrando que era verdadeira. Como se apenas esse momento importasse e não houvesse amanhã.

Ou talvez estivesse pensando que, caso se segurasse com força suficiente, poderia ser capaz de fazer isso para sempre.

Nunca mais me soltar.

E eu queria isso.

Desmoronar.

Soltar as cordas nas quais eu estava pendurado.

Meu estômago se apertou e meu corpo ardeu.

Fogo nos consumindo por inteiro.

Incendiados.

Ela me observava com aqueles olhos, e segurei a base de suas costas para incliná-la no ângulo certo, e comecei a roçar os dedos em seu clitóris.

Ela agarrou meu ombro, a outra mão percorrendo meu abdômen.

Procurando por mim.

Me amando.

— Você, Leif. Você.

Eu queria dizer a ela para não fazer isso.

Impedir antes que fosse tarde demais.

Mas ela estava lá. A mais brilhante explosão de luz que senti se fragmentando nas minhas profundezas.

Um relâmpago.

Um terremoto.

Uma pura e completa devastação.

Ela estremeceu no meu colo, gritando meu nome enquanto o êxtase consumia seu corpo.

O bolo apertado de prazer que havia se acumulado na base de minha coluna se rompeu.

Eu a agarrei pela cintura, aconchegando-a ao meu corpo conforme gozava.

O corpo sacudindo. A mente se estilhaçando. Como se pudesse sentir quem eu era se partindo em dois.

Velhos fantasmas acharam caminho através da fenda.

— *Só você. Para sempre. Não importa o que aconteça.*

— *Promete?* — sussurrou ela, com um sorriso leve e uma confiança real.

— *Prometo.*

Os vestígios do juramento se espalharam por mim como um presságio. Um maldito sonho ruim.

Mia desabou em cima de mim. Seu peito estremeceu e arfou, como se estivesse tentando recuperar o fôlego quando foi ela quem o roubou de mim.

Enfiei o rosto na batida irregular que eu podia sentir em seu pescoço, aquele estrondo despedaçado que buscava refúgio no espaço entre eles.

Em busca de um novo lar.

— Caralho. Mia. — Eu a afastei um pouco, encarando a garota. — Você é perfeita.

Rubor se espalhou por suas bochechas. Era algo que ia além da timidez. Era uma emoção avassaladora que crescia, se enroscava e lutava para ser reconhecida.

Mia tocou minha bochecha.

— Acho que você foi o presente que eu estava pedindo.

Não consegui responder, apenas a tirei do meu pau, dando um sorriso convencido quando ela olhou para mim e outro tremor percorreu seu corpo.

— Também acho que nunca vou me fartar. Espere até eu te levar para casa, princesa. — Minha voz estava áspera, as coisas que eu queria dizer quase não se contendo.

Ela se inclinou, sussurrando no meu ouvido.

— Não vejo a hora.

Agarrei sua blusa.

— Levante os braços.

Dando uma risadinha, Mia recuou e ergueu os braços, aquela boca sexy se retorcendo em uma provocação.

— Sim, senhor.

Um grunhido escapou do meu peito enquanto eu passava a blusa por sua cabeça, meus dedos acariciando seu queixo.

— Cuidado, Mia. Acho que pode estar pedindo mais do que esperava. Eu venho com um preço muito maior do que você pensa.

— Isso é engraçado, porque eu estava pensando que você vale mais do que imagina.

— Mia. — A palavra saiu ríspida. Um aviso e uma maldita oração.

Intensidade se estendeu entre nós. Os corações conectados. Por um segundo, cem por cento em sincronia.

Então, uma gargalhada lhe escapou quando passei o braço em volta de sua cintura, levantando-a contra mim conforme ajeitava minha calça sem soltá-la, e ela me observou como se eu fosse seu rei quando a sentei na beirada da mesa, ajoelhando-me e a ajudando a vestir seu jeans e as botas.

Mas era eu quem estava ajoelhado em reverência.

Adorando e venerando a graciosidade que era essa garota.

Quando saímos do camarim, o barulho da boate atravessava as paredes antigas. Um trovão de energia. Tudo sendo contido. Uma ponta de desespero e decadência pairando no ar ao mesmo tempo que as pessoas se soltavam. Libertando-se de suas correntes. Por alguns instantes, livres dos fardos desse mundo.

Sempre achei que a música se tratava disso.

Um alívio.

Uma expressão.

Libertação do que estava nos prendendo.

Peguei meu celular no bolso e enviei uma mensagem.

> Eu: Foi mal a ausência. Tive assuntos a tratar.

Ele respondeu antes mesmo de eu ter a chance de guardar o celular de volta no bolso.

> Rhys: Não tenho certeza de como vai lidar com aquela Princesa da Sunder. Ela é gostosa demais para você. Me avisa se quiser que eu te substitua.

Maldito Rhys.

> Eu: Bem que você queria, idiota.

Ele nem precisou responder para eu saber que o desgraçado presunçoso estava rindo, me provocando.

Com a mão dela ardendo na minha, conduzi Mia pelo labirinto de corredores estreitos que serpenteavam ao longo de toda a parte de trás. Evitamos as áreas onde aglomerações havia se formado, passando sorrateiramente pelas vozes elevadas.

A devassidão e a folia.

Eu mesmo tinha bastante disso.

Bem ali, considerando que eu queria essa garota para mim. Mesmo que fosse só por um tempinho.

Um minuto de alívio.

Saímos pela porta dos fundos e entramos na noite.

Fodeu com a minha cabeça quando ela subiu na traseira da minha moto como se já tivesse feito isso milhares de vezes. Os braços ao redor da minha cintura. Sua bochecha apoiada em meu ombro.

O sentimento por essa garota era certo demais.

Adentrei a rua, nos levando de volta à área histórica de Savannah. A noite estava densa, profunda e rasteira.

As estrelas tão próximas que quase podíamos estender a mão e tocá-las.

Hipnotizante.

Linda.

O vento bateu em nossos rostos e meu coração estava tão acelerado que eu tinha certeza de que iria explodir.

BEIJE-ME SOB AS ESTRELAS

Peguei a última curva para a rua que levava para trás da casa de Lyrik e Tamar. Diminuí a velocidade quando vi os faróis virados na nossa direção. Estacionado do outro lado da garagem, perto do meio-fio.

Se eu tivesse uma vida normal?

Não teria pensado duas vezes.

Era apenas a porra de um carro.

Só que a inquietação percorreu minha pele. Pegajosa e quente. Uma onda de pavor, raiva e hostilidade.

Meu coração martelava com uma batida irregular e irrequieta.

Tomando uma decisão rápida, levei minha moto até o meio-fio bem em frente ao portão e virei a cabeça para olhá-la.

— Desça, Mia. Entre. Agora.

Ela hesitou.

— Vá — gritei.

Tremendo, ela desceu da moto. Desconfiada e confusa, ela cambaleou pelos degraus até o portão, digitou o código e entrou correndo, olhando para mim aterrorizada ao fazê-lo.

Os faróis ainda brilhavam, mas o carro não havia se movido.

Ele ficou ali... parado.

Mas pude sentir.

Algo sinistro pairava no ar denso e sufocante.

Avancei com a moto, me aproximando cada vez mais dos faróis ainda acesos, meu olhar se estreitando e tentando identificar a marca e a cor.

E se eu tivesse bastante sorte?

O desgraçado sentado atrás do volante.

Mas eu não conseguia distinguir nada, completamente cego quando o motorista pisou no acelerador do nada e o carro avançou.

A adrenalina disparou, um tanque despejado em minhas veias.

Instinto tomou conta de mim e apertei o acelerador, inclinando o guidão suficiente para que eu pulasse o meio-fio. A moto quicou ao bater na calçada, mal conseguindo se manter de pé.

Um segundo depois, o carro passou em disparada. A um centímetro de distância. O calor dele percorrendo minha pele, tão perto que eu quase podia sentir o ódio que emanava de dentro.

A única coisa que fez foi atiçar o meu próprio ódio.

Malícia e nojo.

Virei a moto, meu corpo sacudindo ao pular o meio-fio e bater com força na rua. Não deixei que isso me atrasasse, e acelerei a moto o máximo que pude.

O mundo se tornou um borrão conforme corria para alcançar o idiota que estava dirigindo aquele carro. Não sabia se era eu que estava trazendo meus problemas, o lixão que era minha vida, ou se o verdadeiro perigo era a encrenca em que ela havia se metido.

Isso me fez sentir perturbado.

Imprudentemente determinado a encontrar o responsável.

Para acabar com isso.

Consertar o problema.

Erradicá-lo.

O que fosse necessário.

Agressividade flamejou, ódio queimando.

O sangue se transformando em gelo frio e amargo.

Uma guerra interna.

Por ela.

Por ela.

O problema é que eu não sabia mais quem ela era.

Minha moto desceu a rua em uma velocidade perigosa, com casas e árvores zunindo por mim, e quase não consegui processar o que estava bem na minha frente.

Nada, exceto as lanternas traseiras que eu perseguia.

Eu me esforcei mais. Mais rápido.

O vento soprava e meu coração retumbava contra as costelas.

Insanidade me levando à fúria.

O carro derrapou antes de fazer uma curva fechada à direita.

Droga.

Freei com força.

O motor rugiu e a roda traseira travou, fazendo com que a moto derrapasse.

Lutei para ganhar tração. Manter o controle.

Ainda assim, fiz a curva rápido demais.

Brusco demais.

Os pneus guincharam ao deslizarem na calçada. Tentei enxergar através do pânico, e meu pé se abaixou em uma tentativa de evitar que ela derrapasse completamente. Um segundo antes de atingir o chão, peguei a tração.

Endireitando-a.

Nem consegui equilibrá-la na posição vertical direito, antes de acelerar outra vez.

Mas o carro que eu estive perseguindo estava desaparecendo em uma curva à esquerda cerca de 400 metros à frente.

BEIJE-ME SOB AS ESTRELAS

Disparei para chegar lá, mas quando fiz a mesma curva, o carro tinha sumido.

Desaparecido.

Em lugar nenhum.

Recusando-me a desistir, procurei, andando devagar pelas ruas laterais como se fosse um maldito maluco. Espreitei pelas janelas dos carros, como se estivesse buscando entre escombros em um campo de batalha no meio da noite.

Eu queria gritar por estar chegando de mãos vazias.

Por ter falhado de novo.

Por fim, tive de admitir que não havia chance de encontrá-los depois de ter andado sem rumo na última hora e de um policial fazendo sua ronda ter me considerado suspeito.

Antes que eu fizesse uma bagunça ainda maior, virei e fui para casa.

Casa.

Uma gargalhada amarga ressoou, sabendo que meu cérebro tinha ficado ruim.

O gosto dessa traição estava azedo em minha língua.

Veneno em meu sangue.

Mas não importava.

Estacionei a moto na garagem e atravessei o portão. Na mesma hora, meu olhar foi atraído para as janelas da ala dela da casa. Luzes fracas iluminavam a garota que estava em um dos cavaletes, com um pincel na mão.

Paraíso.

Éden.

Um inferno perfeito e tortuoso.

Atraído, eu me movi. Não restava mais força de vontade.

Digitei o código, e ela nem sequer se mexeu, como se tivesse sentido minha aproximação o tempo todo.

— Eu os perdi — grunhi. Pura derrota.

Olhos de carvão me encontraram, o tremor no canto de sua boca me dizendo tudo.

— Fiquei preocupada.

— Eu sei — respondi. Que outra merda eu poderia dizer? Sabia que ela já tinha ido por esse caminho. Nós dois cavando a mesma cova.

Nas sombras, eu me aproximei por trás dela, precisando me infiltrar em seu calor.

Quase caí de joelhos quando vi o quadro que ela estava pintando.

Arrasado.

Partido em dois.

— É você — sussurrou, agonia e afeto estampados em seu tom.

Eu sabia que ela não estava falando da imagem que estava pintando. Sabia que era a primeira vez que ela conseguia pegar o pincel para dar vida à sua arte desde que testemunhou o trauma de perder sua melhor amiga.

Porém, ainda assim, aquilo me atravessou como uma faca de dois gumes.

Brutal e belo.

Caminhei para frente, aquela faca me cortando até o âmago, minha respiração ofegante conforme olhava por cima do ombro dela para a pintura.

Na imagem, eu estava de joelhos, de costas, mas de perfil, minha expressão de alguma forma distorcida, só que clara.

Olhei para o chão coberto de neve onde me ajoelhei.

Quebrado.

A imagem refletia solidão.

Tristeza.

Perda.

Meus dedos estavam desenhando um rosto na neve abaixo de mim.

Mia ergueu o braço outra vez, a mão tremendo de pesar enquanto deslizava o pincel pelo rosto obscurecido e encoberto, detalhando-o mais.

Eu sabia, sem dúvida, que aquela era a representação de Mia da mulher que ela via como minha esposa. Como se tivesse arrancado a tristeza da minha alma e a colocado perfeitamente em uma tela.

Conhecendo-me da maneira que ela não poderia.

Lágrimas se acumularam em meus olhos.

Precisava parar isso.

Acabar.

Voltar ao início.

Lembrar.

O problema é que a única coisa que eu estava fazendo era me lembrar.

Agonia e dor.

E não conseguia parar.

Não conseguia parar de dar mais a ela.

Peguei a mão de Mia, cada músculo de meu corpo se contraindo com a tensão.

Afiado e ensanguentado.

BEIJE-ME SOB AS ESTRELAS

Envolvi a mão sobre a dela para que segurássemos o pincel juntos e, com movimentos aleatórios, pintei um segundo rosto na neve ao lado do outro.

A menininha era a única coisa que eu conseguia ver.

Haylee. Haylee. Haylee.

Mia ofegou, e sua mão livre foi até a boca para conter o choro.

— Oh, Deus. Leif.

Eu me inclinei, a voz um rasgo de angústia quando sussurrei em seu ouvido.

— Eu te disse que estrago tudo o que toco.

VINTE E OITO

LEIF

Vinte e três anos

Maddie saltitou em nossa cozinha, seus pés descalços. A garota era adorável. Ela quase não conseguia conter a empolgação que irradiava.

— O que está fazendo? — perguntei, dando um sorriso.

Porque, caralho.

Ela me fazia.

Fazia eu sorrir.

Minha única verdade no meio das mentiras.

— Tenho algo para te contar.

Aquele sorriso aumentou, e me virei de frente para o balcão, me recostando nele.

— O que é?

Ela estendeu as mãos sobre a barriga e mordeu o lábio inferior, como se estivesse tentando moderar a emoção.

— Nós vamos ter um bebê.

Em seguida, ela se soltou, gritando, e correu até mim.

— Leif, vamos ter um bebê.

Eu me afastei da bancada. Disparando pelo cômodo. Levantei-a do chão, balançando-a de um lado para o outro.

Eu a abracei.

Tão perto.

Aqueles braços estavam em volta de mim.

Puro amor.

Ela suspirou e encostou o rosto em meu pescoço.

— Eu vou ser pai — murmurei baixinho.

Ela assentiu.

Alegria se instalou.

Tão intensa.

Eu a coloquei de pé devagar, mas não a soltei. Apenas a abracei, embalando-a no meio da nossa cozinha.

— Eu te amo tanto — sussurrou.

— Sou o homem mais sortudo do mundo — murmurei, mal conseguindo falar com o caroço de emoção que se acumulou na garganta.

O homem mais sortudo do mundo.

Um que não estava chegando a lugar algum.

Medo queimou minha garganta. Pegajoso e apertado.

Eu tentei. Tentei cortar os vínculos. Só serviu para Keeton me puxar de volta. Minha obrigação para com ele era um peso em minhas costas.

Eu não fazia muita coisa. Apenas os poucos trabalhos que ele exigia.

O problema era que Maddie não sabia. E eu não podia deixá-la saber.

Essa traição, as mentiras, eram tão pesadas que eu não sabia como conseguia me manter em pé.

Ela me odiaria se soubesse. Eu não conseguiria superar se ela me deixasse.

Precisava dela.

Meu Deus. Eu precisava tanto dela.

Eu a abracei com mais força.

Sabendo que a única coisa que eu poderia fazer era protegê-la disso.

Protegê-la da depravação da qual eu estava tentando me livrar. Comprando minha saída.

Logo.

Em breve estaríamos livres.

Até lá? Eu protegeria a ela e ao nosso bebê com tudo o que eu tinha.

LEIF

Vinte e quatro anos
Um grito estridente invadiu a sala.

Meu peito se apertou, meus olhos arderam e meu coração parecia que ia explodir por trás das costelas.

A quantidade de amor que me preencheu foi devastadora.

Esmagadora.

Essa coisinha minúscula e preciosa foi colocada no peito de Maddie. Minha garota chorando de cansaço. De alegria. De choque.

Seu cabelo encharcado de suor e o rosto encharcado de lágrimas.

Ela encostou os lábios na cabeça da nossa bebê enquanto eu encostava meus lábios na dela.

Incapaz de acreditar que essa era a minha vida.

Que isso havia sido dado a mim. Confiado a mim.

— Eu te amo. Você conseguiu. Você conseguiu — murmurei, tendo dificuldade de falar com a emoção que transbordava.

Eu estava falando com as duas.

Minha única verdade.

Maddie deu um sorriso entre às lágrimas, passando as mãos trêmulas por cada centímetro de nossa filha.

— Ela é perfeita. Ela é perfeita.

Eu mal conseguia assentir.

Impressionado.

Dominado.

Beijei a têmpora de Maddie. Coloquei a mão nas costas de Haylee.

Minha mão quase encobria todo o seu corpo de tanto que era pequena.

Mas seus olhos? Eram tão grandes quando olharam para mim.

Com confiança.

Devoção pulsou profundamente.

Uma exigência enorme que gritava em meu ouvido.

Esse era o meu dever.

Minha motivação.

Meu propósito.

Eu tinha que me libertar. Por elas. Para poder ser o homem que precisavam que eu fosse.

No segundo em que passei pela porta, ela gritou. Saiu do chão, onde estava brincando com bonecas de papel.

Ela pulou, ficando de pé.

Seus passos eram a minha batida perfeita.

Um ritmo que eu sentia na parte mais profunda de mim.

Ela jogou os braços para o alto conforme corria na minha direção.

Cachos loiros e brilhantes balançavam ao redor de seus pequenos ombros, e seu sorriso era tão grande que eu não sabia como cabia em seu rosto.

— Papai!

O amor explodiu ao som de sua voz doce.

De sua confiança.

Essa adoração que eu tinha era avassaladora. Tanto que às vezes parecia demais.

Eu a ergui do chão.

Ela envolveu os braços no meu pescoço.

— Eu senti sua falta. Não me deixe nunca.

Um sorriso surgiu em minha boca. Ela me dizia isso toda vez que eu saía.

— Eu sempre voltarei para você.

Rezei para estar dizendo a verdade.

Tentei me libertar por anos. Keeton sempre me prendia de novo.

Ameaças.

Motivos.

Seu controle sobre mim era uma forca.

Mas eu não podia continuar fazendo isso – sair por aquela porta e não saber se voltaria. Se eu seria alvo de um ataque de violência, sabendo o que isso faria com Maddie e minha garotinha.

— Acabou. Não posso continuar fazendo isso. — Encarei Keeton no meio da noite. Ele havia me chamado mais uma vez. Dizendo que era urgente. Continuando com suas ameaças. — Tenho uma família, e essa não é a vida que eu quero.

Para começar, nunca foi.

Fiquei envolvido com isso antes de saber o que tinha me atingido.

Nada mais que um garoto de dezesseis anos subornado com uma moto nova e reluzente, como se eu fosse uma criança de cinco anos sendo enganada com um doce na traseira de uma van.

— Seis meses atrás, você disse que eu podia sair. E agora está exigindo que eu volte? Isso é mentira.

Keeton se recostou na cadeira.

— Precisamos de você agora. As coisas estão complicadas com Krane e o pessoal dele.

Sim. Sempre estiveram.

Balancei a cabeça com firmeza.

— E você sabe que não posso consertar as coisas.

— Acho que talvez seja o único capaz disso.

— Pra mim já deu, Keeton. Estou falando sério. Quer acabar comigo por ir embora? Que seja. Mas não sou mais seu fantoche.

O rosto dele mostrava desagrado, severo porque o idiota não gostava de ser contrariado.

Eu me mantive firme. Acho que ele sabia que eu estava falando sério dessa vez.

— Tudo bem, Leif. Quer sair? Termine esse negócio e estará livre. Com dispensa honrosa. — Ele deu um sorriso ameaçador.

Sabíamos que não havia nada de honroso nisso.

Lutei contra a inquietação que surgiu.

A descrença de que Keeton realmente me deixaria ir.

Recuei e bati com o punho na mesa.

— Depois dessa remessa? Esqueça que eu existo.

VINTE E NOVE

MIA

Uma leve brisa sussurrava nas janelas, o som era calmo e suave, nos envolvendo onde estávamos deitados no meio da minha cama.

Pernas entrelaçadas sob as cobertas e nossos corações batendo em sincronia.

Estávamos de lado, um de frente para o outro, sem precisar de palavras durante os longos minutos que se passaram enquanto lutávamos para recuperar o fôlego.

Eu o deixei me possuir de novo porque sabia que ele precisava disso depois do que havia revelado na pintura. Se eu estivesse sendo sincera, eu também precisava disso.

Da conexão.

A promessa física de que eu estava ali.

Leif entrelaçou os dedos nos meus e levou as costas da minha mão aos lábios.

Ele me beijou ali.

Gentil.

Com reverência.

Os arrepios se espalharam.

A emoção vindo logo depois.

Aqueles gentis olhos castanhos se fixaram aos meus. Esta noite, eles estavam tão serenos que deu para senti-los se infiltrando na minha pele.

— Você vai me contar delas? — perguntei entre às sombras do meu quarto, com a voz baixa para não incomodar as crianças.

Ele estremeceu, mas em seguida, com nossas mãos ainda unidas, ele deslizou os nós dos dedos pela minha mandíbula.

Nervosa, minha língua percorreu os lábios secos e inchados.

— Eu quero conhecer você, Leif.

— E eu tenho pavor de que conheça essa pessoa, Mia. Tenho pavor de que conheça o meu verdadeiro eu.

Estendi a mão e passei meus dedos trêmulos por seus lábios.

— Eu já vejo o seu verdadeiro eu, e sei que não há razão para ter medo.

Ele piscou, como se quisesse me afastar.

— Isso é você projetando de novo, Mia. Vendo o que você quer ver.

Balancei a cabeça.

— Todos nós cometemos erros.

Ele soltou uma risada áspera.

— Mas alguns de nós cometem erros que custam a vida de outros.

Meu coração parou por um segundo, apavorado. Tristeza por esse homem. Talvez um pouco da minha própria.

— Como eu fiz com a Lana?

Ele negou com a cabeça no travesseiro.

— Não, Mia. Isso é diferente. Completamente diferente. Em primeiro lugar, você não fez nada para colocá-la em perigo.

Engoli em seco apesar do caroço que se solidificou na garganta, sem ter certeza se queria perguntar. Sabendo que precisava.

— E você colocou?

O pesar tomou conta de suas feições. Sombrio e ameaçador. Repulsa e ódio.

— Eu te disse que não era um homem bom.

— E eu não vi nada além de um bom homem — retruquei.

Uma onda de desconforto o percorreu.

— Sinto que sou uma pessoa diferente quando estou perto de você. Acho que isso é o que mais me assusta. O fato de você me fazer sentir como se eu pudesse ser alguém diferente. Alguém melhor.

— Mas você a amava? As amava?

Agonia disparou pelo corpo dele, uma onda estrondosa e palpável que quase me derrubou.

— Mais do que tudo. Elas eram minha vida, Mia. Meu tudo. Mas o resto de quem eu era? Ele era um cara *mau*. Fazia coisas horríveis.

Seus lábios se apertaram. Empalidecendo. A aversão a si mesmo marcando cada traço de seu rosto.

Uma risada sombria escapou de seus lábios.

— Sabe, dizem que um dia o Carma te pega de jeito. Volta e te faz

BEIJE-ME SOB AS ESTRELAS

pagar. — Ele franziu o cenho com uma ênfase cruel. — Ele me pegou dobrado, Mia. Aquele desgraçado tomou tudo. Tudo mesmo. Mas fez com que aqueles que não tinham culpa pagassem. E agora... agora eu vou dar o mesmo destino à pessoa que ele usou para tornar isso possível. E quando eu fizer isso? Duvido que reste algo de mim.

Eu deveria estar com medo. Apavorada. Devia me levantar e sair desta cama.

Mas não conseguia me mexer. Não podia fazer nada além de ficar ali, na forte segurança de seus braços. Certa de que ele nunca me machucaria. Que estava errado de tantas maneiras.

Eu pisquei, examinando seu rosto, tentando acompanhar. Entender.

Algo carinhoso percorreu suas feições, seus próprios olhos confusos. Ele tocou meu queixo, inclinando-o para cima enquanto me olhava mais atento.

— E então aqui está você, Mia... linda... me fazendo questionar tudo. Meu propósito. Meu raciocínio. Mas precisa entender que eu não posso deixar isso de lado.

— M-m-mas sua música? A banda?

Eu não conseguia entender o que ele estava dizendo.

Ele se encolheu.

— Você quer que eu seja sincero?

— Sim — respondi sem hesitação.

— Eu os amo, Mia. Eles se tornaram a única família que tenho, mesmo quando tentei impedir isso. Nunca quis usá-los, mas, no fim das contas, é isso que eram. Um disfarce. Uma desculpa. Uma distração.

— Não estou entendendo.

— É porque não pode.

— Ou você não quer que eu entenda?

— Eu te disse que não poderia ir tão fundo, Mia. Que eu não poderia deixar você se aproximar tanto. Não é seguro. E não estou disposto a deixar que se meta no meio do que está por vir.

De repente, fiquei agitada. Um frenesi de palavras saindo da minha boca, desesperada para achar uma maneira de me encontrar com esse homem. De entender o que estava realmente passando.

— Quem as machucou? Sua esposa? Sua filha?

Minhas unhas arranharam seu peito como se eu pudesse adentrá-lo.

Desesperado, ele apertou minha mão, com as palavras engasgadas.

— Por favor. Mia.

Eu não sabia pelo que ele estava implorando. Que eu parasse de fazer perguntas. Ou de fazê-lo se *lembrar*. Ou se estava implorando para que eu melhorasse as coisas.

Eu o toquei em todo o seu belo rosto rígido, atingida pela percepção do que ele havia feito.

Do que havia se submetido na noite em que salvou minha Penny.

Do que havia sofrido.

E eu não podia... não podia. As lágrimas quentes escorreram livres pelo meu rosto.

— Sinto muito. Sinto muito.

Toquei-o em todos os lugares, dando beijos molhados em seu rosto.

Adorando-o com toda a força que eu tinha.

Era Leif. Era Leif.

E eu não sabia se as lágrimas eram minhas ou dele, enquanto nos tocávamos, adorávamos e procurávamos uma maneira de nos curar.

Quando as palavras tristes e abaladas saíram de seus lábios e se chocaram contra os meus, ele revelou.

— Ela tinha três anos, Mia. Ela tinha três anos. Um bebê. Um bebê.

Sua agonia era cortante e arrasadora.

E eu tentei nos manter firmes.

Para evitar que nos desintegrássemos. Mas já estávamos afundando em sua devastação.

Com a fúria que exalava de seus poros.

Raiva.

Ódio.

Violência.

Talvez tenha sido a primeira vez que eu realmente vi isso nele.

Aquela intensidade sombria e feroz na noite.

Verdadeira, autêntica e aterrorizante.

Suas feridas eram profundas.

Sangrando eternamente.

Ele colocou a mão em minha bochecha, roçando o polegar no meu lábio inferior.

— Você entende agora, Mia? Entende? O que eu estava tentando dizer? Por que isso não pode acontecer? Eu já perdi o que me foi dado para proteger. E ir atrás de vingança é tudo o que me resta.

O peso de sua confissão apertou meu peito.

Ele piscou com força, seu toque se firmando no meu rosto.

BEIJE-ME SOB AS ESTRELAS

— E então você olha para mim. Olha para mim, e eu não sei como me afastar. Não quero te machucar.
— Então não machuque.
— Não posso fazer essa promessa.
— Pode tentar? — Eu estava implorando. Não me importava. Porque eu podia sentir o que isso tinha se tornado. O que ele estava querendo dizer.
— E se eu falhar com você também? — A pergunta demonstrava pura dor.
— E se você não falhar?

Acordei assustada, pavor escorrendo na pele ao ver a cama vazia ao meu lado. Os lençóis e o cobertor estavam amarrotados, com uma marca no colchão onde ele havia se deitado quando dormimos.

Ele tinha ido embora.

Agonia tomou conta das minhas entranhas.

Mas pequenas vozes estavam chegando ao meu quarto, e eu sabia que não tinha tempo para lamentar. Forcei-me a sair da cama, sentindo uma dor que eu não tinha certeza se sabia como lidar.

Sabendo que ele partiria.

Que havia se entregado demais.

Mas depois da noite passada? Eu tinha uma nova compreensão do que ele quis dizer quando me falou que não tinha mais nada para dar, embora ansiasse para que encontrasse refúgio em mim.

Em nós.

E, ao mesmo tempo, sabendo que ver meus filhos poderia machucá-lo demais.

Abri a porta e congelei no lugar.

A visão me deixou ofegante.

Leif estava na sala de estar com meus filhos.

Greyson estava nas suas costas e tentava derrubá-lo no chão, Penny ria enquanto explicava a ele como jogar o jogo de tabuleiro que estava no meio deles. Leif tentava equilibrar Greyson em suas costas e ouvir

Penny ao mesmo tempo, e Brendon e Kallie estavam lá, acrescentando suas instruções.

Os calorosos olhos castanhos encontraram os meus, como se tivesse me sentido antes mesmo de eu entrar na sala.

Angústia.

Afeto.

A pequena sala estava lotada.

Transbordando.

Repleta de algo muito maior do que eu jamais havia sentido.

Amor.

TRINTA

LEIF

Estava ficando cada vez mais difícil separar.

O tempo. O espaço. A devoção.

Quem diabos eu deveria ser.

Lá estava eu, sentado na cama dela, tocando meu violão como se fosse o lugar ao qual eu pertencia.

Vestindo só calça jeans que eu tinha vestido depois de ter sido jogada no chão.

Descartada quando fiquei ganancioso.

Enquanto eu me perdia em seu doce corpo de novo.

Outra tempestade de verão ressoou pelas paredes, lampejos velozes de luz brilhante cobrindo as janelas, a desordem quase uma calmaria.

Cada raio de luz iluminava a garota que estava aninhada ao meu lado.

Aquele corpo firme e doce que estava exausto e esgotado.

Seu rosto exibia pura felicidade de onde dormia.

Parabéns para mim.

A garota estava irradiando uma alegria que não passava desperdiçada. Emitindo aquela luz que invadia a escuridão.

Tinha sido assim na última semana. Nenhum de nós conseguia se saciar. Agarrando um ao outro a cada chance que tínhamos.

Gula pura e simples.

Sem chance de ficarmos satisfeitos.

Olhei para ela, a garota deitada de lado, de frente para mim. Ondas de cabelo preto espalhadas ao seu redor, e seu coração batendo em um ritmo que me levava direto à paz.

Esse sentimento tomou conta da minha alma sombria e amarga.

O vazio gritava.

Implorando para que eu simplesmente relaxasse.
Tive a necessidade gritante e intensa de tocar.
De me perder em sua harmonia decadente.
A garota era uma canção.
Rendição.
Deixei meus dedos deslizarem pelo braço do violão quando a outra mão dedilhou sem pressa. Minha voz sussurrada rompia a quietude da noite.
Comovido.
Desolado.
Desistiria de tudo,
se isso impedisse que você se desintegrasse.
Você está caindo?
Você está voando?
Me diga, amor,
Vale a pena morrer,
Por tudo pelo que tem vivido?
Vale, vale a pena morrer, por tudo pelo que temos lutado?
Eu me atrapalhei com o refrão, as palavras que eu estava procurando ficando presas na garganta.
Parecia que muito bem eu que estava tocando nela.
Adorando-a.
A garota deitada ao meu lado foi uma surpresa. Algo que eu nunca previ.
Como chegamos até aqui?
É êxtase?
Blasfêmia?
Você consegue viver com essa verdade amarga?
É uma rapsódia?
Heresia?
Deitar aqui ao seu lado?
Tive dificuldade de conseguia entoar a letra, sua verdade contida nas profundezas, querendo ser ouvida.
Reconhecida.
Aceita.
Saí do estado de estupor quando meu celular se iluminou na mesa de cabeceira. O toque tinha sido silenciado, e o brilho atraiu minha atenção.
Meu peito se apertou quando vi quem estava ligando.
Inquietação.

BEIJE-ME SOB AS ESTRELAS

Ansiedade.

Tomando cuidado para não fazer barulho, desci da cama, deixando o violão de lado e pegando meu celular antes de sair quieto do quarto e seguir para o corredor parecendo uma maldita cobra.

Um trapaceiro vivendo uma vida dupla.

Zero surpresa.

Mas não havia espaço para uma plateia.

Não para isso.

Não havia chance de arriscar que qualquer um deles se deparasse com meu passado.

Quando estava no silêncio do corredor, aceitei a ligação, sem saber se deveria estar aliviado ou nervoso.

— Brax. — Mantive a voz baixa. Silenciosa na noite.

— E aí, cara. Como está?

Perfeito.

Maravilhoso.

Torturante.

— Bem — respondi em vez sair distribuindo acusação de traição. — Você tem notícias? — forcei a pergunta, virando-me para encarar a fileira de janelas disposto pelo corredor.

A piscina era um poço escuro e profundo. A água, um movimento brusco de energia.

As árvores eram altas, sombras escuras que se agitavam na noite.

O quintal estava deserto, exibindo rápidos lampejos de luz.

Ele soltou um suspiro pesado, a confissão misturada com cautela. Como se odiasse ser o portador de más notícias.

— Tenho notícias, mas não sei se vai gostar.

Eu esperei.

Ele protelou.

— Diz logo, cara.

A relutância tomou conta de sua resposta.

— Acho que é sua mãe que sabe, mano.

Enchi-me de amargura.

Cerrei as mãos com rancor, quase esmagando o celular.

— Tem certeza?

Ele suspirou, sua voz se abaixando discretamente enquanto uma festa acontecia em algum lugar à distância atrás dele, desaparecendo à medida em que se afastava do caos daquele mundo.

— Não sei dizer com certeza. Mas ela me encurralou mais cedo. Fez um monte de perguntas específicas. Acho que sabe que eu sei onde você está.

Preocupação e frustração cobriram suas palavras.

— Você está ficando imprudente, cara. Quer ficar escondido, mas está se exibindo como se não se importasse com nada. Sabia que ia chegar a esse ponto. Mas talvez fosse exatamente isso que precisasse acontecer.

— O que ela disse? — questionei.

Que ela também me queria morto? Reiterar sua lealdade a Krane?

Não, obrigado, porra.

Ele hesitou. Como se tivesse algo diferente a dizer.

— Ela disse que está preocupada com você. Que quer que volte. Que vocês dois precisam conversar, esclarecer tudo.

A aversão me fez dar uma risada vigorosa.

— Se ela me quer, pode vir me buscar. Além disso, o que poderia ter a dizer? O que ela poderia fazer para trazer minha família de volta?

A traição me atravessou tão fundo que eu tinha certeza de que minhas entranhas se espalharam pelo chão. Soltei um grunhido que não passava de veneno e discórdia.

Pude sentir o conflito interrompendo sua resposta.

— Ela disse que se eu conversasse com você, era para falar que nunca as teria machucado e que com certeza nunca machucaria você. Que sente sua falta.

— Mentira.

— Será, cara? — Ele suspirou, e fez uma pausa, cauteloso antes de continuar. — Ela disse que metade de um carregamento sumiu. Igual antes, e não parece que ela está do lado dele.

Raiva se esgueirou sob a superfície da pele. O ódio me açoitando a cada pulsação violenta.

— Ele está de volta, irmão — afirmou Braxton, a voz sombria.

— Então chegou a hora de acabar com ele.

E se isso significasse que minha mãe iria se afundar junto? Que assim seja.

— Precisamos repensar como faremos isso. Pense nisso, Leif. Sua mãe e Keeton não fazem sentido juntos. E o meu instinto não mente. Ela estava dizendo a verdade.

A rejeição de sua declaração atingiu minhas entranhas.

Tão feroz quanto o vento que batia na janela lá fora.

A traição dela foi vil.

— Apenas... pense nisso, Leif, antes de fazer algo que não possa voltar atrás.
Uma risada impiedosa escapou da boca.
— Tarde demais para isso.
— Nunca é tarde demais se a ação ainda não foi feita. Não se engane. — Ele soltou um suspiro. — Você está vivendo para se vingar há muito, muito tempo. Eu entendo. Eu quero isso também. Mas não deixe que o cegue.
— É a única coisa que eu sempre fui capaz de ver.
Até que a única coisa que eu conseguia ver era ela. O anjo no sótão.
Culpa me atingiu.
Cortante e mortal.
Incapaz de dizer qualquer outra coisa, encerrei a ligação e pressionei as mãos contra o vidro plano, meu celular encostado na janela. Respirei fundo.
Olhei para cima no instante em que um relâmpago brilhou.
Uma chuva torrencial caía do céu e atingia o solo.
A piscina era um tumulto de agressividade que se agitava e revolvia.
Mas foi o corpo escuro que estava do outro lado dela, olhando para mim, que arrancou meu coração do peito.
A vingança preencheu o vazio sangrando.
A lembrança de seu rosto era algo que eu jamais esqueceria.
Um segundo depois, os relâmpagos voltaram a brilhar.
A sombra havia desaparecido.
Eu pisquei.
Estreitei o olhar enquanto me concentrava para enxergar através da neblina da chuva.
Filho da puta.
Nada.
Agora eu estava vendo coisas.
O Carma, aquele maldito, estava pregando peças.
E, eu sabia, sem dúvida, que tinha enlouquecido.
Que os fios aos quais eu estava me agarrando haviam se rompido.
Dei um pulo quando senti um movimento por trás e me virei.
Penny estava na porta, com os olhos semicerrados de sono e descabelada.
— Penny... o que está fazendo acordada? — As palavras saíram ásperas. Escapando com dificuldade.
— Acho que tive um pesadelo.
Com o coração ainda batendo forte em algum lugar fora do corpo, olhei

para trás por cima do ombro, deixando meus olhos examinarem o quintal.

Nada.

Relutante, eu me afastei da cena do meu próprio pesadelo, os fantasmas tão perto de me alcançar.

— Vamos levá-la de volta para a cama.

Ela assentiu, e tentei não me sentir como um invasor quando a segui até o quarto, não me sentir como um intruso quando levantei as cobertas e as ajeitei sobre ela ao se deitar.

E tentei com todas as minhas forças não me sentir como se pertencesse àquele lugar quando passei meus dedos com gentileza por seu cabelo, olhando para seu rosto angelical, a garotinha exalando nada além de confiança.

— Sinto muito que tenha tido um pesadelo.

— Você também tem? — sussurrou na noite.

Assenti devagar.

— Às vezes, Penny. Às vezes, eu tenho.

Todo maldito dia e toda maldita noite.

— Você melhora as coisas quando está aqui. — Seus olhos me observavam como se soubesse — a criança com a capacidade de enxergar até as profundezas quem eu era.

Só não quero piorar a situação.

Minha alma gritou isso. Uma oração. Uma súplica.

Passei a ponta do polegar na cicatriz em sua sobrancelha.

— Você melhora as coisas para mim, também.

Um sorriso surgiu em seus lábios.

— Que bom. Você faz minha mãe feliz, Leif, e acho que ela pode fazer você feliz também.

O que Braxton havia revelado passou pela minha cabeça.

A dívida que ainda restava para pagar.

O que eu devia.

O pecado que eu havia cometido.

Penny fixou aqueles olhos escuros em mim.

Cheios de confiança.

Cheios de carinho.

Minha alma se agitou.

Porque a única coisa que eu queria naquele momento era ser bom o suficiente.

BEIJE-ME SOB AS ESTRELAS

TRINTA E UM

MIA

Escutei uma batida do lado de fora da porta principal.
Forte.
Cheia de implicações.
Não consegui conter o sorriso. A velocidade do meu coração que decidiu que era um bom momento para sair em disparada. A empolgação que explodiu quando joguei a camisa que estava dobrando na cama.
Espreitei com a cabeça na sala de estar.
— Está aberta.
Como se eu fosse deixá-lo trancado do lado de fora.
A porta já estava aberta um centímetro, e ele a empurrou o resto do caminho, o homem preenchendo o vão da porta conforme se apoiava no batente.
Parecia o pecado mais decadente.
Com um sorriso nos lábios, a calça jeans baixa pendurada em seus quadris. Embora hoje ele estivesse vestindo uma camisa de botão, com as mangas arregaçadas nos braços masculinos e musculosos.
Fiquei preocupada que pudesse literalmente babar pelo queixo.
Aquele olhar me examinou como se estivesse vendo o dia nascer.
— Tentando me destruir de novo, pelo visto — resmungou naquela voz grave.
Hoje foi uma provocação.
Eu nunca sabia se iria vê-lo rude e durão ou leve e brincalhão.
Não importava.
Eu o aceitaria de qualquer maneira.
Ele tinha sido meu nas últimas três semanas. Sem perguntas. Sem receios.
Juntos.
Nossos dias e noites eram compartilhados das formas mais maravilhosas.

Testando e brincando naquelas águas profundas e escuras.

O medo que pairava sobre nossas cabeças havia se dissolvido em vapor.

Lá em L.A., alguém foi preso por uma série de roubos. Todos haviam acontecido no último mês, e todos em um raio de 16 quilômetros da galeria. O detetive estava atualmente trabalhando para ligar o homem ao roubo malfeito da galeria e à morte de Lana.

Como não houve mais nenhum incidente ou ameaça, tínhamos que acreditar que tudo o que havia acontecido aqui tinha sido coincidência. Nossos nervos estavam à flor da pele. Relacionávamos todos os percalços da noite com o trauma que havíamos sofrido.

Uma pontada de inquietação percorreu meu ser.

Sinceramente, eu ainda não sabia se era certo, se era egoísta e egocêntrico – encontrar essa alegria depois que Lana se foi tão cedo.

A maior parte de mim teve que aceitar que a beleza nasceu das cinzas.

Que a cura era encontrada com aqueles que mais entendiam.

Esse homem havia sofrido a maior perda.

Se me permitisse, eu passaria o resto da vida provando que o amor pode vir depois da tragédia.

Sabia que não estávamos perto disso ainda.

Muitas vezes, ele se sentia acuado e se afastava.

Entretanto, a cada vez, ele acabava se aproximando mais.

Minha linda e ofuscante estrela cadente.

Uma risada escapou quando ele entrou na sala.

Deus, ele me fazia sentir como se eu fosse...

Livre.

Como se eu tivesse encontrado tudo o que estava faltando e não sabia como procurar.

— É justo, já que você me destruiu no dia em que o conheci — respondi.

Eu me arrastei mais para fora do quarto. Estava usando um par de calças curtas. Uma regata sem sutiã. Descalça.

Um rosnado de desejo ressoou em seu peito.

— O que você acha que está fazendo, Princesa da Sunder? — Um sorrisinho flertou em sua boca sexy.

Eu me virei, rebolando a bunda só um pouco, sabendo que precisava apenas disso para que ele me seguisse. Soltei uma risada leve enquanto falava com ele por cima do ombro.

— Hum... lavando roupa. Já sabe, super tarefas de princesa.

BEIJE-ME SOB AS ESTRELAS

Leif riu.

Aquele som que estava rapidamente se tornando minha droga.

— Toda poderosa, não é?

Ri ainda mais, um suspiro de luxúria me escapando quando ele colocou as mãos em meus quadris por trás, seu rosto pressionado em meu pescoço.

Senti um arrepio intenso.

Girei devagar em seu abraço, subindo na ponta dos pés e roubando um beijo doce.

— Espero que você não me queira pelo meu dinheiro.

Ele se aninhou mais profundamente, seu nariz percorrendo o ângulo da minha mandíbula, as palavras em um sussurro que acelerou meu coração em um frenesi.

— Teremos que viver sem recursos juntos.

Meu Deus, eu queria abraçá-lo com força, confessar que parecia o plano perfeito. Que eu viveria todos os dias com ele, não importava como ficássemos. Desde que estivéssemos juntos.

Mas me obriguei a aproveitar a leveza dele. Cooperar com sua provocação. Mordisquei seu queixo com os dentes.

— Do que está falando, Carinha Baterista? Você vai ser uma superestrela.

Os gentis olhos castanhos brilharam, o homem me segurando pela mão e me girando lentamente no meio da sala.

Quase caí, desmaiando.

— É o que você quer? Uma superestrela? — murmurou com seu jeito áspero e magnético.

Meu rosto se contraiu, dando ênfase.

— Não, Leif, eu só quero você.

E lá se foi minha calma. Derreti no chão, onde eu era uma poça aos seus pés.

Greyson estava queimando. Chorando sem parar, com o cabelo encharcado de suor.

— Estou doente, mamãe. Estou doente.

— Eu sei, fofinho, eu sei — sussurrei contra sua testa, a febre aumentando. Fiz uma oração silenciosa para que a dose do remédio fizesse efeito depressa.

Eu andava com ele de um lado para o outro na sala principal, murmurando palavras de conforto, fazendo-o rir, balançando-o e beijando sua têmpora sem parar, suas bochechas e sua cabeça.

— Ele vai ficar bem? — A voz preocupada de Penny ao meu lado me assustou. Minha doce menina sempre preocupada. À flor da pele. Eu só esperava que, à medida em que o tempo passasse entre nós e a provação ficasse para trás, ela ganhasse confiança de novo. Que os medos latentes que pareciam estar sempre prontos para surgir fossem logo dissipados.

— Ele vai ficar bem. Acho que é só uma febre.

Ele levantou sua cabecinha fraca para falar com a irmã.

— Eu estou com febre, Pen-Pie.

— Sinto muito, irmãozinho.

— Tudo bem. — Ele se recostou em meu peito com um pequeno gemido e continuei andando de um lado para o outro, com os braços doendo demais. Balançar essa criança na idade dele não chegava nem perto de balançar um bebê.

A porta se abriu e meu coração fez aquela coisa estúpida e linda, correndo para encontrá-lo quando entrou devagar.

— Oi... como ele está?

— Eu fiquei doente, Waif. — Ele balançou a mão, dengoso.

Eu quase sorri com o amor que transbordava.

Meu doce, doce menino.

Passei a mão por seu cabelo, tentando confortá-lo enquanto eu olhava para Leif, oferecendo um sorriso suave para que soubesse que Greyson ficaria bem.

Ele não precisava se preocupar.

Que eu lamentava ter que cancelar o nosso jantar, mas essa era a minha vida. E meus filhos... meus filhos sempre estariam em primeiro lugar.

Seriam sempre os mais importantes.

O problema é que ainda não tínhamos sequer arranhado a superfície de como isso poderia fazê-lo se sentir.

Como a realidade disso poderia lhe causar dor.

Beijei a cabeça de Greyson quando ele choramingou, tentando se mover.

Leif avançou e passou a mão pelas costas de Greyson.

— Vem, deixa eu pegar ele.

Eu hesitei. Não era como se nunca o tivesse pegado no colo antes. Normalmente, quando estavam lutando ou quando Greyson o estava provocando de alguma forma. Mas isso? Parecia... diferente.

Maior.

Mais assustador.

Profundo de alguma forma importante.

Mas foi Greyson quem estendeu as mãos para ele, indo para os seus braços.

— Eu te peguei — murmurou, como se fosse ele quem estivesse segurando Leif e não o contrário.

Fiquei parada ali, inquieta, sem saber o que fazer.

Mas Leif sabia.

Ele envolveu meu filho com os braços e o ergueu mais alto em seu peito. E começou a se movimentar. Andando, balançando e cantarolando.

Palavras que eu não conseguia entender, mas que soavam como uma melodia muito triste.

Não demorou muito para que Greyson se acomodasse.

Que encontrasse conforto naqueles braços fortes.

Leif beijou o topo de sua cabeça, esfregou suas costas e sussurrou coisas mágicas.

Meu peito se apertou.

O coração constrito.

Esperança em seu agarre.

Coloquei Penny na cama enquanto Leif continuava a acalmar Greyson no quarto principal.

Beijei a testa da minha filha, e toquei seu queixo.

— Boa noite, minha doce Penny Pie.

Pude senti-la hesitar, querendo dizer algo, mas sem saber como.

Ajoelhei-me ao lado dela. Dando o tempo que ela estava pedindo.

Ela olhou para mim.

— Você está feliz, mãe?

Minha cabeça se iluminou.

Todas as bênçãos.

Cada alegria.

Olhei para a porta, onde Leif estava segurando Greyson.

Meu espírito cantarolou.

Voltando-me para ela, passei os dedos com ternura por seu cabelo.

— Estou. Você está?

Ela assentiu depressa.

— Acho que... acho que deveríamos ficar aqui para sempre.

Alegria se chocou com as perguntas.

Um novo tipo de "e se".

Aqueles que estavam disparando à minha frente. Esperando que nós alcançássemos. Junto com isso, havia a preocupação de que a dor de Leif pudesse ser muito profunda e muito extensa. O mais assustador era a maneira como ele falava em buscar vingança como se fosse um plano real.

Estendi a mão em seu peito, sobre a batida rápida de seu coração inocente e atento. Minha voz baixou em um silencioso tom significativo.

— Não tenho certeza de onde vamos ficar, Penny. Onde será nosso lar. Mas saiba que onde quer que seja? Encontraremos felicidade lá. Vamos viver a vida que eu sempre sonhei em dar a você.

Ela deu um meio sorriso suave, acreditando.

— Você já está nos dando isso, mãe. Espero que saiba disso.

Alegria e orgulho inundaram meus olhos, e eu me inclinei para abraçá-la com força.

— Eu te amo muito, minha garota milagrosa.

Ela assentiu contra o meu cabelo.

— Eu te amo além do infinito.

Mal sabia ela que meu amor estava bem longe, voando com as estrelas.

Sem fim.

Sem limites.

Eterno.

Passos rangeram na porta, e eu me levantei e enxuguei as lágrimas que estavam em meus olhos.

Fiz o possível para me recompor.

Mas minhas emoções estavam à flor da pele.

Esse sentimento estava ficando mais forte a cada dia.

Os gentis olhos castanhos encontraram os meus.

Com cuidado.

Com propósito.

Eu já havia pensado que eram a única coisa nele que indicava suavidade. Eu deveria ter percebido imediatamente que eram um mar escuro de compaixão. Um oceano de humanidade. Uma ponte para sua alma sombria e brilhante.

BEIJE-ME SOB AS ESTRELAS

— Ele apagou — murmurou com tanta ternura, tão calmo que quase caí de joelhos ali mesmo. — Acho que a febre dele baixou.

Consegui apenas assentir, observando enquanto colocava meu filho no berço, passando a mão sobre sua cabeça, certificando-se de que estava seguro, aquecido e confortável.

A situação somente piorou quando se aproximou de Penny, abaixou-se, beijou sua têmpora e sussurrou um "boa noite", mesmo que ela já tivesse adormecido.

Depois se endireitou.

À sua altura total e imponente.

Seu olhar me capturou.

Congelou-me no lugar.

Prendeu-me em sua intensidade.

Eu queria falar, mas minha língua estava travada e, mesmo que eu conseguisse encontrar a voz, sabia que as palavras nunca sairiam direito.

Então, em vez disso, sai do quarto, ainda de frente para ele. O homem me acompanhou passo a passo. Como se eu tivesse me tornado a presa. A isca. O que ele não poderia resistir.

Ele puxou a porta do quarto das crianças atrás de si, deixando-a aberta um centímetro, e então se aproximou de mim em um ritmo lento e decidido.

A mandíbula cerrada.

Olhos severos.

O coração batendo tão forte que eu podia ouvi-lo retumbando.

A nossa batida.

Adentrei em meu quarto, e o homem avançou, seu corpo se tornando uma silhueta sombria. Meus olhos mal se ajustaram, concentrados nele.

O rosto esculpido naquela pedra endurecida. Frágil, mas forte.

Sua cabeça se inclinou para o lado, e algo próximo ao desespero escapou de sua boca.

— Você me tem, Mia. Você me tem, porra.

Fiquei confusa, mas eu estava presa na teia de sua mente complicada. Balancei a cabeça para que soubesse que eu não estava entendendo o que dizia.

Ele soltou uma risada baixa e sedutora. O homem deu um passo à frente, queimando meu corpo quando colocou a mão na minha bochecha e roçou a ponta do polegar sobre ela.

Fogo cintilou.

Sua voz se transformou em um apelo.

— Você me tem.
Ele passou a língua por seus lábios carnudos e macios, sua mão se contraindo em meu rosto.
Uma intensidade lenta se formou no ar.
Mas isso?
Era diferente de tudo o que já havia acontecido antes.
Maior, mais ousado e mais forte.
Estendendo a mão, acariciei a ponta de meus dedos sobre o pulsar de seu belo coração partido.
— Você já me tinha.
Sua garganta estremeceu, e ele se abaixou para segurar a bainha da minha regata.
Devagar, ele puxou o tecido por cima da minha cabeça, com aqueles olhos que não se desviaram de mim em momento algum.
Arrepios se espalharam.
Um incêndio na minha pele.
Leif se aproximou, o olhar fixo em mim, antes de se abaixar e beijar meu ombro.
Um gemido me escapou e minhas mãos se enroscaram em seu cabelo.
— Você me tem.
E então estava me beijando por toda parte.
Cada centímetro exposto.
Mas onde normalmente consumia, ele saboreou.
Toques leves de seus lábios e pequenos rastros de sua língua.
Apreciando.
Adorando.
Diferente.
Essa perfeição que me envolvia com tanta força que eu não conseguia mais enxergar.
O desejo explodiu, pulsou e me dominou.
Meu amor por ele inundou o espaço.
Talvez ele tenha sentido, não conseguiu resistir, porque estava murmurando palavras que pareciam confissões.
— Preciso de você.
— Quero você.
— Você é tudo.
— Perfeita.

BEIJE-ME SOB AS ESTRELAS

— O que você fez?

Ele abriu o botão do meu short, empurrou-o pelas pernas e me deitou na cama.

Ele permaneceu na beirada do colchão.

Olhando para baixo.

Eu me arqueei e estremeci.

Gemi seu nome.

Ele tirou suas roupas.

Nu.

Magnífico.

Tudo o que eu conseguia ver.

Tudo o que eu podia imaginar.

Um futuro estendido à nossa frente.

Minha alma se inundou com ele.

Transbordando quando ele se arrastou sobre mim e se postou entre as minhas coxas.

Quando me possuiu.

Quando me preencheu.

E eu me afoguei completamente quando ele encostou a boca suavemente na minha e murmurou seu juramento.

— Eu amo você, Mia West, e nunca vou deixá-la.

Ficamos nos encarando deitados na minha cama. Os dedos entrelaçados. Corações unidos.

Minha cabeça continuava tonta com suas confissões e meu corpo ainda nadava em seu amor.

Os gentis olhos castanhos se aprofundaram, O cenho franzindo.

— O que foi? — perguntei, minha voz baixando a um sussurro.

Ele passou as pontas dos dedos na linha do meu cabelo.

— Não tenho certeza de como lidar com isso.

— Nós?

Seu gesto de cabeça foi incerto.

— Sim, nós. Isso. Tudo o que temos contra nós.

Um sorriso surgiu em meus lábios.

— Acho que temos mais a nosso favor do que contra nós. Só precisamos parar de lutar contra a correnteza.

Ele inclinou a boca para o lado, passando os nós dos dedos pela minha bochecha.

— Não adianta lutar quando estou fundo demais e não tenho como me levantar.

Deslizei os dedos por sua mandíbula.

— Só temos que prometer que vamos nos apoiar um no outro.

Ele me deu um sorriso sereno e de partir o coração.

— Existe esperança?

— Sim. — Mordi o lábio inferior, cautelosa, mas sabendo que não poderíamos continuar a viver atrás das paredes. — É o que você está sentindo? Esperança?

Ele deslizou a palma da mão pelo meu ombro e braço nus, perseguindo os arrepios que provocava, descendo por toda a extensão até entrelaçar nossos dedos. Ele ergueu nossas mãos entre nós, movendo-as como se precisasse de uma distração enquanto procurava a verdade em seu interior.

— Tenho medo.

Sua expressão refletia tantas coisas.

Sua dor.

Seu arrependimento.

A possibilidade.

Seus lábios se contraíram por um instante.

— É difícil para mim aceitar que isso não é errado. Acreditar que não estou roubando o que nunca deveria ser meu.

Uma onda de tristeza se formou em meu estômago.

— Sei que é assustador. Eu também estou com medo. E sei que não é a mesma coisa. De jeito nenhum. Mas acho que, de alguma forma... de alguma forma, fomos destinados a isso. Para esta segunda chance.

Uma tristeza esmagadora o dominou. Uma entidade física e viva. Ele levou nossas mãos entrelaçadas ao meu rosto, acariciando minha mandíbula várias vezes. Como se estivesse procurando conforto para si mesmo e a única coisa que sabia fazer era me dar isso.

Mantendo sua própria alegria guardada a sete chaves.

BEIJE-ME SOB AS ESTRELAS

Ele cerrou a mandíbula.

— Não mereço seus filhos. Não mereço você. E continuo pensando que estou me preparando para perdê-la. Para perdê-los. Mas isso não muda nada, porque eu ainda sei que vou lutar para ficar com você até o fim.

— Eu já te disse, estou aqui. Nós estamos aqui. Quer que eu seja sincera? — perguntei.

Derrubando as defesas.

Atravessando a fronteira.

— Claro, Mia. — Por um segundo, seus olhos se fecharam, e então me encarou outra vez. Prendendo-me com a ferocidade de seu olhar. — Você se tornou a única verdade que conheço.

Engoli em seco a magnitude.

E lhe ofereci a minha.

— Não tenho certeza se sei como continuar sem você, Leif Godwin. Esse amor? É um que você me fez sentir pela primeira vez.

Soltando minha mão, ele passou os dedos pelo meu cabelo.

— Você é a luz que eu parei de acreditar que existia.

— E você é a minha conclusão.

Ficamos nos olhando.

Prisioneiros da confissão.

Mas, ao mesmo tempo, libertados por elas.

Hesitei, e depois perguntei.

— Como vai funcionar? Você tem sua banda. Seus sonhos.

Meu Deus, eu nunca tinha me permitido esperar chegar tão longe, muito menos pensar na logística para fazer isso dar certo.

O que eu faria com relação à Califórnia.

O que eu faria em relação a Nixon.

— Você quer ficar com um baterista medíocre? — Ele deixou escapar como uma provocação.

Eu me mexi, cutucando-o para que ele se deitasse de costas, e subi em seu colo.

Ele grunhiu sua aprovação.

Aquelas mãos na minha cintura e meu coração em suas mãos.

— Não, Leif, eu quero estar com um baterista incrível. Um baterista que tira o meu fôlego. Com um músico cuja voz canta para a minha alma. Com um homem maravilhoso que roubou completamente meu coração. Beijar você é como beijar as estrelas.

Um tremor percorreu seu corpo. Suas feições escureceram em ódio. Uma mudança rápida e radical na atmosfera.

— Tenho que voltar para Los Angeles, Mia. Finalizar um assunto antigo.

Medo se enrolou, se ergueu e se elevou.

Pavor infectou meu sangue.

— O que isso significa?

Deus. E se ele estivesse falando em se colocar em perigo?

Eu queria pressioná-lo.

Para saber detalhes.

E de suas intenções.

Mas ele estava silenciando-as quando se aproximou e me segurou pela lateral do rosto.

— Significa que tenho que esquecer meu passado. É a única maneira de voltar e viver para você.

A inquietação se chocou com uma onda de amor.

Ele deixou a palma da mão deslizar pela minha mandíbula, pela garganta, até que estava colocando a mão enorme sobre o meu peito. Um toque que extinguiu a preocupação.

— Fique aqui comigo, Mia. No Sul. Vamos fazer daqui a nossa casa. Fique comigo.

Inclinei-me para frente, beijando sua boca.

— Você é o único lugar em que quero ficar.

TRINTA E DOIS

LEIF

— Cara, você detonou! Eu sabia que ia arrebentar essa merda. Nós reescrevemos as regras nesse álbum. Pura perfeição. — Ash me deu um soco no ombro, todo sorridente.

Orgulho apertou meu peito.

Não era algo que eu estava acostumado a sentir. Mas estava lá.

— Ficou muito bom — falei a ele, mal conseguindo conter o sorriso.

— Muito bom? Aquela merda é brilhante. O melhor álbum do ano, bebê. Aposto que vamos ser chamados para um tipo de palco totalmente diferente. Willow e eu estamos prestes a redecorar a casa – com o Grammy.

Lyrik riu de onde estava encostado na enorme fileira de equipamentos de som.

— Pela primeira vez na vida, acho que vou concordar com o Ash — brincou, sorrindo para o amigo. — O álbum é demais.

Ash arqueou as sobrancelhas.

— Concordando pela primeira vez? Isso é ridículo, considerando que eu venho dizendo a vocês, suas vadias, que a Sunder é a melhor banda do mundo desde que eu tinha dezesseis anos. Está sacando agora?

Austin deu um tapinha nas costas de Lyrik, com um sorriso lento.

— Ele finalmente começou a acreditar quando atingiu a marca de cem milhões. O idiota precisava de mais provas.

— Fichinha, bebê. Espere só até o lançamento do *Redeemed*. Não vamos poder sair de casa — proclamou Ash.

Baz se recostou na cadeira do escritório, todo presunçoso.

— Você está realmente me fazendo arrepender do fato de eu ter saído.

Austin balançou a cabeça.

— É, meu irmão mais velho aqui está colhendo os frutos e nem precisa fazer uma turnê.

Baz deu de ombros.

— Mais velho. Mais inteligente. Não importa. Além disso, eu provavelmente quebraria o maldito quadril se subisse naquele palco e tentasse me apresentar.

A expressão de Ash se transformou em uma descrença enojada.

— Que bobagem está falando? — Ele estendeu os braços. — Esse garoto aqui nem chegou no auge direito.

— Continue dizendo isso a si mesmo.

— Ah, planejo fazer isso.

Era difícil processar a leveza em meu peito. Uma leveza que eu não me lembrava de ter sentido antes.

Entusiasmo.

Orgulhoso de ter estado aqui, mas ansioso para ir embora.

Coloquei o caderno na mochila e fechei o zíper.

— Acho que vou embora. Foi uma honra trabalhar com vocês, sério.

Ash deu um sorrisinho. Cheio de dentes.

— O que, acha que tem algum lugar mais importante para estar?

Tentei evitar que o sorriso se rompesse, com medo de que fosse completamente idiota.

— Talvez.

— Ah, sim, e onde é? — Lá estava Ash, pressionando de todas as formas.

— Tudo bem, tudo bem, deixe o pobre homem em paz. Ele teve que sofrer trabalhando com você nos últimos dois meses — falou Baz, levantando-se da cadeira. — Além disso, Shea e eu estamos planejando uma pequena comemoração em nossa casa amanhã à noite para brindar outra vitória da Sunder. Espero todos vocês lá.

Ele olhou diretamente para mim.

Na hora.

Teria que me acostumar com essa merda.

Mas valia a pena.

Eles valiam a pena.

Dei um curto aceno.

— Pode ser.

— Legal. Vejo você depois.

— Até mais — respondi, saindo do estúdio e indo em direção à escada que levava ao andar principal. Subi até o topo, mas parei quando ouvi Lyrik me chamando.

BEIJE-ME SOB AS ESTRELAS

— Ei, Leif, espere um minuto.

Virei-me para encará-lo quando chegou no andar de cima. Seu cabelo preto estava um desastre, as tatuagens brilhando com sua energia intensa.

— Só queria te dizer o quanto agradeço por ter largado tudo por nós nesses últimos dois meses. Eu sabia que você seria bom, mas não tinha ideia do que traria para esse álbum.

Não queria ficar ali me vangloriando e sendo arrogante, mas as palavras dele eram difíceis de ignorar.

— Significou muito... sua confiança em mim.

Acho que eu estava falando de muito mais do que apenas a música.

Ele balançou a cabeça firmemente.

— E qual é o plano agora? Vai voltar para a Carolina do Sul? — Não havia como não entender o que ele estava querendo dizer.

Soltei um suspiro, me perguntando como não me senti na defensiva no mesmo segundo.

— Eu a amo, Lyrik, e, acredite, esse não é um sentimento que eu subestimo.

Algo inquietante se refletiu em sua expressão.

— Então... como vai ser? Eles devem encerrar o caso em breve, o que significa que ela estará pronta para voltar para Los Angeles.

Eu sabia que tudo isso era entre mim e a Mia, mas achei que, se não fosse pelo Lyrik, nós não teríamos nos encontrado.

Não estaríamos aqui, neste lugar, planejando um futuro juntos.

Hum.

Acho que aquele desgraçado do Carma já tinha passado da hora de ir embora.

— Pedi a ela que ficasse. Comigo. Sei que será preciso um pouco de paciência para resolver tudo, que teremos que fazer sacrifícios, mas não acho que isso seja novidade para você.

— Não, irmão. Não é. É difícil pra caralho. Mas acredite em mim, vale a pena. A música é como qualquer outro trabalho. Você faz, faz bem, e depois volta para casa, para a sua garota. Não se distraia nem comece a fazer paradas no caminho para casa, se é que me entende.

Soltei uma risada áspera.

— Em alto e bom som.

Não que eu precisasse ser lembrado disso.

Ele esfregou a palma da mão sobre a boca e desceu pelo queixo, olhando para mim com firmeza.

— Cuide deles. — Ele estendeu a mão e apertou meu ombro. — E, porra, cara, deixe ela cuidar de você também.

Sem dizer mais nada, ele se virou e desceu a escada.

Soltei um suspirou. Pela primeira vez, não pareceu tão pesado.

Saí pela porta abaixo do sol escaldante que estava apenas começando a se pôr no Oeste, o final da tarde quente e úmido e cheio de possibilidades.

Aquele tumulto continuava a acontecer dentro de mim.

Dividido entre amor e lealdade.

Um no outro.

— *Só você. Para sempre. Não importa o que aconteça.*

— *Promete?*

— *Prometo.*

Abaixei a cabeça, remoendo as lembranças, sabendo que aquele juramento não era mais verdadeiro.

Não tenho certeza se isso faz de mim um canalha.

Um traidor e um mentiroso.

Odiando o que eu havia feito. Uma mácula que ficaria em mim para sempre.

— *Sinto muito, Maddie. Sinto muito mesmo.*

Foi uma oração silenciosa, guardada pelo vento, mantida no sussurro que chicoteava as árvores.

Em seguida, peguei o celular e digitei uma mensagem que eu havia considerado durante toda a semana.

> Eu: O que acontece se eu deixar para lá?

O celular tocou.

— Braxton.

— Que porra está acontecendo, Leif?

Fiquei travado. Hesitando. Não tinha que dar muitos detalhes. Embora eu confiasse nele com a minha vida, era sempre mais seguro manter os nomes em sigilo. Identidades. Sim, ele sabia que eu estava em Savannah, mas eu não havia dito os detalhes de onde eu estava hospedado ou com quem estava tocando.

Ele teria enlouquecido se soubesse.

Foi imprudente, mas eu tinha sido assim desde o início. Porém, às vezes, era preciso se perder antes de descobrir qual era o seu lugar.

— Só não sei o que vai adiantar a essa altura.

Ele soltou um suspiro cético.

— Seja direto comigo, Leif. Que porra está acontecendo?

— Conheci alguém.

Ele suspirou. Em conflito, também.

— Isso é bom, Leif. Isso é bom. Mas não muda o fato de que está se escondendo do outro lado do país. Fugindo para salvar sua vida. Isso torna tudo mais perigoso, para ser sincero.

Angústia tomou conta de mim. Um alerta que atravessou a fortaleza da felicidade.

— Então, como posso acabar com isso? — A pergunta foi baixa e ríspida. Uma súplica amarga.

— Pode não ser mais problemas seu, de qualquer forma.

Ódio explodiu.

O rosto dele queimava na minha cabeça.

Tudo misturado com a necessidade de que isso simplesmente desaparecesse.

Para que eu pudesse ficar aqui com a Mia.

Dedicado.

Não preso nessa teia entre quem eu era e quem eu queria ser.

— Tenho certeza de que aquele imbecil ganancioso já cavou sua própria cova — continuou Brax. — O Carma está indo atrás dele. Outra remessa desapareceu. As evidências estão finalmente apontando para ele.

Deve ter sido a primeira vez que fiquei feliz ao saber que o Carma tinha mostrado a cara.

Era exatamente isso que Brax e eu estávamos tentando coletar há anos. Provas suficientes jogadas na conta daquele imbecil para que não houvesse dúvidas. Deixar que seus próprios erros o comessem vivo.

Não teria sido nem mesmo uma armadilha, considerando que estávamos apenas indicando a verdade a respeito de Krane.

— Ninguém mais te seguiu de novo? — questionou.

— Não.

Nunca fiquei tão aliviado ao descobrir que uma prisão havia sido feita. Eles ainda não haviam acusado o cara pela morte de Lana, mas o detetive disse que estava perto de juntar as peças.

Quase podia ver Braxton balançando a cabeça.

— Olha só, descobri que foi sua mãe quem mandou aqueles dois caras.

A. L. JACKSON

Bastaram duas cervejas para falarem. Ela não estava atrás de você, Leif. Ela queria que eles entregassem informações, mas você os fez correr de medo antes que tivessem a chance.

Soltei um suspiro, sem ter certeza de que poderia acreditar nisso.

Aceitar isso.

Ela havia cometido muitos erros para que eu acreditasse.

Mas, ainda assim... se eu estava deixando tudo no passado, tinha que deixar tudo para trás, e descobri que estava tendo dificuldade em manter a raiva quando nem tinha certeza de que ela estava envolvida.

— Acho que você deve ficar quieto por algumas semanas. Ver como as coisas vão se desenrolar aqui em Los Angeles. Esperando que tudo se resolva sozinho. E é assim que termina, Leif. Depois você vive sua vida. Deixe a Califórnia para trás. Fique com a sua garota e toque com a sua banda. É a sua hora.

Vi os rostos de Maddie e Haylee.

Lindos.

Inocentes.

Doces.

A dor me agarrou pela garganta.

Eu conseguiria fazer isso? Esquecer tudo? Não havia nada que eu pudesse fazer para trazê-las de volta, e estava começando a perceber que estava perseguindo um sentimento que nunca viria.

Quando se tratava delas, jamais sentiria satisfação ou alívio.

— Tudo bem — respondi. — Vou esperar um pouco. Me avise quando tiver notícias.

— Pode deixar. — Ele fez uma pausa antes de continuar. — Estou feliz por você, Leif. Sinceramente, nunca pensei que superaria. Fico muito feliz por você ter conseguido.

— Obrigado, cara.

Encerrei a ligação.

Não sabia se me sentia como uma fraude ou se estava fazendo a coisa certa.

Eu havia cometido o erro de arrastar Maddie comigo. Uma prisioneira da vida à qual eu estava acorrentado sem que ela sequer soubesse no que eu estava envolvido.

Não queria ser o burro repetindo a mesma coisa com Mia.

Mia.

Meu anjo do sótão.

Minha alma se agarrou à garota que me chamava de longe, e subi na moto, ligando-a, e deixei a vibração me percorrer enquanto voltava para a Mansão West, sabendo que as coisas estavam prestes a mudar e que iriam mudar para melhor.

Fiz a viagem de vinte minutos de volta a Savannah e, apesar de ter diminuído a velocidade da moto para passar pelas ruas estreitas da vizinhança, a expectativa me deixou animado.

Não via a hora de voltar para ela.

Ver seu rosto.

Começar a fazer planos.

Entrei na garagem, estacionando rapidamente antes de ir direto para o portão.

Digitei o código e entrei no Éden.

O inferno ia ter que esperar.

Deixei a mochila na casa de hóspedes antes de virar na direção da ala de Mia. Aquela longa fileira de janelas se iluminou como purpurina enquanto o sol se punha no céu em um ângulo baixo.

Meu coração bateu forte. Meu estômago deu um nó.

Entrei na casa e o cheiro de tinta fresca invadiu minhas narinas.

Fui em direção ao corredor, vendo a tela molhada onde eu sabia que ela esteve com um pincel na mão.

Um homem em um lado de uma caverna. Uma mulher e duas crianças do outro. Seus rostos se distorciam de uma forma mística e assombrosa, mas não havia dúvida de que estavam rompendo a distância.

Encontrando um caminho.

Ansioso, acelerei as passadas, batendo os nós dos dedos uma vez na porta parcialmente aberta e enfiando a cabeça dentro.

Penny estava no sofá, com o celular na mão. Ela olhou para cima quando me ouviu e sorriu.

Outro pedaço quebrado e frágil do meu coração se desprendeu.

— Leif, você voltou. Terminaram tudo? O tio Lyric disse que esse álbum é o máximo. Quer ir comer pizza hoje à noite? Mamãe disse que tudo bem e talvez possamos convidar a Kallie também!

Suas palavras eram gentis, esperançosas e graciosas.

Como se estivesse me pedindo permissão.

Como se tivesse me recebido como parte de sua vida.

Uma filha. Uma filha. Uma filha.

Meu espírito tremeu e se abalou. O rosto de Haylee passou por trás de meus olhos.

Eu sentia falta dela. Porra, eu sentiria falta dela todos os dias da minha vida. A ferida que era minha filha nunca cicatrizaria.

Mas eu tinha que acreditar que Mia havia entrado na minha vida com um propósito.

A prova devia ser o que me possuía quando eu olhava para os filhos dela.

Atravessei o espaço, inclinando-me sobre Penny, e dei um beijo em sua testa. Apreciei o presente. Algo que eu nunca mais deveria ter, mas seria um bobo se questionasse o que me foi dado.

— Eu adoraria comer pizza.

Ela agitou a cabeça, me olhando com um sorriso no rosto.

Amor tomou conta de mim.

Eu me inclinei para trás, pisquei, meu mundo inteiro balançando.

Nunca imaginei, quando fui empurrado daquele penhasco, que ao aterrissar haveria uma família inteira esperando no fundo para me pegar.

— Onde está sua mãe?

Ela gesticulou com o queixo.

— No quarto dela, lendo.

— Está bem. Vou dar um oi para ela.

— Certo.

Eu endireitei a postura, sem saber o que fazer com o ciúme que me atingiu no peito quando o celular dela se iluminou com uma chamada de vídeo que estava escrito "Pai".

Sem dúvida, Mia e eu tínhamos muito o que resolver. Não havia nenhuma chance de ela deixar L.A. para trás por completo. Duvidava que eu conseguiria também.

— Ah, é o meu pai. Ele disse que ia me ligar de volta.

Dei um aceno de cabeça tenso, tão tenso quanto minha garganta quando engoli em seco.

— Não se preocupe. Fique à vontade. Sairemos quando você terminar.

Pronto.

Foi civilizado, certo?

A maneira certa de lidar com essa besteira?

Virando-me, fui em direção à porta de Mia.

— Oi, pai! — disse Penny com seu jeito meigo.

— Penny, minha menina.

BEIJE-ME SOB AS ESTRELAS

Não deveria ter sido nada.
A voz.
Mas todos os pelos do meu corpo se arrepiaram quando a ouvi.
Paranoico.
Meu cérebro fritou.
Esperando que a porra da ficha caísse.
Era isso.
Mesmo assim, fiquei paralisado, inclinei a cabeça e aprumei o ouvido. O medo se espalhou em um suor pegajoso que cobriu minha pele. Minha cabeça virou um caos.

— Quando vai voltar para casa? — Era um resmungo. Petulante.
Egoísta ao extremo.
Perverso e cruel.
Não.
Não podia estar acontecendo.
Isso... não era possível.
Eu estava perdendo o controle.
Ficando louco.
Os pecados que eu havia cometido estavam voltando para me provocar.

— Eu, hum... Não tenho certeza — respondeu Penny, desconfortável, porque o idiota estava a colocando em uma situação difícil.

— Você precisa dizer à sua mãe que está na hora de voltar para cá. Chega das desculpas dela.

A náusea ferveu. Aumentando depressa. Entupindo a garganta e cobrindo a língua de ódio.

Eu nem estava ciente de que meus pés haviam se movido.
Estava ao lado de Penny sem sequer saber como tinha chegado lá.
Muito menos surpreso ao mesmo tempo.
Porque eu deveria saber.
Deveria saber que não poderia pegar e pegar e pegar e sair impune do que eu havia feito.
Como se eu pudesse ser absolvido da culpa.
Porque anjos e demônios não se misturam.
Mas lá estava eu, encarando o mais vil deles.
Seu rosto na tela.
Nixon Shoewalter.
Nossos olhares se cruzaram através do celular.

O ódio me fez ranger os dentes.
Derrubando-me com força.
Trauma contundente na fundo da cabeça.
— Que porra é essa? — ele sibilou baixinho.
Cambaleei para trás.
Atingido pelo que isso significava.
Caralho.
Agarrei a cabeça com as mãos.
O mundo girando.
Ganhando velocidade.
Desorientador.
Devastador.
— Leif... o que está acontecendo? Você está bem? Parece que vai vomitar. — Penny se apressou, pulando do sofá, agitando o celular como se fosse uma bomba.
Do tipo atômica.
Uma que dizimava tudo.
Eu deveria saber que não poderia ter isso.
Que eu estava apenas me preparando para perder.
Só que era infinitamente pior do que eu poderia ter imaginado.
— Eu... eu tenho que ir — consegui sussurrar.
Coração disparado.
Minha visão embaçada.
Não conseguia me equilibrar com ela balançando o celular na minha cara. Era como se fosse um atiçador em brasa que ia me apunhalar no coração.
Cambaleei para trás, batendo na parede. Um porta-retrato caiu no chão. O vidro se estilhaçou enquanto o chão desaparecia completamente debaixo de mim.
Fechei os olhos como se isso pudesse dar a chance de me trazer de volta. De me acordar. De me tirar desse pesadelo.
Não. Deus. Por favor.
A agonia me atacou como se fosse um maldito monstro.
Um fantasma.
Aquele desgraçado do Carma estava gargalhando ao lado enquanto ordenava que ele finalmente me matasse.
Como se eu realmente achasse que ia escapar.
— Leif. — Penny tentou segurar minha mão.

Não podia nem a deixar me tocar.
Eu me afastei dela como se fosse me queimar.
Quem diabos eu estava enganando?
Eu era pó.
Nada além de detritos ferozes e cintilantes.
Finalmente consegui chegar à porta.
A voz que eu nunca esqueceria gritou do celular.
— Seu filho da puta. Você está com a minha família. Você está morto.
Disparei pelo corredor e saí em direção à luz que estava se apagando.
O choque se transformou em raiva.
Porque ele estava errado.
Era a dívida dele que estava vencendo.

TRINTA E TRÊS

LEIF

Três anos antes

Entrei pela porta dos fundos da cozinha. Estremeci quando Maddie levantou a cabeça de onde estava me esperando na mesinha. Marcas de rímel escorreram pelos seus olhos, o cabelo bagunçado, desconfiança em seu rosto.

— Onde você estava?

Culpa me atingiu.

Estremeceu e sacudiu.

Soltei um suspiro e joguei as chaves no balcão.

— Na rua.

Queria mantê-la longe disso.

Protegê-la da verdade.

Eu estava tão perto.

Só precisava de mais alguns dias.

Ela deu uma risada incrédula e se levantou, balançando a cabeça com mágoa.

— Você é um mentiroso.

Derrotado, apoiei as mãos no balcão e abaixei a cabeça, falando com o granito porque não tinha coragem de olhar para ela.

— Estou tentando não ser.

Uma risada estridente escapou de sua garganta.

— Nós temos uma filha, Leif.

Eu me virei, pouco a pouco.

O amor agarrou meu peito. O que isso estava fazendo com a minha garota.

Ela não era uma idiota. Só era inocente.

Incorruptível. E era exatamente assim que eu queria que fosse.

— Eu tenho uma saída, Maddie. Depois desse último trabalho, estou livre. Keeton vai me dispensar.

— Você deveria ter terminado há três anos — implorou.

— É raro eu fazer algo por ele. Só quando precisa muito de mim.

— Você acha que isso faz com que esteja tudo bem? — Foi um grito. Um lamento. Sua pura decepção. — É essa a vida que você quer que sua filha viva? É isso que quer que ela veja quando olhar para você? É esse o legado que quer deixar?

A força de suas palavras deveria ter me empurrado para trás.

Em vez disso, elas me impulsionaram para frente.

Desesperado para tocá-la. Para tê-la em meus braços. Eu os envolvi ao redor dela.

Com firmeza.

Deixei que ela descarregasse sua raiva em meu peito.

E murmurei o tempo todo.

— Sinto muito. Sinto muito, porra. Tentei me libertar. Eu tentei, querida. Eu tentei.

— Por que eu deveria acreditar em você? — ela se engasgou enquanto soluçava na minha camisa.

— Porque eu amo você. Porque Haylee é minha vida. Porque estou fazendo tudo o que preciso para me livrar disso. Vai acabar neste fim de semana, e depois vou nos levar para longe. Para bem longe. Onde nada disso poderá nos tocar de novo.

— Você me ama, Leif? Me ama de verdade? Diga-me que não é uma mentira. Que não estou desperdiçando minha vida acreditando em você.

Ela olhou para mim com o peso do que eu havia feito a ela nadando naqueles olhos verdes.

Dor. Mágoa. Com a esperança de que havia despertado em mim no dia em que entrou na oficina.

Eu segurei seu rosto e dei minha única verdade perfeita.

— Só você. Para sempre. Não importa o que aconteça.

— Promete?

— Prometo.

Braxton e eu dirigimos. Os faróis de nossas motos brilhavam na noite escura, profunda e amarga.

Nixon estava em sua moto nos guiando na escuridão.

Não suportava aquele idiota. Um dos membros da equipe de Krane que havia sido enviado para garantir que tudo estivesse em ordem da nossa parte.

Supervisionar.

Vigiar.

Ele não passava de um babaca arrogante que não se importava com ninguém. Só havia trabalhado com ele algumas vezes. Mal o conhecia. Não foi preciso muito para entender a essência.

Pelo menos eu tinha Brax ao meu lado. O único cara nesse desastre em quem eu podia confiar.

Era quase madrugada.

Na hora mais perversa, quando ninguém ficava acordado, exceto os demônios que vagavam pela terra.

O caminhão seguiu logo atrás e saímos da estrada desolada de duas pistas para um trecho de terra no meio do deserto, as luzes da cidade fazendo Los Angeles parecer um globo de neve ao longe.

Nossas motos sacudiam no terreno acidentado. Cerrei os dentes, lutando contra a sensação de inquietação que continuava a me invadir.

A inquietação era um zéfiro que sibilava e gemia.

Paramos em um local onde três Mercedes SUVs estavam estacionados de frente para a rua.

Os homens de Krane desceram.

Soldados carregando armas enormes.

O suor se acumulou nas minhas têmporas, e engoli o medo. Eu odiava essa merda. Odiava com cada fibra de quem eu era.

Eu estava farto.

Tão cansado.

Descendo da moto, dei um sinal para que nossos rapazes saíssem. Eles seguiram as instruções, retirando rapidamente o produto dos compartimentos ocultos do caminhão, e o próprio Krane entregou o dinheiro.

Não éramos nada além de intermediários.

Movendo o produto de um monstro maldito para o outro.

O diabo no meio.

Eu peguei o dinheiro.

— Pronto?

Ele deu um tapinha no meu ombro feito um idiota.
— Pronto.

O amanhecer despontou no horizonte. Uma chama ardente dourada que delineava as montanhas e lançava raios rosas e laranjas no dia que se iniciava.

A sensação era de estar ganhando uma medalha.

Um prêmio por ter chegado até o fim.

Uma corrida que eu não queria disputar.

Mas eu sabia, lá no fundo, que tinha sido fácil me deixar levar.

A ganância era um conceito que havia sido enraizado em mim há muito tempo. Ficar sem nada lhe transformava nisso.

Faminto.

Invejoso.

Achando que não havia problema em estender a mão e pegar o que queria, não importava quem você machucasse.

Você merecia, certo?

Mas eu já tinha visto muita coisa para saber que preferia passar fome a fazer parte desse mundo sujo e nojento.

Tinha visto lares destruídos.

Famílias divididas.

Vi homens serem massacrados.

O sangue deles derramado no chão porque a ganância não parava de crescer.

Cansei.

Eu estava tão farto.

Passei por uma colina inclinada e a cidade ficou bem visível. Meu coração acelerou em direção ao bem. Em direção ao que era certo. Naquele segundo, jurei que nunca mais mentiria para Maddie.

Meu celular não parava de enlouquecer no bolso, então fui para o acostamento da estrada de pista dupla, tirei-o do bolso e estremeci quando vi o nome na tela.

— Keeton — falei, ríspido, quando atendi.
Chega.
Chega.
Chega.
Ele tinha que saber, porra. Eu não ia continuar sendo pressionado.
— Que porra aconteceu ontem à noite? — rosnou ele.
O nó da inquietação se apertou.
— Não sei do que está falando.
Ele nem sequer riu. Havia veneno em sua voz.
— Krane afirma que dez por cento da entrega sumiu.
Essa inquietação se transformou em uma discórdia.
Um choque de pavor.
Engoli com força.
— Eu mesmo pesei.
— Eu sei. — Era uma acusação.
Porra.
Passei a mão no cabelo que de repente estava pingando de suor.
O dinheiro que eu tinha na mochila pesava um milhão de quilos.
— Estava lá, Keeton. Tudo. Antes de colocarmos no caminhão. Nixon estava lá. Ele supervisionou a coisa toda.
— Parecia a oportunidade perfeita para você levar um presentinho de despedida.
— Porra, Keeton. A última coisa que quero fazer é ficar em dívida com você ou com qualquer outra pessoa. Não tocaria naquilo. Quero sair. Não me afundar ainda mais.
— Alguém fez isso, ou o Krane está mentindo.
— E você confia naquele merda? — cuspi.
O cara era um selvagem.
Não se importava com nada nem com ninguém que estivesse em seu caminho.
— Ele é um homem de negócios.
A agitação se espalhou pela minha pele. Uma faca escaldante de medo.
— Não fui eu, Keeton. Eu juro pra você.
— É? Bem, alguém está mentindo para mim.
Ele encerrou a ligação sem dizer nada, e o pânico me fez subir na moto, disparando de volta para a cidade.
Iríamos embora.

BEIJE-ME SOB AS ESTRELAS

Sumir dessa cidade.

Não ia nem tirar um tempo para fazer as malas.

Eu iria largar essa merda na porta de Keeton e sumir.

O celular enlouqueceu de novo e tentei ignorá-lo, acelerando a moto nas curvas da estrada, com quase cinco minutos de chegar à rodovia.

Finalmente parou, mas começou a tocar de novo.

Parei, peguei o aparelho e quase respirei de alívio quando vi que era Brax.

— Você ouviu aquela merda? — perguntei assim que o coloquei no ouvido.

Braxton tinha contatos em todos os lados. Estava sempre por dentro de tudo.

Ele não disse nada por um instante. A energia mórbida prevaleceu.

Aquele pavor se espalhou, estremeceu e fez minha pulsação disparar de medo.

— Alguém vinculou isso ao Nix. Não consigo localizá-lo, mas soube que Morgue foi enviado. O Krane não quer reembolso. Ele quer sangue.

Morgue.

Não era uma pessoa.

Apenas uma referência a qualquer homem que tenha sido enviado para um ataque.

Vômito subiu à minha garganta, espesso.

— Droga! — sibilei. O náusea me consumiu. — Aquele idiota.

Uma perturbação atravessou a linha.

— Dizem que o Nix tem uma garota que está grávida. Outra criança de sete ou oito anos. Acho que está indo até elas. Krane está furioso. Quer dar o exemplo.

— Porra — gritei. Nojo. Horror. Eu sabia que odiava aquele idiota. Sabia que não podia confiar nele. — Onde você está? — perguntei. — Um de nós tem de checar isso. Garantir que a família dele esteja segura.

— A uns quarenta e cinco minutos da oficina.

Suspirei. Em conflito. Lutei contra esse sentimento que surgiu em mim. Eu não podia simplesmente... virar as costas.

Ignorar.

— Você tem um endereço?

— Acho que posso conseguir um. A que distância está?

— Cerca de vinte minutos da oficina.

O que significava que não importava em que parte da cidade a família de Nix morasse, eu estaria mais perto. Ele não disse nada. Sabíamos que esse era o meu dever.

Krane era brutal. Não importava se eu odiava o desgraçado do Nix ou não.

Não podia ficar sentado e deixar isso acontecer.

— Mande uma mensagem para mim. Estou a caminho.

— Cuidado, irmão. Sei que você quer ajudar, mas não entre na linha de fogo.

— Os filhos dele não merecem o que vai acontecer. Eu vou avisá-los. Afastar qualquer coisa que possa estar vindo em sua direção. Até que o Nix chegue para tirá-los de lá ou até que isso acabe.

Encerrei a ligação e voltei para a minha moto e, quando peguei a rodovia, fui em uma velocidade muito alta para a carga que estava carregando. Contornando os carros. Costurando as faixas.

Não me importava. Eu tinha que chegar lá.

Ficar de prontidão se alguém viesse buscar sua família. Duvidava que ele realmente se importasse.

Mas eu, sim.

Eu me importava, porra.

Culpa apertou minha garganta.

O que eu havia feito Maddie passar.

A preocupação.

O medo.

Arrastando-as para uma vida que não mereciam.

Essa era uma vida *ruim* pra caramba.

Só parei para pegar o endereço quando ele mandou.

Não estava nem respirando direito quando cheguei às ruas da cidade. Semáforo após semáforo. Eu estava quase lá quando meu celular começou a tocar de novo.

Não havia como ignorar.

Esse sentimento que me consumia.

Cruel e deturpado.

Agarrando-me por toda parte. Fiz uma curva em um bairro mais agradável do que eu esperava, segui até o meio-fio e encostei o celular no ouvido quando vi que era Braxton.

Ele já estava gritando antes mesmo de eu pensar.

— Nix foi falar com Krane. Disse que foi você. Disse que tinha provas. Precisa ir para a sua casa.

BEIJE-ME SOB AS ESTRELAS

Nem respondi antes de sair voando pela rua.
Fazendo cada curva rápido demais.
Imprudente demais.
Descuidado demais.
Mas eu sempre fui assim.
Descuidado. Achando que poderia manter duas vidas separadas. Proteger minha família e agradar meu padrasto de merda.
Virei a última esquina da nossa rua.
E foi nesse momento que todas as mentiras que eu já havia contado me pegaram.

TRINTA E QUATRO

MIA

Vozes agitadas inundaram meu quarto, tirando minha atenção do livro. Um segundo depois, algo bateu contra a parede antes de eu me assustar com o som de vidro se quebrando no chão.

Minha pulsação acelerou e me esforcei para sair da cama e descobrir o que estava acontecendo.

A porta se abriu antes que eu tivesse a chance de sair.

Penny estava lá, tremendo no batente da porta. Preocupação estampada em seu rosto.

— Penny. Querida... o que está acontecendo? Você está bem? — Eu corri, minha atenção se dispersando por toda parte. Tentando descobrir o que estava havendo.

Ela se esforçou para encontrar uma explicação.

— Eu... eu não sei. Leif chegou e eu perguntei se ele queria ir comer pizza, mas o papai ligou e o Leif saiu correndo. Ele parecia muito, muito chateado, mãe. E o papai estava dizendo coisas muito ruins e depois desligou.

Inquietação tomou conta de mim.

Leif deve ter ouvido Nixon na ligação de Penny.

Merda.

Lágrimas surgiram em seus olhos, e a apreensão explodiu feito um balão dentro de mim. Eu não estava ansiosa para falar com Nixon a respeito de Leif, ou vice-versa, na verdade.

— Está tudo bem, querida. Está tudo bem. — Olhei por cima de seu ombro. — Você sabe para onde o Leif foi?

Seus lábios se contraíram.

— Não sei. Ele não quis falar comigo. Mas estou preocupada com ele. Quando olhei para ele, tive essa sensação...

Minha filha inteligente estremeceu e tocou a barriga, que eu sabia que estava revirado.

Empatia, compaixão e carinho.

Passei meus dedos por sua bochecha.

— Respire fundo. Vai ficar tudo bem. Seu irmão está com a tia Tamar na casa principal. Por que não vai para lá com eles? Eu vou falar com o Leif. Tenho certeza de que está tudo bem.

Ela assentiu, trêmula, e dei um beijo no topo de sua cabeça, seguindo-a até o corredor. Ela foi para a esquerda e eu fui para a direita, meus passos acelerando enquanto eu corria para a porta.

Tentando não entrar em pânico.

Mas a cada passada, o ar mudava.

Essa sensação estava me dominando.

A energia que ele havia deixado para trás era espessa, feia e angustiante.

Abri a porta e me deparei com um calor estagnado e abafado, e tentei me convencer a sair da beira do precipício. Convencer-me a não surtar enquanto atravessava o quintal em direção à casa de hóspedes.

Não era como se eu tivesse alguma ilusão de que Leif e Nixon seriam amigos. Ou até mesmo civilizados. Suas personalidades já diziam que entrariam em conflito.

Mas essa era a última maneira que eu queria que se conhecessem.

Corri pelos dois degraus até a pequena varanda, nem sequer batendo antes de abrir a porta.

Quase caí de bunda no chão com a energia frenética que me atingiu.

Passos pesados vinham do quarto nos fundos, as paredes tremendo e o ar gritando de dor.

Com cautela, fui me aproximando, com a respiração ofegante e a pulsação acelerada pela ansiedade. Quando cheguei à porta do quarto, minha cabeça estava tonta e meu coração disparou em um ritmo maníaco quando encontrei Leif lá.

Mais tenso do que nunca.

Cada músculo de seu corpo estava rígido.

A mandíbula cerrada.

Ódio em seus movimentos, e frenético, enquanto enfiava suas coisas em uma mochila.

O horror marcou cada célula do meu corpo.

— O q-que está fazendo?

Ele nem sequer se mexeu. Já sabia muito bem que eu estava lá.

— Indo embora.

Não importava que sua intenção já estivesse clara como o dia, as palavras me fizeram recuar.

Como se eu tivesse sido atingido por uma flecha.

Até o fim dela.

— O quê? Por quê? O que aconteceu? — Cambaleei até o quarto. Com os joelhos trêmulos. Tentando me manter firme.

Ele fechou o zíper da mochila. Recusou-se a olhar para mim enquanto a pendurava no ombro.

— Só está na hora de ir.

Ele deu a volta por mim.

Ele estava brincando comigo?

Raiva emergiu. Uma onda que se chocou contra o desgosto que me cortou o peito.

Eu o alcancei, minha mão envolvendo seu pulso. Fogo subiu pelo meu braço. Esse homem ao qual eu estava ligada de alguma forma intrínseca.

— Não se atreva a me abandonar, Leif Godwin.

Ele se soltou como se tivesse levado um choque, com a voz abatida, recusando-se a olhar para mim.

— Não torne isso mais difícil do que tem de ser, Mia.

— Mais difícil do que tem de ser? — Balancei a cabeça. Agitada. Desorientada. — Eu confiei em você. Depositei minha fé em você. Aceitei todas as suas dúvidas porque pude ver que era assombrado por seus demônios. Eu assumi essa dor, Leif, e deixei que ela me quebrantasse.

Toquei meu coração dolorido. Aquele lugar que ele segurava na palma da mão.

Eu me inclinei, tentando fazer com que ele olhasse para mim. Que me escutasse. E me *ouvisse*.

— E sabe de uma coisa, valeu a pena. Valeu a pena porque nos conhecemos. No meio disso tudo. Em um lugar que era só para nós. E, a partir daí, você prometeu que iríamos construir uma vida juntos. Que iríamos fazer isso dar certo.

Ele deu meia-volta, com rancor na língua enquanto soltava os palavrões no ar amargo.

— É, e eu também prometi que iria arruiná-la.

— Você é mentiroso.

Seu rosto empalideceu diante da minha acusação.

Branco igual a um fantasma.

A tristeza me envolveu. Aterrorizada com o que quer que estivesse acontecendo em sua mente escura e sombria.

Continuei, recusando-me a deixá-lo simplesmente ir embora.

— Você é mentiroso — repeti —, se disser que isso não significa nada. Vai ficar aí parado e fingir que não me quer? Que não está me sentindo? Fingir que não sabe que pertencemos um ao outro?

Sua tristeza escureceu a atmosfera.

Ele olhou para mim, finalmente.

Aqueles gentis olhos castanhos não continham nada além de tortura.

Sua alma massacrada.

— Você está certa, Mia. Eu sou mentiroso. Tenho mentido para mim mesmo. Dizendo que eu poderia ter isso. Que eu poderia ter você. Que eu poderia, de alguma forma, merecer aquelas crianças. — Ele apontou agressivamente na direção da ala de hóspedes. — Está na hora de abandonar o fantasma. Porque, adivinhe só, esses fantasmas estão aqui atrás de mim.

— O que isso significa?

— Significa que eu não posso ter você, Mia.

— Não. — Balancei a cabeça e um soluço subiu pela garganta. — Não. Eu... eu sei que você passou pelo pior tipo de tristeza em sua vida, e sei que o pai das crianças estava ao telefone e que vai ser difícil lidar com isso, mas...

Ele me prendeu à parede em um piscar de olhos.

Eu ofeguei. As palavras se calaram diante da potência desse homem.

A melancolia me cobriu por inteiro.

Um eclipse.

Mas essa escuridão? Era cruel e depravada.

Ele pressionou as mãos na parede de cada um dos meus lados, como se estivesse tentando se conter, com o nariz encostado na minha bochecha enquanto grunhia as palavras angustiadas.

— Você não tem a menor ideia, Mia. Não tem a menor ideia do que eu fiz ou do que estou me preparando para fazer. E eu te prometo, quando eu terminar? Você vai me odiar.

Ele se afastou de novo.

O tormento e a malícia estavam estampados em sua expressão.

Então se virou, nada além de uma tempestade que trovejou pela casa enquanto se movia para a porta da frente.

O desespero me assolou por inteiro.
Violento.
Feroz.
Avassalador.
Eu corri atrás dele.
Não importava que isso provavelmente me tornasse uma idiota.
Que eu estivesse desesperada.
Suplicando.
Tínhamos ido longe demais, vivido demais, compartilhado muita esperança para que eu o deixasse ir embora simples assim.
Sem uma explicação.
Sem um motivo para o veneno que ele estava derramando em nossas vidas.
Eu estava um palmo atrás dele quando gritei:
— Então diga que não me ama. Diga que foi uma mentira.
Leif se virou.
Quase caí de joelhos quando suas mãos pousaram em meu rosto no mesmo instante em que sua boca se chocou contra a minha.
Ele me beijou. Beijou-me de uma forma que partiu meu coração. Abriu caminho até minha alma.
Pude sentir seu gosto. A culpa em sua língua e a rendição em seu espírito.
Ele se afastou, com as mãos ainda me segurando com força.
— Não importa o quanto eu te ame, Mia. Não vai mudar quem eu sou. E se eu fingir que vai mudar? Só vai machucá-la ainda mais no final. E isso sou eu sendo sincero.
Então Leif afastou as mãos como se tivesse sido queimado pela vergonha, deu as costas e saiu batendo a porta.
— Leif... por favor, não me deixe.
Ele não voltou atrás.
Não parou.
E esse foi o momento em que Leif Godwin me deixou de joelhos, enfim.
Arruinada.
Exatamente como ele havia prometido.

— Oi. — A cama afundou ao meu lado quando a voz preocupada de Tamar chegou aos meus ouvidos. Dedos suaves passaram pelo meu cabelo, onde eu estava encolhida em uma bola.

Meu rosto enterrado no travesseiro.

Como se isso pudesse ter a chance de enterrar a mágoa.

Mas eu não achava que houvesse terra suficiente neste planeta para preencher o buraco que Leif Godwin havia deixado.

Minha estrela cadente que havia se apagado cedo demais.

Acho que eu tinha sido a bobs que tentou pegá-lo.

— Como você está? — perguntou Tamar baixinho.

Eu funguei. Não adiantava fingir que eu não tinha sido partida em duas.

— Terrível. Como estão as crianças?

— Bem. Estão assistindo um filme com Brendon e Adia, então pensei em vir ver como você está. Você dormiu um pouco na noite passada?

Rolei um pouco, apenas o suficiente para que pudesse olhá-la de relance através da juba que cobria meu rosto parecendo um véu negro de luto.

Mas era assim que eu me sentia.

Como se uma parte de mim que acabara de ganhar vida tivesse morrido.

— Na verdade, não.

Tristeza contraiu seus lábios franzidos.

— Sinto muito que esteja passando por isso, Mia. A última coisa que eu esperava era que ele fosse embora daquele jeito quando o álbum estivesse pronto.

Aflita, balancei a cabeça contra o travesseiro.

— Talvez eu tenha sido boba por acreditar que ele não o faria.

Ela murmurou um som desconcertante e continuou brincando com uma mecha do meu cabelo.

— Acho que ele está assustado. Assustado com o que sente por você.

Eu me abracei com mais força, protegendo-me contra a enxurrada de agonia.

— Ele é covarde. Quero dizer... ele... ele não conseguiu lidar com minha filha conversando com o pai dela? — Pisquei sem parar com a afirmação.

Não conseguia entender o que estava acontecendo.

Continuei remexendo nos escombros, como se pudesse encontrar um motivo aceitável.

Mas não havia desculpa para ele ir embora daquele jeito.

— Ele deveria ter pelo menos conversado comigo. Me contado seus medos. Se tivesse que ir, se não pudesse enfrentá-los para ficar conosco, eu teria entendido. Isso teria me quebrado, mas eu o teria deixado partir. Mas ir embora enquanto minha filha estava esperando que ele a levasse para comer pizza? É imperdoável.

Uma perturbação se espalhou.

O estrondo de uma tempestade silenciosa e crescente.

Algo estava errado.

Muito errado.

As palavras de Tamar foram suaves.

— Às vezes as pessoas nunca aprendem a ver através de sua própria escuridão.

O nó na garganta se moveu, nada mais que uma bola de vidro quebrado e esmagado e, com os olhos turvos, eu a encarei.

— Eu queria que ele o fizesse. Queria que encontrasse isso em mim. Em nós. Queria tanto. — A confissão raspou as feridas que ele deixou marcadas em mim. Sangrentas e na carne viva. — Ele sofre muito, e sei que está se afastando da esperança de alegria por medo de sofrer tudo de novo. Não tenho certeza se conhece algo além da dor.

E ali estava a verdade.

A dor desse homem era maior do que qualquer pessoa deveria suportar.

— Você viu a bondade nele, Mia. Seu coração reconheceu o que estava escondido nas profundezas. Mas talvez ele não esteja pronto. Quem sabe não esteja pronto para as coisas incríveis que vocês três são, e ele tem medo de estragar o que já têm.

Um resmungo veio do outro lado do quarto e espiei por entre a bagunça do meu cabelo e vi meu irmão parado na porta.

— Mia... — Lyrik pareceu hesitar. — Preciso que saiba de uma coisa — resmungou baixinho.

Todo o meu ser se retraiu. Eu não tinha certeza se conseguiria lidar com o fato de ele me contar algo horrível a respeito de Leif naquele momento.

Ele entrou no quarto, ameaçador e poderoso como sempre.

— Sei que isso vai parecer que estou o defendendo, mas acho que deve saber que conversei com ele depois que terminamos o álbum ontem à tarde.

Meu coração estremeceu.

Indefeso.

Morrendo de medo de ouvir, mas faminto por qualquer palavra.

BEIJE-ME SOB AS ESTRELAS

Lentamente, forcei-me a virar, a sentar, encarando meu irmão e o que quer que ele tivesse a dizer.

— Ele estava se preparando para deixar o estúdio. Deu para perceber que ele não via a hora de voltar para você. Ash estava enchendo o saco por causa disso, e ele nem tentou negar. Eu o segui até o andar de cima e perguntei suas intenções.

A mágoa se espalhou.

Por quê?

Por que ele me deixaria, então?

Lyrik umedeceu os lábios, agitado.

A tristeza gemeu dentro de mim quando ele continuou.

— Ele me disse diretamente que estava apaixonado por você, Mia. Que iriam descobrir como fazer essa coisa funcionar. Admitiu que seria difícil, mas reconheceu que você valia a pena.

Em sua própria confusão impotente, ele ergueu os ombros enquanto eu me engasgava com o soluço que suas palavras me arrancaram.

— Tenho que dizer que, depois de conversar com ele, não me pareceu que fosse simplesmente desistir. — Pareceu que, talvez, suas palavras traziam algum tipo de aviso.

Lambi os lábios ressecados e rachados.

— Ele disse que estava na hora de ir embora. Que não importava o quanto me amasse, nunca poderia ficar comigo.

Cada palavra estava repleta de desespero.

Lyrik soltou um suspiro áspero.

— Sim, bem, eu acredito na ideia de que ele não acredita que é digno de você. Mas ele ter ido embora porque Penny estava falando com Nix? Tenho certeza de que o cara não descobriu ontem à noite que a sua filha tem um pai.

Assenti, trêmula.

Meu estômago revirado.

A náusea feroz.

Agonia apertava minha garganta, tão espessa que me sufocava, e eu tinha certeza de que ia vomitar.

Sem conseguir me mais conter.

Manter dentro de mim.

Engoli o nó denso.

— Aconteceu alguma coisa. Algo maior do que eu entendo.

Eu sabia disso.

Sentia lá no fundo.

Latejando selvagem e desesperado.

— Dê um tempo a ele — abordou Lyrik, uma sugestão lenta que ameaçava me envolver em correntes das quais eu nunca poderia me libertar.

A tristeza escapou em um suspiro de rendição.

— Não posso permitir que um homem entre e saia de nossas vidas quando bem entender, Lyrik.

O sorriso de meu irmão foi sombrio.

— Duvido que ele esteja muito satisfeito agora, Mia.

Fui perfurado por uma flecha de sofrimento.

Uma flecha com a forma perfeita de Leif.

Não havia dúvida de que ele estava sofrendo ainda mais do que antes.

Tamar esfregou meu braço, forçando sua voz a ter uma animação que não era possível que eu sentisse.

— Por que não toma um banho e vem comer alguma coisa?

Comecei a assentir, mas fiquei quieta quando ouvi a voz de Penny ecoando pelo corredor.

— Mamãe! O papai está aqui! O papai está aqui!

Sua voz estava empolgada, enquanto minha alma tropeçava entre o pavor.

Através da raiva que senti por ele parecer ser o catalisador que havia feito Leif fugir.

A culpa não era dele.

Logicamente, eu sabia disso. Mas eu não conseguia evitar a culpa.

A escuridão me cobriu como um manto sombrio.

Um arrepio de repulsa me percorreu.

Tamar se afastou da cama e girou na direção da porta.

— O que ele está fazendo aqui?

Balancei a cabeça.

— Deve estar com ciúmes por eu ter um homem aqui.

— Deus. Eu não o suporto — sibilou baixinho. Eu nem sequer sabia se ela estava dirigindo isso a mim.

Acho que foi a primeira vez que percebi que eu sentia o mesmo.

Totalmente.

Verdadeiramente.

O homem foi um erro que me proporcionou minha maior alegria.

Porque minha pulsação disparou, tremeu e diminuiu.

Um baque cauteloso latejando em meu peito.

Lyrik se afastou da parede soltando um suspiro pesado. Um touro se preparando para atacar. Ele nunca foi muito fã de Nixon.

Mas nada disso mudou o fato de que ele era o pai dos meus filhos.

Esfreguei as palmas das mãos no rosto na tentativa de diminuir a bagunça. De colar algo que tivesse uma aparência de normalidade.

— Mãe! Mãe!

A porta da sala principal se abriu com um estrondo.

— O papai está aqui!

Lyrik olhou para mim, com a mandíbula cerrada.

— A decisão é sua, Mia.

Ele fechou as mãos em punhos. Sem dúvida, chutaria o traseiro de Nixon no meio-fio com prazer.

Balancei a cabeça.

— Está tudo bem.

Mas não estava.

Porque fechei a cara quando a porta do meu quarto se abriu e Penny entrou correndo.

Nixon a seguiu, carregando Greyson.

Greyson se contorceu e choramingou confuso, esticando todo o seu corpo para mim quando me viu.

— Mamãe! Quero você!

Forcei-me a sair da cama e ficar de pé, odiando o fato de estar usando uma camiseta regata e shorts curtos de pijama.

Deparei-me com o olhar de Nixon, seu desejo, suas perguntas. Atravessando a força deles, passei por Tamar, que permaneceu rígida para que eu pudesse pegar Greyson com ele. Assim que o tive em meus braços, Greyson se agarrou ao meu pescoço, encarando-o, como se tivesse esquecido quem era Nixon.

E talvez fosse culpa minha.

Levando-os para longe.

Mas parecia certo.

Confirmado pelo olhar cruel que me prendeu no lugar.

A tensão invadiu o ar.

Apertada, densa e sufocante.

Algo feio e errado que me fez querer rastejar da minha pele.

— Nixon — eu disse, abaixando o queixo. Não conseguia nem começar a esconder minha irritação por ele ter aparecido aqui.

Eu me senti muito mal pelo sorriso ter saído do rosto de Penny, minha doce garota olhando desconfortável entre nós, mas não consegui fingir.

— Mia. — Foi dito por Lyrik, que estava furioso junto à parede.

Não olhei para ele, apenas murmurei.

— Está tudo bem, Lyrik. Era bom se nós desse um minuto para conversar.

Podia sentir a hostilidade do meu irmão, a ameaça silenciosa que ele emitia. Nixon apenas o encarou. Os dois eram instáveis. Propensos à violência.

— Quer que eu leve as crianças? — Tamar ofereceu logo atrás de mim.

— Sim.

Nixon grunhiu.

— Deixe meus filhos aqui.

Lyrik deu um passo à frente.

Estendi a mão.

— Está tudo bem. Apenas vão.

Pude sentir Tamar balançando a cabeça, sua cautela, o pequeno choque de maldade que ela irradiava de seu corpo enquanto passava, Lyrik hesitando, antes de finalmente ceder.

Pelo menos eu sabia que sempre os teria ao meu lado.

Ficamos congelados nesse confinamento até que os passos de Lyrik e Tamar se retiraram, e as duas portas se fecharam com um clique.

Olhei de relance para minha filha.

— Penny, por favor, leve Greyson para a sala ao lado.

Ela parecia insegura, questionando tudo, mas pegou Greyson dos meus braços.

— Obrigada, meu bem.

Ela assentiu, olhando para trás uma vez, antes de entrar no outro cômodo e fechar a porta.

— O que está fazendo aqui? — perguntei assim que saíram do alcance da minha voz.

No momento em que eu disse isso, Nixon soltou a raiva que estava contendo.

— Eu te disse que viria para levar você e meus filhos para casa.

Fui atingida por uma explosão de fúria. Algo antigo. Algo que eu havia tentado manter em segredo pelo bem dos meus filhos.

— E acho que você já deveria saber que não tem poder de decisão no que eu faço.

Ele se inclinou para a frente. Seus olhos azuis gelo eram severos, todos os ângulos afiados e definidos de seu rosto rígidos.

BEIJE-ME SOB AS ESTRELAS 333

— Bem, acho que tenho voz no que se trata de onde meus filhos estão vivendo e com quem estão andando, não acha? Onde ele está?

— Aqui que ele não está. — Eu não iria honrá-lo com os detalhes.

— Fique longe dele, Mia. Estou te avisando.

Pude sentir a força da mágoa contorcendo meu rosto.

— É disso que se trata? Foi por isso que apareceu aqui? Por eu estar com outra pessoa? Porque me apaixonei por outra pessoa? — cuspi as palavras. Sabendo que eram cortantes.

Eu não me importava.

Ele não podia fazer isso.

A fúria se espalhou por seu rosto, e ele soltou uma gargalhada cruel.

— Você acha que o ama? Nem sabe quem é ele.

Eu bufei. Enojada. Perguntando-me como eu havia deixado esse idiota me tocar.

— Você não sabe nada de mim, Nixon. Não sabe nada. Não sabe nada do que eu sinto, o que eu quero ou quem eu conheço. E você não pode entrar aqui fingindo que sabe.

— Ele é perigoso, Mia.

Meu rosto se contraiu.

— Do que está falando?

Um mal-estar se formou. Um lampejo de consciência que fez com que a preocupação inundasse meus sentidos.

O desprezo fluiu de sua boca.

— Eu e Leif? Nós nos conhecemos há muito tempo. O idiota me odeia, e a única razão pela qual ele está aqui é para se vingar de mim.

O choque me abalou até a alma.

Um terremoto.

Uma falha que me partiu no meio.

— O que acabou de dizer? — Tentei fazer com que as palavras soassem desafiadoras, mas tremeram na garganta.

Chocadas.

Ele conhecia Leif?

Não pode... não pode ser possível.

Não.

— Eu disse que ele é perigoso, Mia, e você e as crianças virão comigo.

Fiquei tonta, e a náusea contra a qual lutei o dia todo me atingiu com força. Corri para o banheiro.

A. L. JACKSON

Caí de joelhos.

Expulsei a dor.

Agarrei-me à borda do vaso sanitário, tentando enxergar através das lágrimas que escorriam pelo rosto e embaçavam a visão.

Leif conhecia Nixon.

Leif conhecia Nixon.

Meu Deus.

Por que... por que ele faria isso comigo? Por que viria aqui e me destruiria?

Vou arruinar você.

Vou arruinar você.

Era isso que ele queria dizer? Havia feito isso de propósito? Cruel e injusto.

Não. Não tinha como. Ele já havia me afastado milhares de vezes. Mas nossa conexão foi forte demais. O homem era a minha gravidade.

Não tinha como fingir.

Minha cabeça girou, voltando ao que Penny havia dito. A preocupação que ela demonstrou quando explicou a reação de Leif a Nixon.

Eles se *conheciam.*

Com certeza.

Foi isso que fez Leif sair correndo.

Gemi durante a agonia e pude ouvir Nix na outra sala, dizendo a Penny para pegar suas coisas.

Greyson estava choramingando. Chorando por mim.

Eu tinha que me recompor. Entender o que Nixon queria dizer. Eu me recusava a acreditar nisso – que Leif era realmente perigoso.

Que iria nos machucar.

A voz de Leif surgiu na minha cabeça.

— *Mas o resto de quem eu era? Ele era um cara mau. Fazia coisas horríveis.*

— *Só porque não puxei o gatilho, não significa que não fui responsável. Não quer dizer que eu não seja o demônio.*

Vomitei mais um pouco. Incapaz de me segurar. De parar essa erupção de tristeza. O veneno que se agitava dentro de mim.

A porta do banheiro se abriu com um estrondo. Nix estava lá, com uma mochila no ombro.

— Vamos embora.

— Nix, eu...

BEIJE-ME SOB AS ESTRELAS

— Levante-se, Mia. Não temos tempo para isso.
— Não estou entendendo.
— Eu vou te contar no carro.

Meus pensamentos estavas acelerados, a cabeça girando, desorientada. Minha mão se estendeu para a parede para me manter firme.

Estava tudo fraco.

Tudo errado.

— Não vou a lugar nenhum com você. Me diga o que está acontecendo. Quero saber o que você quer dizer. Como conhece o Leif?

Sua raiva invadiu o pequeno cômodo e ele estava na minha frente.

— Estou indo embora agora mesmo, com meus filhos. Você vem ou não?

Ele se virou e saiu pela porta, pegando Greyson que vinha em minha direção, meu filho chorando sem parar. Eu estava logo atrás dele, agarrando sua camisa.

— Você não vai levá-lo a lugar nenhum.
— Me observe, Mia.

Fui tropeçando até a sala principal, e Penny estava lá, com sua mochila nos ombros. Confusão e medo em seus olhos.

— Vamos.
— Para onde estamos indo? — perguntou ela, encostada contra a parede, com a confiança apagada do rosto.

Ele estendeu a mão livre para ela.

— Tomar sorvete. Vocês podem brincar enquanto eu e sua mãe conversamos.

Greyson parou de chorar com isso.

— Tá.

Deus.

Isso era um desastre. Um verdadeiro caos.

— Venha logo, Mia. Calce os sapatos. Só preciso falar com você. Só isso. Eu disse que sempre faria de tudo para protegê-la. Tenho estado aqui. Lutando por você. Não vai confiar em mim agora? Depois que aquele maldito perverso veio aqui e mexeu com sua cabeça?

Queria gritar com ele por falar assim na frente dos nossos filhos.

Gritar para que não falasse tal blasfêmia.

Implorar para que retirasse o que disse.

Fazer com que não fosse verdade.

Eu precisava de respostas.

Um motivo.

Nixon era o único que poderia me dar.

— Tudo bem. Podemos deixar as crianças brincarem e depois conversamos. Mas é só isso. Não estou pronta para sair de Savannah. Me dê um minuto para trocar de roupa.

Voltei para o quarto, vesti uma calça jeans e camiseta, lavei a boca com enxaguante bucal e tentei me manter ereta.

Para não voltar a me ajoelhar.

Essa dor era real demais.

Intensa demais.

Pensei conseguiria lidar com ela. Com as cicatrizes que Leif deixaria para trás. Mas eu não tinha mais tanta certeza disso.

Saí outra vez, e Nixon passou pela porta principal, virando à direita.

Fiz um gesto para o corredor à esquerda.

— Preciso contar a Tamar e Lyrik o que está acontecendo.

— Você pode mandar uma mensagem para eles do carro.

— Nixon.

Ele nem sequer escutou. O homem estava em algum tipo de missão da qual eu não queria fazer parte.

Frustrada, eu o segui, e mandei uma mensagem para meu irmão depois de entrar no SUV alugado que ele havia estacionado na rua de trás. Por um momento, questionei se eu estava sendo irracional, essa raiva que eu tinha, quando vi que ele tinha pensado com antecedência suficiente para ter uma cadeirinha para Greyson.

Seu filho.

Olhei para ele, para a rigidez de sua mandíbula, e tentei encontrar o equilíbrio. O respeito que eu tinha por ele. Por sempre ter tentado apoiar da melhor forma possível.

Ele saiu com o carro, seguindo as instruções que dei para ir até o fast food que tinha um parquinho que as crianças gostavam, enquanto eu tentava me conformar.

Lembrar que não se tratava apenas de mim.

Meus filhos eram o mais importante.

Eu tinha que colocá-los em primeiro lugar.

— Vire à esquerda aqui — falei, mas ele estava acelerando. Olhando pelo espelho retrovisor. Ele virou à direita com tudo e depois à esquerda.

Apressado, fez outra virada, nossa velocidade aumentando a cada segundo.

BEIJE-ME SOB AS ESTRELAS

Meus pulmões se contraíram, e eu me movi para olhar pelo espelho lateral. Um carro branco estava atrás de nós, virando de um lado para o outro. Tentando chegar ao lado para nos encurralar.

E o pavor que eu vinha sentindo o dia todo se espalhou e se agravou. Tornou-se um horror que fechou minha garganta.

Eu me pressionei contra a porta e olhei para Nixon.

Com incredulidade e um apelo.

— O que está acontecendo?

Ele cerrou os dentes, suas mãos empalidecendo no volante.

— Fiz merda, Mia. Eu fiz merda. Ele estava vindo atrás de vocês. Precisava tirá-los de lá.

— O quê? — exigi saber, minha voz baixa como se pudesse proteger as crianças. Mas não importava. Porque Penny sabia. Pude sentir, seu terror invadindo o espaço. — Nixon, o que você fez?

TRINTA E CINCO

LEIF

Três anos atrás
Pânico.
Desespero.
Eles fizeram meu sangue se transformar em uma tempestade enquanto eu corria pelas ruas. Atravessando carros e passando por sinais vermelhos como se nenhum obstáculo pudesse se colocar à minha frente.
O mundo era um borrão, exceto por um único foco.
Minha família.
Minha família.
Entoei seus nomes enquanto os quilômetros diminuíam sob mim.
Como se elas pudessem me ouvir.
Como se Maddie pudesse me ouvir. Que atendesse o telefone para que eu pudesse dizer a ela para sair de casa, para se esconder até que eu conseguisse encontrá-la.
Mas só chamou mil vezes, o celular agarrado à minha mão, enquanto eu discava de novo e de novo, voando pelas ruas.
Imprudente.
Mas era isso que essa vida tinha sido.
Era hora de acabar com isso.
Eu só precisava chegar lá.
Chegar lá a tempo.
Contornei a última curva da nossa rua, acelerando a moto com tanta força que parecia que os nós dos meus dedos iriam se romper.
Músculos tensos.
Revestidos de aço.
O terror subiu pelas costas quando vi as luzes vermelhas e azuis

brilhando contra a luz do dia. A rua sem saída no final estava cheia de caminhões de bombeiros, carros de polícia e ambulâncias.

Esse bairro que deveria ser um lugar seguro. Uma área onde nossa filha poderia correr, brincar e crescer.

A bile subiu e minha moto voou pela rua estreita antes de eu pisar no freio, os pneus derrapando. Nem sequer deixei que ela parasse completamente antes de colocá-la no chão e saltar.

Não conseguia nem sentir meus pés enquanto corria para a casa.

Minha alma já estava lá dentro.

Gritando e gritando.

Não. Por favor. Deus. Não.

Uma aglomeração havia se reunido. Um círculo de curiosidade mórbida que pressionava e competia para chegar mais perto da tragédia.

E foi.

Eu já podia senti-la.

O mal que escorria das paredes. Gritava sua maldade. Uma reivindicação dos inocentes.

Não importava que minha alma já soubesse.

Que gritava e rugia de agonia.

Empurrei as pessoas que formavam um círculo apertado, retido pela fita amarela.

Todas ofegavam, choravam e especulavam.

Um zumbido cruel que gritava em meus ouvidos.

Não, não, não, não, não.

— Maddie! — gritei, furioso, avançando.

Respirações irregulares e sangue gelado.

Mãos tentaram me segurar, mas atravessei a fita e gritei:

— Maddie!

Os policiais me agarraram pelos dois braços para impedir que eu chegasse à casa.

Eu gritei, me soltando, e entrei pela porta enquanto gritavam para que eu parasse. Armas sacadas.

Eu não podia. Não podia.

Eu tinha que ir até elas.

Voei para dentro e deslizei, escorregando no sangue delas. Meu corpo cedeu e eu caí.

Caindo.

Nesse inferno sem fim.

De quatro, rastejei pelo chão. Sem ir a lugar algum com a pilha de homens que me prendia.

Mas lutei e lutei, porque não conseguia parar, me recusava a desistir.

Eu estava chorando.

Sons guturais saindo do peito.

— Maddie. Haylee. Por favor.

Eu precisava abraçá-las.

Mais uma vez.

— Haylee. Oh, Deus. Meu bebê.

— Deite-se, de bruços.

Os gritos ecoavam nas paredes, mas a única coisa que eu conseguia ouvir era meu espírito que chorava.

Lamentações que sacudiam o ar.

As minhas foram cortantes.

As delas silenciadas para sempre.

Meu bebê.

Eu não era nada.

Nada.

Sem ossos.

Vazio.

Nada além de raiva.

Os homens me arrastaram com algemas e correntes. O interrogatório parecia ter durado uma eternidade enquanto eu estava sentado ali com as roupas manchadas pela sofrimento delas.

A maldição que eu havia colocado em suas vidas.

Como se eu pudesse ter feito isso.

Mas eu fiz, não é?

Os pecados marcaram, queimaram e mancharam até que eu não passasse de carne podre.

A bondade delas foi despojada.

E a única coisa que restou foi a vingança que estava por vir.

TRINTA E SEIS

LEIF

— Haylee! — O grito que saiu da minha boca me fez sentar, com o coração batendo descontrolado no peito.

A pior parte?

A pior era a forma como meus braços ardiam com o peso vazio da minha menininha.

A maneira que minha alma gritava com a verdade do que eu havia feito.

Igual tinha feito nos últimos três anos.

Deixei a cabeça cair nas mãos, apertando-a como se isso pudesse ter a chance de apagá-la.

Essa dor interminável.

Perguntando-me como diabos eu tinha chegado até aqui.

Amando uma garota que parte de mim odiava.

O jeito que fui atormentado por um rosto sem nome e sem forma.

E agora ela era o único rosto que eu podia ver.

Minhas entranhas se retorceram com a ideia de que aquele desgraçado a tivesse tocado. Na noite passada, eu tinha toda a intenção de ir atrás dele. Acabar com tudo. Mas não conseguia me obrigar a ir embora.

Mia. Mia.

Meu espírito gemeu com seu nome. Meu corpo doía, já estava viciado em seu toque. Eu deveria saber que nunca poderia tê-los. Que iriam escorregar por entre meus dedos feito areia. Desapareceriam no segundo em que eu esperasse que fossem reais.

Meus pecados eram grandes demais.

Os males que eu havia cometido tinham acumulado uma dívida muito grande.

Agora, eu tinha que pagar.

Apodrecer nessa maldita tristeza.

Inferno.

Era isso que eu ganhava por pensar que poderia viver no Éden.

E lá estava o Carma, sentado no sofá de merda do outro lado da sala, olhando às unhas enquanto sorria.

Bela jogada, desgraçado, bela jogada.

Minha atenção se voltou para a mesa de cabeceira do hotel decadente em que eu estava hospedado quando meu celular se iluminou com uma ligação. Parecia que eu havia perdido cerca de quinze mil delas.

Peguei-o, olhando por entre a luz fraca do quarto.

Meu estômago se contraiu quando não reconheci o número.

Com cautela, eu a aceitei a chamada.

— Alô?

— Leif.

O som de sua voz me fez sentir como se tivesse levado uma marretada na nuca.

Minha mãe.

— Não desligue — exigiu com seu jeito severo.

Soltei uma risada amarga. Não estava com muita vontade.

— Me dê um motivo para não desligar.

— Eu te darei três. Mia e seus filhos.

Suas palavras me perfuraram por completo.

— O que tem eles? — Tentei falar com firmeza, mas minha voz falhou.

— Me escute, Leif, não temos muito tempo. Tenho motivos para acreditar que estão correndo perigo.

— E como diabos sabe alguma coisa a respeito deles? — A agressividade pulsava com o apelo.

Ela soltou uma bufada áspera.

— Você acha que eu não tenho te observado todos esses anos? Te seguido? Você é meu filho.

Ela disse isso como se significasse algo.

Mas eu não tinha a porra do tempo para discutir a virtude de ser uma boa mãe naquele momento, tinha?

— Me escute, Leif. — Seu tom não ajudou em nada. — Braxton me procurou ontem à noite. Ele me disse que ligou para ele perturbado porque descobriu que Nixon é o pai dos filhos da sua namorada.

Minha. Minha. Minha.

BEIJE-ME SOB AS ESTRELAS

Não consegui impedir que isso se infiltrasse em minha mente.

Com a ansiedade se espalhando, escorreguei da cama e comecei a vestir as roupas que havia jogado no chão enquanto tinha o celular pressionado entre a orelha e o ombro.

— Me diga por que acha que eles estão em perigo. — As palavras saíram ásperas.

— Nixon tinha investido na galeria dessa garota Mia. Estava movimentando produtos através dela. Algumas obras de arte e armas roubadas. Não sei se ela sabia ou não, mas pelo que Braxton disse dela, acho que não sabia. Nixon já estava envolvido com o Krane, mas, por serem parentes, ele o deixava passar ileso. Dando a ele o benefício da dúvida. Mas Krane não é bobo. Suas suspeitas se aprofundaram quando as remessas provenientes da galeria começaram a desaparecer. Uma mulher da galeria foi morta como aviso.

Apreensão inundou meu corpo.

O sangue latejava forte quando percebi que tudo estava interligado.

Lana.

Nixon foi responsável pela morte de Lana.

Suor escorreu na minha pele.

Entendimento fluindo livre.

O terror tomando conta de mim.

Enfiei os pés nos sapatos enquanto ela continuava a falar.

— Parece que mandaram seguir a garota também. Um aviso de que estavam observando. Keeton foi falar com Krane há dois dias, Leif. Deu a ele as provas de que Nixon era o culpado o tempo todo. Quando descobri o que Braxton sabia sobre a conexão de vocês, coloquei alguém na cola de Nixon. Ele partiu para a Geórgia ontem à noite, Leif, indo atrás dela, e um dos homens de Krane voou para lá atrás dele.

O horror se espalhou sob minha pele.

— O quê? — forcei as palavras através do distúrbio coagulado.

— Sei que não acredita nem confia em mim. Eu entendo. Fui uma mãe horrível. Eu sei que fui. Desde o dia em que nasceu. Egoísta e estúpida. E quando conheci Keeton... achei que finalmente tinha encontrado uma solução para quem eu era. Para todas as maneiras que falhei com você. Alguém que cuidasse de nós. E ele o fez, à sua maneira.

Cerrei os dentes, incapaz de processar tudo isso.

Ela continuou sem parar.

— Sei que você acha que o Keeton o culpou por ter desviado aquele negócio. Acha que ele acreditou que foi você. Pensou que a gente não se importava.

Rangi os dentes em sinal de despeito. Mal conseguindo me manter firme.

— Ele não achou que era você, Leif. Nunca tolerou o que aconteceu e jamais teria ido atrás de você. Mas depois que você se foi, ele teve que agir como se estivesse de acordo com Krane... Pelo bem da Petrus. Pelo bem da família. Pelo bem de Braxton. Ele tinha que proteger todos os envolvidos. Se fôssemos atrás do Nixon? Você sabe que teria havido mais derramamento de sangue. Ele teve que fazer uma escolha.

Pude ouvir o peso de sua voz.

— Decidimos que era melhor deixá-lo pensar que estávamos contra você. Era mais seguro que ficasse longe de L.A. até termos provas suficientes para eliminar Nixon sem colocar o resto do pessoal em perigo. Acredite ou não em mim. Depende de você. Mas é a verdade.

Uma respiração irregular saiu de meus pulmões.

Era isso o que eu queria o tempo todo, não era? Ver Nixon ser condenado? Queimar na porra da fogueira?

Um fim para o flagelo que ele era.

Mas a única coisa com a qual eu me importava naquele momento era Mia. Mia, Penny e Greyson.

A posse tomou conta de mim. Uma proteção que apagava tudo, menos eles.

— Mandei Braxton para ficar com você. O voo dele aterrissou há uma hora. Vá. Proteja-a.

Ela encerrou a ligação sem dizer mais nada.

Na mesma hora, liguei para Mia.

Minha alma entoou seu nome. *Mia. Mia. Mia.*

A ligação caiu na caixa postal.

Tentei de novo e o resultado foi o mesmo.

Medo me dominou, meu sangue encharcado de violência, a cabeça girando naquela direção.

Liguei para Lyrik enquanto pegava a arma que havia enfiado na gaveta da mesinha de cabeceira. Verifiquei se estava carregada.

Ele atendeu no primeiro toque.

Parecia que estava esperando minha ligação.

— Lyrik.

Preocupação gritou silenciosamente de volta antes de ele grunhir as palavras.

— Onde diabos você está?

— Mia não está atendendo — respondi em vez de falar onde eu estava.

BEIJE-ME SOB AS ESTRELAS

— Sim, porque o ex-namorado idiota dela apareceu aqui há algumas horas e o cara que deveria estar ao lado dela foi embora como um covarde.

Merda. Porra. Eu pisquei, tentando enxergar através da enxurrada de medo que me assolava.

— As coisas ficaram pesadas demais para você? — provocou.

Sim, pesadas pra caralho.

— Onde eles estão? Preciso saber, agora mesmo.

Achei que ele devia ter sentido a violência que estava saindo da minha língua, porque baixou a voz como se estivesse tentando manter a conversa longe do resto da casa.

— O que está acontecendo?

— Nixon não é quem você pensa que é.

— É, bem, eu acho que ele é um merda, então...

— Ele estava usando a galeria como disfarce, Lyrik. Fazendo merda por trás dos negócios. A Lana foi morta como um aviso. Preciso ter certeza de que a Mia está segura. Acho que estavam mandando um recado o tempo todo.

Um que era para Nixon, mas que, de alguma forma, acabou se tornando um para mim.

Meu propósito.

Minha razão.

Esse objetivo.

— Porra. — Escutei um estrondo nos fundos. — Filho da puta.

Sua voz baixou com desprezo.

— Eles saíram com ele há duas horas, Leif. Recebi a porcaria de uma mensagem dizendo que iam levar as crianças para tomar sorvete. Eu sabia. Sabia muito bem que havia algo errado. Esse filho da puta está morto.

Meu estômago revirou. Saber que ela estava com ele. As crianças. As crianças.

O mundo girou por um instante.

Cerrei os dentes.

— Onde? Para onde foram?

— Não sei para onde foram. Droga. — Senti Lyrik desmoronando também.

— Pai. — A voz distante de Brendon interrompeu nosso caos.

— Agora não, Brendon.

— Pai, escute. Sei que está chateado pela tia Mia ter saído. Eu sei onde estão. Onde Penny está. Tenho ela no meu localizador no Snap.

— Onde? — exigi saber.

O silêncio se estendeu por tempo demais e, quando Lyrik voltou a falar, o mundo inteiro desabou sob meus pés.

Sem apoio.

— Não estão em uma sorveteria.

Sua voz estava pesada. O ódio vinha por trás do desespero.

— Onde?

— Ao Norte. Em algum bairro suspeito.

— Me dê a localização.

— Vou com você.

— Não, Lyrik.

— É da minha irmã, minha sobrinha e meu sobrinho que você está falando.

Engoli em seco a bola de arame farpado na garganta.

— Essas pessoas... são cruéis... perversas — falei, sabendo que agora ele sabia a verdade sobre mim.

Eu era um deles.

— Você acha que isso me é estranho? Vou junto. Onde você está?

— A cinco minutos de sua casa.

Não consegui ficar com a Mia, mas também não consegui ir muito longe.

— Me encontre na Whitaker com a Taylor em dez minutos.

Ele não me deu a chance de recusar antes de desligar.

Mas não tínhamos tempo para brincadeiras. Fiquei desesperado ao pensar que talvez já fosse tarde demais.

Apaguei o pensamento e enfiei a arma na parte de trás da calça jeans, abri a porta e saí, piscando sem parar à luz do dia.

Tentando manter o controle.

Focar.

Sabendo que a hora havia chegado, mas ela parecia totalmente diferente do que eu jamais havia previsto.

Meu olhar se moveu.

Atraído para o estacionamento abaixo.

Braxton estava lá, encostado em um carro. Pele escura, olhos ferozes e lealdade firme. Ele jogou o cigarro no chão e se endireitou.

Levantei meu queixo.

Ele sorriu.

— Está na hora — falei.

— É, irmão. Eu sei. Vamos lá.

Desci correndo os degraus do hotel de segunda categoria e subi na minha moto. Braxton se acomodou ao volante do carro que havia alugado, seguindo atrás de mim. A moto rugiu e grunhiu, reinou como uma matilha de cães ferozes que estavam lutando para serem soltos.

Dei algumas voltas pelas ruas sombrias de Savannah.

Lyrik saiu ao meu lado no cruzamento onde havia dito para nos encontrarmos. Seus braços tatuados estavam esticados, com as mãos cerradas no guidão. Ele me lançou um olhar. Devolvi outro.

Ele acelerou, voando pela estrada.

Braxton e eu seguimos logo atrás.

TRINTA E SETE

LEIF

Era uma rua de periferia.

A mesma maldita história, mas uma cidade diferente.

Casas em ruínas por todos os lados. Cercas de arame na frente dos quintais cobertos de mato. Árvores esparsas e mato crescendo por toda parte.

Algumas eram mais bonitas. Pessoas tentando tirar proveito desta vida.

Nossas motos ressoavam em meio às ondas de calor estagnadas quando fizemos outra curva mais adentro na vizinhança, nosso ritmo diminuiu e foi controlado enquanto nossos espíritos se enfureciam.

Pude sentir.

Exalando de Lyrik.

Exalando de mim.

Ir com tudo ou morrer.

E eu não tinha ideia do que iria encontrar. Contra o que iria me deparar.

Se seria a mesma cena que havia me destruído três anos antes.

Se esse seria o meu fim.

Mas eu daria tudo a eles. Sem perguntas ou ressalvas.

Lyrik abaixou a mão esquerda, fazendo um gesto para que diminuíssemos a velocidade. Fomos para a direita da rua estreita do bairro.

Os motores estavam roncando e rugindo antes de os desligarmos.

O silêncio se instalou.

A maldade uivando na quietude pegajosa.

Descemos das nossas motos, e Braxton saiu do carro. Só podia imaginar como estávamos.

Só massacre e brutalidade.

Alguém provavelmente estava olhando pelas cortinas naquele exato momento, chamando a polícia, o que parte de mim já queria fazer, mas eu sabia muito bem que isso tinha que ser resolvido de uma certa maneira.

A única chance que tínhamos era pegar esse filho da puta de surpresa.

Descemos a rua. Os três caminhando ombro a ombro, seguindo em direção ao desastre.

Cada passo estava repleto do meu medo mais profundo.

Fomos mais adiante na rua. Passamos por uma casa. Depois outra.

Cada segundo parecia uma eternidade.

Tortura.

Eu queria abrir um caminho de carnificina.

Mas me contive. Segurei. Deixei que a vontade alimentasse a determinação que revestia cada músculo do meu corpo.

Lyrik diminuiu o passo um pouco mais, em alerta, inclinando a cabeça para a direita, para a casa que ficava na esquina de duas ruas.

Ela ficava de frente para a rua à direita, com pedaços do quintal visíveis através das tábuas quebradas de madeira podre que serviam de cerca.

A maior parte do terreno era coberta por mato na altura do joelho. Um galpão em ruínas ficava bem nos fundos, com o telhado desabado em um dos lados. Mas foi o pequeno vislumbre de um novo SUV branco e simples, estacionado aleatoriamente ao lado, que provocou uma onda de agressão na minha alma.

Todo o meu ser deu um passo à frente, mas foi Lyrik quem colocou a mão contra o meu peito, movendo a boca com um silencioso "fique calmo".

Calmo.

Impossível.

Não era como se ele conseguisse isso também.

Seu corpo inteiro vibrava com a loucura.

Ela só aumentou dez vezes quando um grito repentino ecoou da casa. Distorcido e abafado.

Silenciado.

Mas ainda assim, audível. Eu quase gritei, pois não havia como não ir até lá.

Dessa vez, foi Brax quem entrou em cena. Ele fez um gesto com o queixo para Lyrik, deslizando sua linha de visão para a cerca dos fundos. Lyrik assentiu, esgueirando-se naquela direção, olhando para todos os lados antes de escalar o topo. Aterrissando do outro lado em silêncio.

Todo furtivo.

Braxton entrou pela lateral do jardim da frente. Eu o segui, o som das minhas botas mal rangendo sob mim, minha pulsação tão alta que eu tinha certeza de que era isso que nos denunciaria.

Encostamos nossas costas na lateral do muro, verificando se estávamos seguros antes de começarmos a deslizar para a frente.

Com as respirações superficiais e irregulares, atravessamos o ambiente.

Terror se infiltrou pelas paredes em ruínas e houve outro choramingo balbuciado.

Greyson.

Greyson.

Meu coração se apertou. Comprimiu, latejou e quase saiu do peito.

Braxton sentiu, percebeu que eu estava me preparando para avançar e me lançou um olhar, com a arma firme nas mãos enquanto se aproximava da parede e a minha tremia.

Dedo no gatilho.

Virando um pouco a cabeça para trás, ele olhou pela fresta da janela.

Percebi, pela forma como sua coluna ficou rígida, que tínhamos uma confirmação. Eles estavam lá dentro.

Minhas entranhas se retorceram e meu espírito gritou, assumindo o controle. Não restava nada, só esse desespero determinado.

Ele fez um sinal para que eu desse a volta pelo outro lado, de modo que os cercássemos.

Segui nessa direção, tremendo sem parar.

Dei a volta na casa e espiei por uma janela que dava para uma cozinha vazia e destruída. Portas de armários penduradas em suas dobradiças, lixo espalhado, pratos quebrados deixados para trás como a evidência da desesperança que vazava de dentro.

A janela quebrada havia sido deixada aberta por uma fresta.

Eu a abri mais, escalei e entrei.

Aterrissei de pé, encolhendo-me quando o impacto fez um pequeno baque.

Mas o caos que se alastrava por dentro era mais alto.

Desolado e torturado.

Mantive meus passos o mais silenciosos possível, avançando em direção ao portal que dava para a sala de estar.

Choramingos chegaram aos meus ouvidos, o gosto do terror em minha língua.

Quase caí de joelhos quando encostei as costas na parede e espreitei.

As lembranças inundaram minha mente.

Ofuscantes.

Dilacerantes.

Horrendas e hediondas.

Morgue.

O mesmo que havia matado minha família. O mesmo que soltou uma rajada de balas quando fui atrás dele e de Nixon pela primeira vez. O filho da puta foi o único a *adiar* minhas intenções. Atingiu-me cinco vezes na lateral do corpo. Eu quase morri. Provavelmente teria morrido se não fosse pela necessidade implacável de vingança.

Era o mesmo homem que eu tinha visto no quintal de Lyrik naquela noite.

O mesmo que estava se aproximando de Nixon e Mia naquele momento.

A perversidade voltou a brilhar.

O mal pairava na sala.

Eu mal conseguia vê-la, suas costas viradas para mim, onde estava amarrada a uma cadeira. Seu cabelo estava bagunçado e sua cabeça pendia para frente.

Mas eu podia senti-la.

A garota que era uma tempestade dentro de mim.

Luz. Luz. Luz.

Nixon estava à direita dela, com as mãos amarradas à frente enquanto falava suas besteiras. Suas razões para não ser culpado. Colocando a culpa em outra pessoa.

Caralho.

Eu tinha sede de meter uma bala na cabeça daquele filho da puta há tanto tempo. A ira que me consumiu. Toda a minha motivação para o seu fim.

Mas a única coisa que eu conseguia discernir naquele momento era libertar Mia.

Em segurança.

Nada mais importava.

Chamei a atenção de Braxton, onde estava ajoelhado, escondido por uma pequena parede que criava um saguão na porta da frente.

Ele apoiou a mão na coxa, fazendo uma contagem regressiva. Três, dois...

Apertei com mais força o cabo da arma, tentando manter a respiração estável. Ficar quieto.

Pronto para atacar.

Fiz a contagem regressiva até um na minha cabeça quando a vozinha preencheu o espaço.

— Tio, peguei você.

Greyson.

Merda.

Pude ouvir o farfalhar mais alto vindo dos fundos da casa, o ritmo acelerado da energia, e eu sabia que Lyrik estava tentando calá-lo, mantê-lo quieto, tirá-los de lá, e a única coisa que eu conseguia pensar era em agradecer a Deus, agradecer a Deus por ele ter chegado até as crianças.

Mas Morgue ergueu a cabeça e partiu naquela direção.

Nem Braxton nem eu esperamos por essa contagem final.

Viramos, com as armas sacadas, o desgraçado preso entre nós.

Ele calculava, avaliando a mira.

Uma porta bateu nos fundos da casa, e a ferocidade mudou, algo perfeito e libertador.

Lyrik havia soltado as crianças.

Eu sabia.

Eu sabia.

E estava tentando não olhar para Mia enquanto mantinha a arma firme. Não me concentrar no sangue que escorria do canto de sua boca ou no medo e no alívio que ardiam em seus olhos inchados e feridos.

Mas a raiva.

Queimava.

Tão intensa.

Tão feia.

Meu dedo se contraiu no gatilho.

— Abaixe a arma, Morgue. O trabalho acabou. — A voz firme de Braxton cortou o ar agitado. O cara virou a cabeça só um pouco para olhar em Brax.

Brax que se afastou mais da parede.

A gente o cercava.

Foi nesse momento que o covarde saltou da cadeira, derrubando-a, correndo com as mãos amarradas à frente em direção à janela do lado oposto de onde eu estava.

Correndo para longe de Mia, deixando-a sentada enquanto mergulhava na janela.

Morgue se virou.

Tiros foram disparados.

Perfurantes.

Escandalosos.

O corpo de Nixon se sacudiu quando foi atingido nas costas várias vezes.

E eu estava correndo.

Correndo até Mia enquanto sua mira mudava, meu braço estendido com a arma apontada para ele.

Mais rápido do que pude perceber e, mesmo assim, antecipando o que aconteceria.

Porque eu sabia muito bem que, se Nixon fosse embora, não deixaria Mia como testemunha.

As balas voaram, destruindo a sala de estar.

E eu estava apertando o gatilho, mergulhando na frente dela, e o grito de Mia enchia meus ouvidos.

Luzes brilhavam em meus olhos.

Os pretos mais escuros e os brancos mais nítidos.

Uma névoa.

Céu.

O inferno.

Eu voei até ela, derrubando sua cadeira.

Jogando-nos ao chão.

Não pensei na dor na parte da frente do ombro, na escuridão que continuava disparando para roubar minha consciência.

O sangue escorrendo pela camisa.

A única coisa que me importava era soltá-la.

Libertá-la de suas amarras.

Mas Mia.

Ela caiu no chão.

Um gemido estridente saiu de mim, e eu a coloquei de costas, às pressas, segurando seu rosto, gritando e berrando enquanto aqueles olhos de carvão tremulavam e sua respiração ficava ofegante.

— Não, Mia. Não feche os olhos. Não feche os olhos. Não me deixe. Não me deixe.

As sirenes gritavam.

Cada vez mais perto.

— Tenho que ir, cara. — Braxton hesitou por um segundo, olhando para a porta, antes de sair correndo quando as sirenes se aproximaram, deixando para trás dois corpos aos seus pés.

Mas nada disso importava.

Apenas ela.

Mia.
Meu anjo do sótão.
O propósito que eu nunca tinha imaginado.
Minha motivação que eu nunca tinha visto.
Não até o momento em que ela me encontrou.

— Estou bem — grunhi com o choque da dor, enfiando o braço de volta na camisa ensanguentada.

O médico franziu o cenho.

— Eu recomendaria que você passasse a noite internado. Sofreu uma perda significativa de sangue e precisa de uma série de antibióticos para evitar uma infecção.

É, e eu recomendaria que ele saísse da minha frente.

— Vou ter que passar.

Ele bufou, descrente.

— Você foi baleado.

O tiro passou praticamente de raspão, e eu já tinha passado horas sendo bombardeado por perguntas dos policiais. O último saiu há dois minutos, enfim.

Dois mortos.

Dois feridos, um em estado crítico.

Duas crianças ilesas.

Incólumes.

Alívio. Alívio.

Esse sentimento avassalador foi afetado pela ansiedade que rastejava, infestava e apodrecia.

— Você pode me passar uma receita, se quiser. Mas eu indo.

Deslizei da cama, estremecendo igual a uma garotinha.

Ele balançou a cabeça.

— Você está com dor.

Ele não fazia ideia.

— Se precisar de mim, pode me encontrar no quinto andar — resmunguei, indo em direção à porta.

Com o braço em uma tipoia, a camisa coberta de sangue, mas era minha alma que estava sangrando.

Fui para o elevador, apertando o botão para subir umas quinze vezes.

O medo girava ao meu redor.

Um turbilhão de apreensão.

Aquela tempestade que eu sentira chegar desde o segundo em que aquela garota havia entrado na minha vida.

Quando as portas do elevador se abriram, entrei nele e subi até o quinto andar.

Embora o corredor estivesse iluminado, eu podia sentir a escuridão invadindo o hospital, nuvens ameaçadoras que se acumulavam nas bordas da minha visão e da cabeça.

O horário normal de visitas já havia terminado há muito tempo, mas havia pessoas que ainda se movimentavam, sussurrando do lado de fora das portas, com a preocupação irradiando de seus corações.

As enfermeiras se apressavam, e alguns quartos ainda estavam iluminados.

Com os pés pesados, carregados de medo, cheguei ao final do corredor, onde duas portas duplas davam acesso à unidade de terapia intensiva. Havia um balcão para fazer o check-in. O horário de visitas era mais tarde nessa área, embora eu não achasse que houvesse alguém estúpido suficiente para tentar me impedir de passar por aquelas portas.

O homem que estava na frente do balcão apertou o botão e as portas duplas se abriram automaticamente. Eu entrei, com os passos lentos conforme meu coração acelerava mais do que nunca.

Esperança e horror.

Esperança e horror.

Duas emoções tão próximas dentro de mim que eu não tinha certeza se conseguia diferenciar uma da outra.

Minha respiração ficou cada vez mais curta quando dei a volta no corredor para a direita.

Como se eu estivesse indo contra a correnteza. Contra a maré.

Eu me movia com dificuldade quando cheguei ao número do quarto dela.

Lyrik estava lá, parado do lado de fora da porta, com as costas pressionadas na parede e a cabeça voltada para o teto.

O pânico se espalhou e o terror percorreu minhas veias.

Fiquei paralisado a um metro de distância.

Ele se afastou da parede quando viu que eu estava lá, e cerrei os dentes quando encontrei seu olhar.

Esperando pelo pior.

Que a dívida aumentasse.

Esses pecados eram maiores do que eu podia pagar.

Lyrik passou a mão pelo cabelo, soltando um suspiro trêmulo.

— Ela está acordada.

Minha mão disparou para me firmar na parede.

Medo exalado em um suspiro pesado.

Trégua.

Alívio.

Ainda assim, perguntei, com descrença na súplica.

— Ela está bem?

Ele assentiu.

— Ela vai ficar.

Meu espírito gritava e minha alma berrava.

— A médica está lá dentro agora. A primeira coisa que fez quando acordou foi perguntar por você e pelas crianças. Acho que está tão preocupada com você quanto você estava com ela.

A emoção me estremeceu, e eu pisquei.

Incerto.

Indigno.

Eu poderia entrar lá... simples assim?

Estar com ela?

— Você é um idiota se estiver aí questionando se ela poderia amá-lo agora. A pergunta é: depois de tudo, você pode amá-la?

Olhei para a porta fechada.

Cada terminação nervosa viva.

Aquela conexão se espalhando pelo ar.

Engoli em seco ao abri-la.

A energia se chocou.

Minha. Minha. Minha.

Fui inundado por ela.

Cegado.

Sua bondade.

BEIJE-ME SOB AS ESTRELAS

Sua pureza.

Sua luz.

Embora estivesse abatida, seu sorriso era suave – um convite – quando olhou para mim de onde estava apoiada na cama, conectada a mil monitores, todos pulsando com vida.

Fiquei sem ar.

Meus joelhos bambos.

A melhor coisa que eu já tinha visto.

— Oi — sussurrou ela, a voz áspera.

— Oi.

A médica se mexeu um pouco, a mulher observando meu estado e arqueando as sobrancelhas num sinal de dúvida.

— Era dele que eu estava te falando. O homem que me salvou. Salvou meus filhos. — A voz de Mia era de pura afeição, uma mensagem transmitida em suas palavras.

Obrigada.

E eu não sabia como me posicionar diante disso.

Como se esses pecados pudessem ser apagados.

Seus olhos brilharam com as lágrimas, e a garota me olhou como sempre.

Como se visse algo melhor.

Algo certo.

Algo feito para ela.

Amor explodiu no meu coração.

Não tinha certeza de como qualquer um de nós permaneceu firme sob a erupção.

A médica murmurou, olhando entre nós.

Eu me aproximei da cama.

Desconfiado.

Ansioso.

Arrependido.

Arrependido pra caramba, e ainda sofrendo com toda a esperança de que essa garota, de alguma forma, me fez acreditar novamente.

Eu me inclinei, encostei minha testa na dela e a inspirei.

— Você está bem.

Ela assentiu, o rosto encharcado pelas lágrimas que escorriam.

— Uma artéria em sua coxa foi cortada — explicou a médica. — Ainda bem que os paramédicos chegaram depressa e passou por uma cirurgia simples para recuperar o dano. Parece que outra pessoa sofreu o impacto disso. — Sua voz mudou de tom com a implicação.

Meus olhos se fecharam e eu sabia que essa era a única coisa que eu queria.

Ser seu escudo.

Sua proteção.

Essa garota era minha própria salvadora. Uma pessoa que eu não merecia, mas que ainda estava esperando por mim.

Deixei meus lábios encostarem nos dela.

De leve, embora eu tenha me demorado.

— Você está bem.

Ela assentiu sob meu beijo. Lágrimas escorreram dos cantos de seus olhos.

— Você está machucado — sussurrou.

— Não é nada. — Eu me afastei e coloquei a mão em seu rosto. — Eu sinto muito.

— Não, Leif. Você não tem por que se desculpar. Eu te disse que sempre reconheci o homem que é. Aquele que estava esperando para ser libertado. É o homem por quem me apaixonei. É ele que está aqui, na minha frente. Aquele que nos salvou. É ele que eu quero.

— Não quero estar em qualquer outro lugar, Mia. Eu... — Lutei para encontrar o que dizer. — Meu passado... o homem... ele era um homem mau. E eu sei que você já entendeu o que isso realmente significa agora.

Sabia que tínhamos uma plateia. Mas não me importava. Estava tão cansado de me esconder atrás das paredes.

Atrás da raiva, do ódio e do medo que me mantiveram em cativeiro nos últimos três anos.

Eu tinha que esclarecer tudo isso com ela.

— Mas se puder ver além disso – através disso –, eu viverei por você, Mia. Viverei por você com tudo o que tenho. Eu amo a Penny. Eu amo Greyson.

Meu coração bateu forte com a verdade disso, seus rostos doces passando pela minha cabeça. Deus, eu os amava tanto.

— *E eu amo você*. Quero passar minha vida com você. Deixe-me amar você. Deixe-me amar seus filhos. Quero ver sua alegria. Quero fazer parte dela. Quero ver você pintar. Vamos criar beleza juntos.

Ela passou o polegar pela minha mandíbula.

— Você não entende... você é a beleza refletida de volta para mim.

BEIJE-ME SOB AS ESTRELAS

Pensou que era a escuridão, mas você era a minha luz. Eu te amo, Leif. Me deixe te amar também.

Assenti para ela, apertando minha mão em sua bochecha. Uma promessa. Um compromisso.

— Deixarei que me ame todos os dias, assim como eu te amarei.

Os olhos de carvão me fitavam, os lábios trêmulos, puxados para um lado enquanto as lágrimas escorriam por seu rosto.

— Nós pegamos uma estrela cadente, Leif.

Os olhos de Mia se voltaram para a médica, e os meus seguiram o caminho, meu peito batendo com incerteza.

A mulher deu um leve sorriso.

— Eu estava mostrando à Mia alguns dos resultados de seus exames. Seu exame de sangue deu positivo para gravidez. Com seu histórico médico e a situação atual, precisamos considerar esse risco alto. Pedi um ultrassom, e devem chegar com uma unidade móvel em breve. Mas, por enquanto, tudo parece bem.

O choque desacelerou meu coração.

Eu não conseguia processar.

Não conseguia falar.

Não conseguia fazer nada além de olhar para a Mia, que estava me encarando com toda aquela esperança e amor radiante, e sussurrou:

— Você está feliz?

Eu sabia que havia preocupação em sua pergunta. Compaixão. Essa garota que me entendia em um nível que ninguém mais conseguiu.

Aquela que me abraçaria durante a dor.

Entenderia minha tristeza. Não a consideraria um prejuízo ou uma deslealdade.

A médica saiu quando a técnica de ultrassom entrou, e eu observei enquanto esguichava gel na barriga de Mia, conforme encostava uma sonda nela, ao mesmo tempo que a coisinha minúscula aparecia na tela.

Meu mundo mudou e tremeu.

Meu coração assumiu uma nova verdade.

Eu já havia questionado a sorte.

O destino.

A ideia de viver cada dia pensando que todos os eventos, conversas e pessoas que passavam por nossas vidas tinham sido definidos nesse caminho muito antes de sabermos em que direção estávamos indo.

Esculpidos em alguma pedra proverbial, eras antes de nascermos.
Todos se unindo para um bem maior.
Eu havia zombado.
Caçoado.
Olhei para a Mia.
Reconheci a garota.
Meu propósito.
Minha razão.
E pensei ter visto o sorriso do Carma pelo canto do olho antes que se virasse e saísse pela porta.
Apertei a mão de Mia e encostei minha testa na dela.
— Você me tem, Mia. Você me tem, porra. *E isso sou eu sendo sincero.*
Ela sorriu.
Sorriu com sua esperança.
Sua alegria.
Essa garota me preenchendo com seu amor.
Ela segurou minha bochecha.
— E eu nunca vou te soltar.

EPÍLOGO

LEIF

Estamos deitados sob a noite mais bela. Um grande cobertor aberto na grama abaixo de nós.

Estrelas espalhadas na infinitude.

Penny deu um gritinho, apontando o dedo.

— Ali está uma.

Um risco luminoso atravessou o céu.

Curvado e brilhante antes de desaparecer.

A chuva de meteoros em pleno vigor.

— Estou vendo, Penny-Pie! — gritou Greyson, saltitando animado de joelhos e apontando para onde tinha desaparecido. — Foi uma grande! Você viu, papai? Você viu?

Meu peito se apertou.

Com tanta força.

Às vezes eu me pegava pensando em como era possível continuar respirando sob a magnitude disso.

A grandiosidade daquilo que havia sido atribuído à minha vida.

A cura sendo soprada na minha alma.

Agitei os dedos por seu cabelo de onde estava sentado perto de mim.

— Eu vi, amigão. Foi uma das boas, não foi?

Carson engatinhou até mim, colocando as mãozinhas no meu peito e equilibrando-se nos joelhos. Com baba de seu sorriso adorável pingando na minha camiseta, o garotinho estava com seu segundo dente nascendo.

— Oi, amiguinho.

— Eu sou o amigão, e ele é o amiguinho, certo? — perguntou Greyson, colocando a cabeça entre nós e erguendo os ombros enquanto olhava para o irmão caçula.

— Isso mesmo. Meus amigos.

Meus meninos.

Minha vida.

Meus amores.

Mia estava sentada no cobertor abraçando os joelhos, aquele rosto lindo erguido para o céu.

O rio de cabelo preto cascateando por suas costas.

Ela virou aquele olhar carinhoso para nós.

Os olhos de carvão brilhando com todo o seu amor.

Outro meteorito rasgou o céu em chamas.

Mia levantou a mão.

Fechou-a sobre a estrela.

Os olhos fechados.

— Pronto. Peguei.

O sorriso meigo curvou aquela boca sedutora quando voltou a me olhar, minha esposa, minha perfeição.

Minha conclusão.

— Nunca a solte — murmurei, nem ligando por estar encarando, por Penny estar corando como sempre.

— Você devia cantar pra mamãe a música dela, pai. Aquela que escreveu quando se apaixonou por ela.

É.

Ela me chamava de *pai* também.

Minha pequena romântica incurável que estava crescendo tão rápido.

Foi ela quem mais sofreu com a perda de Nixon. Algo com o qual eu também lutei. Escondemos os detalhes sórdidos dela da melhor forma que pudemos, mas ela tinha idade o bastante para que a sombra dele a nublasse.

As feridas que deixariam cicatrizes e violações.

Mas nós a amávamos de todo o coração. A gente a abraçou em meio à sua dor. E a enchemos com o nosso amor e nossa confiança.

Eu me sentei com ela alguns meses depois e disse que estava com ela para apoiá-la, não importava o que acontecesse. Poderia pensar em mim da forma que quisesse. Como amigo, ou protetor ou pai. Falei que ela poderia me chamar de qualquer coisa. Bem, exceto sr. Godwin, é claro.

Ela perguntou se estava tudo bem me chamar de pai. Disse que pais eram iguaizinhos às mães. Deviam ser nossas pessoas favoritas no mundo. Deviam cuidar de você. E ela falou que era isso o que eu fazia.

BEIJE-ME SOB AS ESTRELAS

E eu nunca pararia de provar essa dedicação a ela. À mãe dela. Aos seus irmãos.

— Vocês ainda não estão cansados de me ouvirem tocando?

Eles têm seguido a Carolina George o máximo possível desde que Carson tinha idade o suficiente para viajar, assistindo dos bastidores nos lugares em que eram permitidos, esperando por mim no hotel em que ficávamos quando não podiam.

Ao meu lado, da mesma forma que eu sempre os apoiaria.

Eu sabia que não podiam ir sempre.

Mas fazíamos dar certo.

Assim como Mia e eu prometemos que faríamos.

Porém, tinha que admitir, eu amava quando estava em casa, em nosso quintal nos arredores de Savannah onde podíamos olhar as estrelas.

Penny deu uma risadinha.

— Nunca.

Mia me encarou com aqueles olhos, e moveu a boca, sem emitir som.

— Nunca.

Resmunguei, mas não me importava de verdade, levando Carson comigo enquanto me levantava para pegar o violão, que estava em uma cadeira ao lado da nossa fogueira apagada.

Assamos marshmallows e cachorro-quente mais cedo.

Um acampamento a dois passos da nossa casa pitoresca e perfeita.

Coloquei Carson no chão, e ele bateu palmas quando me sentei e apoiei o violão no colo.

Eu estava orgulhoso de tocar bateria com a Carolina George enquanto ascendiam à fama. Minha família de coração da qual tinha muito orgulho. As baquetas sendo uma das minhas amigas mais próximas.

Mas eu não reclamava tanto quando dedilhava um violão.

O meio termo não importava. Eu apenas desfrutava da expressão.

Para mim, era isso o que a música era.

Linda. Brutal.

Tudo o que você não conseguia, de fato, dizer.

Dedilhei as cordas, e deixei a letra rodopiar pela brisa fria da noite.

Cantei para a minha família, tocando os acordes, as lembranças da forma como me senti naquela época.

Apavorado.

Aprendendo a ter esperança outra vez.

Lembrando seu significado.

Penny balançou e observou o céu, enquanto Greyson se encolhia ao meu lado.

A canção acabou, e eu fiquei olhando para Mia.

Embriagado de desejo.

Apaixonado.

Meu anjo do sótão.

Uma salvadora com a qual pensei que o diabo nunca poderia ficar.

Mas Mia?

Ela encontrou bondade em mim.

FIM

AGRADECIMENTOS

Obrigada por ler *Beije-me Sob as Estrelas*!

Espero que tenha amado a história de Mia e Leif tanto quanto amei escrevê-la!

SOBRE A AUTORA

A.L. Jackson é a autora *best-seller* do New York Times & USA Today de romances contemporâneos. Ela escreve histórias emocionantes, sexy e sinceras de garotos que normalmente gostam de ser um pouco maldosos.

Quando não está escrevendo, podem encontrá-la curtindo com sua família à beira da piscina, saboreando coquetéis com os amigos ou, é claro, com o nariz enfiado em um livro.

Para não perder novos lançamentos e vendas de A.L. Jackson, cadastre-se para receber seu newsletter: https://geni.us/NewsFromALJackson.

Conecte-se com A.L. Jackson online:
Página: https://geni.us/ALJacksonFB
Newsletter: https://geni.us/NewsFromALJackson
Angels: https://geni.us/AmysAngels
Amazon: https://geni.us/ALJacksonAmzn
Book Bub: https://geni.us/ALJacksonBookbub

A The Gift Box é uma editora brasileira, com publicações de autores nacionais e estrangeiros, que surgiu no mercado em janeiro de 2018. Nossos livros estão sempre entre os mais vendidos da Amazon e já receberam diversos destaques em blogs literários e na própria Amazon.

Somos uma empresa jovem, cheia de energia e paixão pela literatura de romance e queremos incentivar cada vez mais a leitura e o crescimento de nossos autores e parceiros.

Acompanhe a The Gift Box nas redes sociais para ficar por dentro de todas as novidades.

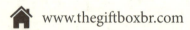 www.thegiftboxbr.com

 /thegiftboxbr.com

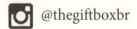 @thegiftboxbr

 @GiftBoxEditora